Ulrike Sommer

Die Fledermaus-Affäre

Ulrike Sommer

Die Fledermaus-Affäre

Roman

List

Der List Verlag ist ein Unternehmen der
Ullstein Heyne List GmbH & Co. KG

ISBN 3-471-78668-6

Gesetzt aus der Sabon bei Leingärtner, Nabburg
Druck und Bindung: Pustet, Regensburg

Ich widme dieses Buch allen,
die zu mir gehalten haben.

1. Kapitel

Anna hielt einen Moment inne und atmete schwer. Dann riss sie sich zusammen, stieg schwerfällig die breiten, knarrenden Holztreppen zu ihrer Wohnung hinauf und stöhnte über das Gewicht ihres Kleidersacks und darüber, dass ihr großer, schwerer Koffer noch unten am Eingang stand. Als sie endlich alles nach oben gehievt hatte, schloss sie mit letzter Kraft die gewaltige Buntglastür auf und kickte die unbequemen Schuhe in den Flur. Sie schob die Koffer hinterher, knallte die Tür zu und warf die Schlüssel auf die Schale mit dem Entenkopf, die wie immer auf der Heizung stand. Dann sah sie sich um.

»Hallo! Jemand da? Constanze! Napoleon!«

Ein leises Geräusch ertönte aus dem Schlafzimmer. Es dauerte nicht lange, da trabte ihr schwarz-weiß gefleckter Kater mit dem gewaltigen Kopf auf seinen runden Beinen mit schwankendem Bauch heran. Anna hob ihn auf die Schulter und streichelte den weichen Rücken.

Napoleon gehörte Anna, und sie war ihm dankbar für die Gelassenheit, mit der er die Veränderungen in ihrer beider Leben hinnahm: Den Umzug, die zuweilen durchaus turbulenten Besuche Richards, schließlich den neuerlichen Wechsel in diese Wohnung mit den hohen Decken und dem herrlichen Garten hinter dem Haus.

Der vergangene Winter war kalt und düster gewesen. Und doch waren diese ersten Monate mit Richard in der neuen, gemeinsamen Wohnung ganz in der Nähe des Regierungsviertels, trotz aller Bedenken und Vorbehalte, die sie manchmal quälten, eine gute Zeit gewesen. Für sie beide. Napoleon allerdings war das Wohlleben deutlicher anzusehen als Anna. Er war fett geworden.

Wie flink und gefährlich er dennoch geblieben war, schoss es Anna durch den Kopf, als sie den spitznasigen kleinen Mausekopf erblickte, der ohne den dazugehörenden Körper vor der Schlafzimmertür lag. Sie rümpfte die Nase, ließ Napoleon angewidert fallen, holte Kehrblech und Besen und fegte den schaurigen Rest des Katermahls zusammen. Napoleon beobachtete sie argwöhnisch dabei, lief ihr mit aufgestelltem Schwanz hinterher und rieb sich mit krummem Rücken an ihren Beinen.

Anna konnte dem Tier nie lange böse sein. »Alter Mistkerl!«, schimpfte sie liebevoll, zog ihren Mantel aus, hängte ihn an die Garderobe und warf einen Blick auf Constanzes Zimmertür am anderen Ende des Korridors. Sie war geschlossen.

»Constanze? Bist du da?«

Alles blieb ruhig. Achselzuckend ging Anna in die Küche. Napoleon wartete schon ungeduldig neben seinem Fressplatz unter dem altertümlichen Spülstein, wechselte von einem Bein aufs andere und maulte sie an.

»Ist ja schon gut. Kriegst gleich was«, lachte sie, säuberte den Napf, griff nach einer Dose Katzenfutter, zog an der Lasche und leerte den stinkenden Inhalt aus. Schließlich stellte sie den Tiegel auf den Boden und garnierte Napoleons Mahlzeit mit weiteren Streicheleinheiten.

Als er gemütlich schmatzte und sie längst vergessen hatte, öffnete sie das Fenster und ließ die wunderbar frische Frühlingsluft herein, die ihr schon den ganzen Tag über gut getan hatte nach dem kalten, unerbittlichen Winter. Schön, wieder zu Hause zu sein. Sie schloss die Augen, lehnte sich gegen den Fensterrahmen und atmete tief durch. Erneut überkam sie diese grässliche Müdigkeit, die sie jetzt so oft heimsuchte.

Fünf Tage waren es diesmal gewesen. Es wurde immer länger, von Mal zu Mal ... Dabei war doch eigentlich nur von ein paar Stunden die Rede gewesen, kurz hin und zurück: Bonn, Berlin, Bonn.

»Das lassen wir niemanden aus der Zentrale machen«, hatte Egon Panzetti vor ein paar Monaten verkündet, der Bonner Büroleiter des *Berliner Echos* und ihr Chef. »Die haben doch keine Ahnung und wissen sowieso nicht, wie das läuft. Bevor die auf unseren Informanten herumtrampeln wie die Elefanten, werde ich Sie akkreditieren, Frau Martin. Ich werde in der Zentrale darauf bestehen, dass Sie das machen. Einverstanden?«

»Und wieso ich?«, hatte Anna halb neugierig, halb überrumpelt gefragt.

»Warum nicht? Sie sind noch jung! Und Ihnen macht das viele Fliegen doch nichts aus, oder?«

Natürlich nicht. Vermutlich hatte Panzetti nur keine Lust, es selber zu machen, hatte Anna gedacht und akzeptiert. Folgsam flog sie zu ihrem ersten offiziellen Termin nach Berlin: Der Bundespräsident wollte seinen neuen Amtssitz vorzeigen.

Es folgten weitere Einladungen – die alten Gemäuer, in denen die Ministerien ihren Platz finden würden, sollten besichtigt werden, der so aufwendig umgestaltete Reichstag auch. Auf diese Weise war Anna Korrespondentin für den Berlin-Umzug geworden, zunächst ohne es recht zu merken. Doch nun war sie es, die für das *Berliner Echo* über Kosten und Bedenken schrieb. Aber immer seltener fand sie Zeit, die dicken Unterlagen wenigstens flüchtig durchzusehen, mit denen das Bau- und das Finanzministerium sie überhäuften. Schon lange verstand sie die umständlichen Beschlüsse nicht mehr, die der Unterausschuss des Haushaltsausschusses in Sachen Umzug fällte, begriff kein Wort mehr von den Bauunterlagen, die sie, wie sie zuweilen vermutete, nur deshalb erhielt, um sie vollends zu verwirren. Sie nahm sich zwar regelmäßig vor, sich bald genauer mit dieser drängenden, Milliarden verschlingenden Angelegenheit zu befassen. Doch es waren einfach zu viele andere Dinge zu tun, zu viele Einladungen anzunehmen, zu viele wichtigere Artikel zu schreiben. So berichtete sie allenfalls über den bald fälligen Regierungsumzug, wenn wieder mal einer oder mehrere Abgeordnete ihn verhindern wollten.

Dass dies aussichtslos sein würde, war Anna natürlich klar. Der Dampfer stampfte vor sich hin und war längst nicht mehr aufzuhalten. In diesem Herbst, in wenigen Monaten schon, wollten Regierung und Parlament die alte, neue Hauptstadt beziehen, und schon jetzt fanden viele wichtige Ereignisse dort statt. Immer öfter wurde in die wiedererwachende Metropole geladen – und stets war es Anna, die für das *Berliner Echo* reiste.

Anfangs war es tatsächlich immer nur für ein paar Stunden gewesen: morgens hin, mittags zurück. Einige Zeit lang hatte sie es sogar genossen, hatte in den eng besetzten Maschinen neben Abgeordneten, Beamten oder anderen Journalisten gesessen und während der unruhigen Flüge, die vernünftiges Arbeiten unmöglich machten, interessante Kontakte geknüpft. Keine vertane Zeit also.

Mittlerweile aber verbrachte sie mehr Zeit in Hotels als in Flugzeugen. Die Aufenthalte in Berlin dauerten immer länger, und diesmal schien sie es beim Kofferpacken bereits geahnt zu haben. Denn sie hatte ungleich mehr mitgenommen als sonst, dicke Pullover, weil es bei ihrer Abreise so kalt gewesen war, leichtere Kleidung, weil die Wettervorhersage Besserung nicht ausgeschlossen hatte, zwei Cocktailkleider für mögliche Abendtermine und das gute Kostüm für die Veranstaltung des Bundespräsidenten, der, wie sein Sprecher hatte wissen lassen, eine äußerst bedeutende Rede halten wollte. Nun ja. So wichtig hatte Anna sie letztendlich nicht gefunden. Aber natürlich hatte sie einen Zweispalter für die Seite eins und einen Kommentar für die vier geschrieben.

Tags darauf hatte das Bundeskabinett in Berlin getagt, abends der Beamtenbund zu einem Hintergrundgespräch geladen. Für die nächsten beiden Tage hatte sich der französische Staatspräsident angesagt und die Redaktion hatte vorausgesetzt, dass Anna auch über dieses Ereignis berichten würde. Natürlich ohne ihr dies rechtzeitig anzukündigen. Erst beim Frühstück, als sie sich längst auf den Rückflug eingestellt hatte, war sie damit überrumpelt worden.

Außenpolitik war eigentlich Panzettis Steckenpferd. So kostete es Anna viel Kraft, sich rasch in die Hintergründe der beiderseitigen Beziehungen einzuarbeiten, worüber sie prompt die Ankunft des Staatsoberhaupts verpasste. Schließlich lieferte sie, jeweils kurz vor Redaktionsschluss, Berichte ab, die oberflächlichen Ansprüchen durchaus genügt hätten. Nicht aber ihren eigenen.

Auch deshalb willigte sie ein, noch einen weiteren Tag zu bleiben. Denn Innenminister Maximilian Viereck hatte in letzter Minute beschlossen, den Jahresbericht des Geheimdienstes erstmals in der neuen Hauptstadt vorzustellen. Welch eine Chance, ihre mäßigen Artikel vom Vortag vergessen zu machen. Innenpolitik war nämlich Annas Thema. Und es passte ihr gut ins Konzept, dass *ihr* Ministerium bereits mit einem kleinen, hochrangigen Stab nach Berlin gezogen war. So konnte sie sich gleich mit ihrem besten Informanten, dem alten Bären treffen, der eigentlich Peter Matczynski hieß, grau melierte Haare hatte, Pfeife rauchte, hünenhaft groß und zumindest im Umgang mit Anna Martin immer freundlich und gelassen war. Er hatte schon das Büro von Vierecks Vorgänger Karl Neuser besorgt, und Anna war äußerst erleichtert gewesen, als der neue Innenminister ihn nach kurzem Zögern in die Vertrauensstellung übernommen hatte. Nun leitete Matczynski das neue Ministerbüro in Berlin und führte die kleine Schar der Beamten an, die Viereck schon einmal vorgeschickt hatte.

Anna sah hinaus in die Dämmerung und musste lächeln, als sie an ihr Treffen mit ihm heute Morgen dachte. Es war im *Palais Central* mit seinen dicken roten Teppichen und dem ausladenden Luxus eines in die Jahre gekommenen Grandhotels gewesen. Sie war zu früh erschienen, hatte sich mit Appetit ein Lachshäppchen von einem der Beistelltische genommen, hineingebissen und es angewidert weggelegt.

»Grässlich, nicht?« Der alte Bär sah ihr über die Schulter. »Lassen Sie am besten auch den Käse liegen. Ist genauso lappig«, riet er ihr und schaute mit väterlichem Grinsen auf sie herunter. »Aber wir können froh sein, dass wir in der Eile überhaupt noch einen so großen Saal bekommen haben. Hätte uns der liebe Viereck auch ein bisschen früher sagen können! Guten Tag, meine Liebe, schön, Sie hier zu sehen!«

Sie setzten sich nebeneinander in die letzte Reihe, und Anna lächelte und wusste, dass sie ihn nicht würde zitieren dürfen und Matczynski wusste, dass sie es wusste. Er kaute auf seiner kalten Pfeife, und blickte sich mit einer Mischung aus Gleichmut und Neugierde um, nickte hier und da jemandem zu, machte jedoch keine Anstalten aufzustehen und Anna allein sitzen zu lassen.

Und während der Minister vorne auf dem Podium vortrug – nur für die Kameras und Tonbänder, da die schreibenden Journalisten den Ausdruck der Rede schon am Eingang erhalten hatten –, beugte sich Anna zu ihm. »Wie geht es Ihnen?«

»Sehen Sie sich um. Die ganze alte Pracht. Da muss es einem doch gut gehen!«

»Wenn man nicht gerade hier essen muss«, erwiderte Anna, blätterte lustlos in Vierecks Rede, überflog die Passage, die er eben vortrug und atmete auf, als sie erkannte, dass sich der Minister brav an seinen Text hielt. »… haben wir alle in den vergangenen zehn Jahren gesammelten personenbezogenen Daten nach Maßgabe des Datenschutzbeauftragten vernichtet und damit dazu beigetragen …«

»Essen ist nicht alles.« Der alte Bär streckte die Beine aus, beschrieb mit seinen großen Füßen ein paar Kreise auf dem Teppich und schenkte der erlesenen Auslegeware weit mehr Aufmerksamkeit als den Worten seines Ministers.

»Aha«, sagte Anna verständnislos. »Wie lange sind Sie jetzt eigentlich schon in Berlin?«

»Ich wohne in Bonn.«

»Aber hier haben Sie doch sicher auch …?«

»Ja, ja, natürlich. Hier habe ich ein möbliertes Zimmer. Grauenvoll!« Er nahm die Pfeife aus dem Mund.

»Verstehe ich nicht! Ich mag die Stadt, ehrlich gesagt. Und ich werde umziehen, sobald es geht. Mein Gott, habe ich diese ständige Pendelei satt!«, schnaubte Anna. »Ich bin jetzt den fünften Tag da! Mein süßer kleiner Kater wird noch trübsinnig!«

»Und warum ziehen Sie dann nicht jetzt schon um?«

Anna schüttelte den Kopf. »Würde ich ja. Aber Panzetti lässt mich nicht. Er meint, dafür ist noch zu viel los in Bonn.«

»Und Ihr Freund, der Richard?«

»Ist mal wieder in Moskau.«

Der alte Bär hob eine Augenbraue und schaute sie erstaunt an. »Ach ja? Und was macht er in Moskau?«

»Vertretung. Ein Kollege im *Merker*-Büro ist krank geworden. Und da hat sich die Chefredaktion bedauerlicherweise daran erinnert, dass ihr Neuzugang schon einmal zwei Jahre dort war. Sie wissen ja, damals noch für mein Blatt, das *Berliner Echo*. Schöner Mist.«

»Für Sie ja. Aber für den *Merker*? Wohl eher nicht. Die sind bestimmt froh, einen gefunden zu haben, der Russisch spricht.«

Anna nickte und tat, als lese sie weiter. »Sicher. Trotzdem ist es nicht schön. Wir sind erst so kurz zusammen … Haben Sie uns eigentlich schon besucht?«

Der alte Bär lächelte. »Nein. Ich hatte noch nicht das Vergnügen.«

»Wir wohnen jetzt in der Schumannstraße.«

»Wie schön. Da können Sie ja ins Büro laufen.«

»So ungefähr. Richard ist trotzdem immer mit dem Auto gefahren.«

Matczynski sah wohlwollend auf sie herab. »Er wird schon wiederkommen.«

Als die Pressekonferenz vorbei war und Anna sich vom alten Bären verabschiedet hatte, setzte sie sich in die Bar, schrieb zügig und gekonnt, sandte den Bericht an Panzetti, packte ihr Gerät ein und griff zum Telefon. »Alles gut angekommen?«

»Bestens. Schönen Dank.«

»Und jetzt? War's das?«

»Klar. Machen Sie Feierabend. Fliegen Sie nach Hause. War eine lange Woche, was?«

»Oh ja!«

»Ach so. Noch was. Unser verehrter Herr Regierungssprecher hat mal wieder nach Ihnen gefragt.«

»Und? Was wollte er?«

»Keine Ahnung. Sie sollen ihn anrufen.«

Rasch verabschiedete sie sich und tippte Lauers Nummer. Das Vorzimmer verband sie sofort. »Ich bin's.«

»Oh. Gut! Zurück aus Berlin?«, erkundigte sich Diethelm Lauer.

»Nee. Ich fliege gleich. Du hast bei Panzetti angerufen?«

»War er sauer?«

»Nein, nur neugierig!«

Lauer lachte. »Dabei will ich nur mit dir essen!«

»Wenn der wüsste! Wann und wo?«, erwiderte sie ebenso vergnügt.

»Heute Abend. Bei dir.«

»Kochst du oder muss ich?«

»Willst du mich vergiften? Klar koche ich! Ich habe auch schon eingekauft.«

»Wunderbar!«

»Wann fliegst du?«

Anna warf einen flüchtigen Blick auf die Uhr. »In zwei Stunden.«

»Ich war heute Morgen übrigens auch drüben. Wir wären uns fast über den Weg gelaufen. Du warst doch bei Vierecks Pressekonferenz?«, fragte Lauer.

»Logo. Und warum warst du nicht da?«

»Mir ist etwas dazwischengekommen.«

Anna fröstelte. Sie schloss das Fenster und merkte erst jetzt, dass sie noch kein Licht gemacht hatte. Sie drehte an dem altmodischen Schalter neben der Tür und sah sich in der geräumigen Küche um. Es war alles fast genauso, wie sie es Anfang der Woche verlassen hatte. Der massive Holztisch in der Mitte war abgeräumt und sauber. In der Mitte stand ordentlich ein Tablett mit Pfeffer- und Salzmühlen, einem gusseisernen Kerzenständer sowie den beiden kunstvoll geschliffenen Flaschen mit Olivenöl und dunklem köstlichen Balsamico-Essig.

Auch der Herd blitzte. Nur auf der Ablage des Buffets sorgten Briefe und Scheren, eine Schale voller Kleingeld und Büroklammern, ein paar Zeitschriften, Telefonkarten, Streichhölzer und zwei Batterien für Unordnung. Und in der Spüle standen – wie immer, seit Constanze eingezogen war – Kaffeetassen und ein voller Aschenbecher. Anna leerte wie gewohnt die Kippen aus, stellte die Tassen in die Spülmaschine und merkte, dass der Ärger wieder in ihr hochstieg über die beharrliche Schlamperei ihrer Freundin. Doch sie unterdrückte ihren Zorn. Der Tag war zu schön gewesen, hell und warm und sonnig. Er hatte Lebensgeister geweckt, von denen sie nicht einmal geahnt hatte, dass sie in ihr schliefen. So fest hatten die Wintermonate mit dem vielen Regen und dem wenigen Schnee, der nassen Kälte und dem Matsch auf ihr gelastet, dass sie den ganzen Tag das Gefühl hatte, aufgewacht und endlich, endlich wieder am Leben zu sein. Weshalb sie sich rasch vor dem Rückflug noch in einer sehr edlen, neu eröffneten Boutique auf der Friedrichstraße eine Hose und ein tief ausgeschnittenes T-Shirt gekauft hatte.

Anna schenkte sich ein Glas Wein aus der offenen Flasche ein, die im Kühlschrank stand und ging hinüber in ihr Schlafzimmer. Dort packte sie mit geübten Griffen ihre Koffer aus, nahm die neuen Sachen mit ins Bad, wusch sich das Gesicht, putzte die Zähne und streifte die schwarze, bestickte Hose und das weiße T-Shirt über. Sie drehte und wendete sich vor dem Spiegel und wunderte sich über sich selbst. Was ein paar Sonnenstrahlen alles anrichten konnten! Dabei gab es eigentlich keinen Grund, sich hübsch zu machen. Jedenfalls nicht für Diethelm Lauer. Er würde ohnehin keine Notiz davon nehmen. Vermutlich. Vor ihm hatte sie keine Geheimnisse mehr, hatte sich schon bei ihm ausgeweint, ihm ihre größten Ängste eingestanden und doch für ihn nie mehr empfunden als ehrliche Bewunderung und aufrichtige Freundschaft. Notfalls hätte sie Lauer auch im Nachthemd empfangen.

Trotzdem. Es tat Anna auf wunderbare Weise wohl, sich herzurichten. Sie begutachtete ihr Gesicht im Spiegel, verzog die Nase, zupfte an den Augenbrauen, trug einen knallroten Lippenstift auf, fühlte sich wieder frisch und schön und fand, dass Diethelm Lauer eine hübsche Gastgeberin verdient hatte.

Gab es im Moment eine Frau in seinem Leben? Außer ihr selbst natürlich? Und Constanze, für die er ganz offensichtlich eine Schwäche hatte? Sie beschloss, Lauer zu fragen. Sie musste nur den richtigen Augenblick abpassen. Wie damals, als sie beide beim *Mer-*

ker gewesen waren, er als Chef und sie als aufstrebende Jungredakteurin. Da hatte er ihr eines Abends gestanden, nicht mehr schreiben zu können, und sie hatte ihm zugehört und eine Lösung gewusst. Hatte fortan für ihn geschrieben, unter seinem Namen und war ihm, wenn auch ungern, ins Bundespresseamt gefolgt. Wo er sie von allen ehemaligen Kollegen abgeschottet hatte. Und erst viel zu spät gemerkt hatte, dass sie sich verliebt hatte. In den Bundeskanzler. In Jens Müller.

Sie schauderte wie jedes Mal, wenn sie daran zurückdachte. Es schien ihr so unwirklich, dabei war es noch kein Jahr her. Wie hatte sie nur ahnungslos in diese Affäre hineintaumeln können? Und wäre Lauer nicht gewesen, dann hätte das Ganze mit der öffentlichen Demütigung und dem Sturz von Jens geendet, und sie und Richard hätten sich gegen die schlimmsten Vorwürfe zur Wehr setzen müssen.

Doch Lauer hatte aufgepasst, und nun gehörte sie zu den wenigen Menschen, denen der Regierungssprecher bedingungslos vertraute und denen er sich öffnete.

Er konnte sich ja auch auf sie verlassen, dachte Anna zufrieden und kämmte mit Sorgfalt ihr langes, dunkles Haar. Als das Telefon klingelte, lief sie hinüber in ihr Arbeitszimmer. »Martin.«

»Hallo, mein Liebes. Hier spricht Radio Moskau. Wie geht es dir? Vermisst du mich?«

Ein Lächeln huschte über ihr Gesicht. Sie stockte kurz. Fast hätte sie es gesagt. Doch sofort schluckte sie es wieder runter. Sie konnte nicht. »Klar geht es mir gut. Lauer bekocht mich nachher.«

»So, so. Werd mir aber nicht untreu!«

»Doch nicht mit Diethelm!«

»Und mich fragst du nicht?«

»Wonach?« Dabei hätte sie ihn liebend gerne gefragt, ob er sie vermisste, ob er ihr treu war und ob er sie …

»Na, ist doch klar! Ob ich dich vermisse und ob ich dir treu bin!«

»Ah ja. Das soll ich also fragen. Und wie war's heute? Viel zu tun?«

Als hätte Richard nur auf das Stichwort gewartet, erzählte er ihr die Moskauer Neuigkeiten, berichtete von den Morden und der Mafia, vom Krieg im Kaukasus, warum er auch dieses Mal nicht hinfahre und wie froh er sei, dass der *Merker* nicht von ihm verlange, sein Leben zu riskieren.

»Wenn ich auch noch ausfalle, dann kann mein liebes Nachrichtenmagazin hier in Moskau endgültig einpacken. Dann hat der *Merker* keinen mehr und soweit ich gehört habe, ist nicht abzusehen, wann mein lieber Kollege wieder fit ist. Tut mir Leid, meine Liebe. Es kann noch dauern, bis ich zurückkomme. Aber stell dir vor, wen ich hier im Hotel getroffen habe …«

Anna hörte geduldig zu, warf zuweilen kleine Fragen ein, die ihn ermunterten, weiterzusprechen, betrachtete dabei seinen verwaisten Schreibtisch, den sie in ihrem Arbeitszimmer aufgestellt hatten, weil sein Raum zum Gästezimmer geworden war, und es kam ihr vor, als sei es eine Ewigkeit her, dass Richard seine Koffer gepackt, sich mit vielen schweren Seufzern von ihr verabschiedet und das Flugzeug nach Moskau bestiegen hatte.

Es war Anna egal, dass er die meiste Zeit sprach. Oft erkundigte er sich nur am Anfang nach ihr und nahm es hin, dass sie wortkarg blieb. Es reichte ihr vollkommen, dass er an sie dachte und regelmäßig anrief. Es gaukelte ihr die Sicherheit einer festen Bindung vor. Genau das also, wonach sie sich gesehnt hatte. Und doch wagte sie es noch immer nicht, ihm zu glauben, ihm zu vertrauen.

Manchmal, wenn sie abends allein im Bett lag und Richard vermisste, zwang sie sich, an die turbulente Woche im vergangenen Sommer zurückzudenken. Die Erinnerung verblasste nur langsam, und es tat immer noch weh. Wie unbekümmert Richard damals bereit gewesen war, sie für schalen Ruhm zu opfern! Wie eifrig er darangegangen war, sie als Geliebte des Kanzlers bloßzustellen! Und wieder dachte sie dankbar an Diethelm Lauer. Hätte er nicht aufgepasst und Richard unerbittlich gezeigt, dass er nur eine Marionette war – was wäre nur aus ihnen beiden geworden?

Anna wusste es nicht und ihre Gefühle für Richard waren seltsam gespalten geblieben. Sie genoss die Geborgenheit, die er ihr schenkte. Doch Misstrauen und Vorsicht schwangen immer mit. Zwar war sie mit Richard in die gemeinsame Wohnung gezogen trotz allem, was geschehen war. Doch tief im Innern wusste sie nicht, ob es richtig gewesen war.

Dabei liebte sie Richard. Von ganzem Herzen. Er gehörte mit seiner blonden Mähne, dem kantigen Gesicht, dem selbstbewussten, schlaksigen Gang genau zu jenen Männern, für die Anna von jeher geschwärmt hatte. Außerdem war er intelligent, spritzig, hatte strahlende Augen, konnte schrecklich charmant sein, gab vor, sie zu lieben, und machte die komischsten Verrenkungen, damit sie vergaß, dass er sie fast den Wölfen zum Fraß vorgeworfen hatte.

Entscheidender noch: Sie war damals so einsam gewesen. Das Eingeständnis schmerzte, war erniedrigend und schmeckte bitter. Aber sie hatte nie vergessen, dass sie eigentlich keine große Wahl gehabt hatte, als das Verhältnis zum Kanzler in die Brüche gegangen war: Richard oder niemanden.

Sie hatte sich für Richard entschieden.

Und doch konnte sie ihm einfach nicht vergessen, was geschehen war.

Sie hielt ihr Herz zurück.

Das aber wurde von Tag zu Tag anstrengender. Denn mit ihrer Zuneigung zu Richard wuchs die Angst, von ihm verlassen zu werden wie zuvor von manch anderem Mann, den zu lieben sie sich eingebildet hatte. Die Angst, einmal mehr enttäuscht zu werden. Und wenn die Furcht so in ihr aufstieg, erinnerte sie sich tapfer daran, wie lange sie es geschafft hatte, auch allein zurechtzukommen. Es war nicht schön gewesen, aber sie war nicht untergegangen.

Daraus schöpfte sie Kraft und genoss sie wie ein Langläufer den Hormonschub. Und dann wusste sie, dass sie sich niemals wieder ganz verlieren, sich demütigen lassen würde wie damals vom Herrn Bundeskanzler, nie wieder wochenlang auf einen Anruf warten, zittern würde bei jedem Klingeln, sofort zur Stelle sein würde, wenn sich der Geliebte endlich meldete, in ständiger Furcht, sein Wohlwollen zu verlieren, ohne eigenen Willen.

Nie wieder. Das war es, was sie sich insgeheim schwor.

So hatte sie Richards Liebesbekenntnisse bislang nie erwidert. Nie hatte sie gesagt: »Ich liebe dich auch.« Sie hatte immer nur genickt und gelächelt, wenn er es sagte. Ja, ja.

»Du, Liebes. Weißt du was? Ich vermisse dich. Und ich liebe dich«, klang es jetzt leise durch den Telefonhörer. Richard hörte sich traurig an.

Da hätte sie es fast gesagt. »Ich dich auch.«

Sie tat es nicht. Diese drei Worte waren ihr Talisman. Solange sie ihr gehörten, war alles gut. Er würde bei ihr bleiben, sie weiter umgarnen, weiter ihr Miteinander genießen, nicht ausschauen nach Neuem, nach Abwechslung.

»Richard, wir müssen jetzt wirklich Schluss machen! Eure Buchhalter kriegen einen Schlag, wenn sie deine Telefonrechnung sehen!«

»Na und? Sollen sie doch«, gab er munter zurück.

»Wann kommst du?«, fragte sie statt einer Antwort. Er hatte zwar gesagt, dass er es nicht wusste, aber ihr war nichts Besseres eingefallen.

»Warum? Vermisst du mich?«

»Sicher! Mach's gut, Richard. Und hab einen schönen Abend.«

2. Kapitel

In dem Moment klirrte draußen im Flur ein Schlüsselbund. Die Tür gab ein hohes Quietschen von sich, bevor sie zurück ins Schloss fiel.

Hastig legte Anna auf. »Constanze? Bist du es?«

»Ja klar. Wer sonst?« Constanze erschien in der Tür, stürmte auf die Freundin zu und umarmte sie herzlich. »Schön, dass du wieder da bist! Wie war Berlin? Steht der Reichstag noch? Seit wann bist du hier?«

»Halbe Stunde, Stunde, keine Ahnung. Ich habe übrigens mehrfach versucht, dich anzurufen. Aber du warst aushäusig.«

»Ach ja?«

Verblüfft nahm Anna den verträumten Blick in den Augen der Freundin wahr. »Was ist los? Bist du deinem Traummann begegnet?«

»So ähnlich«, lachte Constanze und wandte sich ab. »Ich gehe gleich noch mal weg. Muss mich fertig machen!«

»Schade!«, rief Anna hinter ihr her. »Lauer kommt nachher. Er will für uns kochen!«

»Umso besser, dass ich dann weg bin!«

»Was hast du gegen ihn?«

»Nichts. Er ist klein, fett, glatzköpfig und ein schamloser Lügner…«

»Das ist er nicht!«

»Wenn ich den schon sehe! Ich kriege jedes Mal Pickel… Hier hinten.« Sie erschien wieder in der Tür und zeigte auf ihren Nacken.

»Du bist gemein. Er ist der beste Journalist, den ich kenne!«

»Du bist ihm verfallen, das ist alles!«

»Blödsinn!«

Constanze kicherte, lief in ihr Zimmer am anderen Ende des Flurs, zog sich aus und kam nackt zurück. »Dann frage ich dich, warum er die Seiten gewechselt hat, dein allerbester Journalist? Regierungssprecher! Bah! Nein, nein, der macht mir nichts vor. Ich traue ihm nicht über den Weg, und du wirst sehen, wie Recht ich damit habe.«

»Also, ich lasse mich heute Abend verwöhnen!« Anna deckte den Tisch, legte karierte Servietten auf, entschied sich für ihr neues Geschirr und das italienische Besteck mit den bunten Griffen. Es war nicht das erste Mal, dass die Freundin über Lauer herzog. Es war schon fast ein Ritual geworden.

»Was sagt eigentlich dein Richard dazu?«

»Wozu?«

»Zu deinem Lauer natürlich!«

»Das ist erstens nicht mein Lauer«, schnaubte Anna, »und zweitens eigentlich auch nicht mein Richard… Und außerdem kann ich nichts dafür, dass er in Moskau versauert, oder? Denkst du, ich sitze jeden Abend allein zu Hause und lege jede volle Stunde fünf Richard-Gedenkminuten ein?«

»Na dann! Viel Spaß mit dem schamlosesten Geschichtenerzähler seit Ende des Zweiten Weltkriegs!«, lachte Constanze und verzog sich in die Badewanne.

Später machte sich Anna Vorwürfe, dass sie die Freundin nicht gewarnt hatte. Dass sie nicht überlegt hatte, was Constanze im Bad hören konnte und was nicht. Die Türklingel zum Beispiel gab eher ein sanftes Ding-Dong von sich, statt richtig zu läuten. Wie hätte Constanze das mitbekommen sollen? Und dann bei laufendem Radio.

Doch so weit dachte Anna nicht, als sie zur Tür stürmte und Diethelm Lauer einließ. Er stellte seine bunten Tüten ab, umarmte sie und drückte ihr ein Küsschen auf die rechte und eins auf die linke Backe. Sie standen noch immer dort im Flur, als Constanze genüsslich die nassen Haare mit einem viel zu kleinen Handtuch rubbelnd, splitternackt aus dem Bad kam und über Lauers Einkäufe stolperte.

Er fing sie mit beiden Händen auf, hielt sie fest und grinste breit. »Wie schön, Sie wiederzusehen.«

Constanze aber starrte ihn nur entgeistert an, schüttelte seine Finger ab, wickelte sich das Handtuch so gut es ging um die Brust und schlüpfte mit rotem Kopf an ihm vorbei. Dabei rempelte sie Anna an und zischte ihr zu: »Du gemeines Biest!« Sie verschwand in ihrem Zimmer und knallte die Tür hinter sich zu, während Lauer ihr noch immer nachsah. Da begriff Anna, dass sie schnell etwas tun musste. Sie packte Lauer an der Hand und zerrte ihn in die Küche.

»Sag jetzt nichts.« Sie blickte Lauer warnend an und schloss die Tür hinter sich.

»Aber meine Sachen ... Ich will doch kochen!« Lauer wollte an ihr vorbei zurück in den Flur.

»Das hat Zeit. Jetzt bleibst du erst mal hier«, wies sie ihn zurecht.

»Aber warum? Ich bin erwachsen und habe auch schon mal eine nackte Frau gesehen! Stell dir vor! Isst sie mit uns?«

Anna schützte breitbeinig die Tür und schüttelte den Kopf. »Nein. Leider nicht.«

»Aha.« Lauer wandte sich ab und gab sich alle Mühe, seine Enttäuschung zu verbergen.

»Ich fürchte, sie kann dich nicht besonders gut leiden«, fügte Anna sanft hinzu. Sie ahnte, dass ihn dies verletzen würde. Doch sie hatte das Gefühl, dass es besser so war. Sie mochte ihn und er sollte sich keine falschen Hoffnungen machen.

»Warum? Weil ich Menschen fresse?«

»Menschen? Ich dachte, du hast es nur auf kleine Journalistinnen abgesehen!«

»Dann fange ich gleich bei ihr an.« Er stapfte auf Anna zu, schob sie beiseite und öffnete die Tür. Doch draußen auf dem Gang war niemand mehr. Er lauschte, doch aus Constanzes Zimmer drang kein Laut. Da hob er seine Tüten auf, brachte sie in die Küche und breitete die Einkäufe auf dem Tisch aus.

Diethelm Lauer hatte sich auf den Abend gefreut. Jetzt aber war er wütend. Alles lief verkehrt. Lärmend zog er die Töpfe aus dem Schrank, knallte sie auf den Herd und gestand sich ein, dass er vor allem wegen Constanze gekommen war. Aber sie schien ihm ständig aus dem Weg zu gehen. Immer hatte sie etwas vor, wenn er kam. Und Anna war auch seltsam wortkarg, wenn er sie über Constanze aushorchen wollte.

»Das geht dich nichts an«, hatte sie gesagt, als er sich einmal zaghaft nach ihr erkundigt hatte. Und: »Da musst du sie schon selber fragen.«

Seit Lea gegangen war, hatte Diethelm keine Frau mehr angerührt. Nicht, dass es ihm schwer gefallen wäre.

Es gab ohnehin niemanden, der Lea ersetzen konnte. Sie war eine außergewöhnliche Frau, und wahrscheinlich hatte sie Recht gehabt, ihn zu verlassen.

Nun wurde er langsam alt. Er marschierte stramm auf die Fünfzig zu, die wenigen Haare, die ihm geblieben waren, wurden grau und außerdem war er zu dick, das wusste er genau. Meistens war es ihm egal, dass er allein war, und er akzeptierte mit innerem Gleichmut, dass er es vermutlich auch bleiben würde. Und dann wieder gab es Augenblicke, in denen er sich dagegen wehrte. In denen er sich sagte, dass er noch längst nicht fertig war mit der Welt. Dass es bestimmt eine Frau gab, die ihn mochte. So wie er war. Ein bisschen rund, aber nett.

Seit er Constanze das erste Mal gesehen hatte, häuften sich diese Momente. Jedes Mal, wenn er sie in der Horde der Journalisten entdeckte, flatterte sein Herz.

Es war nichts Ernstes, redete er sich ein. Er fand sie nett. Interessant. Wollte sie nur ein wenig besser kennen lernen. Mehr nicht.

Und doch kam er jetzt gegen seine Enttäuschung nicht an. Dabei hatte es sich so gut angefühlt, sie in den Armen zu halten! Seufzend band er sich eine Schürze um den Bauch, kramte ein scharfes Messer aus der Schublade hervor und schälte mit solchem Schwung den Spargel, dass Anna Angst um seine Hände bekam. Als er sich durch die Hälfte des Berges gekämpft hatte, fiel draußen im Flur die Wohnungstür zu. Er hob kaum merklich den Kopf. Jetzt war sie weg.

Sorgenvoll betrachtete Anna den schweigsamen Mann, der da an ihrem Küchentisch saß und verbissen arbeitete, als gelte es, eine ganze Kompanie zu versorgen. »Du, es reicht! So viel essen wir beide nicht«, unterbrach sie ihn endlich, nahm ihm das Messer aus der Hand, suchte die Tüte mit den Kartoffeln und ging damit zur Spüle.

»Seit wann weißt du, dass man die Dinger waschen muss?«, knurrte er.

»Seit ich dich kenne!«

»Dann bin ich wenigstens zu etwas gut!«

Anna lächelte. Immerhin hatte er seinen Humor nicht verloren, dachte sie, setzte die Pellkartoffeln auf und vergaß ganz, die Platte anzumachen.

Währenddessen kümmerte sich Diethelm um den Spargel, stellte Zucker, Butter und Salz bereit und schüttelte über sich selbst den Kopf. Kein normaler Mensch aß jetzt schon Spargel. Warum tat er neuerdings so verrückte Sachen? Spargel im Winter! Peinliche Versprecher vor der Bundespressekonferenz. Hatte er wirklich *der ehemalige Bundeskanzler Jens Müller* gesagt? Erst gestern? Das war auch ihre Schuld. Wie sollte er seine fünf Sinne zusammenhalten, wenn sie ihn streng anstarrte? Sie saß immer Mitte rechts von ihm aus gesehen in dem riesigen Saal. Komisch. Jeder von denen schien seinen Stammplatz zu haben …

Anna stupste ihn an. »Das Wasser wird nicht warm.«

»Dann sollten wir vielleicht einfach den Herd anstellen«, erwiderte Lauer gereizt, schob sie beiseite und gab vor, konzentriert zu kochen. Doch er war nicht bei der Sache. Fühlte sich grässlich, hilflos – und beschloss, dass es so nicht weitergehen konnte. Dies sollte das letzte Mal gewesen sein, dass er sich wegen Constanze Albrecht lächerlich machte. So wahr er Diethelm Lauer hieß. Wer war sie schon? Eine unbedeutende Redakteurin der Internationalen Nachrichtenagentur INA. Ganz nett und dazu gewissenhaft, soweit er ihre Arbeit verfolgt hatte. Aber wenn er es recht bedachte, ohne besonderen Glanz. Genau! Ohne Glanz. Er fühlte sich schon viel besser.

Andererseits war sie neu. Vielleicht brauchte sie nur noch etwas Unterstützung? Blödsinn. So jung war sie schließlich auch nicht. Und konnte nicht jeder halbwegs gebildete Journalist schreiben, was sie schrieb?

Ach ja, wirklich?

Und dann sah er sie wieder vor sich, wie er sie soeben im Arm gehalten hatte, und alle Argumente flogen davon.

Sie war nicht eben schlank.

Aber das war er ja auch nicht.

Sie war blond.

Und eigentlich mochte er lieber Brünette.

Nein, so ging das nicht.

Wieder zuckte er unbewusst mit den Schultern und Anna fragte sich, was wohl in ihm vorgehen mochte. Doch sie kannte ihn lange genug, um ihm keine Fragen zu stellen. Sie würde einfach warten müssen, bis er sich gefangen hätte.

Da atmete Lauer tief durch und brummte: »Also schön. Jetzt kann ich es dir sagen. Es gibt einen Grund, warum ich heute Abend hier bin.«

»Ja klar. Zum Spargelkochen!«, neckte sie ihn. Zu gerne hätte sie ihn aufgeheitert.

Er schüttelte heftig den Kopf. »Ich gebe es offen zu. Ich hätte es auch deiner Freundin erzählt. Aber wie du richtig sagst, sie kann mich nicht leiden. Also schweigen wir davon. Und sag ihr nicht, dass ich enttäuscht war, ja? Bitte!«

»Habe ich dich schon mal verraten?«, fragte Anna und streichelte beschwichtigend seinen Arm. »Ich schweige wie ein Grab. Versprochen.«

»Und hol dir einen Block. Nach dem Essen habe ich dir was zu erzählen.«

»Wie bitte? Zum Mitschreiben?«, lästerte Anna.

»Ja. Heute gibt's Spargel und was zum Schreiben.«

»Und worum geht es?« Sie konnte ihre Neugierde kaum beherrschen.

Lauer aber grinste nur. »Ein paar kleine Anregungen. Es ist deine Sache, was du daraus machst ...«

Wenig später dampften die Kartoffeln in der Schüssel. Den Spargel drapierte Lauer direkt auf ihre Teller neben den hauchdünn geschnittenen, gerollten Schinken. Auch der Weißwein stand bereit.

»Ah. Noch was vergessen.« Er schob den Stuhl zurück, suchte die Sauciere und goss die heiße Butter hinein. Nun stimmte alles. Er hockte sich wieder hin, rieb erwartungsvoll die Hände und reichte Anna die Kartoffelschüssel. Eine Weile war nur das Klappern von Metall auf Porzellan zu hören.

»Hmm. Das war gut.« Lauer lehnte sich zurück. »Bald ist wirklich Frühling.«

»Der Frühling ist in Bonn so schön. Das werde ich vermissen ... Andererseits geht mir diese ständige Hin- und Herfliegerei auf die Nerven. Ich brauche meine Routine. Ich hoffe, dass wir bald in Berlin sind! Und trotzdem bedauere ich, dass ich hier weg muss. Diese Wohnung ... Rede ich Unsinn?«

»Vorerst wirst du die wohl kaum vermissen.«

»Was soll das nun wieder heißen?«

»Nun ja. Wie es jetzt aussieht, wirst du bestimmt noch einen Frühling in Bonn erleben.«

»Wieso das?« Anna beugte sich vor. »Ich denke, wir ziehen diesen Herbst um? Ist es das, was ich mitschreiben sollte?«

Lauer musterte sie nachdenklich. Seltsam, wie hellhörig dieses Mädchen war. Sie wusste nichts Genaues und ahnte doch alles. Journalismus konnte man lernen.

Das aber, dieses letzte Stück Gefühl, dieser Instinkt für Stimmungen, dieses blinde Treffen ins Schwarze, das musste man haben. Oder man blieb für immer Mittelmaß. »Ja. Deshalb solltest du mitschreiben. Bist du bereit?« Nur mühsam vermochte er den Stolz darüber zu unterdrücken, dass er sie einst entdeckt hatte. Ohne ihn … Blödsinn. Sie hätte es in jedem Fall geschafft. Wenn er sie damals beim *Merker* nicht geschunden hätte – nun, dann hätte eben ein anderer dieses Talent aus der Masse stumpfsinniger Bewerber gefischt, die immer nur wissen wollten, was ein Journalist denn so verdiene. Als ob es darauf ankäme.

Lauer stocherte in den Kartoffelresten auf seinem Teller und erfasste mit einem Blick, dass Anna längst mit gespitztem Bleistift und aufgeschlagenem Block neben ihm saß. Ihren Teller hatte sie beiseite geschoben. Nur noch das Weinglas stand vor ihr.

»Also schön. Dann zum Mitschreiben. Der Berlin-Umzug wird sich wohl verschieben. Ich denke, um mindestens … Mindestens … Ach, ist ja auch egal. Fürs Erste ist der Zeitplan jedenfalls nicht zu halten.«

»Ach ja?«

»Ja. Es hat einiges nicht so funktioniert, wie wir uns das … Äh … Die Ergebnisse der Untersuchungen waren jedenfalls nicht sonderlich vielversprechend.«

Sie sah auf. »Du sprichst in Rätseln.«

»Ja. Klar. Verstehe. Dann eben noch mal von vorne. Es gibt da etwas, von dem du nichts weißt … Hmm … Von dem kaum jemand etwas weiß, obwohl es alles andere als unwichtig ist.«

»Sprich dich aus.« Anna blickte ihn abwartend an, und nahm einen Schluck aus dem Weinglas.

»Also kurz und gut. Die neuen Ministerien sind nicht abhörsicher.«

»Die sind nicht was?« Anna verschluckte sich, stellte hastig das Glas zur Seite, hustete hilflos und sah ihn aus tränenden Augen an.

»Nicht abhörsicher«, wiederholte er tonlos.

»Aber sollten sie das denn sein?«

»Das war eine Bedingung.«

»Von wem?«

Lauer dachte einen Moment nach. Sollte er es ihr einfach alles erzählen, soweit er es selbst begriffen hatte? Aber nein. Die kluge Anna sollte selber sehen, wie weit sie kam. Gab er ihr nicht ohnehin einen gewaltigen Vorsprung?

»Nimm es einfach so hin. Eine der Bedingungen, die an den Um- oder Neubau der Ministerien und des Bundestags in Berlin gestellt werden, ist die, dass alle Räume abhörsicher sein müssen.«

»Auch die Kantinen?« Es sollte ein Scherz sein, und Anna erschrak über Lauers humorlose Antwort.

»Gerade die Kantinen. Was meinst du, was die alles beim Mittagessen so erzählen!«

»Aha.« Anna war sprachlos. Lauer meinte das offenbar wirklich ernst. »Aber warum? Und wie? Das ist doch sowieso nicht möglich … Ich meine … Das ist doch Wahnsinn! Was ist schon abhörsicher?«

»Es ist möglich. Mit neuer, moderner Technik. Dachte man zumindest!«

»So, so. *Man* dachte. Wer ist *man*?«

»Die Experten glauben immer noch, dass es geht.«

»Aha. Und wer sind diese Experten?« Anna konnte sich den hämischen Unterton nicht verkneifen.

»Na, eben alle, die mit dem Umzug zu tun haben … äh … Das Innenministerium und seine nachgeordneten Behörden, falls du weißt, was ich damit meine.« Als er sah, dass Anna nickte, fuhr er fort. »Dann das Bauministerium. Der Haushaltsausschuss des Bundestages. Alle sind … äh … waren davon überzeugt, dass es funktioniert.«

»Und dieser ganze Unfug mit der Abhörsicherheit kostet eine Menge Geld.« Es war keine Frage.

Lauer erkannte, dass die Geschichte anfing, sie zu interessieren. »Die Industrie ist mit der Idee an uns herangetreten«, fuhr er fort. »Natürlich ist so was nicht umsonst. Aber es wurde allgemein für eine gute Idee gehalten. Der Gedanke war: Wenn wir schon alles neu machen oder doch so weit renovieren, dass wir, vor allem im früheren Ostberlin, die alten Häuser bis auf die Grundmauern strippen, dann können wir auch gleich vorbeugen. Versuche doch einfach mal, es dir vorzustellen!«, warb er. »Die ganze Regierung sicher vor Lauschangriffen …!«

»Vor richtigen Spionen auch? Ich meine die mit dem Schlapphut und dem Trenchcoat«, höhnte Anna.

»Natürlich nicht. Das ist doch was ganz anderes! Aber lass mich ausreden! Wie du weißt, werden in Berlin viele der Ministerien in uralten Gemäuern untergebracht.«

»Ja. Und?«

»Die haben nicht nur die DDR überlebt …«

»… sondern schon die Nazis?«

»So ist es. Allein das Finanzministerium! Natürlich haben wir im Westen nach dem Krieg auch so manchen alten Kasten wieder aufgebaut und gleichzeitig andere dem Erdboden gleichgemacht. Genau wie im Osten. Nur dass die früher so einiges anders gesehen haben als wir, wie du weißt. Als wir die ersten Wanzen fanden – oder vielmehr nicht wir, sondern Bauarbeiter, da …«

»Wanzen? Wo?«

»Überall. Und nicht nur in Ostberliner Hotelzimmern, wie es in den Zeitungen stand. Das kannst du mir glauben! Jedenfalls wurde von da an alles untersucht. Die Tapeten mussten runter, die Böden wurden herausgerissen, die abgehängten Decken kamen weg … Was da so alles zum Vorschein kam!« Lauer nickte bedeutungsvoll.

»Kann ich das schreiben?«

»Darüber sprechen wir später! Recherchier du erst mal. Doch zurück zu der Geschichte. Bei denen war der Große Bruder immer dabei. Du weißt schon: Vertrauen ist gut, Kontrolle ist besser. Die haben damit wirklich Ernst gemacht. Niemandem getraut.«

»Sogar im ZK?«

»Gerade im Zentralkomitee.«

»Ja.« Anna sah nachdenklich an Lauer vorbei. Im Westen hatten sie so gut wie nichts über die DDR gewusst, und die übereinander fast alles und waren doch daran zerbrochen. Offenbar, weil sie nicht mehr sortieren, die richtigen Schlüsse ziehen konnten. Sie waren in ihrer eigenen Datenflut untergegangen. Zu viel Wissen war eben doch schlechter als zu wenig …

»Das Auskundschaften und Abhören, das sind ja keine Erfindungen der DDR …«, unterbrach Lauer ihren Gedankengang.

»… sondern so alt wie die Menschheit«, ergänzte Anna müde. »Wem sagst du das. Ich bin ja selbst einmal in den Genuss …«

»Genau. Deshalb kam uns natürlich das entsprechende Angebot der Wirtschaft gerade recht. Und genau deshalb haben wir, hat die Bundesregierung, vom Bundestag gebilligt, bei den Neu- und Umbauten zur Auflage gemacht, dass alle Büros in den Ministerien und den nachgeordneten Behörden abhörsicher gemacht werden.«

»Auch in Bonn?«

»Ja, irgendwann auch die in Bonn. Vorrangig aber die in Berlin. Das heißt: Mauerwerk absuchen nach altem Geflecht, Großreinemachen und dann alle Luken dicht!«

»Und das hat nicht geklappt«, schlussfolgerte Anna.

Lauer schürzte die Lippen. »So sieht es derzeit aus. Leider.«

»Und wieso?«

»Wieso? Wieso? Was ist denn das für eine Art zu fragen? Hast du das bei mir gelernt?«

»Ich will doch nur wissen, warum es nicht geklappt hat!«

»Das weiß keiner. Im Moment jedenfalls. Tatsache ist nur, dass der Geheimdienst sämtliche fast bezugsfertigen Büros ...«

»Wie viele sind das?«

»Unterbrich mich nicht ständig!«

»Wenn mir doch gerade eine Frage einfällt!«

»Du bist unmöglich, weißt du das?« Aus Lauers Augen sprach kein Zorn. Vielmehr betrachtete er sie wohlgefällig. »Ich sag es dir. Weil du es bist. Etwa zwanzig Prozent der Büros sind als bezugsfertig gemeldet, die andere Hälfte soll es, wie du weißt, spätestens bis zum Herbst sein.«

»Und diese zwanzig Prozent hat der Geheimdienst überprüft.«

»So etwa.«

»Wie viele davon sind nicht abhörsicher?«

Lauer schüttelte den Kopf.

»Keines?« Anna riss die Augen auf und starrte ihn an. Als er nicht reagierte, wiederholte sie: »Wirklich keines?«

»Man hört im Nachbarraum jede Stecknadel fallen. Mit Fallgeschwindigkeit und lautem Aufprall.«

Einen Moment lang saßen sie schweigend da. Dann platzte es aus Anna heraus: »Wie viel Geld wurde in den Sand gesetzt, wer hat die Aufträge erteilt, an wen, warum funktioniert es nicht, wie lange verzögert sich der Umzug und kann ich den Geheimdienstbericht haben und veröffentlichen oder ist der nach wie vor geheim …?«

»So gefällst du mir. Jetzt kommst du endlich mit den richtigen Fragen. Sehr schön. Sehr, sehr schön«, lobte Lauer, hob anerkennend erst die Augenbrauen und dann sein Glas.

»Und?« Anna sah ihn erwartungsvoll an.

»Was und?«

»Willst du mir meine ach so tollen Fragen nicht beantworten?«

Lauer nippte am Wein und wich ihrem Blick aus. »Nein. Das wirst du schon selbst herausfinden müssen.«

3. Kapitel

Constanze schlich ins Treppenhaus und ließ die Wohnungstür hinter sich ins Schloss fallen. Mit offenem Mantel eilte sie die Treppen hinunter, als könnten Anna oder Lauer sie jeden Moment zurückrufen. Unten angekommen, schaute sie unruhig auf die Uhr. So früh noch!

Ernüchtert zog sie die schwere Haustür auf und starrte hinaus in die Dunkelheit, die sich viel zu früh über diesen herrlichen ersten Vorfrühlingstag gesenkt hatte. Fröstelnd schloss sie die Knöpfe ihres Mantels. In den dünnen Pumps, die sie eilig aus dem Schrank gezogen hatte, stapfte sie von einem Fuß auf den anderen. Alexander würde sie erst in einer halben Stunde abholen. Frühestens. So war es ausgemacht. Was sollte sie nur so lange tun? Langsam durchquerte Constanze den schmalen Vorgarten und schlenderte ziellos den Gehweg entlang, der von gewaltigen, nun schon seit Monaten kahlen Bäumen gesäumt war. An der Straßenecke machte sie kehrt und wanderte ebenso langsam zurück. Ob er pünktlich sein würde? Was, wenn er zu spät kam? Oder gar nicht? Wenn er sie hier stehen ließ? Wenn sie wieder hinaufmüsste, vorbei an der hell erleuchteten

Küche, an Lauer und Anna? Auf keinen Fall würde sie sich dazusetzen. So viel war klar. Aber hatte sie wirklich Lust, sich hungrig an ihnen vorbei in ihr Zimmer zu verdrücken?

Nervös strich sich Constanze den Pony aus dem Gesicht. Aber nein. Alexander hatte es ernst gemeint. Er hatte sie zum Essen eingeladen, und er würde kommen. Sie sah sein Gesicht vor sich, die dunklen, großen Augen, die so warm und freundlich schimmerten und sie war sicher: Er würde kommen.

Alexander! Sie ließ das Wort auf der Zunge zergehen. Wie gut das klang! Und wie gut der Name zu diesem Mann passte, der ihr gleich an ihrem ersten Arbeitstag in Bonn aufgefallen war, als alles noch neu gewesen war und sie sich unsicher gefühlt hatte unter den bekannten Journalisten, denen der Umgang mit Ministern und Abgeordneten so alltäglich war wie ein Besuch beim Frisör.

An jenem Tag war Bundespressekonferenz gewesen, für sie die erste. Sie hatte sich in der Mitte einen Platz gesucht, sich unsicher umgesehen und einfach nur zugehört. Zum ersten Mal hatte sie den legendären Regierungssprecher Diethelm Lauer erlebt, einen ganzen, ungeschnittenen Auftritt lang, nicht nur in den kargen Fetzen, die abends in den Nachrichten kamen.

Wenn es so etwas wie Abscheu auf den ersten Blick gab, so traf dieses Gefühl Constanze mit voller Wucht. Mit welcher Arroganz Lauer dort oben auf dem Podium Platz genommen, belustigt in die Runde geschaut und sich ganz unverhüllt über ihrer aller Unwissenheit amüsiert hatte! Dieser Blick hatte sich tief eingegraben in ihr ewig skeptisches Journalistenhirn, und sie würde ihn nicht vergessen. Der Regierungssprecher hatte an jenem Tag nicht die Absicht gehabt, sie über die tatsächlichen Ereignisse im Kabinett zu informieren, und er würde auch künftig nicht die Wahrheit sagen. Punkt.

Die Kollegen schienen das nicht so eng zu sehen wie sie. Sie lachten kumpelhaft, wenn er einen Scherz machte, strahlten, wenn er sie einlud und baten betont höflich um Auskunft, und niemals schwang der Hauch eines Zweifels darin mit. Man kannte sich, man mochte sich.

Nur einer schien anders zu sein. Nur einer streute ab und zu unbotmäßige Zwischenrufe ein und scherte sich nicht um das erstaunte Gemurmel der anderen. Sie hatte sich bei ihrem Büroleiter Felix Mücke, der ein wenig zu spät gekommen war und sich zu ihr gesetzt hatte, nach ihm erkundigt.

»Das? Das ist Alexander Hof. Ziemlich aufsässig heute mal wieder.«

»Hmm. Der Name kommt mir bekannt vor. Für wen schreibt der?«

»*Die Linse*.«

»Ah so! Deshalb.« Kein Wunder, dass ihr der Name geläufig war. Interessiert betrachtete sie seinen kantigen, in eine helle Lederjacke gehüllten Rücken, das wallende, fast bis auf die Schulter reichende braune Haar. Das also war Alexander Hof, dachte sie verschmitzt und ein kleines Lächeln huschte ihr über die Lippen. Groß war er ja nicht. Doch das schien ihm nichts auszumachen. Selbstsicher lehnte er sich zurück, schlug ein Bein übers andere und lauerte lässig darauf, dass der Regierungssprecher in eine seiner Fallen tappte.

Es war diese herablassende Zuversicht, die sie unwiderstehlich fand, und jedes Mal, wenn sie ihn an den darauf folgenden Tagen sah, fing ihr Puls an zu rasen. Einmal, es war ein paar Pressekonferenzen später, drehte er sich plötzlich um, gerade so, als habe er ihren bohrenden Blick im Rücken gespürt. Seine Augen irrten umher, streiften sie für einen kurzen Moment, und da pochte ihr Herz bis zum Hals. In dieser Sekunde entging ihr nichts – nicht die beiden Narben an seinem markanten Kinn, nicht die goldumrandete, schmale Lesebrille auf der eigentlich ein wenig zu schmalen Nase und am allerwenigsten diese wachen dunklen, flinken Augen. Als er lächelte, kamen zwei Reihen grauer, abgestoßener Zähne zum Vorschein. Doch da war es längst um sie geschehen, und selbst wenn er zahnlos gewesen wäre, es hätte sie nicht gestört.

Seither war sie sich Alexanders Anwesenheit stets bewusst. Ganz gleichgültig, wo sie war, ob bei großen Pressekonferenzen oder vertraulichen Hintergrundgesprächen, ob auf der Tribüne des Bundestages, auf den langen Fluren des Pressehauses, beim Mittagessen in der Kneipe oder am Kiosk vor dem Bundestag, stets sah sie sich unwillkürlich nach ihm um. Hatte sie ihn tatsächlich entdeckt, verkrampfte sie sich, tat kühl, abweisend und beschäftigt. Und konnte ihr heftig klopfendes Herz kaum bändigen.

Dabei spürte sie die Gefahr, die von diesem Mann ausging und konnte ihr doch nicht widerstehen, fühlte sich zurückversetzt in die erste unsichere Verliebtheit und wusste nicht recht, ob sie darüber lachen oder weinen sollte.

Dass Alexander sie nicht zur Kenntnis nahm, verwunderte sie keineswegs. Manchmal, wenn sie abends allein über alles nachdachte, dann war sie sogar froh darüber. Denn die Wunden ihrer vorerst letzten Beziehung in Berlin waren noch zu frisch. Und auch wenn sie die Trennung von Kurt Schaller schließlich wie eine Befreiung empfunden hatte, war sie noch nicht bereit für einen Neuanfang.

Drei Jahre war sie gefangen gewesen in dieser sinnlosen, nie wirklich erwiderten Liebe. Kurt Schaller war ein exzentrischer, ein wunderbarer, aber selbstsüchtiger Mann, und es hatte gut getan, sich endlich aus der Lethargie zu befreien, mutig einen Strich zu ziehen, unerwartet, zu ihrer eigenen Überraschung, genauso wie zu der Schallers.

Kurt war freier Fotograf und ein Meister der politischen Fotografie. Menschlich aber war er ein Wrack. Leider hatte Constanze das viel zu spät gemerkt. Zwar hatte sie lange geahnt, dass er zu viel gesehen, mehr hatte erleiden müssen, als ein Mensch ertragen konnte. Doch er sprach nicht darüber. Oft träumte er schlecht. Schwitzte, schlug im Schlaf um sich. Einmal liefen ihm Tränen über die Wangen. Am nächsten Tag aber wollte er nichts davon wissen, wies ihre vorsichtigen Fragen ab und wurde böse, als sie auf einer Antwort beharrte.

Er hatte schon in der ganzen Welt fotografiert. Damals, als er noch nicht so gefragt gewesen war, hatten Agenturen wie die INA oder ihre große deutsche Konkurrenz, der Deutsche Nachrichtendienst, seine Bilder verbreitet. In den vergangenen Jahren aber hatte er nur noch exklusive Aufträge für Magazine wie die *Linse* oder den *Merker* angenommen.

Es war ein solcher Auftrag, der ihn nach Ägypten zu jener Parade geführt hatte, bei der Präsident Anwar el-Sadat erschossen worden war. Und es waren seine Fotos, die um die Welt gingen. Er hatte Kriege und Aufstände in Afrika, Asien und Mittelamerika fotografiert, seine Bilder vom Leid der Menschen, von gefährlichen Prügelszenen, ja, von Hinrichtungen waren erschütternd, hatten unzählige Preise gewonnen und die Fotos, die er vom israelischen Einmarsch im Libanon und dem Massaker in den Beiruter Palästinenserlagern gemacht hatte, hatte er selbst später in einem aufrüttelnden Buch über die Brutalität des Nahost-Konflikts zusammengefasst.

Nun war es die besondere Begabung eines Fotografen, nicht nur gute, ausdrucksvolle Bilder zu machen, sondern vor allem zur rechten Zeit am rechten Ort zu sein. Das gelang ihm oft, öfter jedenfalls als anderen. Rein zufällig schoss er gerade eine Reportage über den türkischen Alltag in Kreuzberg, als begeisterte DDR-Bürger die Mauer überfluteten. Die Bilder glückstaumelnder, Sekt trinkender, jubelnder, *Das-ist-ja-Wahnsinn*-stotternder Menschen hatten sein Konto beträchtlich gefüllt. Lange vor der Hauptstadtentscheidung des Bonner Parlaments suchte er sich Berlin als Stützpunkt aus. Hierher kehrte er immer wieder zurück.

Constanze hatte ihn vor etwas mehr als drei Jahren kennen gelernt, als er im Berliner INA-Büro einen alten Freund besucht hatte. Constanze war zufällig in der Fotoredaktion und auf Anhieb von ihm beeindruckt gewesen. Fasziniert hatte sie den Mann mit den wirren kurzen, braunen Haaren, den muskulösen Schultern unter der von Filmen, Zetteln, Stiften und ähnlichem Zubehör aufgeplusterten Weste im Vorbeigehen gemustert und dafür gesorgt, dass die Fotokollegen sie vorstellten, und sie, die Texterin, zur Wiedersehensfeier in die Stammkneipe mitnahmen, ins *Caféhaus*. Sie saß den ganzen Abend neben Kurt, hörte ihn fachsimpeln und zum ersten Mal in ihrem Leben störte es sie nicht, dass sie kaum etwas zur Unterhaltung beizutragen vermochte.

Es dämmerte bereits, als Schaller sie nach Hause brachte. Sie bat ihn auf einen letzten Kaffee hinauf. Sie liebten sich leidenschaftlich, und Constanze hoffte insgeheim, ihn für immer an sich zu binden. Er aber blieb vage, kam und ging, wann es ihm passte, klingelte mitunter erst um Mitternacht und fand es ganz normal, dass sie für ihn da war.

Zuweilen verschwand er, meldete sich wochenlang nicht. Mit der Zeit musste sie einsehen, dass er sich niemals wirklich auf sie einlassen würde. Eine Heirat war ausgeschlossen. Die Erkenntnis schmerzte. Auch würde er keine Kinder haben wollen. Kinder. Seit jenem ersten Abend wünschte sie sich ein Kind von ihm. Doch je dringlicher sie es sich wünschte, desto bewusster wurde ihr, dass ihre Chancen mit jedem Tag, jeder Woche, jedem Monat schwanden.

Sie hatte die Mitte der dreißig lange überschritten und viel Zeit blieb ihr nicht. Für einen kurzen Moment erwog sie, gegen seinen Willen schwanger zu werden. Es wäre das Einfachste gewesen, ihn vor vollendete Tatsachen zu stellen. Warum hatte er auch ihr allein die Verhütung überlassen? Obwohl sie es war, die sich Nachwuchs wünschte? Hätte er sich eben selbst darum kümmern müssen.

Doch dann verließ sie der Mut. Wer sagte ihr, dass er zu dem Kind stehen würde? Wie sollte sie ein Baby großziehen, wenn sie arbeiten musste, im Schichtdienst, wie bei Nachrichtenagenturen üblich? Also hatte sie schweren Herzens weiter die Pille geschluckt, traurig und mit Widerwillen.

Heute war sie froh darüber. In einer überaus lauten Szene hatte sie sich von ihm befreit. Und wenn sie sich auch hin und wieder, vor allem nachts allein im Bett, nach ihm sehnte und mit sich selbst haderte, so wusste sie doch tief im Innern, dass es richtig gewesen war. Nein, so hätte sie nicht weitermachen können.

Dann hatte sie das Angebot für Bonn bekommen – eine nur vorübergehende Versetzung, weil ein Kollege gekündigt hatte und ein neuer so schnell nicht zu finden war – und hatte angenommen, um Kurts Nähe zu entfliehen und all den Orten, die sie an ihn erinnerten.

Constanze schlenderte zum dritten Mal die kleine Nebenstraße entlang und sah sich nach jedem vorbeifahrenden Auto um. Als sie unter einer Laterne anlangte, schaute sie auf die Uhr. Noch zehn Minuten. Sie seufzte und nahm ihre Wanderung wieder auf. Sie kam sich vor wie ein Schulmädchen, das auf den aufregendsten Mann wartete, der ihr seit langem begegnet war.

War er das wirklich? War Kurt Schaller nicht auch aufregend gewesen? Doch, schon. Aber anders, fremder. Er war eben Fotograf. Kein Schreiber. Hatte seine teuren Kameras zärtlicher angefasst als sie. Und wie übel gelaunt er oft gewesen war, geflucht hatte über Bilder, die sie später äußerst gelungen fand! Am Anfang hatte sie ihm das auch gesagt, doch er hatte sie ausgelacht und so hatte sie es sein lassen.

Hier in Bonn hatte sie noch keiner ausgelacht. Und noch einmal würde sie sich das nicht bieten lassen.

Was hatte Alexander eigentlich zuletzt geschrieben? Seltsam. Seit sie auf das achtete, was er tat, hatte sie keinen Artikel mehr von ihm im Heft gefunden. Ob er gerade einer großen Sache auf der Spur war?

Aber dann wäre er wohl kaum zu der langweiligsten Veranstaltung gekommen, die sie seit Jahren erlebt hatte! Die Zuckerindustrie hatte geladen und Felix Mücke hatte sie an diesem Mittag hingeschickt. »Das ist ein gutes Verbraucherthema, das mach mal. Zucker isst schließlich jeder.«

Da hatte sie sich fügen müssen und war an den kargen Blumenkästen und dem leeren Brunnen vorbei zu dem Hotel gleich neben dem Pressehaus gegangen. An der Tür des kleineren Konferenzraums im ersten

Stock reichte ihr eine junge Frau in dunkelblauem Hostessenkostüm und rot-weißem Seidenschal mit routiniertem Lächeln eine hochglänzende Pressemappe. Constanze nahm sie achtlos entgegen und suchte sich einen Platz nahe am Ausgang. Erst als sie längst saß und sich flüchtig umsah, entdeckte sie Alexander und ihr Atem setzte für Sekunden aus. Ihre Blicke trafen sich. Constanze schlug verstört die Augen nieder und gab sich alle Mühe, ihre Aufregung zu verbergen. Scheinbar fasziniert vertiefte sie sich in die Zuckerstatistiken und nahm wie durch einen Schleier wahr, dass sich ein dynamischer junger Mann vor die bereits aufgebauten Mikrofone setzte, und mit sichtlichem Genuss eintauchte in die verzwickten Zusammenhänge von Honig, Zucker und Süßstoff.

Constanze verstand kein Wort, und es war ihr auch herzlich egal. Sie würde einfach später die Pressemitteilung abschreiben. Aber Durst hatte sie, der von Minute zu Minute ärger wurde. Vor ihr standen ein paar Fläschchen Saft und Wasser, daneben Gläser. Aber wieso war dort kein Öffner? Wieso gab es nur einen und warum lag der ausgerechnet genau vor Alexander Hof? Entschlossen griff sie nach einer der Wasserflaschen und betrachtete den Kronkorken mit bewusst hilflosem Staunen.

Alexander bemerkte es nicht. Vertieft in die eigene Pressemappe saß er da, rückte die goldene Brille zurecht, las, blätterte, las, notierte etwas. Trotzig stand Constanze auf, schlängelte sich an den Kameras vorbei, schlich gebückt die paar Schritte zu ihm und griff an seiner Schulter vorbei nach dem Öffner, seinen Blick auf ihrer Hand spürend. Langsam drehte er sich zu ihr um und betrachtete sie interessiert. Das Blut schoss ihr ins Gesicht. Doch sie zwang sich, ihre Finger um den Flaschenöffner zu schließen, den Arm zurückzuziehen und langsam und selbstbewusst zu ihrem Platz zurückzukehren. Heiß spürte sie sein Grinsen in ihrem Rücken.

Nach weiteren fünf Minuten hielt sie es nicht mehr aus. Energisch schob sie den Stuhl nach hinten, steckte ihren Stift an die Mappe, hängte ihre Handtasche über die Schulter, leerte ihr Glas und verließ den stickigen Raum, ohne die erstaunten Blicke des so rüde unterbrochenen Zuckerpräsidenten zu beachten.

Draußen atmete sie erleichtert auf und lehnte sich an die holzgetäfelte Wand. Erbittert fragte sie sich, warum sie Agenturjournalistin geworden war. Warum durften sich alle ihre Kollegen diesen schwachsinnigen Termin schenken, nur sie und die zwanzig anderen armen Schweine da drin nicht?

Was hatte eigentlich Alexander da verloren, wo er doch für eine Illustrierte schrieb und es gewiss nicht nötig hatte, über die Vorzüge von Zucker im traurigen Vergleich zu Honig und Süßstoff nachzudenken? Ob es ihr endlich gelungen war, ihn auf sich aufmerksam zu machen? Was er wohl über sie dachte?

Sie stand noch immer in dem mit dicken Teppichen ausgelegten Flur, als sie hörte, wie hinter ihr die Tür aufging und rasch wieder geschlossen wurde. Gedämpfte Schritte näherten sich.

Das war er. Sie wusste es einfach. Panisch überlegte sie, was sie sagen sollte. Wieder spürte sie die lästige Röte in ihrem Gesicht. Ihr Atem ging schneller. Würde er an ihr vorbeilaufen? Sollte sie ihn ansprechen?

Na, auch keine Lust mehr?

Nein. Zu burschikos. Aber was sonst?

»Na, auch keine Lust mehr?«, hallte ihr ins Ohr.

Sie fuhr herum und fand sich direkt vor ihm, sah jede einzelne seiner Narben, die dichten Augenbrauen, die unter der Brille hervorquollen, das lockige, braune Haar und den grinsenden Mund. Erschrocken wich sie zurück. »Ja … ähm … Nein … ähm …«, stotterte sie.

»Hab's gemerkt. War ja auch nicht gerade aufschlussreich. Aber ich habe Sie doch nicht erschreckt?«, fragte er und musterte sie erheitert von oben bis unten.

Eine stumme Verzweiflung packte sie. Sie war zu dick! Warum hatte sie gestern auch das Eis noch gegessen? Und die Hose spannte. Ihre Bluse war verwaschen, der Pullover darüber … Nun, der ging ja vielleicht. Aber trotzdem. Warum hatte sie nicht etwas anderes ausgesucht? Den neuen blauen Blazer zum Beispiel? Der stand ihr so gut! Hatte sie richtig schlank gemacht, als sie ihn im Geschäft anprobiert hatte. Aber nein! Für einen besonderen Anlass hatte sie ihn aufheben wollen! Ganz wie früher, als Kind … Zu spät. Sie hatte es verpatzt. Was bildete sie sich auch ein? Es war doch vollkommen gleichgültig, was sie trug! Er würde sich ohnehin nicht für sie interessieren!

Alexander musterte derweil ihr blondes, gepflegtes Haar, das runde, durchaus hübsche Gesicht, die weiche, barocke Figur vor sich, die in einem hellblauen Pullover und modischen, viel zu eng sitzenden Hosen steckte und fragte sich, wie er sie so lange hatte übersehen können. Noch nicht einmal ihr Gesicht war ihm bekannt. Eigentlich abwegig, dass er sie nicht bemerkt haben sollte! So etwas war ihm schon lange nicht mehr passiert. Aber nun – es war in letzter Zeit so vieles anders als früher …

Er schob die unangenehmen Gedanken beiseite. Wie verlegen sie war! Richtig süß! »Sind Sie neu hier?«, erkundigte er sich schließlich freundlich. »Darf ich mich vorstellen, Alexander Hof. *Die Linse*. Und für wen waren Sie da drin?«

»Äh. Ich? Ich bin für die Nachrichtenagentur INA hier. Sozusagen leihweise. Normalerweise bin ich in Berlin. Aber ein Kollege hat gekündigt und weil ich sowieso in die Parlamentsredaktion wechseln sollte, dachte mein Chefredakteur, ich könnte jetzt schon einspringen …« Sie sah ihn an und atmete durch. Was redete sie da für einen Blödsinn? Warum erzählte sie ihm das alles?

»Ja, und weiter?«

»Ach, nichts«, antwortete Constanze verunsichert. »Ich soll mich hier einarbeiten. Nur für ein paar Wochen.«

»Und dann gehen Sie wieder nach Berlin?« Das war ja wunderbar, dachte Alexander. Ein kleines Zwischenspiel. Ohne Tränen. Ohne Folgen. Ungeduldig erwartete er ihre Antwort.

»So wie es aussieht ja. Aber der ganze Zirkus kommt ja bald nach.«

»Tja. Mal abwarten.«

»Wie? Sie nicht?«

»Wie gesagt. Mal abwarten«, wich er aus. Er hatte sich noch nicht entschieden. Vielleicht würde er auch am Rhein bleiben, über Entwicklungshilfe und die Geflügelindustrie schreiben und sich ein paar ruhige Jahre gönnen, da es ohnehin nicht mehr so gut lief wie früher. »Noch sind wir ja hier. Wie wär es? Gehen Sie mit mir essen?«

Ihre Augen blitzten. »Warum nicht?«

»Sehr schön. Heute Abend?« Er blickte ihr tief in die Augen, sicher, dass sie Ja sagen würde. Bevor sie einen Rückzieher machen konnte, ergriff er ihre Hand, spielte mit einem ihrer Ringe. Kein Ehering dabei. Umso besser. »Also, abgemacht? Heute Abend?«, bohrte er nach.

»Abgemacht«, antwortete sie leise.

»Ich hole Sie ab. Im Büro? INA war das? Pressehaus I, zweiter Stock, gleich rechts?«

»Nein. Bitte nicht. Ich muss vorher nach Hause …«

Er notierte die Adresse. Erfreut stellte er fest, dass sie gleich um die Ecke wohnte und er sich auf keinen großen Umweg eingelassen hatte. Wo sollte er mit ihr hingehen? Er sah ihr nach, wie sie sich langsam in dem strahlenden Sonnenschein über die leere Hotelterrasse entfernte. Sein Kennerblick ruhte auf ihrer üppigen Figur und er entschied sich gegen unnötige Umwege: Er würde einfach etwas kommen lassen.

Besser gelaunt als noch vor wenigen Minuten marschierte er zurück in sein Büro, warf die Pressemappe in den Papierkorb und behielt nur den Lebenslauf des Verbandspräsidenten. Es war ihm zu Ohren gekommen, dass dieser bald zu Höherem berufen werden sollte, und das allein war der Grund gewesen, warum er an dieser seltsamen Pressekonferenz teilgenommen hatte. Dass er dabei dieses Mädchen kennen gelernt hatte … Er lächelte zufrieden und rief den italienischen Feinkosthändler an, der ihm in Fällen wie diesem stets zuverlässig aushalf.

Rechtzeitig verließ er am Abend das Büro, holte das bestellte Essen ab, schob die vorgefertigte Lasagne in den Ofen, deckte den Tisch mit Kerzen und dem ererbten Silberbesteck, entkorkte die Weinflasche und machte sich selbst fertig. Erst als alles zu seiner Zufriedenheit erledigt war, fuhr er los.

Er hatte es nicht weit, wohnte in einem kleinen Haus auf halber Strecke zwischen dem Regierungsviertel und dem alten Ortsteil Kessenich, das er gemietet hatte. Unten gab es einen schmalen Flur, der in die winzige Küche mündete. Gleich daneben lag das Wohnzimmer, in dem das Sofa stand, daneben zwei Sessel und, etwas abseits, ein moderner Esstisch aus Chrom und Glas. Über eine schmale, sehr steile Treppe gelangte man in das Obergeschoss. Die beiden Schlafräume wurden durch die Dachschräge fast halbiert und waren zusammen nur unwesentlich größer als das Bad, das sein ganzer Stolz war: In einem satten Blau gekachelt, wurde es von einer gewaltigen, runden Wanne beherrscht, die in ein Podest eingelassen und über zwei Stufen zu erreichen war. An der anderen Wand befanden sich Dusche, Waschbecken und Toilette. Durch das großzügig bemessene Fenster fielen morgens die ersten Sonnenstrahlen auf den Spiegel.

Ob er die Kleine morgen früh mit ins Bad nehmen würde? Oder ob er froh sein würde, sie loszuwerden? Am besten sofort, mitten in der Nacht? Das war das Spannendste an diesen Abenden. Man wusste nie, wie sie ausgehen würden. Genüsslich sog er die kühle Abendluft ein. Constanze. Das klang zumindest vielversprechend.

Langsam bog er in die Straße ein, die Constanze ihm genannt hatte und versuchte, die Hausnummern zu entziffern, als ihre Gestalt plötzlich im Scheinwerferlicht auftauchte. Da stand sie, zwischen den Baumstämmen und winkte. Er hielt an, beugte sich über den Beifahrersitz, öffnete die Tür und wartete, bis sie eingestiegen war.

»Ich hätte auch geklingelt«, brummte er unmutig. So was konnte einem den ganzen Spaß verderben.

»Das wollte ich aber nicht«, gab Constanze pampig zurück.

»Ach ja? Und warum nicht? Was ist so schlimm daran, wenn ich klingele?«, beharrte Alexander schon ein wenig freundlicher. Wenigstens war sie nicht auf den Mund gefallen.

»Darum nicht«, grummelte Constanze, dachte an Lauer und ihren Auftritt vorhin nach der Dusche. Sie war entschlossen, nichts von alldem zu erzählen.

»Schön«, gab Alexander mit einem breiten Grinsen zurück. »Ich dachte, wir fahren zu mir. Ich habe eine Lasagne vorbereitet. Einverstanden? Vorher gibt es Caprese, als Nachtisch Tiramisu.«

»Sie haben für mich gekocht?« Constanze blickte ihn ungläubig an.

»Warum nicht? Ich möchte Sie gerne kennen lernen«, fuhr Alexander mit schmeichelnder Stimme fort. »Ich habe das Gefühl, wir beide könnten uns sehr gut verstehen.« Dann schenkte er ihr einen so tiefen Blick, wie es die Verkehrslage erlaubte.

Constanze lächelte und sagte nichts. Unter anderen Umständen hätte sie den Schmalz entlarvt, die Lächerlichkeit erkannt, Alexander vielleicht sogar ausgelacht. Heute aber fühlte sie sich umworben, geschmeichelt, und ihr Herz klopfte so laut wie am Morgen, als er sie angesprochen hatte.

Der Abend verflog wie im Traum. Sein Essen schmeckte, sie unterhielten sich überraschend gut und ungezwungen, lästerten über Kollegen, und ihre offensichtliche Verliebtheit machte den Rest für ihn leicht.

Sie liebten sich leidenschaftlich, und kurz vor dem Einschlafen erzählte er ihr von seiner Frau, seiner geschiedenen Frau, und suhlte sich ein wenig in ihrem Mitleid, bevor er einschlief.

Constanze aber konnte lange nicht zur Ruhe kommen, betrachtete eingehend sein Gesicht und kam zu dem Ergebnis, dass er es wirklich nicht leicht hatte. Nach so einer Scheidung. War seine Ex-Frau doch die Tochter des *Linse*-Chefredakteurs Manuel Schuk. Klar, dass dieser ihm nicht verzieh, dass Alexander sein kleines Mädchen unglücklich gemacht, sie dieses eine einzige Mal mit einer anderen Frau betrogen hatte, dachte Constanze und empfand ehrliches Mitgefühl für diesen Mann, dessen Gattin sich offenbar überraschend verändert hatte nach der Hochzeit. Humorlos war sie geworden, hatte er gesagt. Hatte nicht einmal mehr mit ihm schlafen wollen! Dafür aber hatte sie ihm jedes Recht auf eigenes Vergnügen abgesprochen. Nein, so etwas würde sie ihrem eigenen Mann niemals zumuten, nahm sie sich vor. Kein Wunder, dass er sich woanders umgesehen hatte. Schade, dass er mit seiner Begabung nun unter einer misstrauischen Blattleitung zu leiden hatte, die es offensichtlich bedauerte, ihn nicht sofort nach der Scheidung an die Luft gesetzt zu haben. Deshalb also hatte sie seit Wochen nichts mehr von ihm gelesen! Sie hatten seine Ideen geklaut, anderen Aufträge gegeben, die ihm zugestanden hätten! Natürlich musste Alexander härter arbeiten als alle anderen bei der *Linse*. Musste vorsichtig sein, durfte sich keinen Fehler erlauben. Sie verstand das.

Erst spät schlief sie ein, träumte unruhig und wachte auch ohne Wecker lange vor ihm auf. Heimlich schlüpfte sie in ihre Sachen, bestellte sich ein Taxi, küsste ihn zum Abschied sanft auf die Nasenspitze, schlich sich aus dem Haus und bat den Taxifahrer, auf dem Weg noch an einer Bäckerei zu halten.

Zu Hause angekommen, deckte Constanze den Tisch und setzte Kaffee auf, bevor sie Anna weckte.

»Was ist denn hier los? Seit wann machst du Frühstück?« Anna verzog das Gesicht. Kaffeeduft stieg ihr in die Nase. Das war in all den Wochen, die sie nun schon zusammenlebten, nicht einmal passiert. Bislang war immer sie es gewesen, die das Geschirr auf den Tisch gestellt hatte, und Constanze diejenige, die am liebsten im Stehen ihre Tasse Kaffee herunterstürzte.

Dann bemerkte Anna die Brötchen und grinste. Seit Richards Abflug hatte es keine mehr gegeben. Nicht einmal sie marschierte morgens gern zum Bäcker. Das hatte immer er gemacht. Erfreut hockte sie sich hin, nahm sich ein Croissant und betrachtete die Freundin besorgt und neugierig zugleich. »Es ist doch alles in Ordnung mit dir, oder?«

»Es geht mir besser denn je«, schmunzelte Constanze und schenkte beiden Kaffee ein.

»Ach übrigens. Es tut mir Leid wegen gestern Abend«, murmelte Anna und biss in den wunderbar buttrigen Teig.

»Was?«

»Na, das mit Lauer! Ich habe einfach nicht daran gedacht, dich zu warnen ...«

»Schon gut«, unterbrach Constanze sie großzügig. »Vergiss es. Ich hätte mir ja auch was anziehen können!«

Anna schlürfte an ihrem heißen Kaffee. »Hmm. Dir scheint es heute wirklich gut zu gehen!«

So strahlend hatte sie Constanze zuletzt an dem Abend im vergangenen Herbst erlebt, als sie sich eher zufällig kennen gelernt hatten, im *Caféhaus*. Das war das Restaurant eines Wieners, das bei den Berliner Journalisten seit jeher nicht nur für die Speisen, sondern auch für die Informationen berühmt war, die dort zu haben waren. Wer dazugehörte, kehrte im *Caféhaus* ein und hielt sich bei Knödeln, Tafelspitz, Mehlspeisen oder frischem Apfelstrudel mit Schlagobers auf dem Laufenden.

Davon hatte Anna an diesem nassen, ungemütlichen Abend allerdings noch nichts gewusst. Sie hatte einen weiteren langen, grauen Tag in der Inlandsredaktion hinter sich gebracht, denn sie war neu bei dem Blatt und sollte alles lernen, was sie später als Korrespondentin brauchen würde. Sie hatte sich alles angesehen, hatte Fragen gestellt, und versucht, das Beste aus der Woche zu machen, die man ihr in Berlin zugestanden hatte. Dann war überraschend der Chefredakteur persönlich gekommen und hatte den schmierigen Spätredakteur Alfons Maul angewiesen, ihr auch noch die Abendschicht zu erklären und anschließend das Berliner Nachtleben.

Letzteres aber erschöpfte sich – sehr zu Annas großer Erleichterung – in einer eiligen mitternächtlichen Fahrt über die Baustellen des Potsdamer Platzes – die die meisten Berliner in diesen Tagen ihren Besuchern vorzeigten, mal empört über die Gigantomanie, mal mit kaum verhülltem Stolz.

Dann kehrte Maul mit Anna im *Caféhaus* ein, nahm aber, kaum dass er eingetreten war, keinerlei Rücksicht mehr auf sie. Er entdeckte ganz hinten im Lokal eine Runde angeheiterter Freunde und vergaß Anna ganz einfach. So stand sie am Tresen und schwankte noch, ob sie bleiben oder einen schnellen Rückzug vorziehen sollte, als eine Frau aufstand, sie lachend am Mantel packte, sie zu ihrem Tisch zog und munter drauflos plauderte. »Was gibst du dich auch mit diesem grässlichen, eingebildeten Kerl ab!«

Anna wollte eben einwenden, dass sie dies nicht freiwillig getan hatte, da fuhr Constanze fort: »Die Sorte kenne ich. Denkt nur ans Essen. Und ans Saufen. Was willst du mit dem? Ich darf doch du sagen, oder?« Sie sah Anna so kumpelhaft an, dass sie lachen musste und eilig nickte.

»Natürlich. Ich heiße Anna und du?«

Anna stellte erfreut fest, dass sie am Tisch der Nachrichtenagentur INA gelandet war. Sie saßen dort noch lange beisammen, als seien sie alte Freundinnen, und verabredeten sich für den nächsten Nachmittag. Constanze zeigte Anna die neuen Geschäfte in der Friedrichstraße, und erfreut bemerkten sie, wie gut sie sich verstanden.

Dann aber wurde Constanze von einem Tag auf den anderen nach Bonn versetzt. Anna nahm gedankenverloren ein Mohnbrötchen aus dem Korb, schmierte es und schmunzelte, als sie sich an Constanzes Anruf erinnerte.

»Wo kann man bei euch möblierte Zimmer mieten?«

Das war einen Tag nach Richards Abreise gewesen, und so hatte sie Constanze kurzerhand das Gästezimmer angeboten. Seitdem wohnten sie zusammen. In nächtelangen Gesprächen hatten sie nun fast alle ihre Geheimnisse ausgetauscht.

»Wer ist es? Wie heißt er? Bist du verliebt?«, fragte sie nun und nahm einen vorsichtigen Schluck von dem frisch gebrühten Kaffee.

»Alexander heißt er. Alexander Hof.« Constanze kicherte übermütig. »Den kennst du doch.«

Und ob sie den kannte. Anna verschluckte sich, hustete und verschüttete den heißen Kaffee auf ihrem Schoß. Sie schrie, sprang auf, nahm einen kalten Lappen und wischte die Beine trocken.

Constanze half ihr nicht. Unverwandt starrte sie die Freundin an.

Anna räusperte sich. »'tschuldigung. Sei mir nicht bös. Aber bist du sicher? Alexander Hof?«

»Ja und?« Constanze klang verletzt. »Was dagegen?«

Anna wusste, dass es sie nichts anging. Und doch … Nur zu genau erinnerte sie sich an einen Abend kurz vor

Weihnachten, als sie mit Richard durch die Stadt gebummelt war und Alexander von weitem mit einer blonden, sehr hübschen Frau gesehen hatte. Am nächsten Abend hatte er im Bundeshausrestaurant mit einem anderen, mindestens ebenso hübschen rothaarigen Mädchen gesessen, und an demselben Abend hatten sie ihn vor dem Kino mit wieder einer anderen erblickt. »Wie macht der das nur?«, hatte Richard neidisch gefragt, und sie hatte zickig geantwortet: »Frag ihn doch!«, und fast hätten sie sich an dem Abend gezankt und alles nur wegen Alexander. »Bist du sicher, dass du weißt, was du tust?«, erkundigte sie sich nun vorsichtig.

»Ja, warum?« Constanze sah sie herausfordernd an.

»Er hat so seinen Ruf.«

»Den hast du auch. Schon vergessen?«

Anna zuckte zusammen. Der Hieb saß. Sie starrte auf ihren Teller und schwieg.

»Tut mir Leid. Ich wollte dich nicht verletzen. Es ist nur ... Meine Güte! Du müsstest doch am besten wissen, wie leicht es ist, hier einen Ruf zu bekommen. Noch dazu einen schlechten!«

Aber das war doch was ganz anderes. Anna schüttelte den Kopf, sagte aber immer noch nichts.

»Wenn Alexander überhaupt einen schlechten Ruf hat«, fuhr Constanze unbeirrt fort. »Ich jedenfalls habe davon noch nichts bemerkt. Er ist wirklich ein ziemlich guter Journalist, nicht so ein Speichellecker wie die anderen. Und außerdem war es wunderbar heute Nacht. Er hat sogar für mich gekocht. Mensch, Anna! Mach nicht alles kaputt, ja? Bitte!«

Da riss sich Anna zusammen. Es stimmte. Es ging sie nichts an. Und vielleicht irrte sie sich auch. »Diethelm hat mir da gestern was erzählt, und ich glaube ...«

»Aha. Dein Lauer schon wieder! Pass auf, wir schließen ein Abkommen«, schlug Constanze vor und lächelte schelmisch. »Ich sage nichts mehr über deine vollkommen unverständliche Affinität zu diesem ungehobelten Oberlügner, und du schweigst über meinen Alexander. Was hältst du davon?«

Anna seufzte. »Na schön. Aber es wird dich interessieren.«

»Klar.« Wann würde Anna endlich begreifen, dass es nichts gab, was sie an Diethelm Lauer interessierte!

»Manchmal bist du wirklich unausstehlich. Schön. Das Abkommen gilt. Aber ich werde dir trotzdem die Geschichte erzählen! Weil du mir nie verzeihen würdest, wenn ich es nicht täte!«

»So?« Constanze zog die Augenbrauen hoch. »Das kann ich mir zwar nicht vorstellen. Aber bitte.«

Anna grinste. »Wie es aussieht, werde ich wohl noch eine Weile länger nach Berlin pendeln müssen. Und du wirst dich entweder noch eine ganze Weile in unserem Gästezimmer breit machen oder in eine Hauptstadt zurückkehren, die noch keine ist.«

»Hä?«

Anna berichtete ihr in groben Zügen, was Lauer am Vorabend angedeutet hatte und erntete ungläubiges Staunen. »Das ist so etwa die albernste Geschichte, die ich je gehört habe. Ich bitte dich! Der Kalte Krieg ist vorbei! Vielleicht sollte man denen das mal mitteilen! Wer soll die in den Ministerien denn heute noch abhören?«

»Keine Ahnung. Die Vorhut der luxemburgischen Massenarmeen. Was weiß ich. Ich werde es schon herausfinden.«

»Wenn du meinst. Aber hör mal. Gibt es so was eigentlich noch? Wanzen? Ich meine – wer hat denn heute noch Wanzen? Ich dachte, die könnten mit Mikrofonen ... Schallwellen ... mit Laser ... Übers Fensterglas ...«

»Woher hast du denn diese Weisheit?«

»Irgendwo gelesen. Vor kurzem. Vielleicht finde ich es noch im Büro. Dann bringe ich es dir mit.«

»Danke.« Anna schwieg nachdenklich. »Vielleicht könnten wir den Viereck fragen. Wenn der Lauer das vermittelt ...«

»Wir? Wieso wir? Du!«, raunzte Constanze unwirsch. »Das mach du mal schön alleine!«

»Ach, komm, Constanze! Ich habe es im kleinen Finger. Das könnte eine klasse Geschichte werden! Und wir haben sie exklusiv. Lass sie uns zusammen machen!«

»Keinen Bedarf, danke. Außerdem muss ich mich beeilen. Du hast doch heute auch Dienst, oder?« Hastig stopfte Constanze den letzten Bissen ihres Brötchens in den Mund und wartete nicht auf eine Antwort. »Und noch was. Du hast doch eben was von exklusiv gesagt. Ich jedenfalls, also die INA, wir haben es nicht exklusiv! Du weißt es. Und damit sind wir schon zwei. Aber weil ich den Mund halten kann, hast wenigstens du es exklusiv. Natürlich nur, solange auch unser Freund Lauer den Mund hält. Apropos: Wie lange, glaubst du, wird es dauern, bis dein Lauer es jedem verdammten Journalisten in Bonn erzählt hat? Ich meine, da er es dir ja schon ganz freiwillig berichtet? Was mich interessieren würde, warum kommt er damit zu dir? Wem will der damit eins auswischen?«

»Ach, du bist doch verrückt! Der will niemandem eins auswischen. Der hat ein Abkommen mit uns. Schon vergessen?«

»Klar. Kenn ich. Wir schreiben nix Privates über seinen lieben Kanzler und die anderen traurigen Figuren im Kabinett und dafür sagt er uns immer brav alles, was tatsächlich schief läuft. Glaubst du das wirklich? Bist du so naiv?«

»Ich … Ich denke … Nun … Vielleicht nicht alles … Aber schon …«

Constanze schnaubte geräuschvoll. »Tut mir Leid. Ich muss jetzt wirklich weg. Aber sag mir Bescheid, wenn du weitergekommen bist.«

Sie drehte sich auf dem Absatz um, verschwand im Bad und hinterließ Anna das Frühstückschaos. Wütend schob diese die Teller zusammen, verfrachtete die Lebensmittel in den Kühlschrank und wartete darauf, ins Bad zu können. Dann machte sie sich auf den kurzen Fußmarsch ins Büro.

Panzetti nahm sich kaum die Zeit, ihren Bericht in Ruhe anzuhören. Abwesend nickte er und verpasste ihr dann zwei Termine, eine Pressekonferenz und den Staatsbesuch eines afrikanischen Präsidenten.

»Den können Sie ja klein abfeiern. Aber haben sollten wir das. Und wenn Sie dann noch Zeit haben … Von mir aus machen Sie dann Ihre Sache. Ich habe es zwar nicht verstanden … Aber wenn Sie so begeistert sind! Von wem haben Sie das eigentlich?«

»Lauer. Er hat es mir gestern Abend erzählt.«

»Und ist das zitierfähig? Können Sie das alles schreiben?« Er wusste durchaus, dass seine jüngste Mitarbeiterin zwar die besten Beziehungen zum Regierungssprecher hatte. Doch es war ihm genauso schmerzlich bewusst, dass sie davon nur höchst selten Gebrauch machen durfte.

»Ja, natürlich. Sonst hätte ich Ihnen doch nichts davon gesagt!«

»Also schön. Versuchen Sie, es dazwischenzuschieben. Aber ich kündige in der Zentrale besser noch nichts an. Einverstanden?«

Anna wusste, sie würde nicht mehr erreichen. Also machte sie sich so bald wie möglich an die Arbeit.

Die Sache gestaltete sich allerdings weit schwieriger, als sie dies vermutet hatte. Zwischen anderen Terminen versuchte sie, die Sprecher von Bau- und Finanzministerium zu erreichen. Doch die ließen erst nachfragen, was sie wolle und sich dann verleugnen. Es hieß, sie seien in wichtigen Besprechungen und riefen später zurück. Doch darauf wartete Anna vergebens.

Gegen Mittag erfuhr sie, dass Lauer schon wieder in Berlin war, der Innenminister ebenfalls. Warum ausgerechnet heute, wo sie in Bonn war?

Dass auch der Geheimdienst mauerte, überraschte sie nicht. Die Pressestelle schwankte wie stets zwischen nichtssagender plump-vertraulicher Geheimniskrämerei und verdeckten Drohungen mit der Gefährdung der allgemeinen Sicherheitslage. »Zu operativen Vorgängen sagen wir grundsätzlich nichts«, war der einzige Satz, mit dem sich der Sprecher zitieren lassen mochte – ganz gleichgültig, worum es ging und vorausgesetzt, man schrieb die Aussage hochrangigen Geheimdienstkreisen zu.

Verärgert knallte Anna den Hörer auf. Sie hatte nichts erreicht. Vielleicht war mehr an der Sache, als sie ahnte. Ihr Blick fiel auf ein Foto, das an der Lampe neben ihrem Computer lehnte und sie neben Richard zeigte. Im Hintergrund stand Matczynski. Der alte Bär! Warum hatte sie ihn nicht sofort angerufen? Sie wählte seine Nummer.

»So eine Überraschung. Eben habe ich an Sie gedacht!« Matczynski klang ehrlich erfreut.

»Ach ja? Und warum?«

»Ich habe Ihren Artikel gerade vor mir. Nicht schlecht.«

»Danke. Aber ich brauche Sie mal wieder.«

»So, so. Und? Was gibt's diesmal?«, erkundigte er sich gönnerhaft.

»Es geht um den Umzug nach Berlin. Ich höre, es gibt Verzögerungen ... Probleme beim Umbau sozusagen.«

»Woher haben Sie das denn?« Seine Stimme klang alarmiert.

»Es stimmt also«, stellte Anna zufrieden fest.

»Das besprechen wir besser nicht am Telefon. Können Sie vorbeikommen?«

»Sind Sie denn in Bonn?« Es lag am ausgeklügelten Telefonsystem der Bundesregierung, dass Anna nie wusste, wo sich ihre regierungsamtlichen Gesprächspartner gerade aufhielten. Denn die Apparate klingelten sowohl auf den Berliner als auch auf den Bonner Schreibtischen.

»Nein«, antwortete Matczynski. »Ich bin noch in Berlin.«

Anna überlegte. Der nächste Flieger ging um ... Es war zu schaffen. »Geht es heute noch? Heute Abend?«

Matczynski blätterte in seinem Terminkalender, stimmte dann aber zu.

Erleichtert legte Anna auf, buchte als Erstes den nächsten Flug und rief dann Constanze an.

»Ich fliege noch mal nach Berlin. Kannst du heute Abend Napoleon versorgen?«

»Und wann kommst du wieder?«

»Morgen vermutlich.«

»Willst du in meiner Wohnung schlafen?«

»Ist dein Untermieter endlich weg?«

»Heute Nachmittag.«

»Passt ja. Danke!«

Sie besprachen die Einzelheiten und kurz darauf stand Anna in Panzettis Büro: »Sie haben doch nichts dagegen, dass ich noch mal rüberfliege? Die anderen Sachen sind fertig …?«

Panzetti seufzte. Sie hatte in letzter Zeit sehr viel gearbeitet und er wollte sie in ihrem Elan nicht bremsen. »Na schön. Dann fliegen Sie eben. Wenn Sie meinen, dass es sein muss.«

»Ja. Es muss!« Von Minute zu Minute wurde sie aufgeregter. »Könnten Sie bitte der Zentrale Bescheid sagen, dass die mir Platz auf der Seite eins freihalten?«

»Kleiner geht's nicht?« Panzetti zog skeptisch die Augenbrauen hoch.

»Nein, Sie kennen mich doch«, lachte Anna.

»Für die Deutschlandausgabe ist es dann aber zu spät.«

»Ich weiß. Aber die anderen Ausgaben könnte ich schaffen.«

Wortlos griff Panzetti zum Telefonhörer.

»Danke. Sie werden es nicht bereuen!«

Egon Panzetti sah ihr kopfschüttelnd nach. Natürlich würde er es nicht bereuen. Er hatte es noch nie bereut, wenn er sich auf ihre Spürnase verlassen hatte. Sie war die beste Reporterin, die das *Echo* je gehabt hatte.

4. Kapitel

Wie gelähmt saß Peter Matczynski an seinem Schreibtisch und wartete. Sie würde gleich da sein und sie war zuverlässig.

Als sich der Pförtner meldete, überlegte er sich ein letztes Mal, wie er die Sache angehen wollte. Da klopfte es leise an seiner Vorzimmertür. Er sprang auf. »Herein!«, rief er, und ging Anna mit ausgestrecktem Arm entgegen.

»Da sind Sie ja! Schön, dass es geklappt hat!«

Anna ergriff seine Hand, nickte, noch benommen von dem Flug, der aufreibenden Taxifahrt und vor allem der Angst, zu spät zu kommen, ihn zu verpassen. Die Maschine war vor der Landung eine halbe Stunde lang in der Luft gekreist, und der Stau hatte ihr den letzten Nerv geraubt. Dann hatte sie, vom Pförtner nur vage eingewiesen, zwischen all den Gerüsten, Eimern, heraushängenden Kabeln, Teppichrollen und Tapeziertischen Matczynskis Büro suchen müssen und war erleichtert, ihn auf dieser Baustelle endlich aufgestöbert zu haben.

Sie folgte ihm durch das winzige Vorzimmer in sein sehr hohes und lang gestrecktes Büro. Dort aber blieb sie wie angewurzelt stehen und nahm den Anblick, der sich ihr bot, mit stummem Erstaunen auf.

Zuerst schien es ihr, als habe sich ihr alter Bär inmitten einer Bauwüste eine Oase geschaffen: das perfekt eingerichtete Arbeitszimmer. Der ultramoderne Schreibtisch glitzerte in Chrom und Glas, die Sitzgarnitur aus schwarzem Leder war eindeutig von einem italienischen Designer, der Rechner auf dem Beistelltisch aus der neuesten Generation. Selbst der Safe schien in seiner Perfektion von einem Ästheten gestaltet.

Der Raum selber bot jedoch den merkwürdigsten Kontrast dazu, den Anna sich hätte vorstellen wollen. Die weiße, in grobem Leinenmuster gewebte Textiltapete löste sich von der Wand, was vermutlich der Grund dafür war, dass beide Kunstwerke, die sie aus Matczynskis Bonner Büro kannte, noch auf dem Fußboden standen. Dort sah es nicht viel besser aus. Der hellblaue Teppich schlug so hohe Wellen, dass sie fast darüber gestolpert wäre. Der alte Bär führte sie behutsam über die ungewöhnlich störrischen Teppichwogen und ließ sie erst los, als sie sicher in einem der bequemen Ledersessel Platz genommen hatte.

»Was ist denn das?«, fragte sie und beschrieb mit ihrer Hand einen großen Bogen.

»Ich dachte, deswegen sind Sie hier?« Vorsichtig bahnte er sich einen Weg zu seinem Schreibtisch und blickte sie mit einer Mischung aus Neugierde und unverhohlener Heiterkeit an.

»Und wie kommt das? Was ist hier los?«

»Das hätte ich auch gerne gewusst. Aber bevor wir weiterreden, muss ich eines wissen. Wer hat Sie zu mir geschickt?«

»Mich? Zu Ihnen? Niemand!«, antwortete sie verwundert. »Wer soll mich denn zu Ihnen geschickt haben?«

»Und woher wussten Sie, wie es hier aussieht?«

»Ähm ... Das wusste ich doch gar nicht. Heiliges Indianerehrenwort!« Anna streckte zwei Finger ihrer rechten Hand in die Höhe. »Ich bin ehrlich erschüttert!«

»Aber wie haben Sie dann herausgefunden ...?« Zweifelnd musterte er sie.

»Gar nicht. Ich habe noch gar nichts herausgefunden«, unterbrach sie ihn und hoffte, dass er ihr glauben möge. »Ich habe nur erfahren, dass etwas mit dem – nun, wie soll ich es sagen – Innenausbau ...?« Sie schaute Matczynski fragend an und als dieser ermunternd nickte, fuhr sie fort. »Also, dass etwas mit dem Innenausbau nicht klappt und sich der Umzug der Regierung und des Parlaments verzögert und dass das eine Geschichte für mich und das *Echo* ist, liegt doch auf der Hand!«

»Natürlich.«

»Wenn ich mich hier so umsehe«, sagte sie dann, »kann ich mir vorstellen, dass es tatsächlich noch dauern wird. Ist Ihr Büro das Einzige, das so aussieht?«

»Ist das wichtig?« Matczynski lehnte sich zurück und blickte sie kühl an.

»Ja natürlich ist das wichtig!« Anna war verwirrt. »Und jetzt weiß ich auch, warum Sie mich vorher nie in Ihr Büro gebeten haben! Hier ist was faul und ich will wissen, was! Und außerdem ... Vorhin war Ihnen doch klar, dass es mir darum ging! Warum sonst hätten Sie so bereitwillig zustimmen sollen, mich noch heute zu empfangen?«

»Um genau zu sein, war ich eigentlich mehr an dem interessiert, was Sie wissen.«

»Na, da sind wir schnell fertig. Ich weiß nichts.« Es hatte keinen Zweck, ihm etwas vorzumachen. »Jedenfalls nicht viel.«

Der alte Bär betrachtete sie aufmerksam und kratzte sich nachdenklich an der Nasenspitze: »Schön. Sie sagen mir, wer Ihnen den Tipp gegeben hat. Dann weiß ich wenigstens, wie weit ich gehen kann. Sonst ist nichts drin. Tut mir Leid.«

Anna spürte, dass er es ernst meinte. Und dass sie in der Klemme steckte. Denn sie hatte nichts mit Lauer ausgemacht. Was sollte sie tun? Lauers Namen nennen? Hatte er sie nicht ausdrücklich aufgefordert mitzuschreiben? Hatte er etwas davon gesagt, dass sie ihn heraushalten, seinen Namen nicht erwähnen sollte? Nein. »Es war Diethelm Lauer.«

Sofort entspannte sich Matczynski. Er lehnte sich zurück und war auf einmal wieder der nette alte Bär, den sie schon so lange kannte. »Dann ist es ja gut. Also, schießen Sie los. Was wollen Sie wissen?«

»Na, alles natürlich«, lachte sie.

»Klar. Wie immer. Aber *meinen* Namen halten Sie da raus, okay? Ich will damit nichts zu tun haben. Sie kennen den Hintergrund?«

Anna zuckte mit den Achseln und holte ihren Block aus der Tasche.

»Damals, nach dem Berlin-Beschluss des Bundestages, Sie erinnern sich …?«

Anna nickte und notierte *Berlin-Beschluss*.

»Damals fielen die Kommissionen scharenweise über die Stadt herein, prüften die Gebäudesubstanz, planten, und jeder hatte eine bessere Idee: Die einen wollten alles abreißen, die anderen wollten sparen, die dritten kostspielig renovieren. Und wieder andere wollten den Beschluss kippen. Mal ging es um zwanzig Milliarden

Mark, mal um hundert Milliarden Mark, keiner wusste, woher die Zahlen kamen und jeder legte sie so aus, wie es ihm passte. Es kam damals wohl mehr darauf an, wo einer zu Hause war, Sie verstehen?«

Anna sah ihn fragend an.

»So wie ich es sehe – aber das schreiben Sie bitte nicht, denn ich kann es nicht beweisen –, machte es durchaus einen Unterschied, ob einer dieser Experten letzte Woche mit dem Manager einer Hochbaufirma essen gegangen war oder ob der Onkel einen kleinen Handwerksbetrieb hatte, der für besonders feine Stuckarbeiten bekannt ist«, fuhr Matczynski fort. »Das ist natürlich etwas überspitzt gesagt. Aber Sie wissen schon, wie ich das meine. Herausgekommen ist die übliche Mischung: von jedem etwas. So ist diese Stadt seit Jahren eine einzige Baustelle und alle bekommen ein Stück vom Kuchen, die großen und die kleinen … Aber ich nehme an, das wissen Sie alles.«

Anna schwieg und schaute ihn auffordernd an.

»Ich kann gar nicht mehr genau sagen, wann es war, und wer damit anfing«, erzählte Matczynski weiter. »Ich weiß nur, was der Auslöser war. Und damit war die Idee geboren und setzte sich in den Köpfen fest, und schon bald war klar, dass es ohne diese neue Spinnerei auf gar keinen Fall gehen konnte.«

»Spinnerei?«

»Ich sagte, ich wüsste, was der Auslöser gewesen sei«, hob Matczynski von neuem an und zeigte auf ihren noch immer leeren Notizblock. »Das würde ich jetzt mitschreiben an Ihrer Stelle. Als nämlich die ersten Arbeiter hier im alten Ostberlin in die Ministerien einrückten, fanden sie bald so viele Wanzen in den Wänden, dass sie sich vorkamen wie staatlich bestellte Kammerjäger. Hier war alles verkabelt! Wanzen in jeder

Ecke. Wie in den Interhotels! Dann entdeckten sie die geheime Operationszentrale im Keller, und da war klar, dass in diesem Haus wie in allen anderen ehemaligen Regierungs- und Parteigebäuden kein Wort, aber auch nicht ein einziges ungehört geblieben war! Die haben jeden Winkel ausgenutzt, ihre Wanzen in den Klimaschächten, unter Teppichböden, in einfach jedem passenden und unpassenden Hohlraum versteckt. Ich darf sagen, selbst wir, unser Geheimdienst, der ja auch kein Kind von Traurigkeit ist, hrmmm«, räusperte er sich. »Das schreiben Sie jetzt aber nicht?«

Wieder nickte Anna und hielt demonstrativ den Stift in die Höhe.

»Also kurz und gut, wir waren alle entsetzt. Dann wurden Sicherheitstechniker bestellt und Expertisen angefertigt und dann war die Idee: Das darf nie wieder vorkommen. Wir werden die neue Regierungszentrale, auch die Büros der Abgeordneten, den ganzen Bundestag und die Ministerien so abhörsicher machen wie das Schlafzimmer des amerikanischen Präsidenten. Alles hier«, holte er aus, »einfach alles sollte für immer geschützt werden vor dem Lauschangriff eines Feindes.«

»Was denn für ein Feind?«, unterbrach Anna ihn. »Wir haben den Kalten Krieg doch gewonnen!«

»Das ist vollkommen gleichgültig«, wischte Matczynski den Einwand vom Tisch. »Irgendwen gibt es immer. Denken Sie nicht, dass Regierungshandeln für unsere Nachbarn uninteressant geworden ist, nur weil die Mauer gefallen ist! Und denken Sie an die Terroristen und ihre Helfer in dem einen oder anderen Land, denken Sie an die Mafia, an das organisierte Verbrechen im Osten, denken Sie an Wirtschaftsspionage – die übrigens auch unsere lieben Freunde in Paris, London oder Langley mit einiger Begeisterung betreiben … Also, da gibt es jede Menge Interessenten.«

»Aha.« Von dem Jubel in ihrem Inneren ließ sie sich nichts anmerken. Alles, was der alte Bär gesagt hatte, deckte sich mit Lauers Andeutungen. Wenn sie bald anfangen könnte zu schreiben … Verstohlen sah sie auf die Uhr. Die Stadtausgabe würde sie noch erreichen, mit ein bisschen Glück sogar die für die Region, deren Andrucktermin früher lag.

Matczynski versuchte weiter, sie zu überzeugen. »Das müssen Sie uns schon abnehmen. Wir kennen die Gefährdungslage. Glauben Sie mir.«

»Ja, ja«, stimmte Anna zu. »Sicher. Und weiter?«

»Also wurde der große Plan geschmiedet. Der Geheimdienst hatte ein Projekt und machte sich an die Arbeit …«

»Das war noch zu Vierecks Zeiten?«

»Als Geheimdienstchef? Ja, natürlich. Der war ja, wie Sie sicher wissen, der dienstälteste Geheimdienstpräsident der westlichen Welt, bevor er im vergangenen Sommer zurücktrat und Innenminister wurde.«

Der alte Bär stockte. »Damals war Neuser Innenminister. Und er war begeistert. Aber nicht nur er. Man musste natürlich in den Bundestag damit. In die Baukommission. In den Innenausschuss. In den Geheimdienstausschuss. Aber alle waren begeistert. Sogar unser großer Skeptiker Peter Weil gehört heute zu den entschiedenen Befürwortern des Projekts.«

»Der Weil!« Anna notierte sich den Namen und nickte anerkennend. Das war wahrlich eine Leistung. Hatte sich Peter Weil, steigender Stern der Regierungspartei, stellvertretender Fraktionsvorsitzender und nach allem, was man hörte, der Nächste, der ins Kabinett Müller aufrücken würde, doch vor allem mit seinem strikten Sparkurs einen Namen gemacht. Rief das Land seit Monaten zum Maßhalten auf, strich ohne Rücksicht große Posten aus dem Bundeshaushalt und verteidigte dies derart beredt in den großen Parlamentsdebatten, im Fernsehen und in den allmorgendlichen Rundfunkinterviews, dass sich mittlerweile kaum noch jemand traute, laut gegen ihn aufzubegehren.

»Ja, wie gesagt, der Weil hat dieses Projekt ausdrücklich gebilligt und da konnten die lieben Kollegen von der Opposition natürlich auch nicht mehr Nein sagen.« Matczynski lächelte. »Zumal die ohnehin nicht Nein gesagt hätten.«

»Warum?«

»Aber Anna! Ich bitte Sie! Das liegt doch auf der Hand!« Matczynski nahm die Pfeife aus dem Mund und beugte sich vor. »Stellen Sie sich nur einmal vor, was beim nächsten Spionageskandal passiert wäre, hätten die das Projekt abgelehnt. Ein Untersuchungsausschuss wird eingerichtet und dann kommt heraus, dass gespart wurde. Dass mit nur ein paar Milliarden der ganze – nun, nennen wir es einmal Informationsabfluss –, dass der für ein paar Milliarden hätte verhindert werden können! Und dass dieser oder der oder der Weil oder die Opposition oder wer immer gesagt hat: Nein. Machen wir nicht. Ist uns zu teuer! … Oh nein! Schon bei der Vorstellung kommt ein guter Politiker ins Schwitzen! Ich sage Ihnen – zum Schluss kam es mir vor, als sei jeder davon überzeugt, es sei seine Idee gewesen! Und noch etwas. Ihre Zeitung wäre die erste, die uns vorrechnen würde, wie viel teurer der nachträgliche Einbau all der Sicherungstechnik ist – nur weil wir die Sache nicht gleich gemacht haben!«

»Tja. Kann sein.«

»Kann nicht nur sein. Ist so. Es gibt sogar einen Beschluss des Bundessicherheitsrats.«

»Ja? Das ist neu«, murmelte sie.

Der alte Bär nickte. »Eigentlich … Wenn ich so darüber nachdenke, ist es schon erstaunlich, dass das so lange dichtgehalten wurde … Bei all den Firmen, den Technikern, den Arbeitern, den Beamten und Abgeordneten, die davon wissen! Schon merkwürdig, dass da noch nichts durchgesickert ist! Habe noch nie so darüber nachgedacht. Aber jetzt, wo Sie es sagen! Wirklich bemerkenswert …!« Matczynski grübelte eine Weile auch darüber nach, dass er es nun war, der das Schweigen brach. Der Gedanke machte ihn traurig und am liebsten hätte er Anna fortgeschickt. Doch es war ja Lauer gewesen, der Anna den Tipp gegeben hatte, und das besänftigte ihn wieder. So setzte er hinzu: »Der Bundessicherheitsrat ist der geheimste aller Kabinettsausschüsse. Da kommt nie was raus.«

»Fast nie.«

»Also schön. Fast nie. Diesmal jedenfalls nicht. Das Projekt war und ist immer noch der geheimste Teil des Umzugs.«

»Aha«, nickte Anna. Sie zitterte innerlich vor Erregung, und es gelang ihr kaum, einigermaßen leserlich zu schreiben. »Aber es ist doch etwas schief gegangen …?«

»Ich bin noch nicht fertig. Sie wollen die ganze Geschichte hören. Oder?«

Anna nickte. Ihre Finger kribbelten. Dies war die größte Story, auf die sie je gestoßen worden war.

»Sie heißt *Operation Fledermaus*.«

»Fledermaus?«

»So ist es. Erste Phase: Prüfen der Schwachstellen. Seit damals weiß ich erst, wie viele es davon gibt! Als ich die Expertisen las, kam ich mir vor wie ein Patient, dem beim Lesen des Beipackzettels allein schon schlecht wird! Was da alles hätte passieren können!«

»Ist ja vermutlich auch passiert«, unterbrach Anna ihn trocken.

»Möglich. Nun jedenfalls war klar: Der Feind konnte überall lauern. Hinter jedem Bild konnte eine Wanze hängen, Antennenkabel waren mindestens ebenso gefährlich wie unsere Computer hier, offene oder gekippte Fenster tabu, Ersatz musste für alle metallischen Rohre an den Heizungen, bei den Wasserleitungen gefunden werden, jede Form von Sichtverbindung zwischen einem Beamten und einem Lauscher war schon baulicherseits zu verhindern – sehen Sie diesen Paravent? In dem Moment, wo die Lamellenstores beiseite gezogen werden, geht direkt vor meinem Schreibtisch dieser Paravent hoch!«

»Das ist ja gespenstisch!«

»Man gewöhnt sich dran. Wie gesagt: Lesen Sie die Analyse des Geheimdienstes, und es wird Ihnen übel! Wussten Sie, dass kein Beamter mehr einen Taschenrechner, Kugelschreiber oder etwas Ähnliches als Geschenk annehmen darf?«

»Seit wann?«

»Seit der *Operation Fledermaus.*«

»Und wieso das?« Anna sah ihn erstaunt an. »Ich dachte, so kleine Geschenke wären erlaubt?«

»Das hat mit Geld nichts zu tun. In Taschenrechnern kann man ganz leicht Wanzen verstecken.«

»Und in Kugelschreibern?«

»Wie diesem Stift hier?« Er zog einen schwarzen Schreiber aus seiner Jackentasche und schraubte ihn auf. »Das Ding kann dreißig Minuten lang alles aufnehmen, was in diesem Zimmer gesprochen wird. Die Platine ist so groß wie eine Briefmarke, und das Ding funktioniert zehn Jahre ohne neuen Strom!«

Anna beugte sich vor, berührte vorsichtig die Mine und schüttelte den Kopf.

»Ich war so fasziniert von dem Ding, ich musste es einfach haben«, sagte Matczynski und lächelte. »Ich habe schon immer Spaß an solchen Sachen gehabt. Aber jetzt verstehen Sie vielleicht das Problem!«

»Wie wollen Sie verhindern, dass jemand einem Beamten so einen Stift schenkt?«

Wieder lächelte Matczynski. »Gute Frage. Kann ich nicht. Aber sehen Sie sich nur diesen Türrahmen an. Von außen sieht man nichts. Tatsächlich ist es ein technisches Meisterwerk, gespickt mit Detektoren. Wenn jemand mit einem solchen Stift da durchgeht, nehmen diese Detektoren Schwingungen auf und leiten sie an die Operationszentrale weiter.«

Anna überlief ein kalter Schauer. »Ist das die alte? Im Keller?«

»Klar doch.« Matczynski grinste »Warum hätten wir das alles neu bauen sollen? Außerdem sind wir die Guten, schon vergessen? Wir hören dort nicht mit, sondern im Gegenteil, wir spüren nur ungebetene Mithörer auf. Wie diesen Stift hier.«

»Ist Ihnen das nicht auch unheimlich?«

»Anfangs war es das schon«, gab Matczynski zu. »Vor allem die Perfektion, mit der der Geheimdienst die *Fledermaus* zum Fliegen bringen wollte.«

»Wollte.«

»Ja. Wollte. Sehr klug bemerkt.«

»Was hat nicht geklappt?«

»Sie lassen auch nie locker, oder?«

Nun war es an Anna, zu lächeln. »Natürlich nicht.«

»Also schön. Vorher nur noch dies. Zum Verständnis. Die gesamte Elektroanlage wird ständig überprüft. Damit nichts nach draußen übertragen wird.

Für die Fenster wurden spezielle Aufhängungen entwickelt, damit ihre Schwingungen nicht modernen Lasergeräten verraten, was gesprochen wird. Es wird in keinem einzigen Regierungsgebäude in Berlin, auch nicht in den ganz alten Häusern, ungesicherte, abgehängte Decken geben. Der Staat lässt sich seine Sicherheit was kosten. Und natürlich werden die Computer mit spezieller Technik ausgerüstet und ständig auf dem neusten Stand gehalten. Allein dafür gibt es bereits seit einem Jahr eine Abteilung im Geheimdienst und in jedem Ministerium einen Arbeitsstab, der das vorbereitet und begleitet. Ich nehme an, am Ende werden die eine eigene untergeordnete Behörde dafür schaffen.«

»Nur dafür? Könnte man das Ganze auch Arbeitsbeschaffung nennen?« Anna grinste. »Ich meine, nachdem sich der Feind doch längst in Luft aufgelöst hat?«

»Wie ich schon sagte. Es gibt immer neue Feinde. Die Terroristen werden immer gefährlicher, wie Sie wissen.«

»Totschlagsargument«, murmelte Anna, schrieb es aber doch nieder.

»Und nein: Arbeitsbeschaffung ist das schon deshalb nicht, weil unsere Leute im Geheimdienst, die früher gegen die Stasi gearbeitet haben, natürlich nichts von der Sicherheitstechnik verstehen. Deren Arbeitsplätze wären so durchaus nicht zu retten. Für die *Fledermaus* brauchen wir Spezialisten. Die Besten.«

»Natürlich.«

»Nun gäbe es theoretisch natürlich immer noch die Möglichkeit, einfach einen Spion einzuschleusen, der die Dinge auf die altbewährte Art auskundschaftet«, dozierte Matczynski weiter. »Dagegen hilft all diese Technik natürlich nichts.«

»Nein«, stimmte Anna zu.

»So ein Agent kann sich Dokumente beschaffen, kopieren und mit nach Hause nehmen.«

Worauf wollte er hinaus? Anna sah ihn aufmerksam an und schwieg.

»Er kann aber auch zum Beispiel ein Mikrofon an die Wand halten und jedes Wort mithören, das im Nebenraum gesprochen wird.«

»Und das können Sie jetzt auch verhindern.«

»Das wollten wir auch verhindern. So ist es.«

»Und das ist schief gegangen?«

»Sehen Sie sich doch um!«

»Tja. Sieht ganz schön traurig aus.« Annas Blick blieb an einer besonders lang herunterbaumelnden Tapetenbahn hängen.

»Das ist angeblich die modernste Tapete der Welt.«

»Ach ja? Sehr beeindruckend, wirklich«, spottete Anna.

»Ich sagte angeblich.« Matczynski lehnte sich zurück und starrte nachdenklich die Decke an. Auch dort wellte sich die Ware und Anna kamen die Fetzen nun, da sie genauer hinsah, merkwürdig steif vor, ganz anders als bei den Tapeten, die sie kannte.

»Das Modernste daran scheint mir, dass sie nicht an der Wand hält«, sagte sie nun.

»Das ist das eine. Das andere ist, dass diese Tapeten – genau wie dieser Teppich hier – Schallwellen abhalten. Oder besser: abhalten sollen. Da wurde, wenn ich das recht verstanden habe, eine neuartige Faser eingewebt, ein ultradünnes Metallgewebe, und das sollte die großen Flächen schützen.«

Anna sah sich verwundert um. »Wow! Von so was habe ich ja noch nie gehört!«

»Ich auch nicht!« Matczynski seufzte. »Aber man hat die Techniker überzeugt. Dieses Zeug hat alle Labortests unseres Geheimdienstes überstanden.«

Annas Stift flog nur so über das Papier. »Der Geheimdienst hat alles geprüft?«

»Ja.«

»Wer ist der Hersteller?«

Matczynski zögerte. »Ich weiß nicht, ob ich Ihnen das sagen darf …«

»Na, hören Sie mal! Das ist ein öffentlicher Auftrag!«

»Ein geheimer öffentlicher Auftrag«, korrigierte Matczynski.

Anna aber blickte den alten Bären nur abwartend an.

»Also schön«, lenkte der schließlich ein. »Das Haus *Mainl.*«

Anna pfiff durch die Zähne. Mainl war der größte und bedeutendste Innenausstatter des Landes. Die Konzernzentrale lag in Bonn, und man sagte dem Inhaber Herbert Mainl allgemein die besten Beziehungen zur Regierung nach. Egal, welche Partei sie stellte.

»Ich nehme an, der Auftrag ist einiges wert?«

»Viele Millionen. Natürlich. Den genauen Betrag kenne ich nicht.«

»Hat er den Auftrag für alle Ministerien?«

Matczynski nickte. »Und für den Bundestag. Natürlich. Er ist der Einzige, der diese Ware anbietet.«

»Das hat sich ja gelohnt.«

»Nur nicht für uns.«

»Aber geschieht denn nichts?« Anna sah Matczynski erstaunt an.

»Was soll denn geschehen? Die Techniker von *Mainl* behaupten einfach, die Berliner Teppichleger und Tapezierer wären unfähig.«

»Und die behaupten natürlich, sie hätten beste Arbeit gemacht.«

Wieder nickte Matczynski. »In manchen Büros sieht es übrigens besser aus.«

»Also waren es doch die Teppichleger?«

»Kann sein. Sie haben einen anderen Kleister benutzt. Einer der Handwerker, die hier rumlaufen, kommt nur noch mit Atemschutz und Handschuhen.«

»Und warum?«

»Der hat gesagt, das Zeug habe eine Halbwertszeit wie Plutonium.«

»Aber es hält.«

»An der Wand schon. Aber nicht, was *Mainl* versprochen hat.«

»Ach ja?«

»Ich nehme an, Lauer hat Ihnen bereits gesagt, dass der Geheimdienst in allen Gebäuden, in denen die Ware bereits liegt, ob wellig oder nicht, Tests gemacht hat?«

»Ja. Und? Nun machen Sie es doch nicht so spannend!« Er musste es sagen. Von selbst. Erst dann konnte sie es auch schreiben.

Matczynski schüttelte den Kopf. »Es ist so, wie Ihnen das mein Freund Lauer offenbar schon gesagt hat.« Er stand auf, kletterte vorsichtig hinüber zu seinem Safe, öffnete ihn und zog eine Akte heraus. »Hier steht es. ›Jedes gesprochene Wort ist deutlich zu hören.‹ Kein Test bestanden.«

»Aber wie kann denn das sein? Im Labor hat es doch vorher funktioniert?«

»Im Labor. Ja. Das ist auch noch so ein Rätsel, das wir lösen müssen.«

»Und warum reißen Sie nicht das ganze Zeugs raus und legen normale Teppiche?«

»*Fledermaus!* Schon vergessen? Die sind immer noch ganz versessen darauf, hier die Schotten dichtzumachen. Sie hoffen, dass sie den Fehler finden werden. Die Techniker laufen herum wie verschreckte Hühner. Die vom *Mainl* behaupten weiter, es sei der Kleister und sie hätten ordnungsgemäß geliefert. Die Handwerker kommen mit dem harten Zeug nicht zurecht ... Haben Sie die Tapeten schon mal angefasst?«

Anna stand auf und ging zu einem herabhängenden Fetzen. Er war noch härter, als es von weitem aussah. Und dicker als jede normale Tapete.

»Die ist wahrscheinlich zu schwer für normalen Kleister!«

»Das sagen die Handwerker auch!«

»Die sind bestimmt teurer als normale Tapeten, oder?«

»Das Dreifache. Soweit ich weiß.«

Anna pfiff durch die Zähne. »Und jetzt?«

»Jetzt ruhen alle Arbeiten. Bis wir wissen, ob die das hinkriegen mit der Schalldichte. Oder bis klar ist, wer für den Schaden aufkommt.«

»Das hier wird selbst einem Konzern wie *Mainl* wehtun!« Anna blickte sich abschätzend um.

»Das ist nur eines der Probleme.«

»Und bis die sich einig sind, soll hier wirklich alles ruhen?«

»So sieht es im Moment aus!«

»Kann ich das schreiben?«

»Wenn Sie schreiben wollen, warum sich der Umzug verzögert, wird Ihnen nichts anderes übrig bleiben.«

»Und wegen so einem Mist kann ich nicht umziehen, sondern soll weiter pendeln!« Anna war ehrlich entrüstet.

»Nicht nur Sie, meine Liebe. Nicht nur Sie.«

5. Kapitel

Wie mit Constanze verabredet, verbrachte Anna die Nacht in Berlin. Von Matczynskis Büro aus jagte sie im Taxi zur Zeitungszentrale und hackte eine halbe Stunde lang wie besessen auf ihren Laptop ein, mit dem sie sich an einen verwaisten Schreibtisch im Politikressort gesetzt hatte. Es folgte ein ermüdender Streit mit dem dicken Alfons Maul von der Spätschicht, der die Verantwortung nicht übernehmen mochte. So rief sie den Chefredakteur an, fest entschlossen, ihre Story noch in dieser Ausgabe gedruckt zu sehen. Der Mann stellte nur ein paar knappe Fragen, machte sie vorsorglich auf ihre Verantwortung aufmerksam, ließ sich den Artikel vorlesen, pfiff anerkennend durch die Zähne und gab nach ein paar kleinen Änderungen endlich grünes Licht.

Wenig später eilte sie in die Rotation, betrachtete für einen Moment erregt die riesigen Maschinen und griff sich schließlich ein Blatt heraus. Da stand es in fetten Balken:

Millionenskandal beim Regierungsumzug:
Echo **deckt geheime Operation auf – Bauarbeiten vorerst gestoppt**

Bonn/Berlin. Unter großer Geheimhaltung hat die Bundesregierung geplant, alle Ministeriumsbauten in Berlin abhörsicher zu machen und ist damit nach Recherchen unserer Redaktion gescheitert. Mehrere Millionen…

Während sie zurück in die Redaktionsräume ging, las sie gründlich ihren Artikel durch, so, als sehe sie ihn zum ersten Mal. Kritisch prüfte sie jedes Wort, jeden Satz. Las es sich flüssig? Stimmte alles?

Doch sie fand nichts auszusetzen. Der Bericht war in Ordnung. Zufrieden schrieb sie eine Kurzfassung für die Agenturen und sorgte dafür, dass der gesamte Artikel in die Internetausgabe gestellt wurde.

Es war fast Mitternacht, als sie, das *Echo* noch unter dem Arm, erneut in ein Taxi stieg und zu Constanzes Wohnung fuhr.

Natürlich kam sie zu spät für den Kameramann, der die vergangenen Wochen dort gehaust hatte. Am Briefkasten klebte die kurze Nachricht: »Die Nachbarin rechts hat den Schlüssel.«

Na klasse, stöhnte Anna, schleppte ihr Gepäck, das diesmal glücklicherweise nur aus der Umhängetasche mit dem Laptop und dem kleinen Koffer für eine Nacht bestand, die beiden steilen Treppen hinauf, klingelte trotz der späten Stunde an der Nachbarstür, bat die alte Frau, die misstrauisch wissen wollte, wer da war, um Entschuldigung und war froh, als sie endlich den Schlüssel in Händen hielt.

Als sie die Tür öffnete, traf sie fast der Schlag. Stickige Luft quoll ihr entgegen. Sie ließ alles fallen, hielt den Atem an und eilte durch den Flur ins Wohnzimmer, öffnete sperrangelweit das Fenster und tat dasselbe in der kleinen Küche, dem Bad und dem Schlafzimmer. Erschüttert blickte sie sich um. Was für ein

Schwein hatte Constanze da in ihre Wohnung gelassen? Papierfetzen waren auf dem Boden verstreut, die alte Bettwäsche war nicht abgezogen, schmutzige Gläser standen auf jeder nur denkbaren Ablage und in der Küche stapelte sich dreckiges Geschirr, das bereits Schimmel ansetzte.

Es dauerte eine ganze Weile, bis Anna die Wohnung wieder in einen einigermaßen annehmbaren Zustand versetzt hatte. Während sie spülte, überlegte sie, ob sie der Freundin von dem Grad der Verwahrlosung berichten sollte, entschied sich aber dagegen. Trotzdem wählte sie nach dem Duschen die eigene Bonner Nummer und versprach sich, sofort aufzulegen, wenn Constanze nicht nach dem dritten Klingeln abheben würde.

Die Freundin war aber noch wach. »Rate mal, wer heute Abend angerufen hat?«, fragte sie und wartete Annas Antwort nicht ab. »Dein Lauer. Zwei Mal.«

»Hat er gesagt, was er wollte?«

»Nein. Aber ehrlich gesagt hat es auch nicht sehr dringend geklungen. Richard hat natürlich auch angerufen. War ganz schön sauer, dass du dein Handy ausgestellt hast!«

»Ich hatte zu tun.«

»Sag das mal diesem Mann!«

»Und wie geht's Napoleon?«, fragte Anna, und wieder wurde ihr bewusst, wie schön es war, dass die Freundin bei ihr wohnte.

»Gut. Er liegt neben mir und schnurrt.«

So plauderten sie noch eine Weile angeregt, ohne sich einzugestehen, wie erleichtert sie waren, der drückenden Einsamkeit der Nacht noch ein wenig entfliehen zu können.

Später bezog Anna Constanzes Futonbett, und endlich übermannte sie die Müdigkeit. Sie vergaß, einen

Wecker zu stellen, und schlief bis weit in den Vormittag hinein. Erst das Klingeln des Telefons neben dem Bett weckte sie.

Es war Richard. Er hatte bei Constanze so lange gebohrt, bis sie ihm die Telefonnummer gegeben hatte.

»Warum bist du gestern nicht an dein Telefon gegangen?« Er klang beleidigt.

»Weil ich zu tun hatte«, erwiderte sie und schlurfte, den Hörer zwischen Schulter und Ohr geklemmt, in die Küche. »Schon mal ins Internet gesehen? Da kannst du es nachlesen!«

Im Kühlschrank fand sie neben verschimmeltem Käse und ranziger Butter nur einen einsamen Fruchtjoghurt, den ihr Vormieter offenbar nicht angerührt hatte. Sie untersuchte die Packung und als er ihr tadellos erschien, löffelte sie den Becher gierig aus.

Richard fluchte indessen, weil die Moskauer Internetleitungen belegt waren und berichtete ihr über jeden Fortschritt seines Rechners. Nach endlos scheinenden Minuten las er ihr schließlich vor, was er auf der Homepage des *Echos* gefunden hatte und lobte sie überschwänglich. »Klasse Geschichte! Weiter so. Ich bin stolz auf dich!«

Das Lob überraschte Anna, und aufgeräumt erzählte sie ihm von ihren Recherchen, von Lauer, Matczynski und dem blöden Alfons Maul von der Spätschicht. Sie redeten eine gute Weile miteinander, und diesmal hatte Anna das Gefühl, dass Richard ihr wirklich zugehört hatte.

Im Radio lief die Meldung nicht. Enttäuscht hockte sie sich im Wohnzimmer auf das kühle schwarze Ledersofa. Sie hatte ganze Arbeit geleistet. Der Glastisch glänzte wie neu. Woher hatte sie nur die Energie genommen?

Sogar der eisgraue, dicke Teppich lag weich und sauber vor ihr. Mit einem leichten Schaudern bewunderte Anna Constanzes modernen Geschmack, die unterkühlte Eleganz der Wohnung, in der keine Nippes störten, in der jedes Detail von der Disziplin der Bewohnerin und höchster Qualität zeugte.

Anna strich mit der Hand über die Armlehne des Sofas und fühlte Material und Verarbeitung. Wie oft war sie selbst durch die modernen Designhäuser geschlendert! Und wie hatte sie deren kühlen Sinn für Form und Raum bewundert!

Warum nur gelang es ihr nie, sich so einzurichten? Warum musste sie sich immer wieder in alten Trödel verlieben? Hier war alles aus einem Guss. Ein wenig kalt. Aber allemal persönlicher als im Hotel. Hier ließ sich ihr Nomadendasein aushalten. Constanze sei Dank.

Zufrieden stand sie auf, zog die Vorhänge zurück und entdeckte erst jetzt den strahlend blauen Himmel. Übermütig riss sie das Fenster auf, warf es aber sofort wieder zu, als sie die klirrend kalte Luft auf der Haut spürte.

Pfeifend ging sie in die Dusche, zog sich an und frühstückte erst einmal in einer kleinen Bäckerei, bevor sie zum Flughafen fuhr.

Zu Hause fand sie Alexander Hof in ihrer Küche vor. Breitbeinig saß er auf dem Stuhl, der normalerweise ihr vorbehalten war, trank am frühen Nachmittag Wein und fühlte sich offenbar schon richtig zu Hause.

Am liebsten hätte Anna den Mann hinausgeworfen. Doch ein Blick in Constanzes Gesicht reichte, und sie wusste, wie glücklich die Freundin war. Da schluckte Anna ihren Ärger herunter, holte sich wortlos ein Glas und schenkte sich ein.

»Bedienen Sie sich«, tönte Alexander.

»Danke«, gab Anna kühl zurück, hielt ihr Glas in die Höhe und setzte sich. Dann wandte sie sich an Constanze, als wären sie allein.

»Ist die Geschichte hier im Radio gelaufen?«

»Keine Ahnung.«

»Habt ihr nicht mal Zeit für die Nachrichten gehabt?« Anna blickte grinsend von einem zum anderen.

Constanze schielte verlegen zu Alexander, doch der gluckste nur selbstzufrieden. »War es was Wichtiges? Darf man fragen, worum es geht? Eine Meldung, die die Welt bewegt? Pulitzerpreis-verdächtig?«

»Klar, mindestens!«, erwiderte Anna und berichtete in kurzen Zügen, was sie herausgefunden hatte. Dann zog sie die Zeitung aus ihrer Tasche, die sie gestern Abend aus der Rotation gezogen hatte und knallte sie ihm hin. »Hätte euch auch gut angestanden. Hat die *Linse* mal wieder was verpasst!«

Alexander las. »Die von dem Traditionsunternehmen *Mainl* in die neue Hauptstadt gelieferte Ware macht aus der Fledermaus eher eine flügellahme Ente.« War er dem Namen nicht schon einmal in ähnlichem Zusammenhang begegnet? Das musste kurz nach dem Mauerfall gewesen sein. Und dass sie damals die Geschichte nicht gebracht hatten, ärgerte ihn noch heute. Er versuchte, sich an die Einzelheiten zu erinnern, während er weiterlas. War es nicht um Spionage gegangen? Richtig! Aber die Redaktion war skeptisch gewesen und hatte den Geheimdienst gefragt, den anonymen Brief vorgezeigt, den sie erhalten hatten, ihn sogar widerstrebend dort gelassen, und nach ein paar Wochen war die Antwort gekommen. »Es liegen keinerlei Erkenntnisse gegen Herrn Herbert Mainl vor.«

Alexander lachte Anna aus, die gespannt auf seine Reaktion wartete. »Der beste Rohrkrepierer aller Zeiten! Klasse! Einmalig! Herzlichen Glückwunsch!«

Die beiden Frauen starrten ihn fassungslos an. Als Anna endlich sprach, klang ihre Stimme bedrohlich leise, und sie merkte, dass sie rot anlief vor hilflosem Zorn. »Wieso Rohrkrepierer?«

»Ja, was denken Sie denn? Sie haben allen hier doch gerade eine wunderbare Galgenfrist geschenkt! Wie naiv sind Sie eigentlich? Darauf haben die in Bonn doch alle gewartet! Oder glauben Sie, dass es viele Leute gibt, die so scharf darauf sind wie Sie, nach Berlin zu ziehen? In eine richtige Stadt? Die fürchten sich doch vor nichts mehr als vor dem Umzug! Komm Constanze, wir gehen, das ist mir zu blöd«, sagte er, stemmte sich hoch, beugte sich zu seiner Freundin, küsste sie und zog sie immer noch lachend aus der Küche.

Verletzt sah Anna den beiden nach. Warum hatte Constanze das zugelassen? Warum hatte sie ihr nicht beigestanden? Sie grollte der Freundin und fühlte sich im Stich gelassen. Nachdenklich ging sie in ihr Arbeitszimmer und knallte die Tür hinter sich zu. Ihr Blick fiel auf das Telefon. Richard! Richard würde ihr ehrlich seine Meinung sagen. Sie suchte die Nummer, die sie noch nie gewählt hatte, fand sie genau dort, wo sie sie vor Wochen in der sicheren Gewissheit hingeschoben hatte, dass sie ihn doch nie anrufen würde.

Schon nach dem ersten Klingeln hob er ab. Seine Stimme klang müde. Anna war es egal. »Ich bin's«, brach es aus ihr heraus und ohne auf seine Erwiderung zu warten, berichtete sie, wie gemein Alexander Hof sich benommen hatte. »Was meinst du? Ist das wirklich ein Rohrkrepierer?«

Richard musste lächeln. Anna hatte ihn angerufen! Endlich! Sie brauchte ihn also doch! Instinktiv fand er die richtigen Worte, machte ihr Mut, versicherte, Alexander sei nur neidisch und außerdem ein ausgekochtes Schwein.

»Na, so schlimm ist er auch nicht!«, warf sie ein und fing an zu kichern. »Was bin ich nur für ein Idiot. Erst macht er mich nieder, und ich verteidige ihn auch noch!«

»So bist du eben«, sagte Richard sanft.

»Danke«, antwortete Anna. »Du hast mich auf andere Gedanken gebracht.«

»Ruf doch ruhig öfter mal an …«

»Werde es mir überlegen.«

»Versprochen?

»Versprochen.«

6. Kapitel

Als es Abend wurde, bat er Frieda, den Kamin anzumachen. Sie stöhnte, wie immer, wenn er etwas von ihr verlangte, das sie für unvernünftig hielt – und dass es unvernünftig war, an diesem Frühlingsabend die Vorhänge vorzuziehen und ein Winterfeuer zu entfachen, lag für sie auf der Hand. Doch dann erfüllte sie ihm auch diesen Wunsch, half ihm in seinen Lieblingssessel, wickelte die alte, karierte Lieblingsdecke um seine Knie, tätschelte ihm gutmütig die Schulter, und fragte, ob er noch etwas brauche.

Es kostete Herbert Mainl viel Mühe, freundlich zu lächeln. »Nein. Danke. Sie können Feierabend machen.«

Mitleidig blickte sie zu ihm herunter, schüttelte unmerklich den Kopf, als müsse sie abwägen, ob sie das gelten lassen könne, und verließ widerstrebend den Raum.

Herbert Mainl atmete auf, als sie fort war. Er starrte in die prasselnden Flammen und fröstelte. Warum nur wärmte ihn das Feuer nicht mehr? Hatte sich sogar das Feuer verändert? Hatte es seine Kraft verloren? Wie so vieles in letzter Zeit?

Verwirrt zog er die Decke bis zu den Schultern hoch und dachte über all das nach, was sich verändert hatte. Konnte es sein, dass es erst mit Juttas Tod begonnen hatte – wie lange war das jetzt her? Es kam ihm vor wie eine Ewigkeit. Dabei war sie doch erst … Er kniff die Lippen zusammen und rechnete. Vor drei Jahren, ja, sie war vor knapp drei Jahren gestorben. Plötzlich. Plötzlich jedenfalls für ihn.

An einem Tag äußerte sie Unwohlsein, Schmerzen in der Brust. Am nächsten ging sie zum Arzt, der sie in das Krankenhaus einwies. Dort machten sie bedenkliche Gesichter, die immer bedenklicher wurden, je mehr Geld er versprach, je bessere Pflege und Betreuung er einklagte. Da lag sie längst schwach in ihrem Bett und sprach davon, wie gerne sie Kinder gehabt hätte, und tat ihm Leid, unendlich Leid.

Er litt darunter, dass er ihr nicht helfen konnte. Schweren Herzens stimmte er einer Operation zu. Doch als er sie später da liegen sah in ihrem schmalen Bett auf der Intensivstation, bleich und bewusstlos, gekettet an die Leben spendenden Schläuche, bereute er es. Sie verfiel von Tag zu Tag, Stunde zu Stunde.

Kaum einen Monat später war sie tot. Lungenkrebs. Sagten sie. Dabei hatte Jutta nie geraucht. Es kann jeden treffen, hatten sie erwidert. Raucher hätten nur ein höheres Risiko. So war das also.

Seit Juttas Tod war es ihm immer schwerer gefallen, mit den Veränderungen in seinem Leben fertig zu werden. Vorher war alles so viel leichter gewesen. Hatte sie es ihm leichter gemacht? Was wusste er schon davon?

Aber ja! Genauso war es. Die Gewissheit, die ihn plötzlich übermannte, schmerzte mehr, als er ertragen konnte, und erschüttert fragte er sich, wie er so lange die Augen vor der Wahrheit hatte verschließen können.

Mit Jutta war der gute Geist, die Zuversicht von ihm gewichen. Sie allein hatte ihm Kraft gegeben, von Anfang an. Sie war es gewesen, die ihn, dessen Familie vor knapp hundert Jahren aus Österreich an den Rhein gezogen war, kurz nach dem Krieg überredet hatte, nach Frankreich zu fahren und Stoffe zu kaufen. Damals, als die Menschen gemordet hätten für einen Sack Kartoffeln – er war erst vor kurzem glücklich, aber mittellos aus dem Krieg heimgekehrt –, da hatte sie ihren letzten Schmuck und ihre gesamten Vorräte hervorgekramt und ihn gezwungen, im Nachbarland eine gewaltige Ladung Polsterstoffe und einige alte Möbel zu kaufen. Was für eine verrückte Idee! Er hatte sich gesträubt. Doch sie hatte auf ihn eingeredet – »Du wirst schon sehen, so was brauchen die Leute bald wieder« –, bis er klein beigegeben hatte.

Es war schon ein Wunder gewesen, dass sie heil über die Grenze gelangt waren, und ein noch größeres Wunder, dass sie wohlbehalten in dem alten, klapprigen, geliehenen Lastwagen zurückgekehrt waren. Dann hatten sie den Winter über gehungert. Er hatte sie und ihre Besessenheit mehr als einmal verflucht und sich mit Gelegenheitsarbeiten über Wasser gehalten.

Doch dann waren bessere Zeiten gekommen. Die ersten wohlhabenden Familien waren in die nur wenig zerstörte Universitätsstadt am Rhein zurückgekehrt. Sie hungerten bereits wieder nach Schönheit und zahlten ein Vermögen – erst in Zigaretten und endlich in D-Mark – für die herrlichen Stoffe. Da pries er Jutta für ihre Weitsicht, dankte ihr überschwänglich, gelobte ewige Treue und dass er fortan alles tun werde, was sie wolle und sei es auch noch so verrückt.

Immer öfter fuhren sie über die Grenze, kauften, verkauften daheim wieder, machten rasch Gewinn, mieteten das erste Geschäft, stellten alsbald auch eine Verkäuferin ein, ein hübsches Flüchtlingsmädchen mit braunen, schwermütigen Augen, das niemals über sein Schicksal sprach. Die Kundschaft liebte es.

Jutta blieb die Seele des Geschäfts. Verstand sich Herbert mehr auf die kaufmännische Seite, war es Jutta, deren sicherer Geschmack den Aufschwung brachte. Und verzog er auch zuweilen das Gesicht, wenn sie – ihrer Zeit um Längen voraus – die ausgefallensten Stücke erstand; er hielt sein Versprechen und mischte sich nicht mehr ein. Sie hatte sich einmal bewiesen, das reichte ihm. Und sie sollte ein ums andere Mal Recht behalten.

Als es dann darum ging, das neue Kanzleramt für Konrad Adenauer herzurichten, war es die Firma *Mainl*, die den Zuschlag erhielt – schon weil der patriarchische Regierungschef gern ortsansässige Unternehmen förderte. Herbert erweiterte sein Sortiment auf Teppiche, Auslegeware und später sogar Tapeten, stellte auch seinen ersten Innenarchitekten ein – einen jungen Mann, der vor dem Krieg studiert und mit einem zerschossenen Bein und schwerem Herzschaden aus dem Feld zurückgekehrt war.

Der Regierungsauftrag bedeutete nicht nur einen gewaltigen finanziellen Schub für das junge Unternehmen, sondern auch den gesellschaftlichen Durchbruch. Man war von nun an immer häufiger zu Gast, wenn gefeiert wurde, im Kanzleramt, dem Auswärtigen Amt, in den immer zahlreicher werdenden Botschaften.

Herbert Mainl nutzte die Chance, die ihm das Wirtschaftswunder bot, baute seine Firma zu einem der größten Unternehmen der Stadt auf, zog die Spendierhosen an, und wenig später gab es kaum eine Schule in der Stadt diesseits und jenseits des Rheins mehr, die nicht ein größeres Geschenk von ihm erhalten hätte. So mancher Sportverein bestand nur dank seiner Förderung, und den Turnern vermachte er zur Vorbereitung auf internationale Wettkämpfe stets eine größere Summe.

Doch nicht nur der Sport hatte ihm einiges zu verdanken. Herbert Mainl galt als großzügiger Förderer von Kunst und Musik, und das geriet keinesfalls zum Nachteil seiner vom ästhetischen Empfinden der Kundschaft lebenden Firma.

Bald gab es in jeder größeren Stadt einen *Mainl* mit solider Ware und später dann ein Billig-Möbelhaus *MzM – Mainl zum Mitnehmen*. Mit seiner Neugründung *Mainl Exklusiv* wandte sich Herbert zuletzt an die besonders betuchte Kundschaft. Die kleinen, teuren Boutiquen fehlten in keiner vornehmen Einkaufsstraße von Paris und Rom, München, Berlin, Frankfurt und Düsseldorf oder London. Wer etwas auf sich hielt, unterrichtete sich erst bei *Mainl* über den Trend, bevor er sich festlegte.

War in den sechziger Jahren Juttas Geschick und untrügliche Stilsicherheit ausschlaggebend für den beispiellosen Erfolg, lenkte das Ehepaar Anfang der Siebziger die schöpferische Kraft der jungen Akademikergeneration in geordnete Bahnen. Mit den wichtigen Innenarchitektur- und Design-Hochschulen schlossen sie Verträge, wonach die besten eines Jahrgangs bei *Mainl* ihre Meisterstücke entwerfen konnten. Herbert trug die Kosten, stellte Material und Werkstätten, knauserte nie – und sicherte sich die Rechte an allen gefertigten Stücken. So baute er über die Jahre Designlabors auf, die ihresgleichen suchten. Herbert und Jutta verdienten prächtig an den Debütwerken.

In dieser Zeit legte Herbert Mainl auch den Grundstein für ein zweites, nicht minder weitsichtiges Projekt. Dank seiner hervorragenden Kontakte zur Regierung, zu Ministerien und vor allem auch der Opposition erahnte er frühzeitig die vorsichtige Öffnung nach Osten, bot sich als Mittler an, war bald schon ein wichtiges Glied im aufblühenden innerdeutschen Handel. Er ließ von *drüben* Holz, Billigmöbel, Tapeten oder politische Häftlinge kommen, karrte zum Dank teure Devisen, Bananen, Nägel oder andere Begehrlichkeiten nach Ostberlin, ließ sich das Geschäft von der Bonner Regierung vergolden und erwarb sich den Ruf als einer der aufgeschlossensten, erfolgreichsten Unternehmer des Landes.

So wuchs nicht nur sein wirtschaftlicher Erfolg, auch sein politischer Einfluss. Man holte seinen Rat ein – und das längst nicht nur in Fragen der Inneneinrichtung. Die Beziehungen zu den politischen Führern des Landes waren entspannt, man traf sich beim Wein, man aß zusammen, flog zusammen in Mainls luxuriösem Flugzeug, folgte zuweilen auch privaten Einladungen. Nicht selten gelang es Herbert, mit seinem gesunden Menschenverstand und einigem diplomatischen Geschick Streithähne zu versöhnen oder Kompromisse auszuloten. Vielfach wurde er frühzeitig in geheimste Pläne eingeweiht, konnte seine Sicht der Dinge darlegen, und alles, was für das Gelingen seiner Unternehmungen schädlich gewesen wäre, rechtzeitig aus Gesetzentwürfen tilgen.

Dass er nicht knauserig war, vor allem in Wahljahren, verstand er als selbstverständliche staatsbürgerliche Pflicht. Er hatte die Demokratie lieben gelernt, verabscheute aufrichtig jede Form von Diktatur, nahm die Parteien als nötiges Übel hin und unterstützte sie mit großzügigen Beträgen. Dass er dabei – fast – keine Unterschiede machte und alle – fast – gleich behandelte, schadete ihm keineswegs.

Nie wäre er auf die Idee gekommen, dies habe mit unzulässiger Einflussnahme auf politische Entscheidungen zu tun. Und hätte jemand diesen Vorwurf in seiner Gegenwart erhoben, er hätte nur laut gelacht. Nie war ihm daran gelegen, selbst in die Politik zu gehen. Und dass er freimütig nicht nur seinen Rat, sondern zugleich auch sein Geld gab, empfand er eher als doppelte Spende, denn als unerlaubten Profit.

Nein, er fand nichts Unrechtes in dem, was er tat. Er schätzte seine politischen Freunde ob ihrer Intelligenz, ihrer Gerissenheit auch, ihrer nimmermüden Bereitschaft, sich immer und immer wieder auf die steinige Suche nach Mehrheiten zu begeben, zu überzeugen, jedes Argument ernsthaft abzuwägen. Und doch sah er in ihnen vor allem talentierte, aber bemitleidenswerte Künstler. Er war der Mäzen. War Politik nicht durchaus eine Kunst? Kunst kam von Können, und er konnte es nicht. Also zahlte er die, die sich hergaben.

Das größte Vergnügen aber hatte er, wenn er hoffnungsvolle Nachwuchspolitiker entdeckte und fördern konnte. Hatte er sich einmal überzeugt, dass ein junger Mann oder eine junge Frau eine glänzende Karriere vor sich hatte, streckte er gerne seine helfende Hand in Gestalt lukrativer Beraterverträge aus. Oder er vermittelte mit wenigen Telefonaten wichtige Aufsichtsratsmandate, Beiratsposten bei Banken oder Versicherungen, Einladungen für exklusive Zirkel.

Auch dies tat er beileibe nicht, um jemanden zu kaufen. Einen solchen Vorwurf hätte er mit derselben überzeugten Entrüstung von sich gewiesen wie die Vorstellung, die Kollekte in der Kirche zu klauen.

Nein, er wollte wahrhaftig niemanden bestechen. Aber war es nicht mehr als klug, diese jungen Leute rechtzeitig einzubinden in die Strukturen des Gemeinwesens? Sie teilhaben zu lassen auch an Entscheidungen der großen Unternehmen, der Banken, der Verbände?

Herbert Mainl selbst lag nichts an Ämtern. Er zog es vor, in seinem Spinnennetz zu sitzen und die Fäden zu ziehen. Nie tat er sich hervor mit öffentlichen Auftritten, auch sorgte er stets dafür, dass er bei festlichen Anlässen entweder zu früh, zu spät oder durch den Hintereingang kam, immer aber außer Sichtweite der allgegenwärtigen Kameras, Mikrofone und Kugelschreiber einer neugierigen Journaille. Journaille war ein schönes Wort. Er starrte ins Feuer und ließ es sich auf der Zunge zergehen. Journaille. Das klang so herrlich nach Kanaille!

Was ihn an den ärgerlichen Zeitungsartikel erinnerte und daran, warum er zum ersten Mal seit vielen Jahren nicht weiter wusste. Mühsam räkelte er sich hoch, bis er den Rücken gerade halten konnte, ballte die Hand zur Faust und trommelte auf die weich gepolsterte Armlehne.

Wie war diese Journalistin nur dahinter gekommen? Wie aufgeregt die Berliner Filiale gewesen war! Und er, der doch selbst überrascht war, hatte sie alle beruhigen müssen. Dabei hätte er am liebsten geschrieen, getobt, nein, die Zeitung aufgekauft und diese neugierige Bazille an die Luft gesetzt.

Träume.

Herbert Mainl atmete schwer. Wie hatte das nur geschehen können? Erst gestern war er noch sicher gewesen, die Dinge in den Griff zu bekommen! Hatte telefoniert, konferiert, Forderungen gestellt, den Anwalt vorgeschickt, und es hatte ausgesehen, als würden sie klein beigeben.

Es war schließlich nur der Kleister!

So was ließ sich doch beheben. Unter der Hand. Wie immer.

Nein, nicht wie immer. In dieser Größenordnung war ihm noch nie ein Fehler unterlaufen. Mit Jutta wäre ihm das nicht passiert.

Ihm standen die Bilder vor Augen, die sie ihm gezeigt hatten. Von Tapeten, die buchstäblich von den Wänden abblätterten und Teppichböden, die jeder Spannung trotzten. Es war gespenstisch gewesen zu sehen, wie sich seine Ware in ihre Bestandteile zersetzte, seine beste Ware, seine wertvollste Entdeckung! Seine? Er stockte kurz. Doch. Es war seine.

Dann hatten sie ihm die Tonbänder vorgespielt. Ja, auch er hatte Stimmen gehört, leise, aber deutlich.

»Nennen Sie das abhörsicher?«, hatte der Ungehobelte gebellt und hatte die Maschine wieder an sich gerissen, wobei er Dutzende von Papieren gleich mit vom Tisch gefegt hatte.

Dann hatte der andere von der Bundesbauverwaltung das Wort ergriffen, der mit dem schütteren Haar. Hatte ein wenig mitleidig, als sei ihm die Sache schrecklich peinlich, erst ihn und dann die anderen leitenden Damen und Herren angesehen, die zu der Besprechung gebeten waren, bevor er leise und bedächtig gesagt hatte: »Sie werden verstehen, dass uns das nicht reicht.«

»Sie hören von uns«, hatte wieder der Erste gebellt, der vom Geheimdienst. Und schließlich waren sie herausgestapft, hatten ihn sitzen lassen, hilflos in seinem großen Sessel, hinter dem gewaltigen Schreibtisch.

Ihm blieb nichts übrig, als seine Führungsmannschaft anzubrüllen, sie sollten gefälligst das Problem lösen.

»Und halten Sie um Gottes willen die Presse da heraus, hören Sie!«

Seine Anweisung war doch klar und deutlich gewesen. Und jetzt das! Er hatte alle Hebel in Bewegung gesetzt. Alte Freunde angerufen. Gedroht, erklärt, beschwichtigt. Es hatte wirklich gut ausgesehen. Bis heute Morgen.

Doch jetzt hatten sie seine Firma erwischt. Und sicher würde es nicht lange dauern, bis sie auch ihn selbst hervorzerren und auseinandernehmen würden.

Unruhig rutschte er auf seinem Sessel hin und her. Er hätte es Jutta sagen sollen. Gleich damals. Aber hätte sie die riesige Chance begriffen, die darin steckte? Hätte sie ihn verstanden? Hätte er ihr dann nicht auch die ganze Wahrheit sagen müssen … Alles? Sein Herz hämmerte und der alte Zwiespalt drohte, ihn zu zerreißen.

Er hatte nie mit ihr darüber gesprochen. Anfangs, weil er gedacht hatte, es sei nur eine kurze, unwichtige Episode. Mehr nicht. Und dann war es zu spät gewesen.

Ächzend stand Herbert Mainl auf, schlurfte langsam zum Sofa und hängte das Bild darüber ab, zog den Schlüsselbund aus der Tasche und öffnete bedächtig den Safe. Vorsichtig zog er einen grauen Aktenordner heraus und begutachtete ihn von allen Seiten. Es war alles in Ordnung. Niemand hatte ihn angerührt.

Vorsichtig trug er ihn hinüber zu seinem Sessel, ließ sich stöhnend nieder, zog die Decke hervor, die sich unter seinem alten Körper knautschte, und warf sie ärgerlich zu Boden. Dann wandte er sich wieder der Akte auf seinem Schoß zu. Der Deckel war lose. DDR-Qualität. Ein Lächeln huschte über sein Gesicht. Er hatte sich nie davon trennen mögen. Er griff hinein und spürte die Seiten zwischen seinen Fingern. DDR-Papier. So was gab es schon lange nicht mehr.

Hatte er einen Fehler gemacht? Hätte er nicht nur seiner Frau, sondern auch den anderen von Anfang an die Wahrheit sagen sollen? Aber warum? Er hatte auf eigene Faust und auf eigene, immerhin nicht unerhebliche Kosten, aus diesem Geheimnis die Ware geformt, die sie schließlich gekauft hatten. Was war da schon dabei? Das Geheimnis gehörte ihm. Es war der Dank. Der Dank, den sie ihm nie gezollt hatten. Dabei hatte er diesen Dank verdient, dachte er voller Trotz.

Außerdem hatten sie seine Ware nicht blind gekauft. Sie hatten genau gewusst, was sie taten.

Und trotzdem mussten sie alle etwas übersehen haben. Aber was? Herbert Mainl schüttelte den Kopf.

Er selbst verstand ja nichts davon. Das waren nur Formeln, Rechnungen und Fremdworte, verwirrend und ganz und gar nichts für einen Kaufmann wie ihn. Aber seine Leute, hoch bezahlte Fachleute, Entwicklungsingenieure, Techniker, die hatten es doch verstanden! Und waren begeistert gewesen! Hatten Jahre ihrer Arbeit hineingesteckt, immer überzeugt, dass es funktionieren würde. Einmal – er hatte längst den Mut verloren – hatten sie ihn sogar angefleht, weitermachen zu dürfen. Waren zu fünft in seinem Büro erschienen, eine richtige kleine Abordnung. Da hatte er nachgegeben. Hätte er wenigstens seinen Leuten die Wahrheit sagen müssen?

Aber was ging es sie an?

Wichtig war doch nur, ob es klappte. Nicht, woher es kam.

Was hatte er übersehen? Herbert Mainl kratzte sich am Kinn und klappte den Ordner wieder zu. Erst hatte er nur seinem Freund Viereck von dem erzählt, was in seinen Werkstätten unter dem Siegel strengster Verschwiegenheit geschah, und gemeinsam hatten sie weiter daran gearbeitet. Dann, endlich, waren die Erfolgsmeldungen gekommen. Der Geheimdienst war überzeugt, und so war Mainl Teil dieser gewaltigen Operation *Fledermaus* geworden, von der so lange niemand laut gesprochen hatte und über die es nun doch diese Schlagzeile gab.

Was um Himmels willen war schief gegangen? »Wenn ich das nur wüsste …!« Immer wieder grummelte Herbert Mainl den Satz vor sich hin, stellte sorgsam den wertvollen Ordner zurück in den Safe, verschloss ihn und hängte das Bild davor. Dann setzte er sich wieder in seinen Sessel und grübelte.

Als es klingelte, schreckte er auf aus einem traumlosen Schlaf. Sein Herz pochte. Wer konnte so spät noch zu ihm wollen? Er rührte sich nicht und wartete. Eine Weile blieb es still. Doch dann klingelte es von neuem, und er sah auf die Uhr. Es war doch mitten in der Nacht!

Wütend rappelte er sich auf. So schnell er konnte schlurfte er hinaus und betete, dass Frieda nicht wach geworden war. Vor ihrem fürsorglichen Geschwätz fürchtete er sich mehr als vor nächtlichen Besuchern.

Es dauerte eine Weile, bis er die mächtige Türe entriegelt hatte.

Umständlich hantierte er mit den Schlüsseln und brummte: »Welcher Idiot klingelt denn hier um diese Zeit? Mitten in der Nacht! Ich kann nur hoffen, dass es wichtig ist! Was für eine Unverschämtheit!«

Endlich riss er mit Schwung die Haustür auf.

Und taumelte zurück. Vor ihm stand ein Mann mit großen Augen, fettigem, schlecht geschnittenen Haar in einem viel zu dünnen Mantel.

Eine Sekunde lang starrten sie einander an.

Herbert Mainl erkannte den anderen sofort. Und in diesem Moment wusste er auch, wovor er sich all die Jahre gefürchtet hatte: dem Zorn und der Rache dieses einen Menschen. Wo er nur die ganze Zeit gewesen sein mochte? Und wo kam er jetzt auf einmal her?

Blitzschnell schossen ihm die Gedanken durch den Kopf und er reagierte schneller als der andere, jüngere. Bevor dieser sich noch rühren konnte, warf Herbert Mainl die Tür zurück ins Schloss, stemmte sich keuchend mit dem Körper dagegen und verriegelte sie.

Der andere aber musste die Angst und den Zorn in Mainls Augen wohl bemerkt haben. Denn er trommelte triumphierend gegen das massive Holz. »Mach auf, du Schwein. Ich kriege dich doch!«

»Ich rufe die Polizei, wenn Sie nicht sofort verschwinden!« Es war ein hilfloser Versuch, und Mainl wusste es. Eigentlich hatte er sich schon fast damit abgefunden, den Feind hereinlassen zu müssen. Er wollte schließlich keinen Skandal. Vielleicht ließ sich alles gütlich regeln. Mit Geld. Mit klopfendem Herzen horchte er. Wenn der andere nur noch ein Wort sagte, würde er ihn hereinlassen.

Draußen aber blieb es still.

Dann hörte er ein leises Flüstern. »Ich gehe jetzt. Aber ich kriege dich doch.«

»Das werden wir sehen«, murmelte Herbert Mainl. Also hatte auch der andere Angst. Vor der Polizei. Umso besser.

Erleichtert lauschte er, wie sich draußen auf dem Kies Schritte langsam entfernten. Erst als alles wieder ruhig war, löschte er die Lichter und schlurfte zurück in sein Arbeitszimmer. Er schürte das Feuer, ließ sich matt in den Sessel fallen und schlug die Decke um die Knie, als sei nichts geschehen.

Die äußere Gelassenheit täuschte. Sein Herz pochte so laut, dass er kaum denken konnte, und jedes Mal, wenn ihm die Augen zufielen, hatte er mit grausamer Deutlichkeit das finstere, wütende Gesicht seines Besuchers vor sich.

Am nächsten Morgen fand Frieda ihren Chef zusammengekauert vor dem längst erkalteten Kamin.

7. Kapitel

Anna vertrödelte den Sonntag lustlos vor dem Fernseher und Constanze setzte sich gegen Mittag zu ihr, als sei nichts geschehen. Dabei war sie aufs Höchste angespannt. Sie wartete auf Alexander, der schon kurz, nachdem er Anna beleidigt und sie in ihr Zimmer gezogen hatte, verschwunden war. Sein Handy hatte geklingelt, und er war aufgesprungen und war aus der Wohnung gestürzt. »Es ist wichtig, mein Schatz, ich ruf dich später an.«

Sie zwang sich, ihm zu glauben, dass er sich melden würde, und jedes Mal, wenn sie an ihn und seine Zärtlichkeiten dachte, lief ihr ein Schauer über den Rücken. Dieses erregende Gefühl wich allerdings, je länger sie ausharrte, immer öfter einem schmerzhaften Stich.

Am Montag eilte Anna früh ins Büro und durchstöberte die Zeitungen, die das *Echo* regelmäßig bezog. Tatsächlich fand sie in dem einen oder anderen Blatt eine kleine Notiz über ihre Meldung. In den meisten anderen Zeitungen aber machte sich der Sport breit. Für die *Operation Fledermaus* schien kein Platz geblieben zu sein.

Sie war enttäuscht und zu ihrem Ärger taten alle um sie herum so, als sei nichts geschehen und als habe es ihre Enthüllungsstory nie gegeben.

Was war nur los? Wo blieb der laute Aufschrei, wo blieb die Empörung über Schlamperei, Geldverschwendung und Vetternwirtschaft? Sie hatte fest damit gerechnet. Allein, es setzte keine Hetzjagd ein, ja, es hatte sich nicht einmal einer gefunden, der dem *Berliner Echo* mit einer Klage drohte. Nicht der leiseste Vorwurf, eine miese Pressekampagne gestartet zu haben. Und selbst die kleinste Oppositionsfraktion im Parlament, sonst für ihre unnachsichtige Schärfe bekannt, hielt sich bedeckt.

Auf der routinemäßig stattfindenden Regierungspressekonferenz am Nachmittag spielte die *Operation Fledermaus* erst ganz zum Schluss (Haben Sie sonst noch Fragen, meine Damen und Herren?) eine Gastrolle. Ein älterer Journalist stand behäbig auf – wie er dies vor Urzeiten gelernt hatte, den Block in der Hand, den Stift in Lauerstellung – und bat umständlich um Lebenshilfe. Ob es dem Herrn Regierungssprecher angesichts jüngster Meldungen möglich sei, zum jetzigen Zeitpunkt schon darüber Auskunft zu geben, um wie lange sich der Berlin-Umzug wegen der Teppich- und Tapetenproblematik, wie er sich ausdrückte, verzögern werde? Nur damit er sich persönlich darauf einstellen könne …

Lauer antwortete überaus verbindlich, er wisse es selbst nicht, die Untersuchungen in dem Fall seien noch nicht abgeschlossen und unklar sei auch, wie es technisch weitergehen werde. Bis zur Klärung dieses umfangreichen Fragenkomplexes werde sich der Umzug sicherlich verzögern, aber um welche Zeitspanne es sich da handeln werde – nun, er bedauere es außerordentlich – aber das könne er leider nicht sagen.

Ob er bestätigen könne, dass bereits in Berliner Ministerien verlegte Tapeten und Teppiche unbenutzbar seien?, rief ein anderer Korrespondent dazwischen.

»Der überwiegende Teil, fürchte ich, ja«, gab Lauer zurück und blickte ein wenig grimmig in die Runde, als wolle er alle Fragen im Vorhinein abschmettern, die sich in den Köpfen vor ihm formen mochten.

»Wird die Bundesregierung Ersatz verlangen? Wie groß ist überhaupt der Schaden für den Bund?«, meldete sich ein Dritter, und Anna frohlockte, dass nun endlich einer aus der Meute auf der richtigen Spur war. Triumphierend blickte sie sich nach Constanze um.

Doch Lauers Antwort machte ihre Hoffnungen zunichte. »Das alles ist Gegenstand der laufenden Untersuchungen. Ich muss Sie also bitten, Geduld zu haben. Haben Sie Verständnis, dass ich zum gegenwärtigen Zeitpunkt keine weiteren Auskünfte geben kann. Schon um eventuelle Regressansprüche des Bundes – Sie deuteten eine solche Möglichkeit ja selbst bereits an – nicht zu gefährden. Das kann ich im Sinne der Steuerzahler, also auch in Ihrem Sinne, nicht verantworten. Haben Sie noch zu anderen Komplexen eine Frage?«

Enttäuscht erhob sich Anna, schenkte Lauer einen wütenden Blick und stürzte aus dem Saal. Schon wieder hatte er sie benutzt. Hatte sie mit einem Skandal gelockt und ihr eine Eintagsfliege geliefert.

Und während sie ernsthaft erwog, ihn in dieser Woche nicht zum Kochen einzuladen, wurde ihr klar, wie geschickt er sein Wort gehalten hatte. Er hatte den Korrespondenten und Chefredakteuren versprochen, nichts, und sei es der Regierung noch so peinlich, zu verschweigen – vorausgesetzt, es handele sich nicht um intime, persönliche Angelegenheiten eines Kabinettsmitglieds.

Niemand konnte ihm nun noch einen Strick aus der *Operation Fledermaus* drehen. Die Sache war schließlich allgemein bekannt. Nur leider regte sich niemand darüber auf.

Vielleicht hätte sie sich weniger geärgert, hätte sie nur geahnt, was Lauer in diesem Augenblick wirklich beschäftigte. Gleich nach der Pressekonferenz eilte der Regierungssprecher ins Kanzleramt, wo sich in Müllers Büro bereits der Kanzler selbst, Innenminister Viereck und dessen Vertrauter Matczynski versammelt hatten. Das Fernsehen lief noch, als Lauer eintrat.

Jens Müller nickte ihm zu. »Nicht schlecht.«

»Habt ihr es gesehen?«

»Klar. Nicht schlecht, dein Auftritt«, wiederholte der Kanzler anerkennend. »Aber ob es reicht?«

»Was meinst du?«, fragte Lauer, an Viereck gewandt.

»Keine Ahnung. Du bist doch hier der Medienprofi«, gab der zurück.

»Warum haben Sie Frau Martin überhaupt den Tipp gegeben?«, warf Matczynski ein und schaute Lauer missmutig an.

»Ich?«

»Ja, Sie. Tun Sie nicht so. Ich hätte Frau Martin sonst nie so viel erzählt … Aber als sie sagte …«

»Ach, Sie waren das!«, fauchte Lauer.

»Sie ist damit zu mir gekommen«, rechtfertigte sich Matczynski.

»Das hast du doch so gewollt«, pflichtete ihm Viereck bei.

»Aber er hätte ja nicht gleich alles ausplaudern müssen!«, verteidigte sich Lauer. Eigentlich war es ihm ganz recht, wie die Sache gelaufen war. Aber das ging Matczynski nichts an. Das würde er Viereck und Müller erst später sagen, wenn sie unter sich waren.

Nicht, dass Lauer den Bären, wie Anna Matczynski insgeheim auch ihm gegenüber nannte, nicht mochte. Im Gegenteil. Doch ihm waren dessen hervorragende Kontakte zu zahlreichen Journalisten ein ständiges Ärgernis, und manchmal hatte er Angst, der grauhaarige Beamte könnte eine eigene Hausmacht aufbauen und seine Autorität unterlaufen. Zumal sich Matczynski in den vergangenen Monaten so oft in Berlin aufhielt, öfter, als es ihm, dem Regierungssprecher, möglich war.

»Ich habe durchaus nicht alles ausgeplaudert«, wehrte sich der alte Bär. »Und ich hätte gar nicht erst etwas gesagt, wenn Frau Martin nicht von Ihnen …«

»Aber, meine Herren!«, unterbrach der Kanzler die beiden. »So kommen wir nicht weiter. Wenn unser Freund Lauer hier Recht hat, dann haben wir doch die erste Etappe geschafft. Ruhe an der Pressefront.« Er musterte seinen Sprecher mit einem herausfordernden Lächeln und fuhr erst fort, als dieser nickte: »Jetzt zu den wesentlichen Dingen. Herr Viereck. Was haben Sie herausgefunden? Was ist tatsächlich passiert? Und vor allem, wie soll es Ihrer Meinung nach weitergehen?«

Der Innenminister schlug die Akten auf, sortierte sie umständlich und hob zu einem längeren Bericht über die Lage an. Klärte mit großer Geste über die zahllosen Anfragen, Berichte, Expertisen auf, die seine Abteilungen beschäftigten und die aus den anderen Ressorts zu ihm hinüberschwappten. »Im Übrigen habe ich die *Operation Fledermaus* zur Chefsache gemacht.«

In den nächsten Tagen schien es Anna, als hätte es ihren Aufmacher nie gegeben. Das Parlament tagte, der Bundesrat bereitete seine Sitzung vor, es gab Pressekonferenzen, Hintergrundgespräche im vertrauten Kreis, Erklärungen wurden verbreitet, man tuschelte, verabredete sich für ein Fest, das am Abend in einer Landesvertretung stattfinden sollte und alles war wichtiger als der verschobene, mit einem millionenschweren Skandal belastete Umzug.

Es war Anna, als lebten alle in einem Traum, aus dem sie nicht erwachen wollten, und als glaubten sie, sie könnten in Bonn bleiben, wenn sie nur fest genug die Augen vor der Wahrheit verschlossen.

Sie arbeitete eifrig, schob in jedes ihrer Gespräche Fragen nach dem Umzugstermin ein. Doch die Antworten, die sie erhielt, waren ebenso gleichförmig wie ermüdend: Regierungssprecher Lauer habe es bereits gesagt, die Sache werde geprüft, neue Angaben könnten erst gemacht werden, wenn der Fall geklärt sei, und ob sie keine anderen Sorgen habe.

Da gab Anna auf.

Constanze merkte es ihr sofort an, als die Freundin sich mit matter, tonloser Stimme am Telefon meldete. »Martin.«

»Ich bin's, Constanze. Kommst du nachher mit in den *Hammelsprung*?« Das Bistro lag direkt gegenüber dem Pressehaus.

»Keine Lust.«

»Was ist los? So kenne ich dich gar nicht.«

»Nichts.«

»Ist es wegen deiner Geschichte?«

Anna sagte nichts.

»Hatte Alexander doch Recht.«

»Ach, lass mich mit deinem blöden Alexander in Ruhe!«

Constanze ignorierte den Einwurf. »Kann ich dir sonst irgendwie helfen? Komm doch mit! Bitte! Das bringt dich auf andere Gedanken!«

Doch Anna blieb hart. Enttäuscht legte Constanze auf. Warum war Anna nie da, wenn man sie brauchte? Dabei hatte sie so sehr auf die Freundin gehofft. Denn in Wahrheit war es sie selbst, die auf andere Gedanken kommen musste.

Die Idee war ihr plötzlich gekommen. Wenn sie mit Anna in den *Hammelsprung* ginge, würde es nicht so auffallen. Es sollte ja auch ganz natürlich aussehen. Zwei Frauen im Gespräch.

Denn allein zu gehen, traute sie sich nicht.

Sie hatte seit Tagen nichts mehr von Alexander gehört, hatte gewartet und gehofft, doch nichts war geschehen. Kein Anruf, kein Brief, nicht einmal eine kleine E-Mail. Als wäre er vom Erdboden verschwunden.

Sie sehnte sich nach ihm. Und sie wusste, dass er regelmäßig im *Hammelsprung* zu Mittag aß. Nun hoffte sie, ihm die kalte Schulter zeigen zu können, sollte er sie dort mit Anna sitzen sehen.

Aber nun spielte Anna nicht mit …

Dann eben nicht. Missmutig warf sie ihren Bleistift auf den Tisch und hackte auf die Tastatur ein. Als sie die Exklusivmeldung einer Zeitung auf den Tisch bekam, wonach der stellvertretende Fraktionsvorsitzende Peter Weil neuer Finanzminister werden sollte, bemühte sie sich vergeblich um eine Stellungnahme der Regierung und schrieb schließlich lustlos die Meldung allein unter Berufung auf dies Blatt – in Gedanken die ganze Zeit bei Alexander. Er ging ihr einfach nicht mehr aus dem Kopf. Egal, wie sehr sie sich bemühte.

Ihr Leben war anstrengend geworden, seit sie Alexander kannte. Nichts mochte sie mehr dem Zufall überlassen. Mit peinlicher Sorgfalt achtete sie darauf, dass ihr Bett frisch und ihr Äußeres makellos war. Am Morgen, als sie aus dem Bad gekommen war, hatte sie sich noch attraktiv gefühlt. Jetzt fand sie sich nur noch verbraucht und müde. Vielleicht war es besser, in diesem Zustand nicht in den *Hammelsprung* zu gehen, dachte sie und hämmerte weiter wütend auf die Tastatur ein.

»Constanze, mach mal Pause!«, schrie ihr Felix Mütze von hinten in die Ohren. Er war ein junger, ebenso kleiner wie dicker, freundlicher Journalist, der seit einem halben Jahr das Bonner Büro der INA leitete.

Verwirrt hielt sie inne. »Wieso? Ich muss das noch zusammenfassen …!«

»Klar. Wir müssen das noch zusammenfassen. Aber du nicht. Du machst jetzt Pause und redest mit mir. Okay?«

Constanze nickte, während er sich auf ihren Schreibtisch hockte. »Traust du dir zu, ein Interview mit Peter Weil zu machen?«

»Ich? Mit Peter Weil?« Ihre Augen weiteten sich. »Klar. Logo. Warum nicht gleich mit dem Bundeskanzler?«

»Lass den Quatsch. Es geht nur um Weil.«

»Okay.«

»Und?«

»Ja … Sicher«, antwortete sie zögernd. Etwas Vergleichbares hatte sie seit ihrer Ankunft in Bonn noch nicht gemacht und es freute sie, dass Felix es ihr zutraute. Die Zweifel unterdrückte sie. »Wann?«

»Jetzt gleich. Ruf an und mach einen Termin.« Mütze strahlte sie an.

»Jetzt? Bist du verrückt geworden?«

»Wieso verrückt? Ich habe mich nur beschwert.«

»Du hast dich beschwert. Und bei wem?«

»Bei dem Pressesprecher der Fraktion. Bei wem sonst?« Er lächelte sie an und seine Augen blitzten vor Übermut. »Habe gesagt, dass wir es Leid sind, immer nur die Interviews der Zeitungen zu verbreiten, und entweder er vermittelt uns endlich ein eigenes Gespräch mit einem aus der Führungsspitze oder wir lassen uns was einfallen.«

»Du hast gesagt, wir lassen uns was einfallen?« Ungläubig starrte Constanze ihren jugendlichen Vorgesetzten an. »Und was bitte schön hätten wir uns einfallen lassen?«

»Das wäre mir rechtzeitig eingefallen!«, lachte Felix. »Hoffentlich. Aber der Kelch ist ja nun an uns vorübergegangen. Wir kriegen den Weil. Exklusiv. Und du wirst ihn für uns machen. Einverstanden?«

»Ja. Danke. Aber die anderen …?« Sie blickte sich im Büro um.

»Du machst das schon. Die anderen haben zu tun.«

Constanze fühlte sich etwas enttäuscht. Also bekam sie den Auftrag nicht, weil sie so gut war, sondern weil die anderen keine Zeit hatten. »Und was soll ich ihn fragen?«

»Herrgott noch mal. Du hast doch eben selbst die Meldung gemacht, dass der Mann Finanzminister werden soll. Denk dir was aus! Ran an den Speck!«

»Ich dachte, ich soll jetzt Pause machen!«, scherzte sie, in Gedanken längst beim Interview.

»Die hattest du jetzt ja«, antwortete Felix, rutschte von ihrem Schreibtisch und rief laut in die Runde. »He! Alle mal herhören, bitte! Wem eine Frage an Peter Weil einfällt, bitte in den nächsten fünf Minuten bei Constanze melden. Okay?«

»Also dann«, ergänzte Constanze, »her zu mir!«

In den nächsten Minuten notierte sie sämtliche Fragen, die den Kollegen aus dem Stegreif einfielen. Es war ein wahrhaft grausiges Durcheinander, das sich ihr darbot, als sie in ihrem Notizblock blätterte und die Nummer des Abgeordneten wählte.

»Weil.«

Constanze schluckte. Sie hatte nicht damit gerechnet, den Mann sofort am Telefon zu haben.

»Hallo. Ist da jemand?«

Endlich brachte sie ungeschickt ihr Anliegen vor und war erstaunt, wie weich seine Stimme klang.

»Aber selbstverständlich nehme ich mir für die Nachrichtenagentur INA Zeit. Ich habe schon gehört: Die Zeitungen schreiben alle von euch ab. So ist es doch, oder?«

»Nein, so viel Mühe machen die sich nur selten. Meistens drucken sie gleich, was wir schreiben. Und ich habe gerade geschrieben, dass Sie Minister werden sollen«, gab Constanze zurück.

»Dazu sage ich jetzt aber nichts!«

»Wieso? Werden Sie es nicht?«

»Das dürfen Sie mich nicht fragen.«

»Sondern?«

»Den Kanzler.«

»Aber Sie würden doch nicht ablehnen, wenn er Sie bitten würde, oder?«

»Äh ... Das ist eine hypothetische Frage, und die ... Ach was! Hören Sie. Was Sie mich da fragen ist albern, und Sie wissen es. So wird das nichts mit uns.«

»Na schön«, seufzte Constanze und lenkte ein. »Keine Fragen zum Minister.«

»Versprochen?«

»Versprochen.«

»Dann können wir es ja mal miteinander versuchen. Wann haben Sie Zeit? Am liebsten wäre mir, Sie kämen einfach rüber. Nachher habe ich zwar noch eine Sitzung, aber …«

»Ja. Gut.« Constanze räusperte sich. »Wo?«

»Was halten Sie von einem Mittagessen? Es ist zwar schon ein bisschen spät, aber … Sagen wir in einer Viertelstunde oben bei uns?«

»Im Langen Eugen?«

»Ja, würde ich vorschlagen. Aber wenn Ihnen das Bundeshaus-Restaurant lieber ist …«

»Nein, nein«, unterbrach Constanze ihn hastig. Sie war noch nie ganz oben in diesem schwarz-gläsernen Klotz gewesen, der zum Wahrzeichen der kleinen Hauptstadt am Rhein geworden war und nach Eugen Gerstenmeier, jenem Parlamentspräsidenten benannt war, unter dessen Ägide das Bauwerk einst, begleitet von viel Häme, in die Höhe gezogen worden war. »Der Lange Eugen ist mir recht.«

Constanze legte den kurzen Weg im Laufschritt zurück und schwitzte, als sie endlich vor dem gesicherten Eingang stand und in ihrem Beutel nach der hellblauen Plastikkarte mit ihrem Foto und der dicken Aufschrift *Presse* kramte, die der Bundestag ausgab und die ihr unbehinderten Einlass garantierte. Nach Minuten hektischen Suchens hielt sie den Ausweis in Händen, zeigte ihn den skeptischen Wachleuten und wurde eingelassen.

Während sie auf den Aufzug wartete, zwang sie sich, ruhig zu atmen. Was sollte sie ihn nun wirklich fragen? Was wollte sie eigentlich erfahren? Warum wusste sie so wenig über Peter Weil? Außer, dass er gerne sparte und dass ihm längst niemand in der eigenen Partei mehr zu widersprechen wagte?

Unruhig sah sie auf die Uhr. Schade, dass nicht einmal Zeit für einen kurzen Abstecher ins Archiv geblieben war oder für einen Blick ins Internet. Wenn sie wenigstens wüsste, was über ihn geschrieben worden war, was er gesagt hatte und welche Nuance vielleicht neu war und lohnte, näher beleuchtet zu werden!

Voller Skepsis erinnerte sie sich an die eilig zusammengetragenen Fragen, mit denen die Kollegen sie versorgt hatten, und schüttelte ärgerlich den Kopf. Felix, Felix! So ging das doch alles nicht! Was sollte ein Mann wie Weil von ihr denken? Und von der INA? Sie spürte, dass sie sich lächerlich machen würde.

Nervös trat sie aus dem Fahrstuhl und suchte den riesigen, vor Gesprächen summenden Raum nach den bekannten Zügen Peter Weils ab. Die Kantine nahm fast das gesamte obere Stockwerk ein und bot eine atemberaubende Aussicht über den Rhein bis hinauf ins Siebengebirge. Constanze aber hatte dafür keinen Blick. Weil war noch nicht da. Sie entschied sich für einen freien Tisch am Fenster und führte in den nächsten Minuten eine heldenhafte Abwehrschlacht gegen eine stattliche Anzahl anderer Interessenten für den guten Platz.

Mit einiger Verspätung kam Peter Weil herein und schaute sich selbstsicher um, die Hände in den Hosentaschen. Sie winkte, bemerkte das Lächeln und beobachtete ihn, während er langsam auf sie zuschritt.

Er ließ sich Zeit, genoss sichtlich den Auftritt, grüßte nach allen Seiten, wechselte hier ein Wort, dort einen ganzen Satz, und es dauerte eine kleine Ewigkeit, bis er endlich zu ihr an den Tisch trat.

Peter Weil war ein imposanter Mann mit breiten Schultern, der trotz seiner gewaltigen Statur nicht fett wirkte, eher drahtig und muskulös. Er trug ein sportliches, ins Grüne changierendes Sakko, darunter eine elegante, graue Stoffhose, ein weißes Hemd und einen passend grün und gelb gestreiften Schlips. Sein dunkles, gewelltes Haar war so kurz, dass die leicht abstehenden Ohren den Blick auf sich lenkten. Am markantesten aber waren seine vollen, fast bis zur Mitte der Nasenwurzel reichenden, buschigen Augenbrauen und die langen Wimpern, die ein Paar wacher Augen umrahmten.

Constanze schob den Stuhl zurück, erhob sich halb, reichte ihm die Hand und stellte sich vor.

»Hab ich mir schon gedacht, dass Sie es sind. Sonst winkt mir nur selten eine so schöne Frau zu«, sagte er schmeichelnd und strahlte sie mit entwaffnender Offenheit an. Mit einem kleinen Wink der rechten Hand lud er sie ein, sich wieder zu setzen und wählte den Stuhl ihr gegenüber. »Sagen Sie, wie haben Sie es nur geschafft, einen Tisch am Fenster für sich allein zu ergattern?«

»Ich kann eben kämpfen«, gab Constanze zurück.

»Dann sind Sie mir noch sympathischer.« Weil lächelte unbekümmert und wandte sich dem Kellner zu, der, als er den mächtigen Mann hatte hereinkommen sehen, sogleich herbeigeeilt war.

»Was darf es sein?«, fragte er und erteilte einigen ungebetenen Rat über die Qualität von Suppe und Hauptgang.

Constanze entschied sich für einen Salat, Weil nahm Roastbeef mit Folienkartoffel.

Als der Kellner gegangen war, lächelten sie einander mit einer Mischung aus Neugier und Unschlüssigkeit an.

»Warum wollen Sie ausgerechnet mit mir ein Interview machen?«, durchbrach Weil schließlich das Schweigen und musterte sie selbstgefällig.

»Weil Sie Finanzminister werden sollen«, parierte Constanze. »Ist doch klar.«

»Schaun mer mal.«

»Ist das ein Dementi?«

»Denken Sie an Ihr Versprechen! Können wir damit nicht bis nach dem Essen warten? Ich hatte gerade eine ziemlich anstrengende Sitzung. Haushaltsausschuss. Und nachher kommt eine Besprechung nach der anderen. Am schönsten wäre es, einfach nur mit Ihnen hier zu sitzen und zu essen.«

»Und wann mache ich mein Interview?«, fragte Constanze, halb belustigt.

»Ach, kommen Sie, seien Sie doch nicht so ernst. Wie kann man immer nur an die Arbeit denken?«

»In spätestens einer halben Stunde, wenn Sie wieder in Ihren Besprechungen sitzen, denken Sie doch auch nur an Ihre Arbeit!«

»Aber das ist doch was ganz anderes! Außerdem habe ich eine ganze Stunde Zeit! Wie wäre es also? Erst wird gegessen, und dann können Sie mir meinetwegen Ihre Fragen stellen. Einverstanden?«

Constanze war schon besiegt. »Also gut. Aber Sie versprechen mir, dass wir das Interview wirklich noch machen.«

»Klar. Einverstanden. Und nun erzählen Sie mir von sich.«

Erleichtert, dass sie die Blamage ein wenig vor sich herschieben konnte, berichtete Constanze von Berlin und dass sie nur aushilfsweise in Bonn sei, und es dauerte nicht lange, da unterhielten sie sich angeregt über die Stadt, ihre Vorzüge und überlegten, wie anders alles in Berlin werden würde. Als sie mit dem Essen fertig waren und wie zufällig auch die Unterhaltung ins Stocken geriet, bemerkten sie fast gleichzeitig, dass die

Stunde beinahe vorüber war, dass die Zeit aber auf keinen Fall für ein ordentliches Interview reichen würde.

Constanze war ebenso erschrocken wie erlöst. »Was ist jetzt? Sie hatten es doch zugesagt!«

»Aber Sie fanden unsere kleine Plauderei doch genauso amüsant wie ich!«

»Mein Chef bestimmt nicht.«

Weil beugte sich vor, blickte Constanze spielerisch in die Augen und entgegnete mit tiefer, sanfter Stimme: »Wie wäre es mit der Wahrheit? Dass Sie mir einfach nicht widerstehen konnten?«

»Wie komme ich also an das Interview?«, bohrte Constanze und schielte neugierig auf seine Hand. Er trug keinen Ehering.

»Am liebsten würde ich Sie ja zur Sitzung mitnehmen. Wäre mal eine Abwechslung!«

»Aber …«

»Keine Sorge«, unterbrach er sie und hob die mächtige Pranke. »Geht ohnehin nicht. Streng vertraulich.«

»Was liegt denn an?«

»Sage ich nicht. Aber wie wäre es mit heute Abend? Gehen Sie mit mir aus? Und wir reden dann weiter?«

Constanze musterte ihn misstrauisch. »Aber dann …«

»… kriegen Sie Ihr Interview. Sagen wir … Mein letzter Termin geht vermutlich bis … na, ich denke, so um acht Uhr müssten wir durch sein. Also sagen wir acht Uhr dreißig drüben am Eingang vier?«

Constanze nickte, erleichtert, dass sie so doch noch Gelegenheit bekam, sich gründlich vorzubereiten.

Weil zahlte und führte sie, eine Hand vertraulich unter ihrem Ellbogen, zum Aufzug. Auf dem Weg grüßte er wieder nach allen Seiten und winkte besonders auffällig einem Fraktionskollegen hinten in der Ecke zu.

»Also bis dann. Und seien Sie pünktlich«, flüsterte er Constanze ins Ohr und berührte ihren Rücken mit zwei Fingern, bevor er sie in den wartenden Aufzug schob. Die Tür schloss sich hinter ihr.

Constanze wagte kaum, sich zu rühren, geschweige denn, sich umzusehen. Weil hatte sie entblößt. Vor aller Augen. Mit Genuss.

8. Kapitel

Peter Weil sah der jungen Frau belustigt nach. Welch ein gequältes Gesicht sie gemacht hatte! Er lächelte die Umstehenden mit jenem hilflos-entnervten Gesichtsausdruck argloser Männer an, die die verrückten Frauen nie verstehen werden, und griff achselzuckend nach dem Telefon, das neben dem Lift an der Wand hing. Leise flüsternd bat er seine Sekretärin, für den Abend bei *Aris* einen Tisch zu bestellen, jenem noblen Restaurant in Godesberg, das sich gern seiner prominenten Gäste rühmte.

Dann fuhr er hinunter ins Erdgeschoss, ging am Holzzaun vorbei, der die riesige, überschwemmte Ruine des nun überflüssigen Bundestagsneubaus abschirmte, und marschierte über die Strasse in das alte Hauptgebäude, in dem unter anderem sein Büro und der Sitzungssaal des Fraktionsvorstands untergebracht waren, wo gleich ein Treffen mit der Führung des Geheimdienstes stattfinden würde.

Als er schwungvoll eintrat, Hände schüttelte und seinen Gesprächspartnern verbindlich ins Gesicht schaute, hatte er Constanze längst vergessen. Ernst nahm er von seiner Assistentin die Akten entgegen, tauchte sogleich tief ein in dieses verzwickte Problem, entschlossen, es endlich vom Tisch zu bringen. Der Kanzler würde es ihm danken.

Peter Weil war ein ehrgeiziger Mann, und er wusste, dass der Kanzler kaum mehr an ihm vorbei konnte. Wenn der amtierende Finanzminister endlich nach Brüssel ging, war er an der Reihe. Er hatte es in den fünfzehn Jahren seit seinem Einzug ins Parlament weit gebracht. Fünfzehn Jahre. Eigentlich keine lange Zeit.

Manchmal erinnerte sich Peter Weil mit wissendem Lächeln an seinen ersten Tag, jenen Morgen, an dem er aufgeregt, vor allem aber sehr stolz mit dem Zug nach Bonn gefahren war und sich im Taxi zum Bundestag hatte bringen lassen. Und daran, wie elend er sich gefühlt hatte: Wieder stand er ganz unten auf dem Treppchen, wie bei Einschulung und Studienbeginn, nur dass niemand ihm hier eine helfende Hand reichte.

Er suchte sein Büro, kümmerte sich um seine Möbel und lief tagelang dem Telefonanschluß hinterher. Mühsam erkundete er, wie er an geeignete Mitarbeiter käme, und ließ sich ungeschickterweise von seinem freundlichen Zimmernachbarn, der schon die zweite Legislaturperiode durchmachte, einen Studenten abtreten. Es dauerte nicht lange, da hörte er zufällig mit an, wie sich der selbstbewusste junge Assistent im Kreis seiner Kollegen über ihn lustig machte. Da beging er den nächsten Fehler, als er den Mann auf der Stelle hinauswarf. Die Kunde von dem rigiden Rausschmiss verbreitete sich schneller als ein Buschfeuer, die Wirkung war mindestens ebenso verheerend: Niemand wollte mehr für ihn arbeiten, die erfahrenen wissenschaftlichen Mitarbeiter warnten die Jungen: »Bei dem nicht. Der ist rücksichtslos! Schmeißt dich raus, wenn es ihm gefällt!«

Die Position blieb wochenlang unbesetzt. Peter Weil kochte selbst Kaffee, beantwortete mühsam erste Bittbriefe aus dem Wahlkreis, bemühte sich redlich, Aktenberge abzuarbeiten, die sich auf seinem Tisch stapelten und verpasste derweil die wichtigen Begegnungen in Kneipen und Bars, bei denen Macht und Einfluss verteilt wurden. Rasch fand er sich in einem gänzlich unbedeutenden Ausschuss wieder. Und selbst dort musste er ganz hinten Platz nehmen, abgeschoben.

In den folgenden Wochen und Monaten aber machte er das Beste aus seiner Situation. Er war einfach da, freundlich, still. Bald sprach man in seiner Gegenwart, als gäbe es ihn nicht. Er nahm die Unsichtbarkeit eines Butlers an, lernte schnell und täuschte viele. Zielsicher erkannte er, wie einfach es sein würde, dem übermächtigen, grimmigen Vorsitzenden seiner Fraktion, Adalbert Mongol, aufzufallen. Positiv aufzufallen. Er wunderte sich, dass die anderen nur über die Marotten des alten Mannes klagten und nicht begriffen, was für ihn so offensichtlich war: Dass der Schrecken verbreitende Einpeitscher der Fraktion pflichtbewusst und stoisch von der ersten Minute morgens um neun Uhr, wenn die Präsidentin die Sitzung eröffnete, bis zum bitteren Ende, zuweilen nach Mitternacht, auf seinem Platz in der ersten Reihe des Plenums ausharrte. Nie stand er während der langatmigen Reden auf, zog sich allenfalls in der Mittagsstunde zurück in sein Zimmer, löffelte dort die Suppe, die ihm die Frau im Henkelmann vorbeibrachte, nur um beim ersten Gong wieder zur Stelle zu sein.

Dort unten im Bundestag, direkt vor dem Rednerpult, war Mongols eigentliches Büro. Wann immer die Fernsehkameras schwenkten, hatten sie den Alten im Bild, wie er Aktenberge abarbeitete, telefonierte und sein Mund plötzlich, unerwartet eine hämische Beleidigung ausspie. Meist traf es Redner der Opposition. Manchmal aber auch die eigenen Leute. Er verachtete Geschwätz. Seine Kommentare waren gefürchtet, legendär und in mühsamer Kleinarbeit von einem alten, pensionierten Stenografen herausgeschält aus alten, längst vergilbten Protokollen, zusammengefasst in einem kleinen Bändchen mit dem harmlosen Titel *Zwischenrufe*.

Das alles fand Peter Weil in kurzer Zeit heraus. Nun witterte er seine Chance. Er setzte sich ganz hinten in die letzte Reihe auf den ihm zugewiesenen Platz, begraben unter der Besuchertribüne und unsichtbar für jede Kamera, bemühte sich redlich, nicht einzuschlafen, durchzuhalten, zuzuhören. Es war hart und mühsam. Nach sechs, acht, zehn Stunden tat ihm alles weh, er konnte nicht mehr sitzen, nicht mehr stehen, sein Rücken schmerzte, er hatte Durst, Hunger und vor allem Lust auf Abwechslung. Doch ein Blick auf den grauen Haarschopf Mongols zwang ihn zur Disziplin. Solange der nicht aufgab, würde auch er, der Neue, durchhalten. Und Peter Weil spürte, dass es für ihn nur diesen einen, den harten Weg gab, rasch emporzukommen.

So verging die Zeit, und Weil behauptete sich. Er schwänzte regelmäßig Ausschusssitzungen, ließ sich von seiner neuen Mitarbeiterin, einer wissbegierigen jungen Frau, die er eines Abends spät in einer Kneipe kennen gelernt und sofort angestellt hatte, die Unterschriftenmappen ins Plenum bringen. Die befrackten Boten kannten den Weg zu seinem Platz bald ebenso gut wie den zum großen Vorsitzenden der die Regierung stellenden Fraktion.

Eines Abends dann geschah es. Adalbert Mongol hinkte an Peter vorbei, blieb stehen, betrachtete den jungen Mann mit abschätzigem Blick, runzelte seine faltige Stirn, als wolle er sich vergewissern, dass dieser Abgeordnete tatsächlich noch immer dort war, wo er ihn schon am Morgen gesehen hatte und in der vergangenen Woche und vor einem Monat. Und während Peter noch überlegte, was er tun solle, ob es klug war, aufzuspringen oder besser ruhig sitzen zu bleiben, bellte der andere:

»Warum sitzen Sie immer hier hinten, Mann? Kommen Sie morgen nach vorne. Zu mir.« Bei diesen Worten schüttelte der Alte den Kopf, wandte sich ab und wankte langsam davon, ohne auf Peters Antwort zu warten.

Am nächsten Tag setzte sich Peter zaghaft neben Mongol auf den leeren Sitz des Stellvertreters, und es dauerte nicht lange, da kamen die beiden ins Gespräch. Immer öfter wandte sich der Alte an den Jungen, und Peter hörte aufmerksam zu. Er lernte Mongol von Tag zu Tag mehr schätzen. Langsam öffnete sich auch Mongol, der misstrauische alte Mann, soweit er überhaupt in der Lage war, sich zu öffnen, dem Neuling. Er schätzte Weil, der es – ganz wie er selbst – auf sich genommen hatte, dem Bundestag die gebührende Achtung entgegenzubringen. Demokratie hatte nach all dem Leiden, das er im Krieg und auch im KZ durchgemacht hatte, die Faszination für ihn nie verloren.

Immer öfter weihte Mongol Peter Weil in vertrauliche Vorgänge ein. Stellte ihn auf die Probe, streute kleine Ungenauigkeiten in seine Berichte und prüfte, ob Peter verschwiegen war. Doch nie sprang ihm eine seiner kleinen Fälschungen aus anderer Ecke ins Gesicht.

So wuchs Peter immer mehr in die Rolle des Gefolgsmanns. Es dauerte nicht lange, da sprach es sich herum, dass ihnen beim Alten ein Junger zuvorgekommen war und das merkten selbst jene, die lieber in den Ausschüssen taktierten, mit Lobbyisten kungelten, mit Journalisten palaverten oder in der Bar polemisierten und so nie in die Verlegenheit gekommen wären, langweiligen Debatten im Plenum zu lauschen. Sie nahmen Weils steilen Aufstieg mit Neid zur Kenntnis. Die Klugen unter ihnen erkannten schnell, dass sie Weils Wendigkeit, seinem Reichtum an Interna und seiner mittlerweile innigen Beziehung zum Alten nichts mehr entgegenzusetzen hatten, die anderen begriffen es erst später.

Peter Weil machte das Beste daraus, erhielt dank der Fürsprache des Alten einen sicheren Listenplatz bei der nächsten Wahl, kam wieder ins Parlament und wurde endlich entdeckt: von Herbert Mainl. Ihm, der sich so gewandt bewegte auf den Hintertreppen der Macht, war schon bald klar, dass Peter Weil ein Talent war, das es zu fördern galt.

Lange Jahre fühlte sich Weil seinem Gönner verbunden. In letzter Zeit aber machte sich ein Unbehagen breit, wenn ihm Herbert Mainl in den Sinn kam. Und das tat er immer öfter.

In den Anfängen aber war das noch anders gewesen. Geräuschlos hatte Mainl dafür gesorgt, dass Peter einflussreiche Posten erwerben, in die Aufsichtsräte großer Konzerne und Banken aufrücken, in die Beiräte bedeutender Stiftungen und Rundfunkanstalten berufen werden konnte. Die Sitzungen allerdings, darauf hatte Weil bestanden und darauf war er immer noch stolz, durften, solange Mongol lebte, nur in den parlamentsfreien Wochen stattfinden. In den meisten Fällen ließ man sich darauf ein, und bald war Weil überhaupt nicht mehr zu Hause.

Das war ihm mehr als lieb. Denn seine Frau war an multipler Sklerose erkrankt, und ihnen beiden war klar, dass sie wohl bald im Rollstuhl würde leben müssen. Er konnte sich kaum vorstellen, seine sportliche, lebenslustige Frau, die er kurz nach dem Studium geheiratet hatte und mit der er sich so sehnlich ein Kind wünschte, behindert zu sehen. Er verabscheute den Gedanken, der seine Liebe zerstörte. Seine Frau wurde ihm mit jedem Monat fremder. Er hielt sich zurück, wagte nicht mehr, sie anzurühren, ekelte sich sogar ein wenig vor ihrem Körper. Gleichwohl schwor er sich, die Frau niemals zu verlassen, sie immer zu versorgen. Dieses Versprechen bewirkte, dass er sich nicht mehr ganz so schäbig vorkam, wenn er sich nach einer Stippvisite daheim mal wieder mit einem hingehauchten Kuss von ihr verabschiedete.

Schließlich, auch um sie zu überzeugen, dass er es ernst mit ihr meinte, kaufte er eine größere, teure Wohnung im Parterre mit Zugang für einen Rollstuhl und allerlei Annehmlichkeiten für die Kranke. Wieder hatte Peter Weil allen Grund, froh über den guten Kontakt zu Mainl und sein besser gefülltes Bankkonto zu sein, war der Aufstieg ins Parlament doch zunächst ein finanzielles Risiko gewesen, möglich nur, weil seine Firma ihm für die ersten vier Jahre einen Verdienstausgleich überwiesen hatte. Nun aber kamen größere Beträge herein. Die Wahl in den Fraktionsvorstand bedeutete ein gehöriges Zubrot und die Aufsichtsratsmandate gaben einiges her, auch wenn er einen nicht unbeträchtlichen Teil der Tantiemen an die Partei abführen musste. Dennoch blieb reichlich übrig.

Besonders lästig waren ihm jene langen, trostlosen Wochenenden, an denen er keine Sitzungen, Feste, vertraulichen Gespräche oder gar Parteitage vorschützen konnte und nach Hause fahren musste. Wenn Mainl dann bei ihm anrief und sagte, er sei in der Stadt und ob

Weil Lust habe, mit ihm zurück nach Bonn zu fliegen, sprang Weil auf, packte eilig, küsste einmal mehr seine ratlose, einsame Frau und verschwand.

Peter liebte Mainls Flugzeug, diesen Luxus auf kleinstem Raum, die Holztäfelung im Innern, die Bar, die Höflichkeit von Pilot und dem Rest der Besatzung und verpasste selten eine Gelegenheit mitzufliegen. Er fand das ganz in Ordnung. Schließlich hatte er als Abgeordneter jederzeit die Möglichkeit, kostenfrei einen Linienflug zu buchen. Sparte er, wenn er mit Mainl flog, der Staatskasse nicht viel Geld? Ohne persönlichen Nutzen? Bei Mainl fühlte er sich auf sicherem Grund, schon weil es so viel leichter als in einer normalen Linienmaschine war, sich offen auszutauschen, auch einmal ganz ungeschützt Neues laut zu denken.

Die beiden Männer entwickelten eine enge Zusammenarbeit, telefonierten oft miteinander. Man ging zum vertrauten Du über, anfangs ein wenig ungewohnt, da beide sonst eher auf Zurückhaltung hielten. Und doch wäre ihnen alles andere unnatürlich erschienen.

Als der Umzug in die neue Wohnung anstand, war Mainl sofort bereit, einen seiner besten Innenarchitekten zu schicken.

»Aber natürlich kannst du das annehmen! Wir haben schließlich auch etwas davon. Gewinnen Erfahrung bei behindertengerechter Ausstattung. Das wird immer wichtiger heutzutage. Und keine Angst. Du bekommst auch eine Rechnung! Und nicht zu knapp!«

Da bekam es Weil mit der Angst zu tun. Er fragte sich erschrocken, ob er sich das alles würde leisten können und vermochte doch nicht, das Angebot abzulehnen. Aber er hätte sich nicht sorgen müssen: Der Betrag, den Mainl schließlich verlangte, war zwar beträchtlich, lag aber doch keineswegs über seinem Budget. Er ahnte, dass Mainl mehr hätte verlangen können, fragte aber nie nach. Er wollte es nicht wissen. Ein Gefühl der Dankbarkeit und auch des Stolzes machte sich in ihm breit, dass er nun vermochte, seine Frau so umfassend zu versorgen.

Weil zahlte und schwieg. Eine Weile beobachtete er sich streng, suchte nach Zeichen unpassender politischer Milde, hatte Mainl sein Interesse an einer Sache geäußert. Doch schon bald sprach er sich frei. Nein. Er, Peter Weil, war unabhängig. Nach wie vor. Alle Entscheidungen, die er traf, hätte er in jedem Fall so getroffen. Was konnte er dafür, dass er meist mit Mainl übereinstimmte?

Dann kam Mainl kurz nach dem umkämpften Bundestagsbeschluss für den Umzug nach Berlin mit seiner Erfindung zu ihm. Weil bestand darauf, sämtliche Expertenmeinungen zu hören, alle Details mit äußerster Genauigkeit zu prüfen. Er band die Fraktionsführung ein – das Projekt schien ihm gigantisch, Mainls Teil daran einiges wert, und Weil hatte in den Jahren mit dem Alten gelernt, Tretminen gegen den Wind zu riechen, sich rechtzeitig abzusichern, gefahrvolle Alleingänge zu vermeiden. Außerdem war er ein wenig skeptisch, ob es wirklich so funktionieren würde, wie Mainl ihm das versicherte. Schließlich ließ er sich ebenso überzeugen wie alle anderen.

Und während er nun mit dem neuen Geheimdienstpräsidenten verhandelte, wie sie mit den Folgen dieser Entscheidung umgehen sollten, dachte er trotzig, dass man ihm aus dem Fiasko wirklich keinen Vorwurf machen konnte. Nein, wahrhaftig nicht. Jeder hätte Mainl den Auftrag gegeben. Ja. Er ging sogar noch weiter. Hatte nicht jeder, den er damals um Rat gefragt hatte, kopfschüttelnd von ihm wissen wollen, warum er eigentlich noch zögere?

Nun musste er nur die Dinge aufhellen und klären, wie man auf schnellstem Wege aus der Misere herauskäme. Insgeheim hatte er sich längst damit abgefunden, zumindest diesen Teil des Projekts aufzugeben, bevor noch mehr Schaden angerichtet, noch mehr Geld verschwendet würde. Es musste schnell etwas geschehen. Und er, Peter Weil, würde dafür sorgen.

Würde er nicht. Das aber wurde ihm erst klar, als er sich die Herrenrunde vor ihm ein wenig genauer ansah. Zu sehr glänzten ihre Augen, als sie ihm von technischen Fortschritten erzählten, zu offensichtlich waren sie gepackt von ihrer Vision, als Erste der Welt abgeschottet zu sein gegen alle Spionageversuche, eingehüllt in einen undurchdringlichen akustischen Kokon. Welch ein Triumph deutschen Erfindungsgeistes!

»Außerdem hat uns der Herr Minister Viereck wissen lassen, dass er die Angelegenheit zur Chefsache erhoben hat«, plusterte sich der Präsident des Geheimdienstes auf, froh, dem wichtigtuerischen Abgeordneten Weil eins auswischen zu können.

»Ach ja?«

»Wir haben Anweisung, nur ihm Bericht zu erstatten.«

»Schon mal was von parlamentarischer Kontrolle gehört?«

»Das müssen Sie bitte mit dem Herrn Minister selbst ausmachen.«

»Worauf Sie sich verlassen können. Ich werde noch heute mit ihm sprechen.«

»Tun Sie das.«

Mit frostigen Mienen trennte man sich.

Weil blieben gerade zehn Minuten, in denen er versuchte, Viereck zu erreichen. Er wollte ihn zur Rede stellen, ihn an das Haushaltsrecht als vornehmstes Privileg der Volksvertretung erinnern und so weiter.

Viereck war jedoch angeblich unabkömmlich in einer Besprechung und Weils flammende Rede blieb ungehalten. Gereizt bat er um Rückruf, doch sein nächster Termin nahm ihn so in Anspruch, dass er Viereck vergaß.

Später im Büro wälzte er Akten, prüfte die Unterlagen für die Sitzungen vom nächsten Tag und erledigte ein paar Rückrufe. Eher zufällig fiel sein Blick auf die Uhr, und er erinnerte sich an die junge Frau, mit der er zum Abendessen verabredet war. Erfreut erhob er sich, wusch sich eilig die Hände, bändigte die Locken und entschied mit einem Blick in den Spiegel, dass er noch recht ansehnlich war. Zu dumm, dass sie Journalistin war!

Er empfand keinerlei Sympathie für diese lästigen Schmarotzer von der Presse. Nach dem qualvollen Rücktritt des Alten hatte er sich lange gesträubt, ins Licht der grellen Scheinwerfer zu treten.

Es war in den schlimmen Monaten einer ungeheuren Skandalwelle gewesen, als sich die Zeitungen auch Mongol vorgenommen hatten. Der alte Mann hatte die Schmach nicht lange ertragen und zur großen Erleichterung von politischen Freunden und Gegnern seinen Abschied genommen, war bald darauf jedoch daran zerbrochen, nicht nur an den Folgen schwerer Misshandlung in jahrelanger KZ-Haft, sondern auch an der Demütigung der als absurd ungerecht empfundenen Hatz.

Es waren damals alte Akten aufgetaucht, scheinbar aus dem Nichts. Es waren angeblich Nazi-Papiere, Protokolle des Grauens. Man fragte nicht lange nach dem Woher. Dazu war der Inhalt einfach zu sensationell. Erst wurde darüber nur geflüstert, dann machten

Kopien die Runde, schließlich, unvermeidlich wohl, stand es in den Zeitungen: Dass sich Mongol in der Zeit seiner KZ-Haft unehrenhaft verhalten, ehemalige Freunde verpfiffen, sich mit allerlei Tricks Arbeit in der Schreibstube gesichert habe. Ja, dass andere hatten sterben müssen. An seiner Stelle.

Eine Weile schwieg Mongol, und als er sich schließlich verteidigte, in einem Fernsehinterview, verfolgt von Millionen, da wies er alles empört zurück und fragte verbittert, mit welchem Recht ihm jene, die genau wie er überlebt hatten, nur in ungleich glücklicheren Verhältnissen, angepasst, als Mitläufer, Parteibonzen, Blockwarte, Profiteure, mit welchem Recht also jene ihm Vorhaltungen machten. Ihm, der doch im KZ gewesen war.

Dann streckte er seine Hand aus, und sein Zeigefinger zitterte, als er hasserfüllt ausstieß: »Was heute wie Unrecht aussieht, war damals eben etwas ganz anderes! Aber davon habt ihr ja keine Ahnung mehr, heute, jetzt, hier auf dem warmen Sofa. Ha!«

Das sollte ihm das Genick brechen.

Niemand fragte mehr, was Mongol gemeint, was er eigentlich hatte sagen wollen. Hätte er zu erklären vermocht, welche Hölle er durchlebt hatte, dass er täglich über Leichenberge gestolpert war, monatelang, dass da jeden Morgen ein Uniformierter mit der Peitsche durch seine Baracke geschlendert war und sich mit einem lässigen Wink jene Unglücklichen herausgesucht hatte, die er an diesem Tag erschießen wollte – wenn er das alles hätte sagen können, man hätte ihm vielleicht verziehen. Vielleicht.

Doch dazu fehlten ihm die Worte. Über sich selbst hatte er nie sprechen können. Und so sagte er auch nicht, wie schwer er daran trug, dass er überlebt hatte.

Ja, es war ihm eine schier unerträgliche Last, und er quälte sich in nicht enden wollenden schlaflosen Nächten, warum er, ausgerechnet er es durchgestanden hatte und nicht die andere ausgemergelte Gestalt neben ihm auf dem Holzbrett.

Bei allen Selbstvorwürfen aber hatte Adalbert Mongol immer Verständnis für andere gehabt, für die, die sich gerettet hatten mit genau den Tricks, die man ihm nun anlastete. Nein, er hatte nie, bei aller Angst, jemanden verdammen können.

Aber nicht einmal das hätte er erklären können.

Als er beteuerte, er selbst habe sich seines Wissens nichts zuschulden kommen lassen, hörte keiner mehr hin.

In dem sensationellen Fernsehinterview räumte er ein, es sei ihm anzulasten, dass er jedes Mal erleichtert gewesen sei, dass die Peitsche wieder einen anderen getroffen habe. Hätte er gesagt: »Ich war froh, dass sie an mir vorbeigegangen ist«, hätte man ihm das vielleicht nachgesehen. Doch das hatte er nicht gesagt. Er war es eben nicht gewohnt, darüber zu sprechen.

Dass er dann auch noch die Echtheit der fraglichen Akten anzweifelte: »Wer glaubt schon Verbrechern?«, machte alles noch schlimmer. Nicht nur das Nachrichtenmagazin *Die Linse* verwies auf die Genauigkeit der Schergen beim Protokollieren ihres Mordens und äußerte die feste Überzeugung, hier versuche einer, sich auf Kosten anderer, und seien es hundertmal Verbrecher, herauszureden.

Was am Ende blieb? Man konnte Adalbert Mongol nicht verzeihen, dass er – vielleicht – kein Heiliger gewesen war. Es war dabei vollkommen unerheblich, was wirklich geschehen war. Er war eine Belastung geworden für seine Partei. Also musste er gehen.

Adalbert Mongol wusste, was von ihm erwartet wurde, sträubte sich nur kurz, trat dann zurück. Man reichte ihm einen Strauß roter Rosen, lobte vor allem seine Disziplin und übergab seinem alten Widersacher das Ruder.

All jene aber, die Mongol nicht hatten helfen können, besannen sich Peter Weils und erzwangen, vielleicht als Wiedergutmachung, dass der alte Vertraute Mongols aufrücke, als Stellvertreter die Fraktion mit führe, hofften auf ihn als Halt in der neuen Zeit.

Dann, nach einer Weile, als Weil sich eingefunden hatte in das neue Amt, drängten sie ihn, das öffentliche Feld nicht dem Vorsitzenden allein zu überlassen. Er selbst müsse die Themen bestimmen, die Richtung vorgeben. »Warum haben wir dich sonst gewählt?«

Ja, warum?

Zögernd nur erlaubte Weil der Pressestelle, Gesprächstermine zu vermitteln. Vor kurzem aber hatte ihn der neue Sprecher dringend ermahnt, selbst den Kontakt zu Journalisten zu suchen, so unangenehm ihm dies auch sei. »Die müssen sehen, dass du ein Mensch bist. Richtig zum Anfassen. Nimm dir die Zeit, jetzt, wo nichts Besonderes anliegt. Dann kannst du später darauf zurückgreifen.«

9. Kapitel

Peter Weil wusste zwar nicht, welche Not ihn je zwingen sollte, von Journalisten Hilfe zu erwarten. Aber er lernte, die Aufmerksamkeit ein wenig zu genießen, die seiner Person und dem zuteil wurden, was er zu sagen hatte.

So tat er wie ihm geheißen, und Constanze war ein erneuter Versuch, diesem forschen, selbstsicheren, ja zuweilen unangenehm arroganten Menschenschlag näher zu kommen. Was, wie er einsah, immer wichtiger für ihn wurde. Zumal wenn der Kanzler ihn wirklich rufen sollte …

Sie stand an der Pforte und wartete. Weil bemerkte sie sofort, stieg langsam die Treppe hoch und schlenderte zum kleinen Nebenausgang des Bundestages, an dem sie verabredet waren. Er atmete tief durch, bevor er sein strahlendstes Lächeln aufsetzte, Constanze mit ausgestreckten Händen überschwänglich begrüßte und sie sogleich zu einem der Taxis führte, die um diese Zeit gleich reihenweise vor dem Bundeshaus warteten.

»Zu *Aris* bitte.«

Constanze hatte schon viel von dem Restaurant gehört. Es zählte zu den Vornehmsten der Stadt. Dort traf man sich, ließ sich sehen. Unter anderen Umständen hätte sie sich über die Einladung gefreut. Wenn Alexander sie ausgeführt hätte, beispielsweise. Oder wenn sie nicht vermutet hätte, dass Peter Weil sich nun schon zum zweiten Mal an diesem Tag mit ihr schmücken wollte. Vor aller Augen.

Alexander, dachte sie voller Sehnsucht. Wo bist du?

Es fiel ihr schwer, auf Weils lockeren Plauderton einzugehen. Angespannt hörte sie ihm zu, nickte hin und wieder und vermochte kaum zu antworten.

Verkrampft wie sie war, wäre sie nie auf den nächstliegenden Gedanken gekommen: Dass sich Weil weder bei der Wahl des Restaurants etwas gedacht hatte – weil er grundsätzlich nur im *Aris* speiste –, noch auch nur im Entferntesten vermutete, dass er einschüchternd auf sie wirken könnte.

Ganz im Gegenteil. Ihm selbst war nicht recht wohl in seiner Haut, und er war viel zu sehr damit beschäftigt, sie dies nicht merken zu lassen, als dass er lange über sie nachgedacht hätte. Allerdings ärgerte es ihn, wie spröde sie sich gab, und wären sie nicht in dem Moment vor dem *Aris* angekommen, wäre der Abend sicherlich ein Fiasko geworden.

Weil bezahlte das Taxi, half ihr aus dem Wagen, ging ihr voraus und bat sie mit einladender Handbewegung, einzutreten.

Constanze schüttelte den Kopf und feixte. »Sie wissen doch, der Mann geht immer zuerst!«

»Warum das denn, schöne Frau?« Weil ließ den Türknauf aus der Hand gleiten und starrte sie neugierig an. Endlich einmal hatte sie etwas gesagt.

»Das hat mit Wassereimern zu tun, die über der Tür angebracht sein könnten. Damit der Herr den Schwall abkriegt und nicht die Dame.«

»Also, ich bin emanzipiert!« Weil wippte keck auf den Fersen und öffnete ihr erneut die Tür.

»Aber ich nicht«, konterte Constanze, blieb stehen und starrte ihn an.

Lachend gab Peter Weil nach.

Der Oberkellner führte sie zu dem vorbestellten Tisch hinten in der äußersten Ecke, ein wenig abseits am Fenster. Constanze atmete auf, und das erste Lächeln des Abends entschlüpfte ihr. Der Tisch war mit erlesenem Porzellan, Silberbesteck, langstieligen Gläsern und einem zarten Rosenbouquet eingedeckt. Außerdem hatte sie im gesamten Lokal kein bekanntes Gesicht gesehen. So entspannte sie sich, gab ihren Mantel ab und beschloss, den Abend zu genießen.

Weil entging die Veränderung nicht. Er ließ sich ihr gegenüber nieder, bestellte den Aperitif, studierte die Karte, betrachtete sie aufmerksam und ging dann in die Offensive. »Hören Sie, ich habe einen Vorschlag. Was halten Sie davon, wenn wir Ihr Interview sofort hinter uns bringen, am besten noch vor dem Hauptgang. Dann haben wir den unangenehmen Teil erledigt. Nun? Was meinen Sie?«

Constanze fand die Idee vernünftig und zog, noch während sie ihm das sagte, ihren Block samt Stift aus der Handtasche. Diesmal war sie vorbereitet und sicher, sich nicht zu blamieren. Der Reihe nach stellte sie ihre Fragen, hakte hier und da nach, notierte ausführlich seine Antworten, entschlossen, sich keine Nuance, keinen einschränkenden Halbsatz entgehen zu lassen. Sie war so konzentriert, dass sie ihrer Umgebung keinen Blick mehr schenkte.

Auch Peter Weil schien Gefallen an dem Wortgefecht zu finden, ließ sich ein auf ihre Fragen und Einwände, antwortete gewissenhaft und wog genau ab, bevor er etwas von sich gab.

Wagte er sich einmal aber aus den vorgestanzten Formeln, verbot er ihr vorsorglich mitzuschreiben, ganz wie es ihm der Pressesprecher geraten hatte. »Das ist nur für Ihren Hinterkopf. Damit Sie verstehen, worum es geht …«

Constanze nahm es hin. Was er ihr freigegeben, offen auseinander gesetzt hatte über Steuererleichterungen und Sparprogramme, über die Zukunft der Regierung, die Zusammenarbeit zwischen Fraktion und Kanzleramt – all das würde es mit Sicherheit auf die Titelseiten schaffen.

Gegen Schluss, der Oberkellner hatte schon mehrfach angedeutet, die Speisen könnten nun serviert werden, fragte Constanze betont beiläufig nach der dummen Sache mit dem Berlin-Umzug. Sie hatte es Anna versprechen müssen. »Sie wissen doch. Die Meldung vom *Berliner Echo*. Sind Sie damit auch befasst?«

»Nur flüchtig«, antwortete Peter und hielt nach Rettung Ausschau. Wo blieb das Essen?

»Und? Wie geht es nun weiter? Wann geht es endlich in mein geliebtes Berlin?«

»Ach wissen Sie, das hängt doch von so vielen Dingen ab. Ich denke, da ist dieser lächerliche Abhör-Geheimdienst-Pseudoskandal eher das geringste Problem. Nein, nein, daran scheitert es sicher nicht!«, wiegelte er ab und legte viel Endgültigkeit in seine Stimme.

»Aha. Und woran dann?«, hakte Constanze nach, denn sein hilfesuchender Blick war ihr nicht entgangen.

Er wollte offenbar nicht darüber reden.

»Gar nicht. Die Regierung wird umziehen. Das Parlament auch. Und wenn sich die Sache verzögert – ja und?«

»Also verzögert es sich? Um welchen Zeitraum?«

»Das kann doch jetzt noch kein Mensch sagen!« Er betrachtete ihr skeptisches Gesicht und stellte, während er einen kräftigen Schluck Wein trank, überrascht fest, dass ihr Blick ihn ungeheuer störte. Sie sollte ihn nicht so ansehen, so kritisch. Sie sollte ihm glauben. Ihn mögen. Ja. Sie sollte ihn mögen. So beugte er sich vor und fügte leise, fast verschwörerisch hinzu: »Das ist schon eine dumme Sache, wissen Sie. Ich könnte Ihnen da einiges erzählen. Aber nur, wenn Sie es nicht schreiben, ja?«

Constanze nickte und legte zum Beweis ihrer Vertrauenswürdigkeit den Stift beiseite.

Da lehnte sich Weil zurück und fuhr mit der gespreizten Rechten durch sein Haar. »Kein Mensch weiß im Moment, wie es weitergehen soll. Ehrlich. Eigentlich habe ich ja nie so recht daran geglaubt.«

»Warum haben Sie dann dieser *Operation Fledermaus* zugestimmt? Überhaupt: *Operation Fledermaus!*« Constanze kicherte. »Was für ein Name!«

»Ich? Sie glauben doch nicht, dass ich so etwas alleine entscheide!«

»Nicht?« Constanze grinste ihn an.

»Also schön. Natürlich war ich beteiligt. Maßgeblich beteiligt. Ich will mich da auch gar nicht herausreden. Aber wir haben uns die Entscheidung nicht leicht gemacht. Oh nein. Wirklich nicht. Das können Sie mir getrost abnehmen. Aber in der Situation hätte es an politischen Selbstmord gegrenzt, das Zeug von *Mainl* nicht zu kaufen!«

»Wieso?« Constanze verstand kein Wort.

»Weil zu viele Leute scharf drauf waren. Stellen Sie sich nur vor, wir hätten Nein gesagt! Wenn wir einfach gesagt hätten: Das wollen wir nicht. Es gibt kein abhörsicheres Ministerium! Ja, heute denke ich oft, wir hätten Nein sagen sollen. Das Ganze ist eine hirnrissige Idee. Vor allem die dämlichen Teppiche. Den anderen technischen Kram verstehe ich ja nicht. Aber bei den Teppichen und den Tapeten hatte ich die ganze Zeit ein schlechtes Gefühl.«

»Man soll seinen Gefühlen eben folgen.«

»Ja. Das soll man wohl.«

»Sie sprachen von politischem Selbstmord.«

»Nun tun Sie doch nicht so naiv! Wir wussten doch, dass wir die Wahl zwischen Teufel und Beelzebub hatten. Entweder, wir geben dem *Mainl* – der ist ja der Einzige, der das Zeug im Moment anbietet – drei Mal so viel Geld wie jedem anderen Teppichhersteller, bekommen dafür aber angeblich absolut abhörsichere Büros, oder wir warten auf den ersten Spion! Ich sah mich schon vor dem Untersuchungsausschuss und der Kollege von der Opposition fragt gehässig: ›Und warum haben Sie der damals unter vergleichsweise geringem Kostenaufwand möglichen Vorsorge zugunsten der inneren Sicherheit nicht zugestimmt?‹

›Weil es zu teuer war.‹

›Ist Ihnen klar, dass die nachträgliche Umrüstung zehn Mal so teuer ist wie das ursprünglich von der Firma *Mainl* vorgelegte Kostenkonzept?‹

›Ja.‹

›Wollen Sie dieses Land wirklich kaputtsparen? Sind Sie sich über den enormen Schaden im Klaren, den Sie mit Ihrer Entscheidung verursacht haben?‹

So oder ähnlich. Noch Fragen?«

Constanze schüttelte den Kopf. So etwas hatte Matczynski zu Anna auch gesagt. »Ich wusste gar nicht, dass Sie so viel Angst vor einem Untersuchungsausschuss haben.«

»Wenn ich ihn beantrage, habe ich ja auch keine.« Weil grinste.

»Nein. Vermutlich nicht. Und was kann ich jetzt schreiben?«

»Nichts.«

»Aber das geht doch nicht.« Sie hatte es Anna versprochen. »Einen oder zwei Sätze möchte ich dazu schon machen!«

»So war das aber nicht vereinbart.«

Constanze drehte den Stift zwischen den Fingern und dachte nach.

»Das Problem ist doch«, unterbrach er ihre Gedanken, »dass wir im Moment nicht wissen, ob es nicht doch funktioniert.«

Constanze sah überrascht auf.

»Ich hatte heute ein Gespräch, da habe ich genauso überrascht ausgesehen wie Sie jetzt.«

»Also, dann ist das doch ein Thema!«

»Ja, natürlich. Was dachten Sie denn?« Weil war verblüfft.

Constanze lächelte. Anna würde sich freuen.

»Sie wollen mir allen Ernstes sagen, das mit den Teppichen könnte noch funktionieren?«

»Ich? Ich würde so etwas nie sagen! Nein. Was ich meine, ist etwas anderes. Es gibt nach wie vor … wie soll ich sagen? Kräfte. Ja, es gibt Kräfte, die die *Fledermaus* unbedingt zum Fliegen bringen wollen.«

»Wer zum Beispiel?«

»Denken Sie nach. Sie kommen drauf.«

»Aber Ihnen ist das egal?«

»Egal? Nein. Ich würde mich schon freuen. Auch für Mainl. Wissen Sie, wir sind befreundet. Der Herbert und ich. Seit Jahren schon. Aber jetzt…« Weil holte tief Luft. »Jetzt mischen einfach zu viele mit.«

»Und wie lange wird es dauern, bis eine Entscheidung getroffen wird?«

»Das ist die Gretchenfrage, nicht wahr?« Weil grinste. »Wie lange halten wir an der Illusion fest…« Seine Stimme verlor sich, und es schien Constanze, als sehe er durch sie hindurch. »Ich würde den Mainl am liebsten verklagen. Auf Schadensersatz… Was weiß ich. Und vielleicht komme ich damit sogar durch… Wenn das noch lange dauert mit dem Umzug. Wussten Sie eigentlich, dass Minister Viereck das zur Chefsache gemacht hat? Aber das schreiben Sie jetzt wirklich nicht, ja?«

Ein breites Lächeln huschte über Constanzes Wangen. »Nach Angaben aus Regierungskreisen soll an dem Projekt festgehalten werden. Allerdings wurde auch eine Klage gegen den Hersteller der fehlerhaften, mehrere Millionen teuren Teppiche und Tapeten nicht ausgeschlossen, für den Fall, dass sich der Umzug tatsächlich um ein halbes oder ein Jahr verzögert.«

»Ich bin zwar kein Regierungskreis…«

»… noch nicht.«

»… ein halbes oder ein Jahr… Also schön. Von mir aus. Solange da nicht steht, dass ich ihn selbst verklagen will!«

»Nein. Bestimmt nicht!«

»Also gut. Dann schreiben Sie das eben. Mir soll's egal sein«, nickte Weil und winkte die Kellner herbei. Die hatten nur auf den Startschuss gewartet. Beflissen stellten sie Serviertischchen auf, präsentierten mächtige Platten edler Fische, belegten vorgewärmte Teller sorgsam mit Gemüse und winzigen Kartoffelbällchen, träufelten schließlich ein wenig Buttersoße darüber und servierten das Mahl mit elegantem Schwung.

Constanze und Weil waren beide gleichermaßen erleichtert, dass sie die mühsame Arbeit erledigt hatten und sich nun entspannt dem köstlichen Essen hingeben konnten. Sie ließen es sich schmecken.

Es wurde spät. Das Gespräch plätscherte angenehm leicht dahin. Sie leerten zwei Flaschen Wein, Peter trank zu dem Kaffee noch zwei Grappa, Constanze zog ein Dessert und zum Abschluss einen Likör vor, und als sie gegen Mitternacht endlich das Lokal verließen, hatten sie über vieles gesprochen und waren sich recht nahe gekommen.

Constanze betrachtete Peter Weil von der Seite, während er neben ihr die Treppen des Lokals hinunterstieg, ein wenig unsicher schon auf den Beinen nach dem langen Sitzen und dem Alkohol, und er schien ihr auf seltsame Weise vertraut und fremd zugleich. Und als er wie selbstverständlich den Arm um sie legte, ihren satten, widerstandslosen Körper zu sich drehte und fest in den Arm nahm, wäre es ihr einfach albern erschienen, sich zu zieren, ihn von sich zu stoßen. Er vergrub sein Gesicht in ihren Haaren und atmete tief ein.

»Hhmmm. Du riechst so gut. Es war ein schöner Abend. Weißt du das?« Er strich ihr über den Rücken und zog sie noch fester zu sich heran.

Sie aber ließ die Arme baumeln, erwiderte keine seiner Zärtlichkeiten und schwieg. Da nahm er ihr Gesicht in beide Hände und sah sie besorgt an. »Was ist los? Magst du mich nicht? Du bist schön, wirklich. Sehr schön. Ich habe schon lange keinen so wunderbaren Abend mehr erlebt.«

Als sie lächelte, küsste er sie auf den Mund, ganz sanft. Da gab sie nach, lehnte sich an seine breiten

Schultern und schob alle Bedenken beiseite. Und verbannte auch das Bild von Alexander, als es sich meldete. Er liebt mich ja doch nicht, dachte sie trotzig. Sonst hätte er sich gekümmert und sie stünde nicht hier, mit diesem ganz anderen Mann, der sich so neu anfühlte, so unbekannt roch, aufregend und abstoßend zugleich. Auf einmal war ihr alles egal. Es war wirklich ein schöner Abend gewesen. Weil hatte Recht. Warum sollten sie sich jetzt trennen?

Ohne weitere Worte setzten sie sich in das wartende Taxi, fuhren zu seinem kleinen Appartement im Regierungsviertel und liebten sich mit einer Intensivität, die sie, als alles vorbei war, vollkommen erschöpft zurückließ.

»Du. Ich muss dir etwas sagen«, flüsterte Peter, streichelte ihr Gesicht mit der Spitze seines Zeigefingers und hielt sie mit dem anderen Arm fest.

»Was?«, murmelte sie müde, drehte den Kopf beiseite und hielt die Augen geschlossen. Sie wollte jetzt nichts hören, wollte nur entspannen, genießen.

»Ich bin verheiratet.«

Natürlich. Sie hätte es wissen müssen. Warum hatte sie vorhin nicht auch noch im Handbuch des Bundestages nachgeschaut? Dort, unter den Bildern, stand es immer. Ob einer verheiratet war und wie viele Kinder seine Frau großzog, welche Ausbildung er genossen und wann er in die Partei eingetreten war. Warum hatte sie nur vergessen, es zu prüfen? Weil sie eigentlich, als sie noch hätte vorbauen können, nichts von ihm gewollt hatte. Darum. Und jetzt war sie hier und wusste nicht weiter. Reglos lag sie in seinem Arm. In ihrem Kopf aber rauschte es, die Beine begannen zu schmerzen, die Arme kribbelten, und seine Nähe, seine Zärtlichkeit schien ihr auf einmal unerträglich. Am liebsten wäre sie aufgesprungen, hätte sich rasch angezogen und wäre nach ein paar passenden Worten geflohen. Doch es ging nicht. Sie brauchte Zeit.

»Aha«, gab sie nach einer Weile von sich und hoffte, dass er ihr die hilflose Wut und den Schmerz nicht anmerkte, den er ihr zugefügt und der doch eigentlich nichts mit ihm zu tun hatte. Nur damit, dass alles so sinnlos war. Dass es vergeblich schien, sich auf einen Mann wie ihn einzulassen, ihn kennen zu lernen, auf mehr zu hoffen, auf etwas Haltbares, Ernstes, Verlässliches. Es war die unabweisbare Chancenlosigkeit, die sie so kraftlos machte.

»Ja. Ich dachte, du wüsstest ... Äh ... Aber es ist nicht so, dass ich dich nicht mag ... He! Hörst du mir überhaupt zu?«

Constanze hielt die Augen weiter geschlossen und schüttelte den Kopf.

»Du musst mir aber zuhören. Bitte. Ich mag dich sehr gerne! So jemanden wie dich habe ich noch nie ...«

Constanze riss die Augen auf.

»Ja. Ich glaube, ich liebe dich«, setzte er von neuem an. »Ich habe mich heute Abend in dich verliebt. Aber ... Äh ... Weißt du ... Du bist so ... So ... So ...«

Das Gestammel machte Constanze wütend. »Ha!«, stieß sie aus. »Spar dir die Worte! Vergiss nicht, du bist verheiratet! Wirklich nett übrigens, dass du es jetzt schon sagst.«

Überrascht von dem plötzlichen Ausbruch setzte sich Peter auf und Constanze fand – sehr zu ihrer Beruhigung –, dass er auf einmal ziemlich erbärmlich aussah, wie er da nackt auf der Bettkante hockte, mit dem zerzausten Haar, der verschwitzten Brust und dem ersten Ansatz eines Bierbauchs, den er nun nicht mehr verstecken konnte.

»Ja. Das war nicht richtig«, gab Peter zu. »Aber du musst verstehen ... Ich habe schon lange nicht ... Und du bist so ... So ...«

»... schön?«, schnauzte sie ihn an. »Hast du schon erwähnt. Oder war es wunderbar? Vergiss es!«

Da versuchte er, sie in den Arm zu nehmen. Sie aber entwand sich ihm und zog sich hastig an. Peter Weil ließ sich auf den Sessel fallen, auf den er vorhin achtlos seine Sachen geworfen hatte.

»Vorsicht, dein Sakko knittert!«, warnte sie ihn voller Häme. Er aber achtete nicht darauf, blickte sie einfach traurig an und entschied, ihr seine missliche Lage zu schildern, um ihr Verständnis zu bitten. Er erzählte von seiner Frau, von seiner Abscheu, von seinem festen Versprechen, sie nie im Stich zu lassen, von seiner Einsamkeit und davon, wie sehr sie, Constanze, ihn angerührt hatte, wie sehr er sie brauche.

»Kann ja alles sein«, gab sie kühl zurück. »Aber ich brauche dich nicht. Kümmer dich um deine Frau. Die hat es verdient. Wenn das stimmt, was du sagst.«

Damit nahm sie ihre Handtasche, prüfte, ob der Block mit dem Interview darin war, wandte sich ihm ein letztes Mal zu und sagte: »Ich schreibe das Interview morgen. Wann kann ich dich erreichen, um den Text abzusprechen?«

»Was meinst du? Absprechen?«

»Ich dachte, du möchtest es vielleicht kennen, bevor es auf den Draht geht, zu allen Zeitungen, allen Radiostationen, allen Fernsehsendern. Damit du weißt, was auf dich zukommt.«

»Danke. Ruf mich an. Für dich bin ich immer zu sprechen.«

»Na, dann ... Tschüs. Mach's gut. Und bestell deiner

Frau einen schönen Gruß. Sag ihr: Das wollte ich nicht.«

Immer noch zornig zog sie die Tür zu und sprang das Treppenhaus hinunter. Draußen war es dunkel und kalt. Fröstelnd stand sie auf der Straße und überlegte, was sie tun sollte. Es war nicht weit zu Annas Wohnung.

Der Marsch durch die kalte Nacht tat ihr gut, und als sie zu Hause ankam, war es, als habe die frische Luft sie gereinigt. Der Mann, mit dem sie sich eben noch leidenschaftlich im Bett gewälzt hatte, hatte nur einen faden Nachgeschmack auf der Zunge hinterlassen und sie bereute zutiefst, dass sie sich hatte mitreißen lassen, dass sie für einen winzigen Moment sogar geglaubt hatte, es könne mehr daraus werden. Sie schüttelte sich bei dem Gedanken, zog sich aus und duschte.

Als sie am nächsten Morgen aufwachte, war von der kurzen Nacht nur noch eine fahle Erinnerung geblieben. Und die Hoffnung, Peter Weil werde ebenfalls vergessen, bereit sein, sie nur noch als Journalistin zu sehen.

Sie ging früh ins Büro und schrieb das Interview. Dann rief sie – wie versprochen – Weil an, wurde sofort durchgestellt, las ihm die Texte vor und war beruhigt, dass er ihr alles ohne Änderungswünsche durchgehen ließ.

»Bist du mir noch böse?«, fragte er mit so belegter Stimme, dass ihr ein wenig mulmig wurde.

»Nein, ich war dir nie böse«, gab sie zurück. »Aber es hat keinen Zweck mit uns. Das musst du verstehen. Ja?«

»Schade.«

Constanze schwieg. Sie wollte das nicht. Ihn nicht. Den Ärger nicht. Die kranke Frau ... Du meine Güte!

Als er nichts sagte, legte sie auf, schüttelte sich, entschlossen, die Affäre so schnell wie möglich zu vergessen. Stattdessen zeigte sie Felix Mücke das Interview und die Meldung, die sie zur *Operation Fledermaus* geschrieben hatte. Sie versahen die Berichte mit ihrem Namen und sendeten sie sofort.

Es lief blendend für Constanze. Die Radiosender brachten die Nachricht fast stündlich, auch am Abend lief der erste Absatz im Fernsehen: »... sagte Weil der Nachrichtenagentur INA ...«

Am nächsten Tag standen beide Artikel, der lange und der kurze, in den meisten deutschen Tageszeitungen. Einige druckten sogar ihren Namen mit, darunter auch ein kleines Blatt, das nur im Ostteil Berlins erschien und aus dem früheren Organ der DDR-Seniorenorganisation hervorgegangen war. Constanze lächelte, als sie den Abdruck sah, den ihr das Berliner Büro gefaxt hatte. »Von Constanze Albrecht.«

Sie mochte es, ihre Namenszeile gedruckt zu sehen. Doch sie machte sich nichts vor. Sicher würde es in der großen Stadt außer ihren Kollegen niemand bemerken.

Sie konnte nicht ahnen, wie sehr sie sich täuschte.

10. Kapitel

Franz Frei legte die Fernsehzeitung beiseite und erhob sich ächzend aus dem Sessel, in dem er den größten Teil des Vormittags verbracht hatte. Er rückte die Hosen über der gewaltigen Wampe zurecht, steckte das blau-weiß-gelb karierte Hemd hinein, das ihm seine Frau erst vor ein paar Tagen aus dem Ausverkauf mitgebracht hatte und schaute auf die Uhr. Es war Zeit, hinunterzugehen, rasch die Blumen zu gießen, die Tageszeitungen zu holen und nach dem Rechten zu schauen. Es war dies derzeit die einzige Pflicht, die Franz Frei täglich hatte, und er erledigte sie mit äußerster Gewissenhaftigkeit.

In dem schmalen, voll gestopften Flur griff er nach den Schlüsseln – einer war für die eigene Wohnung und der andere für die direkt darunter, beide gleich geschnitten und doch vollkommen anders eingerichtet, voller Blumen und Nippes die untere, während er selbst seit jeher auf eine gewisse bodenständige Strenge hielt. Langsam und mit nach außen gekehrten Füßen tapste er die Treppe hinab. Unter seinen Sohlen knirschte abgefallener Putz.

Ärgerlich schob er den Dreck beiseite. Wie heruntergekommen alles war! Es wurde von Tag zu Tag schlimmer. Die Frau nörgelte, wollte umziehen und sie war nicht die Einzige. Auch die anderen wären am liebsten geflohen aus dem verwahrlosten Haus, dem ungepflegten Viertel mit dem Makel der nahen, einst übermächtigen Firma, wären am liebsten ein paar Straßen weitergezogen, dorthin, wo es schöner war, die Häuser weiß getüncht und mit dem Luxus renovierter Anlagen.

Franz Frei aber wollte nicht weg. Konnte nicht weg. Waren ihre drei Zimmer mit Bad und Küche, fließend kalt und warm Wasser, nur für sie beide, die Frau und ihn, nicht genug? Wie froh sie damals gewesen waren, hier einzuziehen! Richtig stolz waren sie gewesen. »Wir haben es geschafft.«

Wäre es da nicht doppelt undankbar, wenn sich jetzt auch sie abkehrten von allem, an das sie einst geglaubt hatten? Und hatten sie nicht fest vertraut auf den Sozialismus? Auf Erich Honecker und das Ministerium, Schwert und Schild der Partei, zerschlagen, in den Schmutz getreten, jeden Tag wieder und das nun schon seit fast einem Jahrzehnt?

Alle wollten vergessen. Nur er, Franz Frei, er würde es niemals können. Das hatte er sich fest vorgenommen und zeigte es all jenen, die am liebsten alles verdrängt hätten. Mit ihm nicht. Oh nein. Ein zufriedenes Lächeln huschte über Freis Gesicht, als er die angstverzerrte Miene des anderen wieder vor sich sah. Er würde wieder hinfahren. Immer wieder. Bis er bekam, was ihm zustand. Entweder die Papiere oder Geld.

Wenn es nur schon so weit wäre! Er sah sich um und sofort kehrte die alte Mutlosigkeit zurück. Das Haus verkam. Die Farbe bröckelte, die Fenster klapperten, der Schimmel kroch aus den Ecken, die Miete war doppelt so hoch wie früher, und er konnte nichts dagegen tun.

»Seien Sie doch froh! Ist immer noch billig … Im Vergleich!«, hatte der Hausverwalter gehöhnt, als er sich beschwert hatte. Und: »Für 'ne Stasi-Wohnung super in Schuss.« Dabei hatte er es belassen. Und das Haus gammelte weiter vor sich hin.

Seit fünf Jahren gehörte es Investoren aus dem Westen. Aber die standen kurz vor der Pleite und fassten die Wohnungen nicht mit der Kneifzange an. Und die Menschen darin erst recht nicht.

Franz Frei stöhnte. So war das eben jetzt im neuen Deutschland: Es ging nur noch ums Geld. Um viel, viel Geld. Und solange sie das nicht hatten, mussten sie froh sein, dass sie überhaupt noch hier wohnen durften! Warum begriff die Frau das nicht?

Er machte auf dem Treppenabsatz Halt und schüttelte den Kopf. Es gab keinen Ausweg. Seit er den Knast hinter sich hatte, gab es für sie beide keine Hoffnung mehr. Am liebsten hätte er geheult.

Aber Franz Frei heulte nie. Lieber trank er Bier. Sein Erstes hatte er schon im Bauch. Zum Frühstück. Aus einem Bier wurden oft – zu oft, er wusste es eigentlich – zwei oder drei, und wenn seine Frau dann nach Hause kam, schnüffelte sie an ihm herum und räumte die Flaschen beiseite und meckerte und schrie ihn an und verstand doch nichts. Wollte nicht begreifen, dass er es einfach nicht mehr aushielt, aussätzig zu sein. Konnte nicht nachfühlen, wie es war, wenn niemand mehr mit einem zu tun haben wollte. Und wie grausam es war, dass er nicht mehr dazugehörte, nicht mehr eins war mit denen, die ganz oben standen und die Truppen abnahmen.

Langsam trottete er weiter.

Major. Immerhin war er Major gewesen! Hatte es bis zum Oberst bringen wollen. Aber Major. Immerhin.

Und nun? Nichts!

Der Absturz war jäh und tief gewesen. Erst hatte der Mob sein Büro gestürmt. Die Akten, die er noch nicht beiseite geschafft oder zerschnitten hatte, waren dabei verloren gegangen. Doch die Teufel hatten nichts Wichtiges in die Finger bekommen. Darauf war er noch heute stolz. Er hatte vorgesorgt, er, der Major.

Dann hatten sie ihn in Ruhe gelassen, eine Weile vergessen. Doch Arbeit hatte er schon damals nicht gefunden.

»Stasi in die Produktion!«, hatten sie krakeelt.

Von wegen. Er wusste es besser. Niemand hatte ihn genommen. »Sie waren bei der Stasi? Bedaure.« Jobs als Hilfssheriff lehnte er dankend ab. Parkhäuser, Juweliere oder Mafiabosse bewachen war seine Sache nicht.

Später hatte er es mit Schweigen probiert. Er hatte einfach niemandem gesagt, wo er herkam. Schließlich hatte eine Tankstelle ihn genommen. Hof fegen, Autos waschen. Es hatte ihm nichts ausgemacht. Er war damals noch fit gewesen – nicht so fett wie heute und voller Hoffnungen.

Illusionen!

Es war ein halbes Jahr gut gegangen. Dann hatte jemand ihn erkannt, er wusste bis heute nicht, wer.

Kurz darauf hatten sie ihn festgenommen. Seltsam fand er das immer noch. Warum hatten sie ihn erst so spät geholt?

Was folgte, waren endlose Vernehmungen, der Prozess und die Verurteilung. Vier Jahre hatte er bekommen. Weil er seinem Staat gedient hatte, treu bis zum Schluss. Nein. Das war sein Land nicht mehr!

Seine Frau aber hatte sich derweil eingerichtet in der neuen, bunten Glitzerwelt, hatte ihn wieder aufgenommen, als er vorzeitig aus der Haft entlassen worden war und hielt sie beide nun über Wasser. Sie arbeitete in einem dieser überladenen Kaufhäuser in Berlin-Mitte und schleppte Tag für Tag irgendwelche Hemdchen, Kettchen oder Kochtöpfe an, die keiner brauchte. Und dann meckerte sie, nur weil er sein Bier trank!

Was sollte er denn sonst auch tun? Hoffentlich war es bald Abend. Dann konnte er wenigstens in die Kneipe gehen und die alten Kameraden wieder treffen. Nur dort fühlte er sich wohl. Die wussten eben, was er durchmachte. Franz Frei hielt sich am Geländer fest und verschnaufte.

Die meisten waren arbeitslos wie er, litten wie er und soffen wie er. Am lustigsten war es immer ganz am Schluss, gegen Mitternacht, kurz bevor sie zurückkehren mussten in ihre Trostlosigkeit. Einer gab noch eine letzte Runde, und dann stießen sie an und schwelgten in ihren Träumen, ersannen eine neue Revolution und dem Klassenfeind ein blutiges Schicksal, der sie jetzt so schäbig behandelte, ins Gefängnis warf, beiseite stieß.

»Ab in die Fischfabrik!«, grölten sie dann und für ein paar kostbare Minuten wich die Last der Niedergeschlagenheit und auch das Wissen darum, dass sie sich selbst betrogen. Dass sich doch nichts ändern würde.

Seine geliebte HVA, die Hauptverwaltung Aufklärung, hatte ihm zwanzig fette Jahre beschert. Und nun waren eben zwanzig magere Jahre dran. Mindestens.

Manchmal, wenn er daheim im Sessel versank, da gestand er sich sogar ein, dass er längst den Anschluss verloren hatte, zu träge, zu fett, zu alt und unbeweglich geworden war, um in diesem Berlin jemals wieder dabei sein, ein tätiges, aktives Leben haben, die Frau wieder versorgen zu können.

Im Frühjahr reichte das karge Geld gerade mal für ein paar Pflanzen draußen in seinem Garten vor der kleinen Hütte, ihrer Datsche in Groß-Glienicke. Dass sie die halten konnten, dass die Frau ihm diese Zuflucht ließ, pünktlich die Pacht zahlte, obwohl auch die sich mit den Jahren vervielfacht hatte, das war das Einzige, was ihn bei ihr hielt.

Mit schweren Schritten schleppte sich Franz Frei weiter zur Wohnung seiner alten Nachbarin, die nun schon seit einer Woche fort war, ihre kranke Tochter pflegte und sich um die Enkel kümmerte, drüben, in Kreuzberg. Ihr Mann war General gewesen, sein Vorgesetzter. Lag jetzt im Pflegeheim weit draußen, und die alte Frau teilte sich ihre Tage und Nächte auf zwischen der Tochter und dem alten Mann. Noch mehr Elend. Verglichen damit ging es ihm gut.

Behutsam öffnete er die Tür, prüfte aus alter Gewohnheit die kleinen Zeichen, die er angebracht hatte, damit ein Einbruch ihm sofort auffiele. Dann wässerte er die Blumen, rückte die Fotos auf der Anrichte zurecht, die sich seit dem Vortag nicht bewegt hatten, durchschritt alle Räume und musste endlich einsehen, dass alles getan war, um was ihn die alte Frau gebeten. Ja, hier in diesem schäbigen Mietshaus, da gab es noch so etwas wie Wärme und Gemeinschaft. Und Franz Frei würde dafür sorgen, dass es so blieb.

Zu guter Letzt ging er zum Briefkasten, zog die Zeitungen heraus, schlurfte schnaufend wieder hinauf in sein Wohnzimmer und ließ sich in den Sessel fallen, in dem er bereits den größten Teil des Vormittags verbracht hatte. Sein Tagewerk war getan. Nun konnte er in Ruhe lesen.

Erst war seine Lieblingszeitung an der Reihe. Er hielt nach wie vor treu das *Neue Deutschland*, die alte Parteizeitung, lasch nun auch sie, aber immer noch richtungweisender als alle anderen, die aufgegangen waren im gierigen Schlund kühl rechnender Westverlage.

Nach gut einer Stunde trottete er in die Küche, griff nach der letzten Bierflasche im Kühlschrank. Die Frau hatte mal wieder nicht für Nachschub gesorgt. Erst im letzten Moment erinnerte er sich an seinen Vorsatz, mit weniger Alkohol auszukommen, solange diese Sache nicht ausgestanden war und er das Geld in Händen hielt …

Behutsam legte er die Flasche zurück und brühte sich stattdessen eine Kanne Kaffee auf. Geduldig beobachtete er, wie das heiße, braune Gebräu durch die Maschine lief, schenkte sich eine Tasse ein und holte sich das kleine unbedeutende Blättchen herbei, das seine Nachbarin bezog und das er erst seit einigen Tagen für sich beanspruchte, da sie es im Moment ja doch nicht lesen konnte.

Gelangweilt überflog er die erste Seite, die Überschriften, blieb endlich bei einem Artikel hängen, der dem Interview eines Bonner Politikers gewidmet war. Da war von Sparen die Rede, von Zinsen und Haushaltslücken, Stasi-Amnestie und deutscher Einheit. Franz Frei las mit Interesse. Er erinnerte sich gut an Peter Weil. Aufgeräumt kramte er in seinem Hinterkopf nach allem, was ihm zu dem Mann einfiel, und das war eine ganze Menge. Das war das Schöne an den Zeitungen. Ständig stieß er auf Namen von Menschen, über die er mehr wusste, als denen lieb sein konnte – nur dass sie davon nichts ahnten.

Franz Frei räkelte sich in seinem Sessel. Wie seltsam das Leben spielte. Da saß er immer noch hier herum und dieser Weil hatte in der Zwischenzeit eine rasante Karriere hingelegt! Freis Augen verkleinerten sich zu schmalen Schlitzen. Nur zu gut erinnerte er sich an die Telefongespräche, deren Protokolle er regelmäßig gelesen hatte und in denen es um alle möglichen Lustbarkeiten gegangen war – nur nicht um Sparen, Zinsen und Haushaltslöcher. Peter Weil, der Frauenheld mit der kranken Gattin zu Hause …! Einmal hatten sie sogar erwogen, ihn zu erpressen, und die Vorbereitungen der Operation waren recht weit gediehen. Doch dann war diese andere Sache dazwischen gekommen …

Stimmt! Franz Frei fiel es wie Schuppen von den Augen. Dieser Weil war ein alter Spezi von dem anderen … Franz Frei seufzte. Warum waren die beiden nach wie vor obenauf – nur er nicht?

Er versank in düsteres Brüten, bis er weiterblätterte und bei einer kleinen Meldung rechts unten hängen blieb.

»Peter Weil, der die Mittel im Haushaltsausschuss mit bewilligt hatte, wollte keine Stellung zu Einzelheiten der *Operation Fledermaus* nehmen. Er warb aber dafür, vor weiteren Entscheidungen die Untersuchungsergebnisse abzuwarten. Nach Angaben aus Regierungskreisen soll, wenn möglich, an dem Projekt festgehalten und eine Klage gegen den *Mainl*-Konzern vermieden werden. Allerdings wurde ein solcher Schritt nicht ausgeschlossen für den Fall, dass sich der Umzug tatsächlich um ein halbes oder ein ganzes Jahr verzögert.«

Wie elektrisiert richtete sich Franz Frei auf und las den Absatz noch einmal Wort für Wort. Das war es also! Darum ging es! Und diese beiden steckten noch immer unter einer Decke! Wie damals! Nur dass diesmal Weil den Mainl schützte …

Frei knallte die Zeitung auf den Tisch, hievte sich hoch und lief schnaufend in dem kleinen Wohnzimmer auf und ab. Wie lange wollte er sich das tatenlos mit ansehen? Zornig blieb er am Fenster stehen und starrte hinaus in das trübe Grau der Stadt. Hilflosigkeit machte sich in ihm breit. Was konnte er schon dagegen unternehmen? Was würde es nutzen, wenn er noch einmal nach Bonn führe? Würde sich der Mainl diesmal beeindrucken lassen? Sollte er ihm einen noch größeren Schrecken einjagen? Oder war es besser, ihn anzurufen? Jeden Tag, jede Stunde, ihn zermürben, bis er aufgab und alles öffentlich eingestand?

Franz atmete tief durch. Es war möglich. Er durfte nicht aufgeben. Vorsichtig musste er sein. Bevor er etwas unternahm, galt es, die Vor- und Nachteile genau abzuwägen. Er hatte kaum Geld. Das war ein Problem.

Also brauchte er einen Plan. Einen guten Plan.

Denn diesmal musste er den Mainl zu fassen bekommen. Ganz am Anfang, als er die Vernehmungen noch nicht durchschaut hatte und ein einziges Mal hereingefallen war auf das verlockende: »Sie haben Ihr Schicksal selbst in der Hand«, hatte er ihnen geglaubt. Hatte Mainl verraten und erst viel später begriffen, wie dumm das gewesen war. Denn Mainl war kein Haar gekrümmt worden. Obwohl er, Franz Frei, ausgepackt, von jedem ihrer Treffen berichtet hatte – aus der Erinnerung natürlich. Seine Papiere hatte er nicht aus der Hand gegeben. So dumm war er immerhin nicht gewesen.

Sie aber hatten interessiert getan und alles wissen wollen. Hatten gefragt und gebohrt, und er hatte ihnen alles gesagt, an das er sich zu erinnern vermochte. Bis auf das eine … Kein Wort hatte er verraten über das kleine Paket, das der General ihm gegeben hatte mit dem Auftrag, es auf dem üblichen Weg an seinen besten

Agenten zu leiten. Material sollte der beschaffen, Vorprodukte liefern, helfen wie so oft. »Wir schaffen das nicht alleine.«

Sie hatten Mainl vertraut. Blind. Er selbst genauso wie der General. Wenn der wüsste! Frei hatte es nie erwähnt, wenn er den alten Mann besucht hatte, denn es hätte ihm das Herz gebrochen. »Es ist alles sicher verwahrt, keine Sorge«, hatte er nur wiederholt.

Tatsächlich aber hatte Herbert Mainl nach dem Fall der Mauer keinen Kontakt mehr zu ihm aufgenommen. Hatte sich taub gestellt. Erst hatte sich Franz Frei gewundert. Dann hatte er sich geärgert. Der Zorn wurde so mächtig, dass es zum Verrat nur ein kleiner Schritt war. »Herbert Mainl informierte uns regelmäßig.«

Die Schuldgefühle kamen noch in derselben Nacht. Er konnte nicht schlafen, und da schwor er sich, ab jetzt zu schweigen. Er war sich sicher, dass Mainl längst verhaftet war, vielleicht gar im selben Gefängnis saß.

Sie hatten ihm den Verrat nicht gedankt. Statt ihn aus der Untersuchungshaft zu entlassen, hatten sie mehr von ihm wissen wollen. »Namen, Mann, wir brauchen die Namen.« Da endlich hatte er die Kraft zu einem Schlussstrich gefunden: »Ich habe Ihnen Mainl gegeben. Das war der Wichtigste. Ab jetzt sage ich nichts mehr.«

Dann stellten sie ihn vor Gericht, angeklagt wegen anderer Fälle aus seinem langen Arbeitsleben. Mainl aber kam nicht vor. Nur einmal, in geheimer Sitzung, unter Ausschluss der Öffentlichkeit. Und dort nur als Beweis für seine eigene Schuld. Sein Anwalt warnte ihn, den Namen Mainl nicht mehr in den Mund zu nehmen. »Sonst kann ich nichts mehr für Sie tun.«

Erst als er wieder aus dem Gefängnis war, erfuhr er, dass Mainl tatsächlich nie etwas geschehen war. Und er war wütend geworden wie nie in seinem Leben. Doch er hatte sich beherrscht, sich gezwungen, auf seine Chance zu warten.

Mit der Zeit wurde ihm immer klarer, dass Mainl falsch gespielt hatte. Er rief sich alle Details ihrer Begegnungen in Erinnerung und merkte mit Schrecken, dass jedes Augenzwinkern, jedes Widerstreben, sich von einer Information zu trennen, ganz harmlos und natürlich hätte gewesen sein können. Aber auch der Beweis für das genaue Gegenteil: doppelten Verrat.

Dann malte er sich aus, wie er zu Mainl fahren, ihn zur Rede stellen, sein Patent, schließlich Eigentum der Firma, zurückverlangen würde, und irgendwann machte er den Traum wahr. Er fuhr nach Bonn, suchte Mainls Villa, stand mit klopfendem Herzen davor, klingelte und wurde von einer Frau mit weißer Schürze rüde abgewiesen.

»Herr Mainl ist nicht zu sprechen. Machen Sie in seinem Büro einen Termin.«

Es dauerte Monate, bis Franz Frei einen neuen Anlauf wagte. Wieder bestieg er den Zug nach Bonn. Nur dass er den Mann genau auskundschaftete, dem er einst so sehr vertraut hatte und herausfand, wann Mainl kam und ging, wer ihn besuchte, dass die Villa keine Alarmanlage hatte und vieles mehr. Doch er machte keinen Gebrauch von seinem Wissen. Diesmal traute er seinem Instinkt, und der sagte ihm, dass die Zeit noch nicht reif war.

Nun aber war es so weit. Zufällig war ihm vor ein paar Tagen die Schlagzeile des *Berliner Echo*s aufgefallen, und er hatte das Blatt das erste Mal in seinem Leben gekauft und mit wachsendem Staunen den Aufmacher gelesen über die *Operation Fledermaus*. Da war er einfach losgefahren.

Voller Unruhe fragte Frei sich nun, ob es richtig gewesen war, Mainl aufzusuchen? Sicher, er hatte dem Alten Furcht eingejagt. Das hatte er in dessen Augen deutlich gesehen.

Aber würde Angst die Sache beschleunigen? Würde er, Franz Frei, auf diesem Weg an die kostbaren Pläne kommen? Oder an Geld? Er hatte noch den Knall im Ohr, mit dem die Tür vor ihm ins Schloss gefallen war. Würde es Mainl wieder einmal schaffen? Tür zu und Schluss?

Wie konnte er an den Mann herankommen? Wer würde auf ihn hören, einen ehemaligen Stasi-Offizier? Damals war es anders gewesen, bei Mainls Anwerbung, als dieser blendende Geschäfte mit beiden Seiten gemacht hatte, Holz für Devisen, Devisen für Häftlinge, Möbel für Kleider, Teppiche für Erdgas und Spione.

Es war auf der Leipziger Messe geschehen. Franz Frei erinnerte sich daran, als sei es gestern gewesen. Sein General hatte ihn beauftragt, sich mit dem Unternehmer zu treffen und herauszufinden, was dran sei an dessen Tiraden über die Bedrohung des Weltfriedens.

Er, Franz Frei, war es gewesen, der Mainl das erste Mal in die Villa draußen vor der Stadt gebracht hatte. Der mit ihm getrunken hatte, sich seine Geheimnisse notiert hatte, obwohl doch alles auf Band aufgenommen wurde.

Dann, als die Messe vorbei und Mainl wieder abgereist war, da hatten sie gejubelt. Und gelächelt über die Naivität dieses reichen, leichtgläubigen Westlers. »Sie müssen das Erich Honecker melden. Direkt. Versprochen? Es geht um den Weltfrieden.« Seine Stimme, seine Mimik hatten sie nachgemacht und gehöhnt: »Es geht um den Weltfrieden!«

Mainl hatte nicht lockergelassen und immer brisantere Informationen angeboten. Bald nutzten sie jede

Messe zur Kontaktaufnahme und Mainl rückte schnell zu einem ihrer Spitzenagenten auf, lieferte ihnen so viel Interna aus Bonn, dass sie nicht Nein sagen konnten. Vieles wussten sie natürlich schon. Doch sie freuten sich darüber, da dies bewies, dass Mainl es ehrlich mit ihnen meinte. Anderes war neu, beleuchtete die Dinge von unerwarteter Seite, machte Mainl erst richtig wertvoll. Zu wertvoll? Sie waren ihm auf den Leim gegangen. So sah Franz Frei das heute.

Er nahm die Zeitung erneut vor und las: »Weil, der die Mittel im Haushaltsausschuss mit bewilligt hatte, wollte keine Stellung zu Einzelheiten der *Operation Fledermaus* nehmen. Er warb aber dafür, vor weiteren Entscheidungen die Untersuchungsergebnisse abzuwarten.«

»Die beiden werden reich, und ich verrotte hier«, murmelte Franz Frei bitter. Doch plötzlich war es, als hätten sich zwei lose Enden in seinem Gehirn unverhofft zusammengefügt – und gepasst.

Seine Augen leuchteten auf. Eilig hastete er in den Flur, zog sich den dicken Mantel über, schlüpfte in die letzten Schuhe, die er noch besaß, kramte aus der Schublade das restliche Haushaltsgeld und nahm die S-Bahn mit Schwung – fast wie in alten Tagen. Doch statt um die Stadt herumzufahren wie damals, als Westberlin noch eingekesselt war, fuhr er direkt hindurch, stieg in Spandau um in den Bus Richtung Süden und ging die letzten hundert Meter bis zum alten Grenzstreifen zu Fuß. Früher hatten sie nur geahnt, dass es auf der anderen Seite der Mauer einen Campingplatz gab. An lauen Sommerabenden hatten sie von ferne das Lachen gehört und die Würstchendüfte waren ihnen verlockend in die Nase gestiegen. Heute marschierte er direkt an den Zelten und Wohnwagen vorbei und überquerte eilig den längst überwucherten Mauerstreifen zu seiner Datsche, die einst an vorderster Front gelegen und die er nur bekommen hatte, weil er mehr als zuverlässig gewesen war.

Es begann zu regnen. Das letzte Stück über den sandigen Feldweg rannte er fast. Atemlos löste er den verrosteten Riegel, schloss das Tor hinter sich und schlüpfte in das Häuschen. Aus alter Gewohnheit blickte er hinaus, ob ihn jemand beobachtete. Dann erst zog er den feuchten Mantel aus und machte sich an einer Diele des groben, schmutzigen Bodens zu schaffen. Es dauerte eine gute Weile, bis er das Versteck freigelegt hatte und die große blaue Plastiktüte hervorziehen konnte. Er stülpte sie um und betrachtete den Berg dicker Akten und Umschläge, der sich vor ihm auftürmte. Hastig suchte er in dem vergilbten Papier und atmete zufrieden auf, als er fand, was er suchte. Er legte ein Bündel und einen Umschlag beiseite und den Rest wieder zurück in das Versteck. Zum Schluss kehrte er den ganzen Raum, um verräterische Spuren im Staub zu verwischen. Dann setzte er sich an seine alte Schreibmaschine und machte sich an die Arbeit.

Er schrieb konzentriert, verglich, überlegte, setzte hier eine Bemerkung, da eine Antwort hinzu, genau, wie er es gelernt hatte. Als er fertig war, begutachtete er sein Werk, las langsam Satz für Satz. Doch. Es passte zur damaligen Zeit, war glaubhaft. Es würde durchgehen. Als echt.

Das würde dem Mainl das Genick brechen.

Wirklich? Würde es das wirklich? Wieder las er, aber er spürte, dass noch etwas fehlte. Etwas Aktuelles. Er setzte sich erneut hin, spannte einen weiteren der kostbaren Bögen ein, tippte. Erfand diesmal, statt zu fälschen.

Endlich war er zufrieden. Die Möglichkeit, dass sie ihn entlarven konnten, fegte er beiseite. Es war gut. So gut, dass sie darauf hereinfallen würden. Die Methode hatte früher schon oft funktioniert. Warum sollte sie diesmal versagen? Im Westen hatte sich schließlich nichts verändert.

Aber was nun? Wie sollte es weitergehen? Wie würde es in die richtigen Hände gelangen? Wen von Belang kannte er in diesem neuen Deutschland?

Bilder kehrten zurück von seinem Prozess, von dem Verteidiger, dem Richter, dem Staatsanwalt, den Polizisten und den Beamten in Zivil, die ihn vernommen hatten, von dem kleinen Gerichtssaal, den leeren Bänken, weil sich niemand für sein Verfahren interessierte …

Wirklich niemand? War da nicht …? Doch. Einer. Ein Fotograf.

Frei erinnerte sich genau. Der Mann war mehrfach da gewesen und später zu ihm in den Knast gekommen. Zwei der Bilder waren sogar in einer Geschichte über die *Stasi im Gefängnis* veröffentlicht worden.

Wie hieß der Mann gleich? Er hatte ihm doch seine Visitenkarte gegeben.

Eilig versteckte Frei die kostbaren Originale unter dem Fußboden und schob sein Werk behutsam in die Aktentasche, die er mit zurück in seine Wohnung nahm. Verzweifelt suchte er dort nach dem Kärtchen. Doch er fand nichts. Wie konnte er den Namen des Fotografen herausfinden? In welchem Magazin waren die Bilder damals erschienen? War es in der *Linse* gewesen?

Erneut zog er sich den Mantel an, dachte diesmal an seinen Schirm und ging zu dem Kiosk an der Ecke.

Es war einfacher, als er es vermutet hatte. Er tischte dem Kioskbesitzer eine Geschichte auf, die diesen so überzeugte, dass er beim Suchen half. Gemeinsam blätterten sie die Magazine durch. Frei prüfte die Namen aller Fotografen, deren Bilder veröffentlicht worden waren, und bald erinnerte er sich. Schaller. Der Mann hieß Schaller. Er fand den Namen in der *Linse*.

Auf dem Postamt machte er Kopien der von ihm getippten Seiten und musste zehn Minuten warten, bis die Telefonzelle endlich frei war. Nervös wählte er und war erleichtert, dass Schaller sofort beim ersten Klingeln antwortete, sich tatsächlich an ihn erinnerte und sogar bereit war, sich mit ihm zu treffen. »Ich muss allerdings morgen ins Ausland.«

»Oh!«

»Keine Sorge. Ich kenne eine Menge Leute… Je nachdem, was es ist, kann ich es sicher weiterleiten… In die richtigen Hände…«

Das war besser als nichts, dachte Frei. »Wo können wir uns sehen?«

»Was halten Sie vom *Warzenschwein*?«

»Wie bitte?«

»Das ist eine Kneipe«, lachte Schaller. »In Mitte.«

Frei ließ sich den Weg erklären und stellte erleichtert fest, dass sein Fahrgeld reichen würde. »Ich habe aber… hmm… Ist es da teuer?«

»Ich lade Sie ein. Auf ein Bier und ein Steak. Okay?«

11. Kapitel

In der Agentur herrschte am nächsten Vormittag die gewohnte Hektik. Die Telefone klingelten, die Drucker summten, das Fax spuckte unentwegt Pressemitteilungen aus. Zu jeder vollen Stunde ging das Radio an, plärrte die Nachrichten und schaltete sich fünf Minuten später von selbst ab.

Constanzes Kollegen hockten hinter den Papierstapeln auf ihren Schreibtischen und telefonierten oder warfen einander Fragen zu, verabschiedeten sich zu Terminen oder schrieben mehr oder weniger lustlos und alberten herum.

Nur Constanze blieb stumm. Mit bleichem Gesicht starrte sie auf ihren Monitor und allein langjähriger Routine war es zu verdanken, dass trotz ihres Kummers brauchbare Meldungen entstanden. Jedes Mal, wenn das Telefon klingelte, begann ihr Herz wie wild zu rasen. Und jedes Mal, wenn es wieder jemand anders war, wurde sie gereizter und unleidlicher. Mal war es eine Sekretärin, die eine Einladung loswerden wollte, dann eine Pressestelle, die ein eiliges Dementi des Ministers diktieren wollte, und mehrfach nun schon Peter

Weil, der sie wiedersehen wollte. Vermutlich nur, um mit ihr ins Bett zu steigen. Schon bei dem Gedanken daran wurde ihr speiübel.

Doch Alexander rief nicht an. Warum nicht? Ob sie ihn selbst …?

Sie tat es nicht. Es kostete sie Kraft, sich zu beherrschen.

Beim nächsten Klingeln nahm sie sofort ab.

»Schaller hier. Bist du es, Constanze?«

»Kurt?«, fragte sie ungläubig.

»Ja, ich bin's. Schön, dass du mich noch nicht ganz vergessen hast.«

Constanze versuchte, einen Ton herauszubringen. Verlegen räusperte sie sich. »Ja. Nein. Natürlich nicht! Wo bist du?«

»In Berlin. Aber ich glaube, ich habe was für dich. Ich wollte fragen, ob wir uns heute Abend sehen könnten?«

»Aber ich bin doch in Bonn!«

»Ich komme heute Abend mit der Sieben-Uhr-Maschine nach Köln. Können wir uns treffen?«

»Wie lange bleibst du?« Sie wagte kaum zu atmen. Es schien, als käme die ganze Vergangenheit wieder in ihr hoch.

»Mal sehen.«

»Und wo wohnst du?«

»Wir werden sehen …«, wich er aus, und Constanze ließ es ihm durchgehen. »Ich hol dich ab«, versprach sie, ließ sich die genaue Ankunftszeit, Flugnummer und Linie geben. Was er wohl von ihr wollte? Das Telefon unterbrach sie in ihren Grübeleien. Abwesend griff sie nach dem Hörer. »Ja? Nachrichtenagentur INA, Albrecht?«

»Alexander hier. Tag.«

»Ach. Du bist es.« Constanze war irritiert. Erst Kurt, jetzt Alexander.

»Und? Wie ist es mit uns beiden? Wollen wir uns heute Abend sehen?«

»Tut mir Leid. Geht nicht.« Constanze verfluchte im Stillen, dass sie sich mit Kurt verabredet hatte. Aber warum sollte nicht auch sie sich zur Abwechslung einmal rar machen.

»Schon was vor? Darf man fragen, was?«

»Ein alter Freund kommt.«

»Wie alt?«

»So alt nun auch wieder nicht. Aus Berlin«, lachte sie. Es fühlte sich großartig an, Alexander abzuweisen.

»Aus Berlin?«

»Ja. Du erinnerst dich? Ich komme aus Berlin. Ich kenne ihn von früher.«

»Und wann fliegt er wieder?«

»Keine Ahnung. Ich weiß nicht mal, ob er überhaupt wieder fliegt.«

»Na. Du kannst dich ja melden, wenn du Zeit hast.«

Klang das enttäuscht? »Mache ich«, versprach Constanze und wunderte sich, wie locker ihr das gelang. »Natürlich melde ich mich.«

Die Maschine aus Berlin hatte eine Stunde Verspätung. Zusammen mit zwei alten Damen und einer Frau, die ein plärrendes Baby auf der Hüfte trug, stierte Constanze auf die verglaste Tür. Die aber öffnete sich immer nur kurz in einer Richtung. Müde schoben die eben gelandeten Passagiere ihre Koffer hindurch, suchten mit hektischer Unsicherheit nach Freunden, Bekannten, Abholern und keiner von ihnen achtete auf Constanze.

Als Kurt endlich vor ihr stand, hatte sie die Hoffnung fast aufgegeben. Er aber streckte ihr die Hand freundlich entgegen, als sei die kleine Verspätung ganz normal, beugte sich zu ihr, küsste sie flüchtig auf die Wange. Dann sortierte er seine Kamerataschen wieder auf den Schultern. Er trug den Rucksack, in dem, wie Constanze nur zu gut wusste, sein persönliches Gepäck für lange Einsätze steckte. Wie oft hatte sie ihn so schon verabschiedet?

»Wohin fliegst du?«, fragte sie mit einem Zittern in der Stimme.

»Das willst du nicht wissen.«

»Und wenn doch?« Es war alles wieder da, die alte Angst, die alte Sehnsucht …

Er schüttelte den Kopf. »Nicht jetzt. Nicht hier. Können wir irgendwo hingehen?«

»Wann fliegst du wieder?«

»In zwei Stunden. Tut mir Leid.«

»Aber du …«, stammelte sie enttäuscht. Sie waren doch für den Abend verabredet!

»Es hat sich noch was verschoben. Du kennst das doch. Ich muss …« Er beendete den Satz nicht.

»Komm«, sagte sie bitter.

Gemeinsam stapften sie durch die Ankunftshalle, Kurt immer einen kleinen Schritt hinter ihr, schwankend unter der schweren Last. Constanze ahnte, welche Gewichte er schleppte mit all den Kameras, Filmen, Objektiven, Stativen. Doch sie sagte nichts. Zu gut wusste sie, dass er niemals jemanden in die Nähe seiner Ausrüstung ließ. Auch sie nicht.

Schließlich fanden sie in einem dunklen Restaurant mit roten, runden Lampen einen Tisch ganz hinten in der Ecke. Mühsam schälte sich Kurt aus dem Riemengewirr, zog seine schwere, von unzähligen Taschen gebeutelte Jacke aus, bestellte zu Constanzes Überraschung eine üppige warme Mahlzeit und sah die alte Freundin entschuldigend an.

»Wer weiß, wann ich wieder was Warmes kriege.«

»So schlimm?«

»Ich nehm's an. Weiß nicht«, sagte er und legte die Speisekarte beiseite. »Wie geht es dir?«

»Danke. Prächtig.« Es gelang Constanze sogar ein zaghaftes Lächeln. »Nun sag schon. Warum bist du hier? Du fliegst doch normalerweise nicht über Köln in den Krieg.«

Kurt zuckte zusammen. Sie wusste es also. Sie hatte schon immer den sechsten Sinn gehabt, wenn er sich in Gefahr begab. Er wollte nicht daran denken. Grunzend kramte er Zigaretten und Feuerzeug aus der Hosentasche. Langsam trank er einen Schluck und sagte schließlich mit fester Stimme: »Ich habe da einen Informanten. Ich kann dir nicht sagen, wer es ist. Das habe ich versprochen. Aber ich kann dir so viel sagen: Er weiß, wovon er spricht. Und er hat mir das hier gegeben. Ich dachte, es würde dich interessieren.«

Mit diesen Worten zog er aus der Vorderseite seines Rucksacks einen Umschlag und reichte ihn Constanze.

Vorsichtig nahm sie ihn entgegen, sah durch die offene Lasche hinein, zog mehrere Blatt Papier heraus und schaute Kurt fragend an. Erst als dieser ermutigend nickte, fing sie an zu lesen. Es waren drei eng beschriebene Schreibmaschinenseiten.

Protokoll. Datum und Uhrzeit.

Constanze stutzte. Das war doch Jahre her! Was war denn das? Die Kopfzeile gab Auskunft. *Geheimdienst der Bundesrepublik Deutschland* stand dort in fetten Lettern. Am rechten Rand reihten sich Zahlen- und Nummernfolgen aneinander, teils mit der Maschine, teils mit der Hand geschrieben. Constanze konnte damit nichts anfangen.

Teilnehmer: Herbert Mainl, Unternehmer, Bonn,
Peter Weil, MdB

Weil: Ich wollte mich nur noch einmal bedanken. Für die wunderbare Reise.

Mainl: Hat es dir gefallen?

Weil: Wunderbar, ja. Ganz herrlich. Und das Wetter hat ja auch mitgespielt. Bestell deinem Piloten herzliche Grüße. Er ist wirklich sehr gut geflogen. Klasse Mannschaft hast du da.

Mainl: Ich werde es ausrichten. Ich glaube, denen hat unsere kleine Spritztour auch gut gefallen. Und Cannes ist doch immer wieder eine Reise wert. Ich habe überlegt, ob ich mir da nicht mal etwas Eigenes kaufe …

Weil: Das wäre ja großartig. Mach das. Eine wunderbare Investition. Ich habe mich ein wenig umgesehen. Da gibt es Spitzenobjekte!

Mainl: Hast du Interesse?

Weil: Ich? Ich kann mir das nicht leisten.

Mainl: Na, na. Nicht so bescheiden. Ich habe dir doch …

Weil: Ja, da wollte ich mich herzlich bedanken. Seit letzter Woche bin ich ordentliches Aufsichtsratsmitglied, und ich weiß, dass das ohne deine Fürsprache …

Mainl: Papperlapapp. Ich habe das gerne gemacht. Und jetzt kein Wort mehr darüber.

Weil: Sehen wir uns diese Woche? Ich bin bis Freitag Mittag in Bonn.

Mainl: Hmmm … Von mir aus … Aber es ginge nur Freitag Abend.

Weil: Freitag Abend … Hmmm. Na ja. Das macht nichts. Das lässt sich schon einrichten.

Mainl: Wie geht es deiner Frau?

Weil: Gut. Danke.

Mainl: Und deinem Chef?

Weil: Mongol?

Mainl: Wem sonst.

Weil: Bestens. War heute Morgen wieder in Form. Hättest ihn mal in der Vorstandssitzung erleben sollen …

Mainl: Und? Wie läuft die Steuerreform?

Weil: Bestens. Deine Sache läuft auch gut. Brauchst dir keine Sorgen zu machen.

Mainl: Das tue ich nicht. Ich weiß ja, dass das bei dir in besten Händen ist. Aber hör mal, ich habe da was läuten gehört … Ich bin ein wenig besorgt …

Weil: Warum?

Mainl: Hrrmmm. Der Mongol soll ein Problem haben mit seiner Vergangenheit …

Weil: Davon hast du gehört?

Mainl: Ja.

Weil: Hrrm. Ja. Es soll alte Akten geben … Aus dem KZ … Kannst du uns da helfen? Ich meine, du glaubst doch nicht wirklich, dass der Mongol jemanden verraten hat. Oder? Ich meine … Wir reden hier über Mongol!

Mainl: Wer weiß?

Weil: Wir haben Beweise, dass es nicht stimmt.

Mainl: Beweise?

Weil: Ja. Sehr wohl. Du weißt doch, der Mongol war zuletzt in der Schreibstube des KZs. Und da hat er vor der Befreiung, kurz bevor die SS alles verbrannt hat, die eigenen Akten mitgehen lassen. In seiner Baracke versteckt. Und in diesen Unterlagen ist keine Rede davon, dass er jemanden verraten hat.

Mainl: (pfeift durch die Zähne) Wo kommt denn das dann her, was jetzt im Umlauf ist?

Weil: Das musst du mich nicht fragen.

Mainl: Das Zeug darf auf keinen Fall an die Öffentlichkeit.

Weil: Es wäre besser. Also. Wenn du weißt, wer die Gerüchte verbreitet, dann tu mir den Gefallen und sorg dafür, dass denen das Maul gestopft wird. Ja?

Mainl: Mach ich. Verspreche ich dir. Der alte Mongol. War schon damals ein cleveres Kerlchen, was?

Weil: Ja.

Constanze legte die Seiten auf den Tisch und sah Schaller verstört an. »Was soll denn das sein?«

»Das, was es zu sein vorgibt. Der Mitschnitt eines Telefongesprächs. Was denn sonst?«

»Aber das ist ja uralt!«

»Ja und? Lies weiter.«

Das zweite Dokument sah dem ersten verblüffend ähnlich, nur dass es offenbar neueren Datums war und bedeutend kürzer. Constanze stutzte. Das Gespräch war erst wenige Wochen alt.

Mainl: Gut, dass ich dich erwische.

Weil: Was ist denn los?

Mainl: Die wollen mir an den Kragen. Wegen meines Auftrags, du weißt schon. *Fledermaus.*

Weil: Oh!

Mainl: Das kannst du laut sagen. Es läuft im Moment nicht alles so … Ich meine … Ich kann mich doch auf dich verlassen?

Weil: Ich kümmere mich darum.

Mainl: Und was wird aus meinem Auftrag?

Weil: Du bekommst dein Geld. Du kannst dich auf mich verlassen.

Mainl: Sehr gut. Ach, was ich noch sagen wollte … Ich habe mit dem Kanzler gesprochen. Du kommst bestimmt ins Kabinett.

Weil: Ach ja? Danke. Ich melde mich.

Erschrocken sah Constanze auf. »Warum gibst du mir das? Woher hast du das?«

Kurt Schaller räusperte sich, bevor er sprach. »Ich habe doch schon gesagt … Da gibt es einen Informanten. Er hat deinen Artikel gelesen, du weißt schon, dein Interview mit Weil. Und als ich sagte, ich könne das nicht selbst machen, weil ich Fotograf bin und dass ich dich kenne, war die Sache eigentlich klar.«

»Danke.« Constanze wusste nicht, was sie sagen sollte.

»Keine Ursache.«

»Kenne ich ihn?«

»Vermutlich nicht. Sonst wäre er sicher direkt zu dir gekommen.« Kurt grinste. »Willst du es nicht?«

»Kann ich das ernst nehmen? Ich meine … Das bedeutet, dass die beiden unter einer Decke stecken …«

»Du bist die Reporterin. Finde es heraus. Ich bin nur der Fotograf.«

In diesem Moment tauchte ein Kellner auf und stellte mürrisch die Teller mit Fleisch und Salat, die Soße und das Brot vor Kurt ab. Eine Weile sah Constanze zu, wie Kurt schweigend aß. Doch dann widmete sie sich wieder den Papieren und schüttelte den Kopf. Unglaublich. Das dürfte das Ende von Peter Weil sein. Zumindest von seinen Ministerträumen. Wenn sie das brachte … Constanze merkte, dass sie vor Erregung zitterte. Peter Weil war ein gekaufter Politiker. Und sie hielt den Beweis in Händen.

Sie musste lächeln. Diese Geschichte würde dem dämlichen Lauer ein für alle Mal das Maul stopfen. Und Anna würde staunen! Und sie, Constanze Albrecht, die Neue, die Aushilfe, hatte die ganze Zeit Recht gehabt! Nichts stimmte von Lauers vollmundigen Sprüchen! Kein Wort war wahr, dass die Regierung den Geheimdienst im Griff hatte. Lügen, alles Lügen! Hier war der Beweis! Sie hörten Telefongespräche ab, zwischen Politikern und Wirtschaftsbonzen, damals wie heute!

Vor ihrem inneren Auge erschien das Bild der Bundespressekonferenz und von Lauer, wie er arrogant auf dem Podium der Bundespressekonferenz thronte und lächelte und doch nichts sagte. Und als sie daran dachte, wie er Annas *Fledermaus*-Geschichte heruntergemacht hatte, wurde ihr im Nachhinein noch übel! Und plötzlich kam Constanze die hässliche Szene in den Sinn, als sie kurz im Bundestag gewesen und in der Lobby zufällig Lauer in die Arme gelaufen war. »Na, da haben Sie aber ein hübsches Interview mit unserem tugendhaften Peter Weil gemacht ... ein richtiger Rollmops.«

Constanze erbleichte. »Was hat Peter Weil mit einem eingelegten Hering zu tun?«

»Oh, nun tun Sie mal nicht so, als wüssten Sie das nicht. Was hatten wir denn da nicht alles? Die Steuerreform. Das Sparpaket. Die unendliche Liebesbeziehung zwischen Regierung und Fraktion. Die deutsche Einheit. Ach ja. Und den Regierungsumzug. Stasi-Amnestie. Und alles in einem einzigen Interview! Wenn das kein Rollmops war, dann sagen Sie mir, was ein Rollmops ist.«

»Erstens habe ich zwei Berichte geschrieben. Und zweitens soll es Leute geben, die Rollmöpse mögen. Soll ein beliebtes deutsches Essen sein.«

»Apropos Essen.« Lauer musterte sie. »Wie war es eigentlich bei *Aris*? Hat's geschmeckt?«

Constanze erschrak. Woher wusste er das? »Haben Sie mir nachspioniert?«

»Ich? Na, wohl kaum.« Lauer nickte einem vorbeilaufenden Abgeordneten zu.

»Essen Sie nie bei *Aris*?«, ging Constanze zum Gegenangriff über.

»Zumindest nicht mit dem größten Weiberhelden der Stadt.«

Constanze schluckte. Weiberheld? Peter Weil?

»Nur hat er sich bislang an Sekretärinnen und Mitarbeiterinnen gehalten«, fuhr Lauer unbarmherzig fort. »Sie wissen schon, junge Dinger, die bei den Damen und Herren Abgeordneten die Drecksarbeit machen und sich dabei schrecklich wichtig vorkommen. Er weiß genau, dass ihm diese Sorte Bettgeschichten öffentlich nicht schadet, weil die Zeitungen nicht darüber schreiben. An Journalistinnen hat er sich allerdings bislang nicht rangetraut. Das ist neu. Aber nicht dumm. Hat er bei Ihnen auch die Masche mit seiner behinderten Frau …«

»Hat er keine?«

»Doch klar. Hat er. Aber …«

»Und woher wissen Sie, dass ich mit ihm gegessen habe?«, herrschte Constanze ihn an.

»Bonn ist klein. Einer meiner Mitarbeiter war da. Ist ohnehin für Pressebeobachtung zuständig.«

»Bei *Aris*? Nimmt er da seine Aufgaben nicht zu wörtlich?«

»Ich werde ihn darauf ansprechen«, erwiderte Lauer und ließ sie stehen.

Es war also wirklich wahr. Die Bespitzelung ging weiter. In Wahrheit dachten sie gar nicht daran, aufzuhören.

Ach Anna, seufzte sie. Wenn du das wüsstest!

Doch sie riss sich zusammen. Sie hatte es in der Hand, dem Treiben ein Ende zu machen. Wobei sie noch nicht entschieden hatte, was sie schlimmer fand, die Tatsache, dass ein zukünftiges Regierungsmitglied sich bestechen ließ oder dass der Geheimdienst ihn dabei belauschte.

Nachdenklich betrachtete sie Kurt, der seine Mahlzeit beendet hatte und sie zufrieden anblickte. »Na, was willst du damit anfangen?«

»Mal schaun. Ach. Und danke, dass du damit zu mir gekommen bist.«

»Schaffst du es?«

Was für eine Frage. Aber Kurt hatte Recht. Die INA hatte eigentlich weder Zeit noch Geld oder Leute für aufwendige Recherchen. Dabei gab es viel herauszufinden. In welchen Aufsichtsräten saß Weil? Wer hatte ihm die Steigbügel gehalten? Welche Rolle spielte Weil wirklich für die *Operation Fledermaus*? Dann: Was für ein Flugzeug flog Mainl, wer war der Pilot? Hatte Weil für die Flüge bezahlt oder nicht? Wann genau war die Reise nach Cannes gewesen? Wer war noch mitgeflogen? Konnte es dienstlich gewesen sein? Und wie war das genau mit dem armen Mongol? War es Weil und Mainl tatsächlich gelungen, den Skandal zu verzögern?

Constanze wurde schwindelig. Wenn sie das und vieles mehr geklärt hätte, müsste sie noch die Antwort auf die wichtigste Frage suchen: Hatte der Geheimdienst die beiden wirklich abgehört? Wie lange ging das schon so? War es möglich, dass die Lauscher nach wie vor am Werk waren?

Und wenn sie sich das alles sparte? Und die beiden Mitschnitte einfach kommentarlos veröffentlichte? Warum nicht? Es war verlockend. Sprachen die beiden Männer nicht für sich?

Sie rief sich zur Ordnung. Nein. Ausgeschlossen. Das Mindeste, was sie tun musste, war, Mainl und Weil selbst dazu zu befragen. »Peter. Hast du …?

Weil würde natürlich leugnen. Alles abstreiten. Zu viel stand für ihn auf dem Spiel.

Und was dann? Aufgeben?

Constanze kam zu dem Schluss, dass die Geschichte, die Kurt ihr in den Schoß gelegt hatte, eine Nummer zu groß für sie und die Nachrichtenagentur INA war. Sie brauchte dringend Hilfe.

»Kurt«, sagte sie ein wenig zögerlich. »Bist du mir böse, wenn ich schon gehe? Deine Maschine … Äh … Ich glaube, ich habe jetzt zu tun. Du verstehst?«

»Klar«, versicherte Kurt bereitwillig. Nein, er war ihr nicht böse. Er hatte ihr Gold geschenkt, und Constanze, die ihn immer hatte heiraten wollen, schien endlich begriffen zu haben, was wirklich zählte. »Mach das Beste draus. Hörst du? Du bist ein kluges Mädel. Vergiss das nicht!«

Da stand sie auf, beugte sich über den Tisch, küsste ihn auf die Stirn und verließ das Lokal. Auf dem Gang entdeckte sie ein Kopiergerät, legte die Seiten auf und faltete alles zusammen.

Sie nahm den nächsten Bus zurück in die Stadt und ließ sich von einem Taxi direkt zu Alexander bringen. Als sie sah, dass in seinem Wohnzimmer Licht brannte, schickte sie den Wagen weg und klingelte, froh, einen guten Grund vorweisen zu können, ihn so überraschend zu überfallen.

Alexander war allein. Nachdem Constanze ihn am Nachmittag so rüde abgefertigt hatte, hatte er es noch bei zwei weiteren Freundinnen versucht. Doch auch die hatten keine Zeit gehabt. So war er zum ersten Mal seit Wochen alleine in seinem Haus, ein für ihn ungewohnter, ja beklemmender Zustand. Lustlos lümmelte er sich in seinem Sessel, starrte in den Fernseher, schaltete von einem zum anderen Kanal, fand kein Programm, das ihn interessiert hätte und schenkte sich ein Glas Wein nach dem anderen ein.

Das Läuten der Türklingel kam wie eine Erlösung. Er zog Constanze mit einer Begeisterung ins Haus, die sie beide überraschte. »Schön, dass du doch noch gekommen bist!«, murmelte er und umarmte sie heftig.

Constanze aber entzog sich ihm, begierig, ihre Geschichte loszuwerden. »'tschuldigung, dass ich so hereinplatze«, sagte sie forsch und ging voraus in den Wohnraum, erfasste mit einem Blick, dass er alleine war und atmete auf. »Aber es ist wichtig. Hier.«

Erstaunt nahm Alexander ihr die Seiten aus der Hand und las, erst vage interessiert, dann erstaunt, schließlich erregt. »Wo hast du das her?«

Constanze schwieg bedeutungsvoll. »Darauf erwartest du doch keine Antwort, oder?«

»Ist es vertrauenswürdig?«

Er hatte angebissen. Erleichtert setzte sie sich in seinen Sessel, lehnte sich zurück und schloss die Augen. »Ich habe nicht die leiseste Ahnung. Deshalb bringe ich es ja dir. Ich weiß nur, dass es eine Kopie sein soll von einem Mitschnitt, den unser sauberer Geheimdienst angefertigt haben soll. So viele Solls! Und leider habe ich, wie die Dinge liegen, nicht die Mittel oder die Zeit, das zu überprüfen. Du kannst es haben. Unter einer Bedingung.«

»Und die wäre?«, wollte Alexander wissen und sah sie misstrauisch an.

»Du beteiligst mich an den Recherchen. So weit das geht, natürlich. Und die Meldung läuft unter unser beider Namen. ›Wie das Nachrichtenmagazin *Linse* und die Internationale Nachrichtenagentur INA erfahren haben …‹«

»Also … Ich weiß nicht …«

»Willst du die Story haben oder nicht?«

»Schon.«

»Dann …?«

»Ich muss das klären. Mit meinem Büroleiter, mit der Konferenz, mit der Zentrale …«

»Dann klär das eben.«

»Und bis dahin …?« Alexander hockte sich neben sie und sah sie bittend an. »Ich meine, was passiert bis dahin?«

Constanze lachte und konnte ihm nicht widerstehen. »Okay. Du kannst die Seiten vorläufig behalten. Ich vertraue dir.« Mit diesen Worten stand sie auf.

Er aber drückte sie behutsam zurück in den Sessel, beugte sich langsam über sie und küsste sie. »Bleib heute Nacht bei mir«, bat er sie. »Und geh nicht wieder so früh. Ich möchte mit dir baden.«

»Spinner«, antwortete sie zärtlich. »Ich muss früh raus. Und ich habe nichts dabei!«

»Umso besser! Nackt bist du mir ohnehin am liebsten!« Zärtlich zog er sie aus und führte sie nach oben.

12. Kapitel

Am nächsten Morgen hielt Alexander die Blätter auf Armeslänge von sich, betrachtete sie von allen Seiten. Er war sicher: Was er da in Händen hielt, war ganz offenbar Teil einer umfassenderen Akte, Mitschnitte einer seit Jahren laufenden Telefonüberwachung. Dies war das Beste, was er je bekommen hatte, und er würde es auskosten. Er würde sie abschießen, alle beide. Mainl und Weil. Er konnte es kaum erwarten.

Am liebsten hätte er weitergesponnen, sich den Ruhm ausgemalt, die Aufregung, wenn er dem Chef die Titelgeschichte abpresste. Doch noch war es nicht so weit. Seufzend zwang er sich zurück zur Pflicht. Er musste erst ganz sicher sein. Wieder musterte er die Blätter. Irgendetwas stimmte nicht. Aber was?

Alexander runzelte die Stirn. Das war's! Es war mit der Schreibmaschine getippt, sauber und ordentlich zwar, aber nicht eben gerade. An einigen Stellen gab es Korrekturen, die nur unvollständig vertuscht worden waren.

Hatte der Geheimdienst nicht längst Computer? Konnte das hier echt sein? Er würde nachforschen.

Alexander nahm einen Zettel und machte sich eine Notiz, bevor er sich erneut den Blättern zuwandte. Sahen Gesprächsprotokolle wirklich so unspektakulär aus?

Andererseits kam ihm die Aufmachung bekannt vor. Er kippelte mit seinem Stuhl, steckte den Stift in den Mund und kramte in seinem Gedächtnis. Langsam kam er der Sache näher. Es war während seines ersten Besuchs beim Geheimdienst gewesen, damals, am Anfang seiner Bonner Zeit. Wie hieß der Mann noch? Der Name fiel ihm nicht mehr ein. Nur, dass er Abteilungsleiter gewesen war. Der hatte drei Telefone auf seinem Schreibtisch gehabt, und Alexander wusste noch, wie sehr ihn das damals beeindruckt hatte. Eines war rot gewesen, das andere grün, das dritte beige. Das rote hatte geklingelt, und der Mann war aufgesprungen, hatte geantwortet und war aus dem Zimmer gestürmt, als stünde das Haus in Flammen.

So war es gekommen, dass Alexander plötzlich allein in dem Raum gewesen war. Er hatte sich umgesehen, erst ein wenig zögerlich. Doch schon bald war er mutiger geworden und hatte sogar einen Blick in den offen stehenden Safe gewagt, hatte die Stapel Papier dort bemerkt … Ja, doch. Die hatten genauso ausgesehen. Soweit ihn seine Erinnerung nicht trog, musste dies ein echtes Dokument des Geheimdienstes sein. Und ein Knüller!

Zufrieden stand Alexander auf und ging hinüber zur Kaffeemaschine. Er war an diesem Morgen vor allen anderen ins Büro gekommen, das in einem frei stehenden Einfamilienhaus aus den dreißiger Jahren in der Nähe von Pressehaus und Bundestag untergebracht war.

Es war schon lange her, dass eine Familie darin gewohnt hatte. Unten in der ehemaligen Waschküche hauste die Fotoredaktion, neben dem Heizungskeller stand der Rechner. Im Wohnzimmer, durch einen Rundbogen zum Flur hin geöffnet, saßen Empfang, Sekretariat, Telefonzentrale und Archiv. Zwei Jungredakteure hockten in der Essecke, die Küche gehörte Alexander und der Chefreporter hatte sich das schmale Gästezimmer gesichert. Oben im ersten Stock waren zwei Kinderzimmer der Wirtschaft vorbehalten, ein drittes, größeres, teilten sich zwei weitere Politikredakteure, und der Büroleiter residierte im alten Elternschlafzimmer.

Normalerweise summte und brummte es in dem kleinen Haus, man scherzte, lachte, brüllte sich an, Fernseher liefen, Telefone klingelten, Drucker quietschten, Faxe piepsten. Doch an diesem Morgen herrschte ungewohnte Stille. Kalter Rauch hing in der Luft, vermischt mit den Gerüchen nach Fotolabor, Putzmitteln, Kaffee und Heizung. Alexander störte das nicht. Er liebte die Atmosphäre, gehörte sie doch zu jeder Redaktion wie die Mähne zum Löwen.

Während der Kaffee durchlief, holte er seine kostbaren Seiten, zog Kopien, verstaute die Blätter, die Constanze ihm gebracht hatte, in einem Umschlag und den in seiner Aktentasche, schenkte sich ein und ging zurück in seine Kammer, die gerade genug Platz bot für einen Schreibtisch und Regale voller Bücher, Akten und Papierstapel. Er schloss die Tür hinter sich, nippte an dem heißen Getränk und grinste. Endlich war es vorbei. Die Angst, die ihn in den vergangenen Wochen in ihrem Griff gehabt hatte, ließ nach. Hatte er doch gewusst, dass er nur durchhalten musste!

Zwölf Wochen, eine lange Zeit, wenn man wartete und keine einzige selbst geschriebene Zeile im Blatt las. Es war wie verhext gewesen. Immer war ein anderer schneller gewesen. Ihm aber war nichts gelungen. Waren seine Ideen gut, fand der Chef die der Kollegen besser. Bekam er aber den Zuschlag für die Recherche, schaffte er es nicht rechtzeitig. Wie peinlich, vor aller Ohren um Aufschub bitten zu müssen: »Tut mir Leid. Ich bin noch nicht so weit …«

Dann, vor zwei Wochen, hatte er endlich einen Artikel vorgelegt, der, da war er noch immer überzeugt, sowohl druckreif als auch interessant und hervorragend geschrieben war. Doch sein Chef hatte das Manuskript gelesen, ihn entsetzt angestarrt und gefragt: »Und diese Pisskacke sollen wir drucken?«

Es war ihm nichts mehr eingefallen, und er hatte sich betäubt, war jeden Abend unterwegs gewesen, auf Partys und Empfänge gegangen wie einer, der immer im Dienst ist, dem nichts entgeht. Dabei hatte er nichts enthüllt – außer einer nicht enden wollenden Reihe hübscher, williger Frauen, die er vernaschte, wenn sie sich vernaschen ließen und die er fortschickte, wenn sie sich zierten.

Tagsüber, auf den Konferenzen, hatte er zur Hatz geblasen, dieser oder jener Minister gehöre eigentlich niedergemacht, wenn, ja wenn man nur endlich das richtige, das unwiderlegbare Material bekomme. Doch seine Unsicherheit war immer größer geworden. Hatten die anderen nicht über ihn gelächelt? Als wüssten sie, das ihn bald nichts mehr würde retten können?

Das war jetzt vorbei. Alexander atmete auf, schloss die Augen, malte sich genüsslich das Gesicht seines Büroleiters aus, wenn er es ihm sagen würde. Hier, bitte, meine Story.

Woher haben Sie das?

Wie würde er das erklären? Das Übliche: »Das hat der Wind mir zugeweht …«?

Das würde nicht reichen.

Constanze und ihre lächerliche Agentur konnte er schlecht nennen – was die schrieben und was dann täglich in allen Zeitungen stand, das war für ein Magazin wie *Die Linse* längst verloren. Für so etwas würde er sich nie hergeben.

Zufrieden betrachtete er erneut die eng beschriebenen Seiten, die noch immer in seiner Hand lagen. Nur gut, dass Constanze damit zu ihm gekommen war. Dass sie eingesehen hatte, wie groß die Geschichte war. Zu groß für sie. Viel zu groß. Alexander schürzte die Lippen und nickte anerkennend. Da hatte sich tatsächlich eine seiner Liebschaften ausgezahlt! Und das bei Constanze! Wer hätte das gedacht? Wie herrlich naiv sie war! Als ob *Die Linse* eine solche Geschichte teilen würde. Noch dazu mit der INA! Was sie sich wohl dabei dachte? Er würde es auf die Zentrale schieben. Sie würde es verschmerzen … Ja. Das würde gehen.

Nur wie sollte er den Chef überzeugen? Nicht auszudenken, wenn der ihm wieder mit seiner alten Pisskacke käme!

Dies hier war gut, und Alexander spürte es in den Fingerspitzen. So erfolglos er in den vergangenen Wochen auch gewesen sein mochte – sein Instinkt trog ihn diesmal nicht.

Endlich hatten sie diesen Peter Weil gepackt!

Das hatte der nun davon. Alexander grinste böse. Warum hatte er auch das Interview abgelehnt, das er, Alexander, mit ihm hatte führen wollen. Doch nein, der gnädige Herr stellvertretender Fraktionsvorsitzender hatte abgelehnt. Um es zwei Tage später Constanze zu gewähren. Einer Agentur! Alexander schnaubte.

»Und von so einer lassen Sie sich ausbooten?« Die schneidende Stimme seines Chefs hallte noch in seinem

Kopf wider. Am liebsten hätte er Constanze den Hals umgedreht. Gut, dass er es nicht getan hatte.

Wo blieb der Chef? Alexander sah auf die Uhr. Jetzt würde es nicht mehr lange dauern. Diese Unterlagen waren Gold wert. Pures Gold.

Für *Die Linse*.

Wieso nicht für ihn?

Und wenn er nun …?

Warum eigentlich nicht? Die Idee ließ Alexander nicht mehr los. Warum diese Story der *Linse* schenken? Zahlten die nicht auch sonst für jeden Mist? Würden sie es überhaupt glauben, wenn sie es umsonst bekämen?

Aber wie viel würden sie herausrücken? Würde der Chef dafür die Quelle wollen? Oder würde er ihm glauben, ihm, Alexander Hof, vertrauen? Ihm das Geld aushändigen?

Warum eigentlich nicht? Einen Versuch war es wert.

Zehntausend?

Zu wenig. Was nichts kostet, ist nichts wert.

Also zwanzigtausend.

Das hörte sich besser an. Ja, zwanzigtausend, murmelte er vor sich hin und fand Gefallen an der Summe.

Kurz darauf hörte er, wie der Büroleiter ein lautes »Guten Morgen« rief und die Treppe hocheilte. Alexander sprang auf, folgte ihm und wartete nicht, bis der Hüne seinen Mantel ausgezogen hatte. Vielmehr breitete er genüsslich seine kostbare Ware auf dessen Schreibtisch aus. Der erfahrene Journalist betrachtete die Blätter neugierig, nahm eines nach dem anderen auf, las und grinste.

»Woher haben Sie das?«, erkundigte er sich, während er den Mantel aufhängte.

Alexander blieb bei seinem Plan. Er berichtete nur, was er sich zurechtgelegt hatte und sprach mit gewichtiger Miene von einem anonymen Informanten, der zwanzigtausend fordere. »Eigentlich fair. Ich meine … wenn man bedenkt …«

Das fand sein Büroleiter auch, bot Alexander einen Cognac an – ein gutes Zeichen – und gelassen sprach man nun über die Einzelheiten. Alexander führte aus, wie er sich Recherchen und zeitlichen Ablauf vorstellte, und man einigte sich darauf, äußerst vorsichtig vorzugehen. Schließlich wollte man keine schlafenden Hunde wecken. »Und dass es davon hier jede Menge gibt, haben Sie in den letzten Wochen ja erfahren.«

Ein Warnschuss, und Alexander verstand. Er nickte, kippte den letzten Schluck des wärmenden Getränks, verabschiedete sich und machte sich an die Arbeit.

13. Kapitel

Constanze wusste natürlich, wie beschäftigt Alexander war. Trotzdem hoffte sie, dass er sich bald melden würde. Sie brannte darauf, ihm auch als Journalistin zu imponieren, sammelte Tag für Tag nach der normalen Schicht Material für die große Geschichte, stöberte in Nachschlagewerken, tauchte ab ins Internet, erkundete, in welchen Aufsichtsräten Weil saß, fragte beim Flughafen, bei Kollegen, dem Hersteller nach Mainls altem Flugzeug und andere Abgeordnete nach den Sitten und Gebräuchen. »Sind Sie damals auch mitgeflogen?«

»Ich? Mich hätte der doch nie mitgenommen!«

Am nächsten Samstag hatte Alexander sich noch immer nicht gemeldet, und Constanze wurde unruhig. Beim gemeinsamen Frühstück mit Anna war sie so nervös, dass die Freundin besorgt nachfragte.

»Ach«, seufzte Constanze und bestrich ihr Brötchen mit aufreizender Langsamkeit. »Ich bin da einer Sache auf der Spur …«

»Ja?« Anna sah neugierig auf.

»Ja.«

»Das ist doch wunderbar! Ist es was Großes?

Constanze nickte. »Ich denke schon.«

»Klasse! Da kannst du es den Magazinen endlich einmal zeigen, dass ihr Agenturen gut seid!«

»Ich muss niemandem etwas zeigen. Schon gar nicht den Magazinen …«

Anna blickte sie prüfend an. »Es ist wegen Alexander. Stimmt's?«

Constanze zog die Schultern hoch. »Diesmal machen wir es zusammen.«

»Wer? Du und *Die Linse?* Das glaube ich erst, wenn ich es sehe.«

Constanzes funkelte sie an. Anna wusste, dass sie zu weit gegangen war. »Sagst du mir, worum es geht?«

»Hmmm.« Constanze kaute genüsslich, spannte sie auf die Folter. Aber sie hatte keine Lust, mit der Freundin lange böse zu sein. »Willst du es wirklich wissen?«

»Klar.«

»Und du schreibst nichts darüber?«

»Ich klaue dir doch nicht deine Geschichte!«, stieß Anna entrüstet aus.

Constanze musterte die Freundin und holte aus ihrem Zimmer den Umschlag. Beschwörend sah sie Anna an. »Versprich mir, dass du nicht schreibst, ehe wir es nicht gebracht haben.«

»Klar! Versprochen. Nun gib schon her!« Anna streckte die Hand aus.

Vorsichtig reichte Constanze ihr das Kuvert, setzte sich hin, beobachtete, wie die Freundin die Kopien herauszog und las.

»Wo hast du das her?«

»Sag ich nicht. Hat mir der Wind geflüstert.«

»Blödsinn.«

»Klar. Aber verraten kann ich es dir trotzdem nicht.«

Skeptisch wendete Anna die Seiten hin und her, betrachtete die Schrift aus der Nähe und schnalzte mit der Zunge. »Ich weiß nicht. Irgendwas ist komisch daran. Ich weiß nicht was. Aber …«

»Ach, Quatsch! Du bist doch nur neidisch!«

»Glaubst du das wirklich?« Anna blickte Constanze genervt an, bevor sie in bestimmtem Ton fortfuhr: »Ich sage dir, da stimmt was nicht.«

»Denk, was du willst. Hauptsache, du schweigst wie ein Grab und schreibst nicht in deinem *Echo* darüber«, fauchte Constanze, stand auf, stopfte die Blätter zurück in den Umschlag und verschwand beleidigt im Bad.

Anna räumte den Tisch ab. Was Constanze da ausgegraben hatte, war beunruhigend. Wenn es der Wahrheit entsprach.

Und wenn nicht? Wenn die Freundin einem gewaltigen Schwindel aufsaß? Warum dachte sie überhaupt darüber nach? War sie doch neidisch? Sie horchte in sich hinein. Nein. Eindeutig nein. Sie gönnte es Constanze. Von Herzen.

Und was, wenn der Geheimdienst wirklich über dieses Wissen verfügte? Und wenn der neue Finanzminister tatsächlich bestechlich war? Armer Jens, fuhr es Anna durch den Kopf. Sofort schämte sie sich. Sie hatte mit diesem Kanzler nichts mehr zu tun. Ihre Affäre war lange vorbei. Aus und Schluss. Sie hatte ihn seitdem nur im Fernsehen gesehen. Es konnte ihr wahrlich egal sein, in welchen Schwierigkeiten er steckte!

Aber was war mit Lauer?

Ach was! Constanze hatte Recht. Lauer war vor allem und in erster Linie Regierungssprecher. Und offenbar tatsächlich ein schamloser Lügner! Der Geheimdienst hörte weiter ab! Das musste herauskommen! Das durfte niemand unter den Teppich kehren! Und schon gar nicht Lauer.

In dem Moment klingelte das Telefon. Sie schaute auf die Uhr.

Richard! Ein warmes Gefühl machte sich in ihr breit. Er rief neuerdings immer um diese Zeit an. Wie gut. Er würde ihr in dieser Sache bestimmt raten können. Ach, warum war er nur nicht bei ihr? »Hallo, Richard, schön, dass du anrufst, ich muss mit dir reden!«, platzte sie heraus.

»Ich heiße nicht Richard, meine Liebe. Und ich bedauere das sehr. Wirklich. Weil mir so eine Begrüßung auch ganz gut gefallen würde!«

»Oh, Diethelm!« Es war Anna schrecklich peinlich. »Das tut mir Leid …«

»Keine Ursache«, überspielte Lauer die entstandene Verlegenheit. »Hast du Lust, gleich mit mir auf den Markt zu gehen?«

»Oh, äh, ja, äh. Hol mich nachher ab.«

»Ich bin in fünf Minuten bei euch. Ist deine Freundin Constanze da?«

»Schon. Aber ich denke, es wäre besser, wenn du ihr heute nicht über den Weg läufst.«

»Ach ja? Warum denn das?«

»Bis gleich!«, antwortete Anna nur, legte den Hörer auf und lief ins Badezimmer, wo Constanze in der Badewanne lag. »Lauer kommt gleich, bleib, wo du bist!«

»Oh nein! Nicht schon wieder!«, stöhnte die Freundin auf und warf ihren Schwamm mit lautem Platsch ins Wasser. »Muss das sein?«

»Keine Sorge. Wir wollen zusammen einkaufen gehen. Auf den Markt. Ich wollte dich nur warnen«, gluckste Anna, putzte sich die Zähne, wusch sich Gesicht und

Hände und zog die Tür hinter sich zu. Sie freute sich darauf, Lauer die Leviten zu lesen. Dem würde das Lachen vergehen!

Tatsächlich wurde Diethelm Lauer kalkweiß, als sie geendet hatte. »Sei mir nicht böse. Die Lust auf den Markt ist mir vergangen. Darf ich dich nach Hause fahren?«

»He! Was hast du vor?«

»Ich muss zum Kanzler. Was sonst?«

Anna nickte. Sie wäre gerne dabei gewesen, ganz wie früher, als sie noch Lauers Assistentin gewesen war. Lebhaft konnte sie sich das bevorstehende Gemetzel ausmalen. Der Kanzler würde toben und schreien und die Minister zu sich zitieren, und die würden nach undichten Stellen suchen und jeden Tag ängstlich in die Zeitungen schauen und …

»Kann ich mich auf dich verlassen?«, unterbrach Lauer sie. »Woher hat Constanze die Protokolle? Und sie stammten wirklich von unserem Geheimdienst?«

»Ja, logo! Das stand jedenfalls drauf. Ich habe sie mir ziemlich genau angesehen. Und ja. Wenn ich das sage, dann kannst du dich darauf verlassen. Sie macht die Story mit Alexander Hof zusammen, und wenn du irgendwem verrätst, woher du es weißt, hast du das letzte Mal bei mir gekocht.«

»Das ist eine gemeine Drohung!« Lauer lächelte. »Danke.«

»Eigentlich wollte ich dir den Gefallen nicht tun.«

»Kann ich mir denken. Hast du aber. Und ich versichere dir, dass ich mindestens so sauer bin wie du!«

Anna nickte nachdenklich. »Das glaube ich dir sogar. Jetzt.«

»Danke. Nochmals.« Er umfasste ihre Schultern und

drückte sie fest. »Und keine Sorge. Ich sage niemandem, dass ich das von dir habe.«

»Auch nicht Constanze.«

»Der schon gar nicht«, knurrte er. Schweigsam stiegen sie ins Auto. »Pass auf sie auf, ja?«, bat er unvermittelt mit belegter Stimme.

Überrascht sah Anna auf. Aber Lauer hatte sich schon wieder fest im Griff. Mit geschäftsmäßiger Miene startete er den Motor und fuhr sie nach Hause. »Du kannst mich jederzeit erreichen, wenn du mich brauchst. Oder wenn sich etwas Neues ergibt.«

Anna nickte und schaute dem Auto hinterher.

An der nächsten Straßenecke hielt Lauer den Wagen an, kramte sein Handy aus der Hosentasche und alarmierte Innenminister Viereck und Kanzler Müller. So saßen sie nur eine halbe Stunde später im Kanzleramt beisammen.

»Ich hatte gedacht, dass ich uns ein bisschen Luft in der Umzugssache verschafft hätte. Aber wie es aussieht, hat jemand was dagegen. Maximilian, kannst du dir vorstellen, wo diese Gesprächsmitschnitte herkommen könnten?«, fragte Lauer den Innenminister.

Viereck schüttelte den Kopf. »Keine Ahnung.«

Der Kanzler beugte sich vor und schaute ihm tief in die Augen. »Sagen Sie mir ehrlich: Haben Sie, hat der Geheimdienst die Herren Weil und Mainl abgehört?«

Viereck zuckte nicht mit der Wimper. »Ich werde darauf natürlich erst zuverlässig antworten können, wenn ich den Sachverhalt geprüft habe. Aber eines kann ich schon jetzt sagen: Es ist sehr unwahrscheinlich.«

»Wieso?«

»Weil wir Mainl in meiner Zeit nie abgehört haben. Dem haben wir vertraut. Der war unser Mann.«

Lauer sah erstaunt auf. »Unser Mann?«

Viereck fuhr ungerührt fort. »Von einer Operation gegen Peter Weil weiß ich nichts. Und wenn, hätte ich davon wissen müssen. Aber vermutlich werden wir die Wahrheit nie mehr erfahren.«

»Warum?«, fragten Lauer und Müller wie aus einem Mund.

»Weil wir diese Mitschnitte, falls es sie je gegeben hätte, längst vernichtet hätten.«

»Oh!«

»Tja. Dumm, nicht wahr? Wir können vermutlich nicht mal mehr mit Sicherheit sagen, ob wir sie je abgehört haben. Ganz zu schweigen davon, ob sie wirklich gesagt haben, was mein Freund Lauer uns hier mitteilt.«

»Keine Chance?«, wollte Müller wissen.

Viereck schürzte die Lippen und schüttelte den Kopf. »Vermutlich nicht. Aber, Herr Bundeskanzler, ich hätte da auch eine Frage … Wenn ich darf …?«

Müller nickte.

»Haben Sie im Vorfeld mit Mainl über Weils Berufung ins Kabinett gesprochen? Äh … Ich meine, woher wusste Mainl schon so früh, dass dies geplant war? Wenn es keine solchen Gespräche gegeben hat, wäre das ein ernster Hinweis auf eine Fälschung.«

Müller schüttelte den Kopf. »Nein. Natürlich habe ich das nicht getan. Aber dieser Mainl kann schließlich behaupten, was er will.«

»Ja«, gab der Minister zu. »Natürlich. Aber da ist noch was anderes … Die Sache mit Mongol … Das kann so alles nicht stimmen.«

»Ach nein?«

»Nein. Denn nach meiner Erinnerung hätte Weil davon nichts wissen können. Es war eine Operation …

Ich werde das nachprüfen. Allerdings wäre es hilfreich, wenn ich mir diese angeblichen Mitschnitte einmal ansehen könnte.«

»Keine Chance.« Lauer schüttelte den Kopf. »Bedauere, damit kann ich nicht dienen. Ich bin schon froh, dass ich überhaupt diesen Tipp bekommen habe. Und das muss absolut unter uns bleiben, ist das klar?«

»Wann steht das denn in den Zeitungen?«, wollte Müller wissen.

»Keine Ahnung«, antwortete Lauer. »Soweit ich es verstanden habe, sind im Moment nur *Die Linse* und die Nachrichtenagentur INA hinter der Sache her.«

»Kannst du die nicht bremsen?«

»Ich wüsste nicht wie. Offiziell weiß ich ja nicht einmal, dass die was vorhaben!«

»Woher hast du deine Weisheit eigentlich diesmal?« Der Kanzler konnte sich ein anerkennendes Grinsen nicht verkneifen.

»Sage ich nicht. Gib dir keine Mühe.«

»Und was machen wir jetzt?« Müllers Blick wanderte von einem zum anderen.

»Ich überprüfe die Sache mit Mongol«, antwortete Viereck. »Und was wir über Mainl und Weil wissen. Aber macht euch keine zu großen Hoffnungen.«

»Vielleicht war diese Aktenvernichtung doch ein bisschen voreilig …«, wandte der Kanzler ein.

»Jens!« Lauer hob die Stimme. »Lass dich mit so einem Satz bitte nie erwischen! Niemals, hörst du? Die Zeitungen schlachten dich schneller, als du dementieren kannst!«

»Ja, ja. Ist ja gut. Ich nehme mir unseren gemeinsamen Freund Peter Weil einmal zur Brust«, unterbrach Müller seinen Sprecher. »Der wird denken, ich berufe ihn zum Minister, wenn ich ihn herzitiere …«

»Aber mach ihm klar, dass er den Mund halten muss. Wir wissen offiziell von der ganzen Angelegenheit nichts«, warnte Lauer eindringlich.

Müller nickte. »Du kannst dich auf mich verlassen. Wie steht es eigentlich mit der *Fledermaus*? Wird die bald fliegen?«

»Darauf wäre ich noch zu sprechen gekommen«, antwortete der Innenminister und richtete sich auf. »Ich fürchte, da haben wir ein Problem.« Behutsam erklärte er, was doch kaum zu verstehen war. Denn die Beamten hatten endlich den Grund dafür entdeckt, warum die angeblich schalldichten Teppiche und Tapeten im Labor des Geheimdienstes so prächtige Werte geliefert, in der Praxis aber versagt hatten: Aus Geheimhaltungsgründen hatte man seinerzeit den Ingenieuren nicht anvertraut, worum es bei den Labortests in Wirklichkeit ging. So hatten die, um den *Mainl*-Angestellten nicht ihre neusten Geräte zeigen zu müssen, die Ware nur längst veralteter Technik ausgesetzt. »Das hat natürlich hervorragend funktioniert.«

»Hat das nicht in den Berichten gestanden?«

»Schon«, räumte Viereck ein. »Aber ich kann mit dem technischen Kauderwelsch eh nichts anfangen. Und habe mich nur auf die Schlussfolgerung verlassen. Die Empfehlung war eindeutig. Die Teppiche und Tapeten waren schalldicht.«

»Dann können wir das Ganze also gleich bleiben lassen«, stöhnte Lauer.

»Nein, so weit würde ich nicht gehen«, antwortete Viereck. »Die Experten sind zuversichtlich, dass sie es schaffen können. Jetzt, da sie wissen, wo der Fehler lag. Sie halten die Idee nach wie vor für gut und sind zuversichtlich, dass es sich eigentlich nur um Kleinigkeiten handeln kann ...«

»Und wie viele Monate wird das dauern?« Der Kanzler verzog unwillig das Gesicht. Er mochte ohnehin nicht an die angeblich allgegenwärtige Gefahr glauben, wollte dafür umso lieber endlich nach Berlin ziehen. Ja, er freute sich auf den Umzug, war gerne in der neuen Hauptstadt und kehrte immer unwilliger in das Nest am Rhein zurück, mit dem er nie recht warm geworden war. »Lange sehe ich mir das nicht mehr mit an.«

»Wir beeilen uns. Und die Firma *Mainl* arbeitet auch mit Hochdruck. Ich bin im Moment eigentlich ganz optimistisch …«

»Also schön.« Müller stand auf. »Dann auf in den Kampf.«

Weil fiel aus allen Wolken, als Müller ihn wenig später zu Hause anrief und mit frostiger Stimme bat, so schnell wie möglich im Kanzleramt zu erscheinen. »Wir müssen reden.«

Erst dachte der Abgeordnete, es handele sich um den längst fälligen und herbeigesehnten Aufstieg ins Kabinett. Doch die Kälte in Müllers Stimme war ihm nicht entgangen und so sah er dem Gespräch mit banger Erwartung entgegen. Eilig verabschiedete er sich von seiner Frau und fuhr nach Bonn.

Als er Müller dann abends endlich gegenübersaß, konnte er es nicht fassen. Er stotterte und seine Verteidigung fiel kläglich aus. Er gab zu, mit Mainl engen Kontakt gehalten zu haben. »Aber da bin ich doch nicht der Einzige!«, und räumte ein, dass er dem Unternehmer den einen oder anderen Aufsichtsratsposten verdankte. Auch dass er mit Mainl über Mongol gesprochen hatte, konnte er sich durchaus vorstellen. »Aber doch nicht zu dem Zeitpunkt … So früh … Niemals! Höchstens, als die Affäre bereits akut war.«

»Haben Sie oder haben Sie nicht?«, bohrte der Kanzler unnachgiebig weiter.

»Was weiß ich?«, stieß Weil verzweifelt aus. »Wie soll ich mich denn an jedes verdammte Telefongespräch erinnern? So aus dem Stegreif! Und klar habe ich vor kurzem auch mit Mainl geredet. Aber ich habe ihm doch keine Zusagen wegen dieser blöden *Fledermaus* gemacht. Nie im Leben! Eher im Gegenteil! Und er hat mir auch nichts davon gesagt, dass ich Minister werden soll und so. Das kann ich mit Bestimmtheit sagen. Hat Mainl denn tatsächlich mit Ihnen über mich gesprochen?«

»Sie meinen, ob ich mit dem Herrn Mainl über Sie gesprochen habe? Nein. Natürlich nicht.«

»Also, ich bin eigentlich der Meinung …«

»Ihre Meinung interessiert mich im Moment herzlich wenig«, unterbrach Müller den Mann kalt. »Der Fall wird untersucht. Ich kann nur hoffen, dass sich das Ganze in Wohlgefallen auflöst. Sonst stecken wir alle in größeren Schwierigkeiten, als Ihnen das im Augenblick bewusst zu sein scheint. Aber wie dem auch sei … Sie wissen ja jetzt, was im Busch ist. Was auch passiert, lassen Sie sich nicht bei einer Lüge erwischen. Damit würden Sie alles nur noch schlimmer machen.«

14. Kapitel

Das Licht in Alexanders Büro brannte in diesen Tagen oft bis spät in die Nacht. Zusammen mit dem jungen Kollegen, der ihm zur Seite gestellt war, betrieb er seine umfangreichen Recherchen so unauffällig wie möglich, und es gelang ihm, die Sache vor den anderen Redaktionen zu verbergen.

Er arbeitete viel und gut. Fand heraus, dass Herbert Mainl tatsächlich einer der wichtigsten Lieferanten der *Operation Fledermaus* war. Das steckte ihm ein alter Bekannter im Finanzministerium unter dem Siegel der Verschwiegenheit. »Interessiert Sie, was der in den letzten dreißig Jahren für Aufträge bekommen hat?«

»Klar! Könnten Sie das für mich …?«

»Bis morgen. Wir sehen uns am Mittag im *Hammelsprung*. Aber unauffällig. Muss ja nicht jeder mitkriegen.«

»Ganz klar.«

Eine andere Quelle, eine junge Beamtin im Finanzministerium, die Alexander auf einem der unzähligen Bonner Feste kennen gelernt hatte, freute sich so über seinen Anruf, dass sie bereitwillig bestätigte, was er wissen wollte. »Ja, es gibt Überlegungen, das dritte Los des *Mainl*-Auftrags nicht mehr abzunehmen. Wussten Sie auch, dass das Geld für die zweite Lieferung noch nicht überwiesen wurde? Streit? Das nennen Sie Streit? Mainl hat schon seinen Anwalt geschickt. Für den wird es jetzt verdammt eng.«

»Hat der Abgeordnete Peter Weil versucht, Einfluss zu nehmen?«

»Der Weil? Von dem weiß ich nichts. Nein. Keine Ahnung. Aber der verkehrt auch nicht mit der Fachabteilung. Der lässt sich hier nicht blicken. Nur beim Minister. Oder dem Staatssekretär. Nein. Das würde ich nicht erfahren.«

Ein Abgeordneter, der als Berlin-Befürworter bekannt war, rechnete ganz vertraulich aus, was die Verzögerung des Umzugs kosten werde, und heraus kam ein beeindruckender Betrag.

Constanze war eines Morgens vorbeigekommen, doch er hatte es geschafft, dass sie ihm ihr Material überließ, darunter eine umfassende Liste aller Unternehmen, bei denen Weil im Aufsichtsrat saß.

Es passte alles. Nur eines beschäftigte Alexander weiterhin. Sollte er Weil darauf ansprechen? Und Mainl?

»Haben Sie Ihren Freund, den Abgeordneten bestochen?«

»Sind Sie kostenlos in seinem Flugzeug mitgeflogen?«

»Haben Sie die Sache mit Mongol vertuscht?«

»Haben Sie Mainl versprochen, dass die *Fledermaus*-Affäre sich doch noch regeln lässt? Dass er das Geld auf jeden Fall bekommt?«

Er entschied sich dagegen. Erstens spürte er, dass seine Geschichte dadurch nur verlieren würde. Ein Dementi machte sich nie gut, und dass die beiden nie zugeben würden, was er nun wusste, war selbstverständlich.

Außerdem hatte er es nicht nötig. Er hatte eine gute Bestätigung von anderer Seite. Der Sprecher des Geheimdienstes hatte sich verplappert.

»Haben Sie jemals Peter Weil abgehört?«

»Ich sowieso nicht«, hatte der andere schnippisch erwidert.

»Können Sie ausschließen, dass der Geheimdienst Herrn Weil abgehört hat?«

»Wenn Sie die Vorgänge des vergangenen Jahres kennen, wissen Sie genau, dass ich in dieser Hinsicht überhaupt nichts ausschließen kann.«

»Genau«, erwiderte Alexander und erinnerte sich an Enthüllungen des *Berliner Echos*, die dummerweise an der *Linse* vorbeigegangen waren: Dass der damalige Innenminister Neuser wichtige Kabinetts- und Parteimitglieder hatte bespitzeln lassen, um die schwarzen Schafe rechtzeitig zum Rücktritt zu zwingen und neue Skandale in der Presse zu vermeiden. »Daran erinnere ich mich sogar sehr gut. Also war Weil auch eines von Neusers Opfern?«

»Das kann ich weder bestätigen noch dementieren. Wir äußern uns nicht zu Einzelheiten. Schon um die Privatsphäre der Betroffenen zu schützen. Außerdem wissen Sie ja, dass unser neuer Minister fast das gesamte Material hat vernichten lassen.«

»Glauben Sie das?«

Der Beamte ging nicht darauf ein. »Warum wollen Sie das eigentlich wissen?«

»Nur so. Sagen Sie, gibt es eigentlich in jeder Ihrer Abteilungen Computer?«

»Ja natürlich!«

»Und arbeiten alle damit?«

»Nun ja, das ist eine gute Frage. Also schön. Ich sage das jetzt unter uns. Das dürfen Sie auf keinen Fall schreiben. In Ordnung?«

»Klar.«

»Natürlich haben wir noch ein paar Alte, Sie wissen schon. Die kriegen wir nicht an die Computer. Die schreiben alles noch mit ihren guten alten Schreibmaschinen. Und das dauert! Aber das Problem löst sich Gott sei Dank bald biologisch.«

Bingo! »Klar, danke.«

Das reichte, und es fiel ihm leicht, alles, was er und sein junger Kollege zusammengetragen hatten, zu Papier zu bringen. Am Schluss betrachtete er den Artikel mit einigem Stolz und diesmal war auch von »Pisskacke« keine Rede. Ganz im Gegenteil. Der Büroleiter klopfte ihm auf die Schulter und schenkte ihm wieder Cognac ein. »Das haben Sie gut gemacht. Den Rest können Sie ruhig mir überlassen.«

Gewandt feilschte der Chef später mit der Berliner Zentrale um jeden Zentimeter Platz im Blatt, ließ dabei durchblicken, dass auch er einiges zum Gelingen des Projektes beigetragen habe, dass die Redaktion bereits den recht erklecklichen Betrag investiert habe und nicht verantworten könne, dem Geheimdienst die Mitschnitte zur Prüfung zu überlassen. Damit hatten sie schon einmal, vor Jahren, als es um Mainl gegangen war, schlechte Erfahrungen gemacht. Die vorsichtigen Nachfragen der Hausjuristen beantwortete er so erschöpfend, dass diesen kein Einwand mehr einfiel.

Außerdem beschloss die Leitung der *Linse*, die Nachrichtenagenturen am Morgen des Erscheinens ins Bild zu setzen. So konnte der Umsatz an den Kiosken den ersten Radiomeldungen folgen.

Constanze fiel aus allen Wolken, als sie das Radio anstellte und die Meldung ohne Alexanders Vorwarnung anhören musste:

»Bonn. Der stellvertretende Vorsitzende der Regierungsfraktion, Peter Weil, ist nach Informationen des Nachrichtenmagazins *Linse* in einen Bestechungsskandal verwickelt. Das Blatt beruft sich auf Mitschnitte von Telefongesprächen zwischen Weil und dem Bonner Konzernchef Herbert Mainl und schreibt in seiner jüngsten, heute erscheinenden Ausgabe, Weil habe offenbar seit Jahren Vorteile und Freiflüge von Mainl angenommen. Im Gegenzug habe er unter anderem dafür gesorgt, dass der Konzern Staatsaufträge in Millionenhöhe erhalten habe. Außerdem wusste er anscheinend schon Jahre vor dessen Rücktritt von der Verstrickung des früheren Fraktionsvorsitzenden Adalbert Mongol in KZ-Verbrechen, vertuschte die Sache aber. Auch der Bundeskanzler soll in die Affäre verwickelt sein.

Bonn. In einer ersten Reaktion forderte die Opposition Weil auf, sich zu den Vorwürfen ...«

Constanze sank auf einen Küchenstuhl. Dieses Schwein, dachte sie nur. Dieses Schwein.

Kein Wort hatte er ihr gesagt.

Was war sie nur für ein Schaf! Hatte ihm vertraut. Gewartet. Hatte jeden Tag neue Gründe gefunden, warum sie nichts von ihm hörte ...

Mit keiner Silbe wurde die INA erwähnt. Dabei hatte sie es sich so schön ausgemalt. Wie sie Felix Mücke den Artikel zeigen würde. »Sieh her, das haben wir gemeinsam gemacht.« Wie sie ihm die Einzelheiten schildern, ihn überzeugen würde, die Meldung mit der gleichen Sperrfrist zu versehen wie *Die Linse* ihren Vorbericht. Dann endlich wären sie ein Mal, ein einziges Mal mit dabei gewesen. Hätten den Zeitungen gezeigt, dass Agenturen keine bloßen Abschreiber und kostenlosen Werbeträger waren!

Warum hatte Alexander das getan? Er hatte doch versprochen sich zu melden, als sie ihm die Papiere mit ihren Recherchen überlassen hatte.

Erschüttert streifte sie sich ihre älteste Jeans und eine dicke Jacke über, rannte hinunter und kaufte am Kiosk um die Ecke ein Exemplar der *Linse*. Constanze riss dem Verkäufer das bunte Blatt fast aus der Hand, blätterte hastig darin und fand schnell, was sie suchte. Wie im Rausch überflog sie die Zeilen, las Alexanders ausholende Prosa über das innige Verhältnis zwischen dem Unternehmer, dem Abgeordneten und dem alten, einst so mächtigen ehemaligen Fraktionsvorsitzenden, und dass alles einen Sinn ergebe, der rasche Aufstieg Weils, die vielen Aufträge, die Herbert Mainl im Laufe der Jahre von der Bonner Regierung erhalten habe und die Tatsache, dass Mongol erst so viele Jahrzehnte nach Kriegsende zur Strecke gebracht worden sei.

Bis ins Detail beschrieb Alexander Mainls Anteil an der *Operation Fledermaus* und dessen Scheitern, rügte, dass sich nun der Umzug der Regierung nach Berlin erheblich verteuern und verzögern werde, und stellte haarsträubende Berechnungen an. »Und alles nur wegen einer Männerfreundschaft, der teuersten Männerfreundschaft seit Bestehen der Bundesrepublik. Die guten alten Schildbürger wären vor Neid erblasst.«

Constanze schluckte und ließ sich gegen die Kioskwand fallen. Mit verschwitzter Hand strich sie sich über die Stirn, versuchte sich zu beruhigen. Fragte sich schließlich, worüber sie sich eigentlich so aufregte. Es war ihr eigener Fehler gewesen! Warum hatte sie die Mitschnitte aus der Hand gegeben? Was hatte sie erwartet? Dass dieses schäbige Schwein sie wirklich teilhaben lassen würde? Dass er auf Annas große Geschichte verweisen und zugeben würde, dass das

Berliner Echo als Erstes von der *Fledermaus* berichtet hatte?

Die Gedanken wirbelten durch ihren Kopf und es wurde ihr flau im Magen. Entschlossen ging sie zum Kiosk zurück, kaufte sich einen Schokoriegel, riss das Papier ab und biss gierig hinein, bevor sie das Geld hinwarf, die Augen schloss und den Zucker seine Wirkung tun ließ.

»Ist Ihnen nicht gut?«, fragte der Kioskbesitzer besorgt. »Da vorne ist eine Bank.«

Müde nickte Constanze, setzte sich, und es vergingen weitere lange Minuten, ehe sie es wagte, noch einmal das Blatt aufzuschlagen. Ihr Blick fiel auf die erste Innenseite. »Liebe Leserin, lieber Leser«, stand da neben einem Foto, das Chefredakteur Manuel Schuk zeigte. »Wir haben es uns nicht leicht gemacht. Unsere Reporter haben unermüdlich und gewissenhaft recherchiert. Wir haben geprüft und noch mal geprüft. Denn wir wollen niemanden zu Unrecht beschuldigen.

Doch am Ende blieb nur eines: Wir mussten die Wahrheit schreiben. Denn wir, die Mitarbeiter der *Linse*, wissen um unsere Verantwortung. Schließlich gehören wir zur vierten Macht in diesem Land, der einzigen unabhängigen Gewalt neben Regierung, Parlament und Justiz.

Wir werden, ja, wir müssen in Ihrem Namen und zum Wohle Deutschlands dafür sorgen, dass Bestechungen, Lügen und Intrigen von Politikern nicht vertuscht werden. Das gilt auch und vor allem für einen Mann wie Peter Weil.

Wir haben einen Auftrag. Ihren Auftrag, liebe Leser. Und wir haben ihn erfüllt.«

Constanze zitterte und fing an zu schluchzen. Alexander hatte das Material, das sie ihm gebracht hatte, nicht einmal angerührt.

15. Kapitel

Der Schlag traf Peter Weil seltsam unvorbereitet. Denn mit jedem Tag, der seit dem unseligen Gespräch beim Kanzler vergangen und an dem nichts geschehen war, hatte er sich mehr in Sicherheit gewiegt. War er in der ersten Zeit bei jedem Anruf aufgeschreckt, hatte nachts schlecht geschlafen und unruhig geträumt, hatte er längst aufgeatmet, da alles beim Alten blieb. Zwar beobachtete er seine Umgebung mit neuem Misstrauen, suchte heimlich nach verräterischen Gesten und versteckten Andeutungen. Doch alle waren freundlich wie immer. Ja, er wurde weiter zu vertraulichen Beratungen hinzugezogen und in die alltäglichen Kungeleien von Fraktion und Partei eingeweiht.

Schließlich vergaß er die Sache. Falscher Alarm.

Zuweilen rief er spätabends Constanze an. Er redete gerne mit ihr. Ihre wache Intelligenz tat ihm gut, und der beißende Spott, mit dem sie die Geschehnisse des Tages kommentierte, munterte ihn auf. Da nahm er auch ihre zuweilen lässigen Fragen hin und beantwortete sie, so weit es sich nicht um Geheimnisse handelte. Manchmal allerdings stutzte er, was für Dinge sie wissen wollte, über Mongol zum Beispiel oder die Lobbyisten und ihre Einflussnahme. Doch auf den zweiten Blick waren ihre Fragen so unbestimmt und auch ein wenig naiv, dass er sich darauf beschränkte, ihnen auszuweichen.

Er lud sie dann meist zum Essen ein und nahm es hin, dass sie ein ums andere Mal schroff ablehnte. Denn er war zuversichtlich, auch dieses Nein bald in ein Ja verwandeln zu können, wieder dort anzuknüpfen, wo sie das letzte Mal aufgehört hatten. Ja, seine Geduld würde sich auszahlen. Sie war allemal interessanter als die jungen Dinger aus den Büros seiner Kollegen. Die ließen ihn neuerdings vollkommen kalt.

Als die Mitteilung des Kanzleramtes kam, der amtierende Finanzminister werde vorerst nicht nach Brüssel entsandt und die Entscheidung über seinen Nachfolger in der Bundesregierung werde bis auf weiteres vertagt, begann ihn aber eine böse Ahnung zu plagen. Besonders nervös machte ihn, dass keine Gründe genannt wurden.

Müller meinte es also ernst. Wieso sah der immer noch Gespenster, dachte Weil und wusste nicht, wie er reagieren sollte. War es klug, noch einmal ein Gespräch mit dem Kanzler zu suchen? Oder sollte er einfach warten, bis dieser sich von selbst bei ihm meldete?

»Wirst du nun Minister oder nicht?«, fragte Constanze am Abend, als er erschöpft bei ihr anrief.

Weil seufzte. »Wer sagt, dass ich Minister werden will?«

»Alle.«

»Tja. Dann reden eben alle Unsinn.«

»Jetzt tu doch nicht so, als wäre es dir egal!«

»Weißt du, das Einzige, was mir nicht egal ist, bist du. Sehen wir uns nachher?«

»Keine Chance. Schöne Grüße an deine Frau.«

Er rasierte sich gerade, als er es hörte. Das kleine Radio stand auf der Heizung im Bad. »Es ist sieben Uhr. Es folgen die Nachrichten, zunächst die Übersicht. Bonn. Bestechungsaffäre in der Regierungsfraktion. Das Nachrichtenmagazin *Linse* erhebt schwere Vorwürfe gegen den stellvertretenden Vorsitzenden Peter Weil. Washington. Der amerikanische Präsident hat angekündigt, dass er noch in diesem Jahr …«

Das Blut schoss ihm ins Gesicht, sein Herz fing an zu hämmern, und als er wenige Sekunden später erneut seinen Namen hörte, zuckte seine Hand so heftig, dass das scharfe Messer einen Schnitt in seiner Wange hinterließ. Doch er fühlte es nicht. Während der Sprecher die Vorwürfe in gewohnt unbeteiligtem Ton vortrug, tupfte er mechanisch die Haut ab, versorgte die Wunde und klebte ein Pflaster darüber.

Was sollte das jetzt noch?, hallte es in seinem Kopf. Er hatte dem Kanzler doch längst gesagt, wie sich die Sache tatsächlich verhielt! Dass alles gelogen war, erfunden und erlogen! Warum hatte niemand etwas unternommen? War nicht Zeit genug gewesen? Was aber half es, rechtzeitig von einer bevorstehenden Katastrophe zu wissen, wenn man nichts dagegen unternahm?

Sie hätten ihn doch zumindest darauf vorbereiten müssen! Weil ballte die Hände zur Faust und hieb auf das Waschbecken ein. Nein, nein! Es durfte nicht wahr sein.

Dann schreckte er zurück, und die Erkenntnis traf ihn hart: Sie hatten ihn fallen lassen. Sie hatten vermutlich gar nicht versucht, ihm zu helfen! Müller, Lauer, Viereck, wie sie alle hießen. Hatten ihn im Stich gelassen.

Er war allein.

Bei dem Gedanken hatte Weil das Gefühl, in einen tiefen dunklen Abgrund zu stürzen. So musste es damals gewesen sein, als sie Mongol fertig gemacht hatten. Ihm fröstelte und er rieb sich heftig die Arme, als brächte dies die Wärme zurück.

Was sollte er jetzt nur tun? Dementieren? Sagen, dass alles nicht stimmte, sich aufregen, ihnen vorwerfen, Unsinn geschrieben zu haben? Durften sie so etwas eigentlich herumposaunen, ohne ihn je dazu befragt zu haben? War das nicht strafbar? Rufmord?

Nachdenklich wanderte Peter Weil in seiner kleinen Abgeordnetenwohnung auf und ab, doch es wollte ihm niemand einfallen, an den er sich hätte wenden können. Er holte sein Adressbuch hervor, ging die Namen derer durch, die er Tag für Tag traf, die er stets als politische Freunde bezeichnet hatte, Minister, Fraktionsvorstände, die Nachbarn auf dem Flur im Bundestag.

Jedes Mal, wenn er sich ein neues Gesicht ins Gedächtnis rief, schüttelte er hoffnungslos den Kopf. Der würde ihm nicht beistehen. Und der auch nicht. Er malte sich aus, wie sie reagieren, wie sie Mitleid heucheln und gleichzeitig hinter seinem Rücken alles daransetzen würden, aus der Schusslinie zu bleiben.

Er hockte sich halb nackt auf das Bett, und ihm standen Bilder vor Augen von armen Sündern, die man früher auf dem Marktplatz zur Schau gestellt hatte, geschoren und mit dem Schild ihrer Verfehlung auf der Brust. Erging es ihm nicht ungleich schlimmer? Stand er nicht am Pranger eines ganzen Landes? Alle glaubten nun Bescheid zu wissen! Überall würde man ihn erkennen, mit dem Finger auf ihn zeigen! Niemand würde ihm mehr zuhören! Was würden sie nur sagen? Vor allem daheim, im Wahlkreis?

Und da hatte er nur noch den einen Wunsch – dass alles vorbei wäre. Jetzt. Sofort. Was, wenn er einfach zurückträte? Heute noch. Kurz und schmerzlos? Er stellte sich vor, wie es sein würde … Erst würde er der Fraktion den Bettel vor die Füße werfen, dann dem Kanzler, dann würde er der Presse ein paar Sätze ins Gesicht spucken … Je schneller er den entscheidenden Schnitt machte, desto besser. Dann bekäme er vielleicht noch eine Chance. In der Wirtschaft. In einem *seiner* Unternehmen. Wofür hatte er all die Zeit in den Aufsichtsräten vergeudet? Vielleicht würde die Partei ihn eines Tages zurückholen …

Doch plötzlich wusste er, dass er es nicht konnte. Hieß ein Rücktritt nicht auch, zuzugeben, dass man Unrecht getan hatte? Aber er hatte nichts falsch gemacht! Und bedeutete es nicht zugleich, heimkehren und für immer bei seiner Frau leben zu müssen? Bei dem Gedanken glaubte er, zu ersticken.

Nein, er würde nicht aufgeben. Er hatte noch nie aufgegeben. Zumal nichts davon stimmte! Er hatte sich nichts zuschulden kommen lassen. Ja, er würde kämpfen! Entschlossen griff er zum Telefon, rief das Büro des Bundeskanzlers an.

»Weil, guten Morgen. Ist der Herr Bundeskanzler zu sprechen?« Er hatte das schon oft gesagt, siegessicher. Und hatte erreicht, was er erreichen wollte. Heute war das anders.

»Tut mir Leid. Es ist gerade Morgenlage. Kann ich etwas ausrichten?« Die Stimme der Vorzimmerdame klang kühl und undurchdringlich.

»Aber ich muss ihn sprechen! Jetzt! Es ist wichtig!«

»Ich sagte bereits, dass das nicht geht. Bitte wenden Sie sich an den Kanzleramtsminister. Darf ich Sie durchstellen?«

Was bildete die sich ein? Noch war er der stellvertretende Fraktionsvorsitzende der Partei, auf dessen Wohlwollen der Kanzler angewiesen war! So beharrte er: »Ich *muss* mit ihm sprechen. Sofort.«

»Ich sagte bereits, dass das im Moment nicht geht. Aber ich werde es ausrichten. Geben Sie mir die Telefonnummer, wo Sie zu erreichen sind oder haben wir die?«

»Ich bin nachher im Büro«, schnauzte Weil und knallte den Hörer auf. Sein Gesicht war kalkweiß. Das würde Müller bereuen. Hatte der Mann wirklich vergessen, wer ihm den Rücken freigehalten, für Mehrheiten im Bundestag gesorgt, Abweichler zurechtgestutzt hatte?

Peter Weil bebte vor Zorn, wählte erneut und erreichte nach endlos scheinendem Warten den Fraktionsvorsitzenden. Hastig beteuerte er seine Unschuld. »Ich bin dafür, wir verklagen *Die Linse*!«

»Nun mal langsam. Kommen Sie erst mal rüber. Dann sehen wir weiter!«

»Sie glauben mir also auch nicht.« Es war keine Frage.

»Doch. Doch, natürlich glaube ich Ihnen. Deshalb sollten Sie erst mal ins Büro kommen, und dann legen wir ein gemeinsames Vorgehen fest. Was halten Sie davon?«

Erleichtert stimmte Peter Weil zu. Er zog sich an und stürmte die Treppe hinunter.

Wäre er etwas langsamer gegangen, hätte er sie rechtzeitig bemerkt. Vielleicht hätte er dann den Hinterausgang gewählt. Oder die Tiefgarage. Wäre mit dem Auto an ihnen vorbeigerauscht.

So aber lief er der Meute direkt in die Arme.

Constanze schleppte sich zurück in die Wohnung, hockte sich erschöpft an den Küchentisch und ließ den Kopf auf die Arme fallen. Sie wusste nicht, wie lange sie so dagesessen hatte, als Anna hereinkam, frisch geduscht und munter.

Erschrocken hielt sie inne. »Constanze, was ist los? Was ist mit dir?«

Die Freundin schaute nur kurz auf, ließ dann den Kopf wieder sinken. Anna erschrak, sah sich hilfesuchend um und entdeckte *Die Linse*, die auf den Boden gerutscht und aufgeschlagen liegen geblieben war. Neugierig bückte sie sich, hob das Magazin auf und blätterte darin herum. Dann stieß sie auf Alexanders Artikel. »Das hier ist es, oder?«

Constanze zuckte mit den Schultern.

»Also darum geht es! Los, nun rede schon mit mir!« Anna schüttelte Constanzes Schulter. »Hat er dich reingelegt? Oder was ist los?« Sie überflog noch einmal die Überschrift, bevor sie hinzusetzte: »Natürlich. Er hat dich reingelegt. Sonst würdest du ja jetzt Freudentänze aufführen! Stimmt's?«

Constanze blickte auf, und ihr Gesicht war so bleich, dass Anna zurückschreckte. »Hör mal, so geht das nicht! Was auch immer es ist, du bist ja vollkommen fertig! Ich würde sagen, du gehst heute nirgendwo hin. Melde dich krank.«

Endlich kam Leben in die Freundin. »Das kann ich nicht machen. Ich bin … Ich kann gleich wieder …!«

»Klar. Das sehe ich. Du bleibst hier«, sagte Anna sanft und drückte die Freundin zurück auf ihren Stuhl. »Ich regele das. Okay?«

Da brach es aus Constanze heraus. »Wie konnte er nur …? Er hat es doch versprochen!«

»Aha. Alexander Hof hat was versprochen. Na, sehr schön!«, erwiderte Anna. »Also, dazu sage ich lieber nichts. Du weißt, was ich von ihm halte. Aber das hier«, giftete sie und tippte wieder auf das Blatt, das sie noch in Händen hielt, »das bekommt er zurück, so wahr ich Anna Martin heiße.«

Constanze starrte sie mit einer Mischung aus Zorn und Neugierde an. »Und was willst du machen?«

»Darüber denke ich später nach«, zischte Anna und drückte Constanze kurz an sich. »Du gehst jetzt jedenfalls ins Bett und weinst dich erst mal richtig aus. Das hast du dir redlich verdient. Ich entschuldige dich. Du hast … ähm … Was hältst du von Migräne?«

»Nein! Das geht nicht. Ich habe nie Kopfschmerzen!«

»Du Glückliche. Also gut. Dann eben Fieber. Und Grippe. Okay?«

»Kann ich dann morgen wieder hin?«, fragte Constanze kleinlaut.

»Klar. So was kommt schnell und geht schnell. Und du bist ja tapfer. Ich komme heute Abend so früh wie möglich und dann machen wir es uns gemütlich und denken uns was aus, wie wir deinen widerlichen …«

»Sei nicht so gemein!«

»Ich glaube es nicht!«, stieß Anna fassungslos aus. »Du magst ihn immer noch?«

Constanze zuckte mit den Achseln. »Vielleicht gibt es ja eine Erklärung! Vielleicht haben sie ihn nicht gelassen … Ich meine, der hat doch auch einen Chef. Und eine Zentrale … Ich war so nah dran an dem Weil! Alexander hätte mich nur fragen müssen, dann hätte ich …«

»Hätte, hätte. Hat er aber nicht. Also. Leg dich hin. Wein dich aus. Bis heute Abend.«

Anna verließ die Wohnung und Constanze schlurfte zurück in ihr Zimmer, zog sich aus und legte sich ins Bett. Doch sie konnte die Stille kaum ertragen. Ihre Gedanken drehten sich im Kreis. Warum hatte er sie betrogen? Ihr die größte Geschichte ihres Lebens gestohlen? Die Geschichte, die ihr Kurt Schaller geschenkt hatte? Ihr. Und nicht Alexander! Oder der *Linse*. Nur ihr, Constanze Albrecht! Warum hatte er das getan? Ohne sie hätte er das nie schreiben können!

Es war alles gelogen, schoss es ihr durch den Kopf! Seine Zärtlichkeit, seine Küsse, seine Liebe … Die Erkenntnis war fast noch schmerzlicher als die Trauer um die verlorene Anerkennung. Sie krümmte sich unter der Decke und malte sich aus, wie sie in sein Büro stürmen und ihn zur Rede stellen würde, vor allen anderen. »Du Schwein. Warum hast du mir die Story gestohlen?«

Dann schlief sie erschöpft ein.

Etwa zur gleichen Stunde nahm Maximilian Viereck die Akten, die ordentlich in seiner ledernen Tasche steckten, warf sie mit Schwung auf den Besprechungstisch und wagte es kaum, dem Kanzler in die Augen zu sehen. Es gefiel ihm nicht, dass er noch nicht weitergekommen war, und manchmal bereute er es zutiefst, Minister geworden zu sein.

»Nun. Wie sieht es aus?« Jens Müller erhob sich hinter seinem Schreibtisch, streckte seinem Minister die Hand entgegen und setzte sich an seinen gewohnten Platz an der Kopfseite des langen Tisches.

»Schlecht«, antwortete Viereck und sah sich um. »Kommt Lauer gleich noch?«

In dem Moment klopfte es, und bevor Müller antworten konnte, öffnete Diethelm Lauer die Tür. »'tschuldigung. Ich bin zu spät. Aber ich wollte euch das hier noch bringen.« In der Hand hielt er einen dicken Stapel Agenturmeldungen und ein paar herausgerissene Seiten mit bunten Fotos, die Viereck sofort erkannte. Er verzog das Gesicht und schüttelte sich.

Auch Müller hatte offenbar kein Interesse. »Nicht *Die Linse*. Mir hat ehrlich gesagt das Frühstücksfernsehen gereicht.«

Lauer setzte sich und sagte so leise, dass Müller ihn kaum verstand: »Es tut mir Leid. Ich habe es versucht. Aber dieser Schuk, der Chefredakteur der *Linse*, war unerbittlich. Faselte was von seinen Lesern, denen er angeblich verpflichtet ist. Und dass sie Beweise hätten. Da habe ich ihn aufgefordert, mir die Beweise zu zeigen, aber er hat nur gelacht. Ich konnte schließlich nicht sagen, dass ich von den Mitschnitten wusste, oder?« Lauer blickte von einem zum anderen. Doch die beiden Männer schwiegen betreten. »Das Einzige, was den Schuk interessiert hat, war, wie ich vorab Wind von der Sache bekommen konnte!«

»Aber uns kannst du es ja sagen«, lockte Viereck.

Lauer aber schüttelte den Kopf. »Nein. Wie sieht es bei dir aus? Hast du was Neues?«

»Tja. Leider nicht. Schlechte Nachrichten«, hob Viereck an. »Am besten, ich sage es gleich. Es ist, wie ich es mir schon dachte. Wir haben nichts über Weil. Und die Akte vom Mainl gibt nichts her.«

»Aber das ist doch ganz wunderbar!« Der Kanzler sprang auf und schaute seine Vertrauten fassungslos an. »Was ist los mit euch? Wir wissen von nichts! Wir sind unschuldig! Der Geheimdienst hat Weil und Mainl nicht abgehört! Wo bleibt das Dementi?«

»Dass wir jetzt nichts haben, heißt nicht, dass wir nichts hatten!«

»Aha. Also doch.« Langsam ließ sich der Kanzler wieder auf seinen Platz sinken.

»Aber ich nehme an, dass wir selbst, wenn wir die Akte noch hätten, nicht zugeben würden, den Abgeordneten jemals abgehört zu haben, oder?« Lauer schenkte Viereck ein hinterhältiges Lächeln.

»Kann sein«, gab Viereck zu. »Jedenfalls ist nichts da. Oder nichts mehr da. Das kann ich nicht genau sagen. So Leid es mir tut. Aber ich habe die Sache mit Mongol noch mal geprüft. Es ist tatsächlich so, wie ich es gedacht habe. Davon konnte Weil wirklich nichts wissen.«

»Schön. Aber die Frage ist doch: Wer konnte etwas davon wissen?«, bohrte Müller nach.

»Genau. Gute Frage. Ich. Mein Stellvertreter. Der zuständige Referatsleiter. Der Führungsoffizier unseres Doppelagenten. Dann der Doppelagent selbst natürlich, der der Stasi die Botschaft gebracht hat, dass es keinen Zweck haben würde, Mongol mit den falschen Papieren in Verlegenheit zu bringen, da er sich reinwaschen könne mit eigenen Unterlagen. Die es bekanntlich nicht gab, außer in unserer Phantasie. Dann wussten davon natürlich die Empfänger bei der Stasi ... Das hört sich jetzt alles ein bisschen verrückt an, aber ich habe das Gefühl ...«

»Verschonen Sie mich mit Verschwörungstheorien ...«, wehrte der Kanzler ab.

»Aber wenn tatsächlich einer, der damals bei der Stasi mit dem Fall zu tun hatte ...«, wandte Lauer ein.

»Genau. Wir prüfen das gerade.«

»Aber selbst wenn – die alte Geschichte kann man doch keinem Menschen erklären!« Müller lehnte sich müde zurück und schloss die Augen. Er hatte diese Kämpfe so satt ...

»Das stimmt allerdings«, räumte sein Regierungssprecher ein. »Wir müssen da anders ran.«

»Wenn wir nur wüssten, woher die Mitschnitte stammen«, grübelte Viereck. »Ein Himmelreich für eine

Kopie … Dann könnten die Fachleute wenigstens eingrenzen, wer sie angefertigt haben könnte … Ob sie überhaupt von uns stammen können.«

»Also gut.« Lauer stand auf und reckte sich. »Ich sehe schon, worauf du hinauswillst. Ich weiß nicht, ob es Sinn hat. Aber ich tue, was ich kann. Versprecht euch bitte nicht zu viel … Was soll ich eigentlich nachher den Journalisten sagen?«

»Warum dementierst du nicht einfach?«, schlug Müller vor.

»Weil ich dafür ein bisschen was Handfestes bräuchte. Und da ich die Sache mit Mongol nicht bringen kann …«

»Dann lass doch erst mal alles offen«, schlug Viereck vor. »Sag, wir seien höchst überrascht, hätten erst heute Morgen aus der *Linse* von der Sache erfahren und untersuchten den Fall noch. Außerdem kannst du *Die Linse* öffentlich auffordern, uns ihre angeblichen Mitschnitte zur Verfügung zu stellen!« Mit diesen Worten wand sich Viereck aus seinem Stuhl und schob die Akten zurück in seine Tasche.

»Hm. Das wäre eine Idee.« Lauer dachte kurz nach. »Jens, was meinst du?«

»Warum nicht?«, antwortete der Kanzler. »Wer weiß. Vielleicht geben sie uns das Material sogar.«

16. Kapitel

Lauer befolgte Vierecks Rat mit dem ihm eigenen Geschick. Er ließ sich den ganzen Tag über nichts entlocken, außer der tausendfach wiederholten Aufforderung an *Die Linse*, die Mitschnitte der angeblich abgehörten Telefonate endlich zu übergeben.

»Nein. Ich wiederhole es gerne.« Bei diesen Worten lächelte er, beugte sich vor und musterte jeden Einzelnen in der Bundespressekonferenz ganz genau. »Bevor wir die Unterlagen nicht geprüft haben, sage ich zu dem Fall nichts. Und auch Sie, liebe Kollegen, werden mich nicht zu weiteren Äußerungen veranlassen. Glauben Sie mir.«

Da ließen die Journalisten von ihm ab – um sich der leichteren Beute zuzuwenden. Der unglückliche Peter Weil hatte schon am Morgen vor seinem Appartementhaus keine sehr glückliche Figur gemacht, und hatte – viel zu spät – versucht, durch die Garage zu entkommen. Doch die Traube der Fotografen, Kameramänner, Tonfrauen und Kabelträger sowie der Reporter mit den Diktiergeräten umringte ihn und begleitete ihn bis zum Eingang des Bundestages, verfolgte ihn schließlich bis vor sein Büro und ließ erst von ihm ab, als er die Tür hinter sich zugeworfen hatte.

Unmittelbar davor schlugen sie ihr Lager auf. Noch einmal sollte er ihnen nicht mit so banalen Sätzen davonkommen wie: »Nun lassen Sie mich doch erst herausfinden, was überhaupt in der Zeitung steht!« Wenn er den Raum je wieder verlassen würde, würde er Rede und Antwort stehen müssen, und sie würden ganz einfach warten, bis es so weit war.

In aller Ruhe bauten sie die grellen Lampen auf. Die Fotografen holten, als sie einigermaßen sicher waren, dass sich in den nächsten Minuten nichts ereignen würde, noch rasch Tritthocker aus den Autos, andere stellten Stative auf, während sich die Zeitungsreporter auf den Fußboden hockten.

Jeder, der aus Weils Büro herauskam oder hineinwollte, wurde sofort umringt und bestürmt.

»Wird Herr Weil zurücktreten?«

»Was sagt die Partei?«

»Wann gibt es eine offizielle Stellungnahme?«

Die wenigen aber, die an diesem Tag Zutritt zu Weils Büro hatten, Abgeordnete oder wichtige Mitarbeiter der Fraktion, ließen sich nicht beirren. Drängten sich durch die Menge und fauchten: »So lassen Sie mich durch! Ich habe zu arbeiten!«

»Ich sage dazu gar nichts!«

»Gehen Sie zur Pressestelle!«

»Unerhört. So etwas sollte man verbieten!«

»Wie die Geier!«

So vergingen die Stunden. Auf dem Flur bewegte man sich mittlerweile langsam und äußerst vorsichtig, bei jedem Schritt darauf bedacht, die anderen nicht zu beunruhigen. »Es ist nichts. Kannst sitzen bleiben.« Denn jede unnötige Hast, das wussten sie aus Erfahrung, konnte zur Katastrophe führen, zu herausgerissenen Kabeln, umgestürzten Hockern, zu verpatzten Bildern, unbeantworteten Fragen.

Es war der Volontär einer örtlichen Tageszeitung, der fast ein solches Drama verursacht hätte. Er war erst gegen Mittag dazugestoßen, hatte sich abseits an die gelb getünchte Wand gelehnt und sich das Treiben der Kollegen neugierig angesehen. Er war noch nie hier gewesen. Was wohl dort hinten war, hinter der gläsernen Tür am Ende des Gangs?

Unvermittelt löste er sich von der Wand und reckte die schmerzenden Glieder. Das kam davon. Er hatte am Morgen verschlafen und keine Zeit für den gewohnten Lauf gehabt. So fiel es ihm auch jetzt schwer still zu stehen, und ohne weiter darüber nachzudenken, entfernte er sich, nahm sich vor, nur einmal über den Flur hin und wieder zurück zu laufen.

In Bruchteilen von Sekunden waren alle auf den Beinen, die Kameras schussbereit, Blöcke und Stifte, Mikrofone und Diktiergeräte in den Händen und hechteten mit dem Schlachtruf »Es geht los!« hinter ihm her. Als der Volontär den Tumult hinter sich bemerkte, hielt er verstört inne. Seine Kollegen aber rannten noch ein paar Meter weiter, bis sie ebenfalls bremsten und ihn verärgert ansahen.

»Was soll das? Warum bist du losgerannt?«

»Ich wollte mir nur die Beine vertreten!«

»Bist du verrückt geworden? Weißt du, was da alles passieren kann? Das machst du nie, nie wieder! Hast du verstanden?«, herrschte ihn einer der alten Haudegen an, der schon dreißig Jahre in Bonn fotografierte. »Alles in Ordnung! Nur ein kleiner Scherz! Keine Panik!«, gab er den anderen Entwarnung.

Man schleppte sich müde zurück zu den alten Plätzen und ließ sich an der Wand entlang auf den Boden sinken. Die alte lähmende Trägheit legte sich über die Truppe, als wäre nie etwas vorgefallen.

Niemand von politischem Gewicht sprach mit ihnen, und erst am Nachmittag trat eine Mitarbeiterin Weils vor sie hin: »Ich werde jetzt eine Erklärung von Peter Weil verlesen. Hören Sie? Also gut, es geht los: ›Ich weise die Anschuldigungen, die das Nachrichtenmagazin *Die Linse* gegen mich vorgebracht hat, mit aller Schärfe zurück. Ich habe mich weder mit Herrn Herbert Mainl darüber unterhalten, wie die Affäre Mongol zu vertuschen sei, noch habe ich mich von ihm bestechen oder in meinen politischen Entscheidungen beeinflussen lassen. Alle dahin gehenden Behauptungen sind unwahr und entbehren jeder sachlichen Grundlage. Auch haben die von der *Linse* behaupteten Gespräche in dieser Form niemals stattgefunden. Es kann sich nur um Fälschungen handeln.‹ Haben Sie das? Vielen Dank, das war's.«

Die Fragen hagelten auf sie nieder, doch die Frau war gut vorbereitet. »Mehr sage ich nicht, tut mir Leid«, antwortete sie stoisch und wandte sich ab.

»Wann wird Herr Weil persönlich Stellung nehmen?«

»Wovor versteckt er sich?«

»Hat er schon mit dem Kanzler gesprochen?«

»Wird er zurücktreten?«

Die Frau aber hatte die Tür hinter sich bereits geöffnet. Als sie hineinsah und der Blick auf den nach oben gereckten Daumen fiel, grinste sie und verschwand.

Ein Fernsehreporter, der gerade erst aus dem Nahen Osten zurückgekommen war, bemerkte es als Einziger. Denn er hatte sich abseits gehalten und nicht nur der

Frau zugehört, sondern gleichzeitig die beiden Männer entdeckt, die während der kleinen Ansprache heimlich aus dem benachbarten Büro getreten waren. Einer der beiden ging langsam den nunmehr verwaisten Gang entlang, der andere aber, bekleidet mit einem langen Mantel, hatte es offenbar eilig. Er entfernte sich mit raschen Schritten und es war ihm anzusehen, dass er am liebsten gerannt wäre.

Wortlos tippte der Journalist auf die Schulter seines Kameramanns und deutete auf den Flüchtenden. Ein kurzes Nicken, und der Angesprochene schulterte sein schweres Gerät, zog den Tonmann und den Kabelträger hinter sich her, und zu viert begaben sie sich auf die Verfolgungsjagd – den Flur hinunter, durch die Lobby, am Plenum vorbei, die Treppe hinauf, einen weiteren endlos langen Flur entlang – und wieder zurück.

Einmal, und das fing die Kamera mit erschreckender Deutlichkeit ein, drehte sich Peter Weil um, und sein Gesicht war angstverzerrt. »So lassen Sie mich doch endlich in Ruhe!«, schrie er verzweifelt und rannte weiter.

Doch das Kamerateam folgte ihm unerbittlich, und nur Stunden später betrachtete die Nation fasziniert die verwackelten Bilder der Hatz. Es war deutlich zu erkennen, dass Weil am Ende seiner Kraft war und sich zwang, das Letzte zu geben, als der Reporter hinter ihm her rief: »So warten Sie, nur eine kurze Stellungnahme … Herr Weil … Was haben Sie denn zu befürchten? Wir geben Ihnen die Gelegenheit, Ihre Sicht der Dinge … Ganz unverfälscht …?«

Ein guter Anwalt hätte ihm geraten zu schweigen. Doch Peter Weil hielt inne, beugte sich vor und japste atemlos: »Also schön. Aber nur, wenn Sie mich dann in Ruhe lassen.«

»Selbstverständlich.«

Gnadenlos heftete sich die Kamera auf Weils Gesicht, ließ es nicht mehr los und fing den Schmerz und die Erschöpfung ein, die sich darin widerspiegelten. »Ich weise sämtliche Anschuldigungen zurück!«, begann Weil.

»Natürlich«, antwortete der Reporter vorsichtig. »Können Sie uns denn sagen: Haben Sie jemals mit Mainl telefoniert? Damals oder vor kurzem?«

»Ja, natürlich.«

»Und haben Sie über Ihre Flüge gesprochen?«

»Aber das weiß ich doch nicht mehr!«, schnaufte Weil empört. »Hören Sie, das ist alles lange her! Wie soll ich mich an einen einzelnen Satz erinnern? Aber natürlich bin ich mitgeflogen. Und niemals, in keinem Fall, war davon die Rede, dass ich Herrn Mainl dafür einen Gefallen schuldig bin. Hören Sie, glauben Sie wirklich, ich wäre wegen ein paar Flügen bestechlich? Das ist doch lächerlich! Wegen Flügen, die ich als Bundestagsabgeordneter jederzeit kostenlos bekommen hätte! Nein! Ich habe der Staatskasse Geld gespart und die Gelegenheit genutzt, mit einem wichtigen Vertreter der Wirtschaft zu sprechen. Das ist doch meine Aufgabe. Das wird von mir erwartet! Ich sitze, wie Sie sicher wissen, im Haushaltsausschuss. Ich bin verantwortlich für …«

»Ja, aber ist das nicht genau der Grund, warum Sie besonders zurückhaltend sein müssten?«, fiel ihm der Journalist ins Wort.

»Jedenfalls bin ich nicht bestechlich. Mehr habe ich dazu nicht zu sagen.« Weil wandte sich zum Gehen. Doch dann fiel ihm noch etwas ein, und er blickte tapfer in die Kamera. »Ich finde es wirklich empörend, dass ein so großes und traditionsreiches Presseorgan wie *Die Linse* eine infame Fälschung verbreitet. Und ich werde mir das nicht gefallen lassen!«

»Werden Sie gegen *Die Linse* vorgehen?«

»Das werden wir sehen. Aber ausschließen kann und werde ich das an dieser Stelle nicht. Dies ist die mieseste Kampagne der Medien, die ich je erlebt habe. Und jetzt entschuldigen Sie mich. Bitte!«

Anna war erschüttert, als sie am Abend die Jagd in den Nachrichten verfolgte. Es war die wichtigste Meldung des Tages und dauerte quälende fünf Minuten. Als Weils vor Angst verzerrtes Gesicht den Bildschirm ausfüllte, schielte sie verstohlen zu Constanze, die neben ihr in eine Decke gehüllt auf dem Sofa kauerte. Die Freundin regte sich nicht, starrte nur konzentriert auf den Apparat. Da hielt Anna es nicht mehr aus. »Hast du das gewollt?«, stieß sie hervor.

»Ich?« Constanze wandte sich um. »Was habe ich damit zu tun?«

»Tu doch nicht so! Du hast das doch Alexander gegeben …«

»Und deswegen bin ich für alles verantwortlich, was unsere lieben Kollegen vom Fernsehen tun, oder wie?«, schnaubte Constanze und zog die Decke über die Schultern hoch.

Anna musterte die Freundin ungläubig. »Aber du hättest die Story sicher auch gebracht! Wenn du gekonnt hättest! Und dann wäre Weil dasselbe passiert! Du kannst dich nicht einfach damit herausreden, dass *Die Linse* dir die Geschichte geklaut hat!«

»Ach ja? Ist das so?« Constanze sprang wütend auf. »Du musst es ja wissen! Und wenn schon? Der Weil ist eben eine bestochene Sau. Oder bin ich dafür verantwortlich, dass er mit diesem Mainl unter einer Decke steckt? Hä!« Sie ließ die Wolldecke auf den Boden fallen, stürmte in ihr Zimmer und warf sich aufs Bett.

Verwirrt versuchte Constanze, ihre Gedanken zu ordnen. Die Bilder des gehetzten Mannes gingen ihr nicht mehr aus dem Sinn, und es fiel ihr ganz gegen ihren Willen immer schwerer, an seine Schuld zu glauben. Sie musste an die vielen Telefonate der vergangenen Tage denken, die ihr zugegebenermaßen gefallen hatten. Es war wie ein Spiel gewesen. Sie hatte zaghaft versucht, etwas von ihm zu erfahren, ohne ihn zu alarmieren. Und er hatte sie mit Komplimenten überhäuft. Das hatte ihr geschmeichelt. Peter Weil war schließlich ein wichtiger Mann. Nun. Jetzt nicht mehr. Jetzt war er nicht mehr wichtig. Jetzt tat er ihr nur noch Leid.

Anna! Sehnsüchtig sah sie zur Tür. Wie gern hätte sie der Freundin alles gebeichtet, von dem Ekel gesprochen, den sie in jener Nacht empfunden hatte, als sie Weil verlassen und durch die kalte Nacht nach Hause gelaufen war. Und von dem neuen Ekel, der ihr jetzt zu schaffen machte, der Abscheu vor sich selbst. Das hatte sie nicht gewollt …

Annas Vorwurf aber hatte nur ihren Trotz angestachelt. Für nichts in der Welt hätte sie jetzt noch zugegeben, wie sie wirklich empfand.

Denn natürlich hatte die Freundin Recht. Sie, Constanze Albrecht, hatte diese Geschichte für sich gewollt. Hätte sie nur zu gerne gebracht. Ohne Zögern. Wenn sie gekonnt hätte. Und dann wäre es Weil keinen Deut besser gegangen. Natürlich nicht.

Constanzes Kopf dröhnte. Wenn sie nur an sich geglaubt hätte! Die Sache selbst in die Hand genommen, sich nicht eingebildet hätte, es ohne Alexander nicht zu schaffen! Dann hätte sie wenigstens etwas davon gehabt. Ihr Stück vom Ruhm.

Was hatte sie sich eigentlich dabei gedacht, zu Alexander zu rennen wie ein kleines Mädchen? Hatte sie an dem Abend überhaupt gedacht?

Constanze stierte ins Leere und ihre Gedanken rasten ungehindert weiter. Was, wenn das Unaussprechliche wahr wäre? Wenn Schaller sie hereingelegt hatte? Mist, Mist, Mist, entfuhr es ihr, und sie ballte die Fäuste.

Diethelm Lauer wartete bis zum Abend. Es fiel ihm nicht leicht, aber er riss sich zusammen. Er verfolgte sämtliche Nachrichtensendungen, bedauerte Weil und hörte sich immer wieder sagen: »Wir haben keinerlei Anhaltspunkte dafür, dass diese Unterlagen tatsächlich aus den Aktenbeständen des Geheimdienstes stammen. Ich fordere an dieser Stelle noch einmal die Redaktion der *Linse* auf, das Material schnellstmöglich auszuhändigen, damit unabhängige Prüfungen vorgenommen werden können.«

Schnitt. Ein Sprecher untermalte mit sanfter Stimme die Bilder aus einer Redaktionsstube. »Das Blatt, das heute Morgen für die Überraschung sorgte, weigert sich allerdings, der Regierung entgegenzukommen. Der Chefredakteur der *Linse,* Manuel Schuk, sagte unserem Korrespondenten heute Morgen (hier schwenkte die Kamera auf das Gesicht eines drahtigen, schmalen Mannes mit kantigem, glatt rasiertem Gesicht, der direkt in die Kamera schaute): ›Wir werden unsere Quelle nicht preisgeben. Das würden wir jedoch tun, wenn wir der Bitte der Bundesregierung nachkommen und unser Material aushändigen würden. Daher werden wir es nicht herausgeben. Doch das ist auch nur der Nebenkriegsschauplatz. Die Bundesregierung will von dem eigentlichen Skandal ablenken! Ich erinnere an das Versprechen unseres Innenministers, dass endlich Schluss sein soll mit der Schnüffelei des Geheimdienstes. Diese Mitschnitte aber beweisen, dass er selbst dagegen verstoßen hat ...‹«

Den Rest hörte Lauer nicht mehr. Er hatte genug. Wütend schaltete er den Apparat aus und warf die Fernbedienung auf einen Aktenstapel neben sich. Es war die Heuchelei, die ihn ärgerte. Da klagte *Die Linse* den Schutz der Privatsphäre ein, um gleichzeitig ein privates Gespräch, das nie hätte abgehört werden dürfen, millionenfach zu verbreiten! Und kam damit durch! Das war das Schlimmste. Lauer seufzte und machte sich auf den Weg.

Als er im Auto saß, kamen ihm Zweifel. Warum sollte Constanze Albrecht ihm trauen? Sie hasste ihn und zeigte ihm das seit Wochen. Eigentlich schade. Er konnte ein wehmütiges Lächeln nicht unterdrücken. Ja. Wirklich schade.

Dann atmete er tief durch und verscheuchte den Gedanken. Sie sollte es ja schließlich nicht für ihn tun. Vielleicht hätte sie Mitleid mit Weil. Mit dem war sie ausgegangen, schien ihn recht gut zu kennen.

Ob Anna ihm helfen würde? Wusste Constanze eigentlich, dass Anna ihm davon erzählt hatte? Vermutlich nicht. Egal. Auf verletzte Gefühle konnte er jetzt keine Rücksicht nehmen. Er würde es einfach versuchen. Constanze, dachte er und seine Augen verzogen sich zu schmalen, entschlossenen Schlitzen, diesmal wirst du mir nicht entkommen.

Anna hörte die Türklingel, doch sie achtete nicht darauf. Es war ihr egal. Schon zum zigsten Mal an diesem Tag versuchte sie, Richard in Moskau zu erreichen. Doch im Hotel sagte man ihr, er sei abgereist, und bedauere, nein, es sei nicht bekannt, wohin. In seinem Büro aber antwortete niemand, nicht einmal die russische Sekretärin. Anna lehnte sich genervt an die Wand. Sollte Constanze doch öffnen.

Constanze aber rechnete fest mit Anna. Schließlich hatten sie sich gestritten und sie hatte nicht die Absicht nachzugeben. Erst, als Lauer den Finger auf dem Klingelknopf liegen ließ, weil er das Licht hinter den Fenstern gesehen hatte, krochen beide Frauen beinahe gleichzeitig aus ihren Löchern. Sie blickten einander ins Gesicht und mussten unwillkürlich grinsen. Ebenso plötzlich stellte sich das alte, stille Einvernehmen zwischen ihnen wieder her und gemeinsam, als wäre nichts geschehen, öffneten sie die Tür.

Lauer hastete die knarrende Holztreppe hinauf und drängte sich an den beiden vorbei in die Küche, wartete, bis sie ihm folgten und bluffte endlich: »Ich will jetzt diese Papiere sehen. Ich weiß, dass Sie sie haben, Frau Albrecht. Und wir brauchen sie. Entweder, es ist was dran an der Geschichte, und dann kann uns egal sein, ob Weil dabei draufgeht oder nicht. Aber wenn das alles erfunden ist, dann ist es unsere verdammte Pflicht und Schuldigkeit, den Mann aus dieser Hölle rauszuholen. Und den Viereck und den ganzen Geheimdienst und letztlich auch Jens Müller. Und mich. Ja, verdammt noch mal, mich auch. Also?« Atemlos hielt er inne.

Constanze blickte erstaunt von Anna zu Lauer und wieder zurück. Woher wusste er, dass sie die Mitschnitte besaß? Ihr Blick blieb an der Freundin haften. Deren Gesicht flammte rot bis in die Haarwurzeln, und sie stotterte: »Diethelm! Was soll das? Du stürmst hier rein …«

»Anna?«, stieß Constanze drohend aus und kam näher. »Was geht hier vor? Du hast doch nicht …? Sag, dass du damit nichts zu tun hast!«

»Na, los! Sag es ihr!« Lauer ließ Anna nicht vom Haken.

Verzweifelt sah sich Anna um, wäre am liebsten geflohen. »Ich … Ach verdammt!« Sie ließ sich auf einen Stuhl sinken. Was sollte sie jetzt nur machen? Diethelm! Warum tust du das? Constanze, verzeih mir!

Plötzlich war ihr, als hörte sie draußen im Flur Schlüssel klappern. Sie horchte auf. Auch Diethelm und Constanze starrten auf die Tür.

»Hallo! Was ist denn hier los?«

Anna schoss hoch. »Richard!«

17. Kapitel

Richard grinste und alle Müdigkeit fiel von ihm ab, als er Anna in die Arme schloss. Ihr Herz pochte laut gegen seine Brust und fegte die Zweifel beiseite. Es würde alles gut werden mit ihnen beiden. Er vergrub seine Nase in ihrem weichen dunklen Haar und vergaß für einen Moment alles um sich herum.

Erst als sich Diethelm Lauer laut räusperte, ließ Richard von Anna ab, hielt sie auf Armeslänge von sich, strahlte sie an und fand sie genauso schön wie er sie in Erinnerung hatte. »Damit hast du nicht gerechnet, was? Dass ich plötzlich vor der Tür stehe?«

Anna schüttelte verwirrt den Kopf und beschloss, ihm nichts von ihren Anrufen in Moskau zu sagen. »Nein. Damit habe ich wirklich nicht gerechnet.«

Richard schmunzelte. Entschieden wandte er sich Lauer zu. »Diethelm, was machst du denn schon wieder hier, alter Halunke!« Er hielt dem Regierungssprecher die Hand hin und schlug ihm mit der anderen auf die Schulter.

»Wir haben hier ein kleines Problem, ich weiß nicht, ob du das mitgekriegt hast ...?«

Statt zu antworten, wandte sich Richard der Frau zu, die eben noch so zornig gewesen war. »Und du bist sicher Constanze, stimmt's?«

Constanze nickte, streifte ihn kurz mit einem Blick, der die schwelende Wut verriet und gab sich Mühe, sich zu beherrschen. »'n Abend!«, stieß sie aus. »Schön, dass Sie da sind. Vielleicht können Sie Anna ja zur Vernunft bringen.«

»Anna? Zur Vernunft?« Er runzelte die Stirn und sah die beiden Frauen abwechselnd an. Plötzlich wurde er sich wieder der nervösen Spannung bewusst, die er beim Eintreten gespürt hatte. »Was ist denn eigentlich los?«

»Ach, alles im Eimer!«, seufzte Anna. »Setzt euch doch erst mal alle hin, und ich mache zur Feier des Tages noch eine Flasche Wein auf, ja, Richard? Und dann reden wir. Hast du mitbekommen, was *Die Linse* heute im Blatt hat? Ich habe dir doch erzählt …«

»Ihm hast du also auch davon erzählt!«, fuhr Constanze ihr über den Mund. »Bist mir eine saubere Freundin!« Viel fehlte nicht und sie hätte mit dem Fuß aufgestampft. »Da kann ich ja dankbar sein, dass mir der *Merker* die Nummer nicht geklaut hat!«

»Jetzt wirst du aber ungerecht!« Richard packte Constanze am Arm, zwang sie auf den Stuhl und gab Lauer Zeichen, sich ebenfalls zu setzen. Schweigend beobachteten sie, wie Anna mit dem Korken kämpfte. Richard holte frische Gläser, wartete ab, bis Anna allen eingeschenkt hatte und warf ihr einen luftigen Kuss zu, bevor er ihr den Stuhl neben sich zuwies, streng wie ein Schiedsrichter in die Runde blickte und seine Frage wiederholte: »Also. Warum giftet ihr euch an?«

Wie auf Kommando redeten alle durcheinander, und hätte Richard nicht auf den Tisch gehauen, hätte sich der schönste Streit entwickelt. »Ich habe zwar kein

Wort verstanden!«, schrie er laut. Und fügte, leiser, hinzu: »Aber ich glaube, ich weiß trotzdem, worum es geht!« Er sah vielsagend in die Runde. »Was denkt ihr, warum ich hier bin? Ich weiß etwas, das ihr nicht wisst! Oder? Diethelm? Ahnst du was?«

Constanze starrte Richard an, als käme er von einem anderen Stern. Er sah wirklich verdammt gut aus, dachte sie. Groß, blond, lebendige Augen, Anna hatte Glück. Doch sie ließ sich nichts anmerken. »Und was bitte soll das sein? Was kommt jetzt noch? Nachdem Anna mich schon verraten hat. Und dieser Herr hier«, dabei zeigte sie auf Lauer, »lügt sowieso wie gedruckt ...«

»Jetzt reicht es mir aber!«, polterte Lauer so heftig los, dass Anna erschrak. »Ich habe Sie noch nie angelogen! Hören Sie? Nie! Das nehmen Sie gefälligst zurück! So was muss ich mir nicht sagen lassen!«

»Nun haltet doch endlich mal die Luft an!« Es kostete Richard einige Mühe, Lauer zu übertönen. Als er die Streithähne erneut gebändigt hatte, ging er kein Risiko mehr ein. »Jetzt rede ich. Verstanden? Und ihr hört mir zu! Kommentare sind erst erlaubt, wenn ich fertig bin, klar?«

Lauer fuhr sich mit der Hand über das hochrote Gesicht. »Wenn du meinst! Aber diese Furie hier ...«

»Diethelm!« Richard erhob warnend die Stimme.

»Schon gut, schon gut.« Lauer winkte ab. »Ich bin ja ruhig.« Tatsache war, dass ihn seit langem keine Frau mehr so aufgeregt hatte, wie es diese Constanze noch jedes Mal geschafft hatte. Verstohlen schielte er zu ihr hinüber, und unter die verletzte Eitelkeit mischte sich heimliche Bewunderung. Wie stolz sie dasaß! Den Rücken gerade, das Gesicht starr. Keinen Zentimeter gab sie nach! Am liebsten hätte er sie ... Stirnrunzelnd schüttelte er die beunruhigenden Ideen ab und wandte sich Richard zu. »Also los. Was weißt du, was ich vielleicht auch weiß?«

»Na! Die Sache mit Mongol.« Richard beobachtete es genau. Es war nur ein kurzer Moment. Aber das bildete er sich nicht ein. Lauer war zusammengezuckt. Und seine Augen hatten sich geweitet. »*Die Linse* ist einem gigantischen Schwindel aufgesessen!«

Lauers Stimme wurde ganz leise. »Woher weißt du das?«

»Erinnerst du dich an Guido Frisch?«

»Wer erinnert sich nicht an Guido Frisch?«, raunte Lauer verächtlich. Der Fall gehörte zu den größten Spionageskandalen in der Geschichte des geteilten Deutschland, und es hatte damals wohl kein Kind gegeben, das den Namen nicht schon einmal gehört hätte.

Frisch war Abteilungsleiter im Bonner Geheimdienst gewesen, hatte in seinen fast dreißig Dienstjahren alle Stationen durchlaufen, kannte den Apparat wie kaum ein anderer und gehörte zu den handverlesenen Spitzenbeamten der Behörde. Eines Montags aber, wenige Monate vor dem Fall der Mauer, war er nicht im Büro erschienen. Da er für seine Pünktlichkeit bekannt war, alarmierte seine Sekretärin bereits nach einer Stunde die Amtsleitung und kurz darauf suchte man ihn.

Doch zu diesem Zeitpunkt war er längst in Ostberlin. Als tags darauf die Meldung kam, Guido Frisch sei wohlbehalten im sozialistischen Vaterland angelangt, hielt die Republik den Atem an. Denn die Formulierung lud zu Missverständnissen ein und allgemein herrschte die Meinung vor, dass dies auch gewollt sei. Denn jetzt fragte man sich erst recht, wie lange einer der wichtigsten Abwehrspezialisten der Bonner Republik bereits im Dienste des Gegners gestanden hatte. Einige der alten

Kollegen, denen die Amtsleitung Sprecherlaubnis erteilt hatte, weigerten sich in Interviews für die Fernsehsender, an einen langjährigen Verrat zu glauben. »Das sieht ihm überhaupt nicht ähnlich! Wir können uns das nicht erklären!«

Kommentatoren aber wollten diesen Worten nicht trauen, rieten zur Vorsicht. »Wer in diesen Tagen an die Öffentlichkeit treten darf und doch beim Geheimdienst ist, dem ist ohnehin nicht zu glauben. Das riecht nach einer gezielten Vertuschungskampagne«, hieß es.

Als herauskam, dass Frisch keine einzige der brisanten Akten bei seinem Sprung über die Mauer mitgenommen hatte, war die Verwirrung perfekt. Für die einen war dies ein Beweis seiner Unschuld, was seinen Schritt jedoch noch unerklärlicher machte, und es schossen Spekulationen über eine Entführung ins Kraut. Andere aber verwiesen ungerührt auf Frischs oft bewiesenes Talent: »Der hat das Zeug doch längst fotografiert! Warum sollte der das Risiko auf sich nehmen, etwas mitzunehmen?«, argumentierten sie, und weil nun einmal alles möglich war, ging man auf Nummer sicher: Jedes Papier, das Frisch je in Händen gehalten hatte, galt vorsichtshalber als verraten.

Der Geheimdienst schien am Ende und hätte sich Viereck, der damals die Behörde noch leitete, nicht auf eine vollkommen fehlerlose Aktenlage im Fall Frisch stützen können – der Mann hatte schließlich alle Sicherheitsüberprüfungen ordnungsgemäß bestanden, seine Arbeit stets gewissenhaft erledigt –, man hätte schon damals seiner Karriere als Präsident des Geheimdienstes ein jähes Ende bereitet.

»Was hat der denn damit zu tun?«, fragte Lauer nun misstrauisch, richtete sich auf und musterte Richard neugierig.

»Kann ich dir sagen. Ich war bei ihm.«

»Er sitzt also wirklich in Moskau«, war alles, was Lauer dazu einfiel.

»Hast du je daran gezweifelt?«

Lauer zuckte mit den Augenbrauen. »Ist nicht meine Welt. Ich habe nur davon gehört. Ganz nebenbei.«

»Logo. Und ich bin Schneewittchen. Ich habe übrigens den Eindruck, dass es ihm Leid tut ...«

»Du kannst dir dein Mitleid sparen«, grunzte Lauer.

»Ich habe mir schon gedacht, dass ihr so reagiert«, erwiderte Richard und lächelte freundlich. »Pikiert wie eine verlassene Geliebte. Aber er will trotzdem, dass ihr es erfahrt.«

»Was?«, unterbrach Lauer ihn.

»Warum er es getan hat. Unter anderem. Außerdem hat er mir erzählt, wie das mit Mongol wirklich war. Damit ihr wisst, dass ich mit ihm gesprochen habe, hat er gesagt.«

»Und wieso hat er mit dir geredet?«

»Du meinst – ausgerechnet? Warum nicht? Ich habe schon lange versucht, an ihn ranzukommen. Schon als ich das erste Mal in Moskau war.«

»Also spuck's aus. Warum hat er uns verraten?«

»Spielschulden!«

»Spielschulden?«, wiederholte Lauer blöde.

»Tja. Wusstet ihr nicht, wie?«, höhnte Richard. »Der Mann ist süchtig. Spielsüchtig. Hat gehofft, das große Geld zu machen. Hatte Schulden. Und Angst, dass der Geheimdienst dahinter kommt. Wollte nicht auffliegen. Nicht versetzt werden. Zum Beispiel zur Bundesschuldenverwaltung.«

»Und deshalb geht er nach Ostberlin?«, prustete Anna. »Wo kann man da denn spielen?«

»Er ist davon losgekommen. Sie haben ihn geheilt.«

»Und er hat nicht vorhergesehen, dass das Kartenhaus kurz vor dem Einsturz war?«

»Ach, Mann! Das ahnte doch keiner!«, antwortete Richard. »Und der Geheimdienst erst recht nicht! Nein«, fuhr er fort. »Frisch wusste nur, dass die Stasi ihn mit Kusshand nehmen würde! Und so war es ja auch. Im Übrigen hat er mir gesagt, dass sein Verrat gar nicht mehr ins Gewicht fiel.«

»Und wieso das nicht?«, fragte Lauer. Die Tatsache allein, dass Frisch begonnen hatte, mit Journalisten zu reden, barg Sprengstoff. Darauf würde er Viereck und Müller vorbereiten müssen.

»Weil die längst alles wussten! Bis auf eine Sache. Die habe die Stasi überrascht, erzählte er«, sagte Richard verschwörerisch und schenkte Wein nach. »Was sie offenbar nicht wussten, war, dass eine ihrer besten Quellen ein doppeltes Spiel spielte.«

»Und? Was hat das mit Weil zu tun?«, fragte Constanze irritiert.

»Dieser Agent, von dem sie dachten, dass er ihnen seit Jahren die geheimsten Geheimnisse unserer Regierung verraten habe, hatte ihnen unter anderem berichtet, dass mit Mongol schon deshalb alles in Ordnung sei, weil der Papiere habe, die seine Unschuld bewiesen.«

»Ja, und?« Anna blickte ihn verständnislos an.

»Nun. Peter Weil konnte von diesen Papieren schon deshalb nichts gewusst haben, weil es diese Papiere nur in den Hirnen einiger Geheimdienstler gab.«

»Aber ich habe ein Abhörprotokoll, wonach Weil genau darüber mit Mainl geredet hat!«, fiel Constanze ihm ins Wort.

»Eben nicht. Diese seltsamen Mitschnitte sind offenbar gefälscht. Wenn ich Frisch glauben darf. Und ich glaube Frisch. *Der Merker* glaubt Frisch auch. Und deshalb bin ich hier«, setzte Richard triumphierend hinzu. »Das wird meine Geschichte.«

»Aber der Mongol ist doch trotzdem …?« Constanze verstand noch immer kein Wort.

Da seufzte Lauer und sah zu Boden. »Tja. Das ist wohl ein weiteres beklagenswertes Kapitel in der bundesdeutschen Pressegeschichte. Die Stasi dachte zwar, dass wir ihre Fälschungen gegen Mongol wiederlegen könnten, hat es aber eben doch gewagt, ihr Zeugs in Umlauf zu bringen, damals, nach Jahns Rücktritt …«

»Das heißt … Mongol war …«, stammelte Anna.

»Vollkommen unschuldig. Du sagst es«, erwiderte Lauer. »Der Geheimdienst hatte von der geplanten Stasi-Operation gegen Mongol erfahren und wollte ihn retten. Deshalb schickte er den Doppelagenten los mit der Nachricht, dass Mongol Beweise habe, die ihn entlasten …« Der Regierungssprecher hielt kurz inne, bevor er leise weitersprach. »Doch dann wurde der ganze Dreck aufgewühlt, damals, ihr erinnert euch, und da haben die in Ostberlin gesagt ›Was soll's, wir werfen unsere Papiere einfach dazu, etwas wird schon an Mongol hängen bleiben.‹ Und es blieb was hängen.«

»Weil Mongol gar keine entlastenden Papiere hatte.« Langsam begriff Constanze.

Anna legte ihre Hand auf Lauers Arm und sah ihn mitleidig an. »Machst du dir deswegen immer noch Vorwürfe?«

Doch bevor Lauer antworten konnte, platzte Constanze dazwischen. »Und wer ist dieser angebliche Doppelagent?«

Richard blinzelte Lauer an. Der schüttelte fast unmerklich den Kopf. Doch Richard hatte keine Lust, auf ihn zu hören. »Mainl«, entfuhr es ihm.

»Mainl!«

»Aber dann hätte der Weil das dem Mainl gar nicht sagen müssen ... Wenn der Mainl der Doppelagent war, dann wusste er das ja selbst ... Dann stimmt wirklich nichts an diesem ...« Constanze sah sich verwirrt um. »Dann stammen die Mitschnitte von jemandem, der immer noch glaubt, dass Mongol eigene Beweise hatte ...«, flüsterte Constanze. »Und der nicht weiß, dass Mainl ein Doppelagent war ...«

»So sieht es aus.« Lauer nickte, und sein Blick wurde weich. Doch er riss sich zusammen und wandte sich um. »Richard«, sagte er übertrieben barsch und räusperte sich. »Das mit dem Mainl will ich nirgendwo lesen, hast du mich verstanden?«

»Aber wieso das denn?« Anna verstand ihn nicht.

»Ja, meine Güte! Das ist ein alter Mann! Der sich verdient gemacht hat! Den könnt ihr doch nicht vorführen! Denkt nur an den armen Mongol! Der Mainl hat sich für ihn in Gefahr begeben! Hat echte Drecksarbeit geleistet! Hat sich mit der Stasi an einen Tisch gesetzt, für uns so manche Kastanie aus dem Feuer geholt. Stell dir vor, die hätten was gemerkt ... Und wenn ich an all die Häftlinge denke, die er freigekauft hat ...«

»Und die wunderbaren Geschäfte, die er nebenbei gemacht hat ...«, warf Constanze ein.

»Woher weißt du das?« Anna blickte die Freundin erstaunt an.

»Ich komme aus Berlin. Ehemalige Frontstadt. Schon vergessen? Da spricht sich so allerhand herum.«

»Also schön. Er hat Geschäfte gemacht, okay«, gab Lauer zu. »So ist das nun mal im Kapitalismus. Trotzdem hat er uns mehr als einmal geholfen. Ohne ihn ...«

»Und was ist mit Peter Weil?«, unterbrach Anna ihn, und ihr Gesicht war bleich. »Wie sollen wir je beweisen, dass *Die Linse* einer plumpen Fälschung aufgesessen ist, wenn wir nicht schreiben dürfen, was Richard herausgefunden hat? Also warum Weil das nie gesagt haben kann!«

»Genau!«, stieß Constanze in dasselbe Horn. »Der arme Mann …«

»Seit wann haben ausgerechnet Sie mit Peter Weil Mitleid?«, grummelte Lauer und sprach weiter, bevor Constanze reagieren konnte. »Aber das steht ohnehin auf einem anderen Blatt. Den Mainl lasst ihr in Ruhe. Verstanden? Zur Not dementiere ich, was immer ihr schreibt! Laut und vernehmlich. So, dass ihr es bereut!«

»Aber Diethelm!« Anna sah ihn entsetzt an. »Du kannst doch Peter Weil nicht opfern, nur um einem Doppelagenten namens Mainl ein paar Unannehmlichkeiten zu ersparen.«

»Unannehmlichkeiten? Das nennt ihr Unannehmlichkeiten? Das wäre für den das Ende!«

»Wieso? Wenn er doch ein wahrer Held ist?«, warf Constanze voller Sarkasmus ein.

»Es würde ihn umbringen«, erwiderte Lauer knapp. »Richard, wann bist du gelandet?«

»Vor zwei Stunden. Ich war noch kurz in der Redaktion.«

»Und? Was wissen die?«

»*Der Merker* weiß genug, um mich aus Moskau zurückzurufen. Aber nicht genug, um ohne mich zu schreiben, keine Sorge«, sagte Richard tonlos und wusste nicht, was er nun tun sollte. Da war ihm zum zweiten Mal, seit er Anna kannte, eine prächtige Enthüllung gelungen, und wieder drohte dieser Lauer damit, sie ihm aus der Hand zu schlagen.

Lauer schwieg. Und auch Anna sagte nichts.

»Ich denke, ich weiß, was ihr von mir erwartet.« Constanzes Stimme platzte bitter in die Stille. Langsam erhob sie sich und verließ wortlos die Küche. Die drei anderen sahen ihr nach und bewegten sich nicht. Als Constanze nach wenigen Minuten zurückkam, war es, als hätten sie so lange die Luft angehalten.

Mit Schwung warf sie einen braunen Umschlag auf den Tisch. Er landete genau vor Diethelm Lauer. »Da! Da ist es. Alexander Hof hatte das alles von mir. Aber das wissen Sie ja längst. Nicht wahr, Anna? Und bildet euch ja nicht ein, dass ich auch noch sage, woher ich es habe! So. Jetzt könnt ihr mich fertig machen. Ist mir auch egal.« Mit diesen Worten brach sie in Schluchzen aus und rannte aus der Küche. Erschrocken blickte Lauer hinter ihr her. Das hatte er nicht gewollt. Sein Gesicht brannte. Er wollte ihr nachgehen und sie in den Arm nehmen, sie trösten. Doch das war nicht alles. Er wollte noch viel mehr.

Er tat es nicht. Er hatte keine Zeit zu verlieren.

18. Kapitel

Schon früh am nächsten Morgen flog Diethelm Lauer nach Berlin zur Sitzung des Kabinetts, das seit kurzem regelmäßig in der neuen Hauptstadt tagte – schon um den Berlinern die Zuversicht zu vermitteln, dass die Regierung eines Tages wirklich kommen würde.

Die Stimmung in dem Saal, in dem einst der DDR-Staatsratsvorsitzende Erich Honecker seine ausländischen Gäste zu empfangen pflegte, war allerdings düster. Jeder der Minister hatte am Morgen die Zeitungen gelesen, hatte die vom Bundespresseamt erstellte Übersicht über die Kommentare durchgesehen, und den meisten war die Brisanz nur zu bewusst. Man tuschelte aufgeregt, und hinter vorgehaltener Hand wurde die Frage gestellt, wie lange sich die Regierung noch werde halten können. Oder ob der Kanzler nicht besser daran täte, den Innenminister sofort zu entlassen. Weil ein rascher Schnitt, so schmerzlich er auch für den Einzelnen sein möge – und an dieser Stelle senkten sie pietätvoll die Stimmen –, immer noch besser sei, als darauf zu warten, dass das ganze Schiff unterging.

Vor allem die Tatsache, dass Maximilian Viereck trotz aller Versprechen die unselige Tradition seines Vorgängers fortgesetzt und die Telefonate eines Abgeordneten mitgeschnitten zu haben schien, hatte in den Blättern für böse Kommentare gesorgt. Von dreisten Lügen war die Rede. Die Regierung habe, schrieben die Leitartikler, das Volk hintergangen – in mehr als einer Hinsicht.

Volker Dom von der geachteten *Hamburger Zeitung* brachte die allgemeine Empörung auf den Punkt. Da sei zum einen die Tatsache, dass ein Vertreter des Volkes just von der Staatsmacht, die er zu kontrollieren habe, abgehört werde. Das sei schon ein Skandal an sich. Dass dabei allerdings deutlich geworden sei, wie tief dieser Abgeordnete in düstere Geschäfte und Abhängigkeiten verstrickt sei, wie lange in dieser Partei vertuscht und gemauschelt werde, sei nicht minder skandalös. Der Gipfel sei aber, dass eine Zeitung diese Informationen habe mühsam zutage fördern müssen. »Was wusste der Kanzler?«, fragte Dom. »Müssen wir nicht davon ausgehen, dass ein Innenminister, wenn er solches Wissen erlangt, ganz gleichgültig, auf welchem Wege, seinen Kanzler davon in Kenntnis setzt? Sofort und ohne Verzug? Wieso schweigt Müller? Was hat er zu verbergen?

Statt aufzuklären, wird in der Regierung das alte Spiel gespielt. Und das heißt: Die Presse ist schuld. Nicht etwa Peter Weil. Oder Maximilian Viereck. Oder gar Jens Müller selbst. Nein. Die Presse.

Diesmal aber werden wir es ihnen nicht so leicht machen. Wir verlangen, dass die ganze Wahrheit auf den Tisch kommt. Und wir werden den mutigen Kollegen von der *Linse* beistehen. Wir rufen ihnen zu: Bleibt standhaft.

Der Kanzler wird bald keine Wahl mehr haben: Entweder, er greift endlich durch. Oder er wird seine Macht verlieren. Schneller, als ihm lieb ist.«

Die anderen Blätter bliesen in dasselbe Horn. Nach dem dritten Kommentar hörte Lauer auf zu lesen. Er hatte nicht die Nerven dafür, war vollkommen übernächtigt.

Er hatte noch am Abend Constanzes Kopie zu Viereck bringen lassen, war danach aber so unruhig gewesen, dass er kaum hatte schlafen können. Er hatte die erste Maschine nach Berlin gebucht, saß nun auf seinem Platz an dem runden Kabinettstisch und suchte Vierecks Blick. Gab es etwas Neues?

Der Innenminister ließ sich nicht stören. Mit unbewegtem Gesicht türmte er Aktenberge vor sich auf und beteiligte sich nicht an der lautstarken Aufgeregtheit. Nur an den dunklen Ringen unter seinen Augen war zu erkennen, dass seine Nacht ebenso schlaflos gewesen war wie die des Regierungssprechers.

In dem Moment öffnete sich die Tür. Alle verstummten. Mit lautem Getrampel kamen die Fotografen herein, blickten sich kurz um und umringten Müller und Viereck, hockten sich vor ihnen auf den Boden, hielten jede ihrer Bewegungen fest.

Müller war sichtlich nervös. Viereck aber ertrug es mit stoischer Ruhe. Er ließ sich nichts anmerken. Schon gar nicht seine Erleichterung. Denn ein Lächeln, das wusste er, entsprach keineswegs dem Ernst der Lage. So blickte er nachdenklich und besorgt drein und hoffte, dass Müller bald die Sitzung einläuten und die Fotografen verscheuchen werde.

Die Nachricht, die Innenminister Maximilian Viereck kurz darauf den anderen überbrachte, war in der Tat so beruhigend, dass sogar die geborenen Pessimisten unter den Kabinettsmitgliedern wieder Mut schöpften und eilig den Rückflug nach Bonn antraten, um den Tag nicht nutzlos verstreichen zu lassen.

Es blieb Diethelm Lauer vorbehalten, am Mittag vor die Presse zu treten.

Müller hätte die Aufgabe zwar gerne selbst übernommen, der Regierungssprecher hatte jedoch ausdrücklich davon abgeraten. »Verbrenn dir mit dieser Sache nicht die Finger. Denk dran. Wenn das am Ende doch schief geht, musst du uns alle noch rauswerfen können!« Etwas verschnupft, aber letztlich einsichtig fügte sich der Kanzler.

So ging Lauer allein auf die Journalisten zu, die das Foyer belagerten.

Er wartete, bis sich die Fotografen auf dem Fußboden niedergelassen und die schreibenden Journalisten dahinter beruhigt hatten, bevor er sich schmunzelnd über das eilig aufgebaute Stehpult beugte und mit förmlicher Stimme verkündete: »Im Mittelpunkt der heutigen Kabinettssitzung stand die Veröffentlichung des Nachrichtenmagazins *Die Linse* vom gestrigen Tag, wie Sie sich denken können. Wir haben bereits kurz nach der Veröffentlichung erhebliche Zweifel an der Authentizität der von dem Magazin zitierten angeblichen Abhörprotokolle geäußert. Diese Zweifel haben sich in der Zwischenzeit erhärtet.«

»Haben Sie Beweise?«, rief ein Reporter dazwischen.

»Nun warten Sie ab«, erwiderte Lauer, bemerkte mit einigem Erstaunen Anna in der zweiten Reihe, zog zum Zeichen des Erkennens kurz die Augenbrauen hoch und erläuterte dann, als sei nichts geschehen, in schönstem Bürokratendeutsch, mit welchen Argumenten sich die Chefredaktion der *Linse* nach wie vor einer Kooperation verweigere, dass es der Regierung aber glücklicherweise gelungen sei, eine weitere Abschrift dieser angeblichen Abhörprotokolle zu erhalten, und dass die Experten des Geheimdienstes absolut sicher seien, dass es sich um Fälschungen handele.

Ein Raunen ging durch den Saal. »Woraus schließen Sie das?«

»Da ist zum einen das Papier selbst. Nach den jüngsten Untersuchungen, und ich bitte um Verständnis, dass wir erst am Anfang stehen, da sich die neue Entwicklung erst spät am gestrigen Abend ergeben hat, wird das Papier, auf dem dieses Protokoll geschrieben ist, bereits seit mehreren Jahren nicht mehr im Geheimdienst verwendet.«

»Aber es ist früher einmal benutzt worden?«

»Davon gehe ich aus.«

»Wann?«

»Das werden die Untersuchungen ergeben.«

»Halten Sie es für denkbar, dass jemand im Geheimdienst aus Versehen dieses Papier verwendet hat? Vielleicht, um zu sparen?« Die Journalisten lachten, und auch Lauer musste schmunzeln.

»Ihr Vertrauen in die Sparsamkeit unseres Geheimdienstes ehrt Sie«, antwortete er und grinste breit. »Ich stehe auch nicht an, dieses Vertrauen in irgendeiner Weise zu erschüttern. Ausschließen kann ich natürlich nichts. Es gibt allerdings eine Reihe weiterer Indizien, die darauf hindeuten, dass es sich um eine Fälschung handelt. Ich muss Sie aber wirklich um Verständnis bitten, dass der Geheimdienst noch Zeit für genauere Analysen benötigt. Sobald ich mehr Informationen habe, werde ich sie Ihnen und selbstverständlich auch Ihren Bonner Kollegen zur Verfügung stellen. Ich fordere die Leitung der *Linse* an dieser Stelle erneut auf, uns ihre Quelle zu nennen und die Papiere zur genauen Prüfung auszuhändigen.«

»Hat die Regierung Hinweise auf den Aufenthaltsort von Peter Weil?«, wechselte eine Reporterin unvermittelt das Thema. »Oder haben Sie ihn versteckt?«

»Aber was denken Sie!«, erwiderte Lauer gönnerhaft. »Die Bundesregierung pflegt Abgeordnete des Bundestages nicht zu verstecken! Das haben die gar nicht nötig.«

Ein unwilliges Raunen erfüllte das Foyer.

»Herr Lauer, hat die Regierung Kenntnis vom Aufenthaltsort des Abgeordneten Weil?«

»Nein. Warum sollte sie?«

»Er ist verschwunden.«

»So? Davon weiß ich nichts. Aber meine Damen und Herren, mal ganz im Ernst.« Er hielt einen Moment inne und betrachtete mit gerunzelter Stirn die Gesichter, die ihn erwartungsvoll ansahen. »Wer das Verhalten Ihrer Kolleginnen und Kollegen gestern in Bonn miterlebt hat, der wird den Abgeordneten, so er denn tatsächlich verschwunden sein sollte, sicher verstehen. Ich an seiner Stelle würde jedenfalls auch vermeiden wollen, Ihnen ein zweites Mal in die Arme zu laufen!«

Einfach war Weils Flucht nicht gewesen. Kaum hatte das Kamerateam ihn am Vortag aus den Fängen gelassen, hatte er sich hinter der erstbesten Tür verschanzt und seine Mitarbeiterin angerufen. »Sie haben mich doch erwischt! Was soll ich nun tun?«

Die beherzte junge Frau zögerte nicht lange. »Wo sind Sie? Ich hole Sie ab. Und dann fahren wir zu mir. Da wird Sie keiner suchen.«

Peter Weil atmete auf und bemerkte erst jetzt, dass er im Aufenthaltsraum der Boten gelandet war. Einer schob ihm einen Stuhl hin, ein anderer brachte ein Glas Wasser, und hätte Peter Weil genauer hingeschaut, hätte er in den Gesichtern dieser ernsten alten Männer in ihren Fracks nichts als diensteifrige, ergebene Treue gesehen.

Weil aber war zu sehr mit sich und seinem Problem beschäftigt und als seine Mitarbeiterin endlich die Tür öffnete, sprang er auf, eilte ohne Gruß aus dem Raum und ließ sich kurz darauf willig in ein Taxi setzen. Es war ihm egal, wo er hinfuhr. Er sah nicht aus dem Fenster. Er wollte nur weg. Weg von den lauten Journalisten und ihren bohrenden Fragen, auf die er ja selbst keine Antwort wusste.

Die nächste Nacht verbrachte er auf dem schmalen Sofa, das die Mitarbeiterin ihm zugewiesen hatte. Er lag wach und schlief erst ein, als es dämmerte.

Seine Mitarbeiterin ließ ihn schlafen. Leise tapste sie auf Zehenspitzen in ihrer kleinen Wohnung herum, emsig darauf bedacht, den Mann nicht zu wecken, der so jäh von seinem Sockel gestoßen worden war.

Leise zog sie die Tür hinter sich zu und fuhr ins Büro.

Die Anfragen der Journalisten, die schon früh im Büro eingingen, beantwortete sie einsilbig. »Herr Weil ist nicht da. Nein. Ich weiß nicht, wo sich Herr Weil befindet. So? In seiner Wohnung ist er nicht? Nun. Ich weiß es auch nicht.«

Schon bald versammelte sich die Meute wieder direkt vor der Bürotür. Doch sie blieb dabei und gab niemandem, nicht mal dem Vorzimmer des Regierungssprechers, einen Hinweis. Wohl aber klingelte sie am Mittag rasch durch, weckte Weil und setzte ihn über die Lage in Kenntnis. »Die Journalisten sind wieder da. Am besten ist es, Sie bleiben, wo Sie sind. Wir sollten Fraktion und den Sicherheitsdienst informieren, ich meine nur, äh, damit die nicht in Panik geraten und am Ende nach Ihnen suchen lassen …«

Weil grummelte etwas von blödem Mist, vergaß, ihr zu danken und legte auf.

Als sie ihn am Nachmittag dringend erreichen musste, hoffte sie inständig, dass er den Rat befolgt hatte und in ihrer Wohnung geblieben war. Aufgeregt wählte sie die Nummer, und als er sich meldete, fiel ihr ein Stein vom Herzen. »Gott sei Dank, Sie sind noch da.«

»Ja, natürlich! Wo soll ich sonst sein? Belagern die uns immer noch?«

»Ich fürchte ja. Aber deswegen rufe ich nicht an. Eben war da ein merkwürdiger Anruf, und ich dachte, Sie sollten davon erfahren …«, stammelte sie und hoffte, dass sie es richtig machte. »Da war ein Mann, der seinen Namen nicht sagen wollte. Aber er war ziemlich aufgeregt …«

»Ja und?«

»Nun. Er sagte, es tue ihm Leid, er habe das alles nicht gewollt … Warten Sie … Ich habe es mitgeschrieben … Ja, hier. Er müsse Ihnen dringend etwas sagen, das für Sie wichtig ist. Damit Sie verstehen, was vorgeht. Hier, ich habe es sogar wörtlich. ›Sagen Sie ihm, er muss nach Berlin kommen. Ich kann ihm helfen. Die Sache sollte eigentlich nur gegen Herbert Mainl gehen.‹ Und dann hat er noch gemeint, er müsse Sie treffen, und ich solle das ausrichten. Dringend. In Berlin. Auf etwas anderes wollte er sich nicht einlassen. Ich habe es versucht, glauben Sie mir.«

»Ja, ja. Und weiter?«

»Er hat eine Telefonnummer hinterlassen. Da sollen Sie anrufen. Soll ich Ihnen die Nummer geben?«

»Glauben Sie, da ist was dran?«

»Sie fragen mich?«

»Ja natürlich! Wen denn sonst? Sie haben doch mit ihm gesprochen!«

»Ja … äh … Natürlich … Also, mir erschien das schon komisch, das gebe ich zu. Aber …«

»Aber was?

»Also, wenn Sie mich fragen …«

»So reden Sie doch!«, drängte Weil.

»Also … Ich würde das ernst nehmen.« Sie zögerte, bevor sie weitersprach. Doch nun klang ihre Stimme sicherer. »Ich habe es ernst genommen. Ich habe Sie sofort angerufen. Ja. Doch. Der meinte, was er sagte.«

»Ich soll also nach Berlin fliegen?«

»Warum nicht?«

»Aber …«

»Was haben Sie zu verlieren?«

»Und wenn mich die Journalisten …«

»Seien Sie mir nicht böse, aber irgendwann müssen Sie wieder auf die Straße.«

»Tja.« So rasch hatte er den Rausschmiss nicht erwartet. »Wenn Sie meinen.«

»Sie haben mich gefragt.«

»Ja«, räumte er ein. »Das habe ich. Dann geben Sie mir mal diese Nummer. Wie heißt er?«

»Keine Ahnung. Sie sollen nach der *Fledermaus* fragen.«

Peter Weil legte auf und dachte nach. Eine Weile lief er verunsichert auf und ab und wusste nicht, was er tun sollte. Wenn er doch nur selbst mit dem Mann gesprochen hätte! Dann hätte er vielleicht eine Ahnung. Er bildete sich ein, Menschen recht gut einschätzen zu können, auch am Telefon.

Aber so? Er stellte die Fernsehnachrichten an und sah Lauer, wie er die frohe Botschaft verkündete. Na bitte! Die Regierung wusste, dass da etwas faul war! Dann war doch alles in Ordnung!

Doch merkwürdigerweise wollte sich keine rechte Erleichterung einstellen. Irgendwie klang Lauer nicht überzeugend. In Peter Weils Ohren klang alles eher wie ein Hinhaltemanöver, und er spürte, dass er Hilfe nötiger hatte denn je. Und sei es die Hilfe eines vollkommen Unbekannten.

Als sein Blick zufällig auf die Uhr fiel, erschrak er. Wenn er wirklich nach Berlin wollte, müsste er sich beeilen. Plötzlich schien es ihm unerträglich, weiter in der fremden Wohnung zu sitzen. Worauf wartete er eigentlich? Jemand wollte ihm helfen! Dies war sein einziger Strohhalm! Ja, er würde danach greifen. Er würde nach Berlin fliegen, sofort. Gottlob hatte seine Mitarbeiterin am Vorabend noch ein paar Kleinigkeiten aus seiner Wohnung geholt, so heimlich, dass keiner der lauernden Journalisten etwas mitbekommen hatte.

Rasch packte er seine Tasche. Doch als er fertig war, hielt er inne. Wo würde er sich mit dem Mann verabreden? Und dass er selbst den Ort festlegen musste, war selbstverständlich. ER war der Abgeordnete. ER bestimmte die Regeln.

Aber es fiel ihm nichts Passendes ein. Natürlich war Peter Weil oft in Berlin gewesen. Er hatte stets in einem der großen Hotels gewohnt, im Reichstagsgebäude gearbeitet, abends mit den Fraktionskollegen Restaurants oder Szenelokale in Mitte heimgesucht. Immer aber waren viele Menschen um ihn gewesen, Abgeordnete, Mitarbeiter, der Tross. Wann immer ihm etwas gefehlt hatte, und sei es nur Gesellschaft, war jemand da gewesen, die Lücke zu schließen.

Dies würde das erste Mal sein, dass er ganz allein in die neue Hauptstadt reiste und eine vage Unsicherheit befiel ihn. Verwirrt ließ er sich auf das Sofa sinken und überlegte fieberhaft, wen er fragen konnte. Wer kannte sich in Berlin aus? Es wollte ihm niemand einfallen. Die Berliner Abgeordneten waren ihm fremd, die aus dem Osten ohnehin. Es gab da wohl den einen oder anderen Manager aus den Aufsichtsräten, überlegte er. Aber natürlich kannte er keinen von ihnen privat …

Constanze! Natürlich! Warum war er nicht früher darauf gekommen? Vielleicht ließ sie ihn sogar in ihrer Wohnung übernachten! Sie musste ihm einfach helfen! Er stürzte zum Telefon und wählte. Er kannte ihre Nummer längst auswendig.

19. Kapitel

Anna, Richard!«, rief Constanze, als sie an diesem Nachmittag die Wohnungstür hinter sich zuwarf. Doch alles blieb still. Sie machte im Flur Licht, streichelte Napoleon, der ihr um die Beine strich, ging in die Küche, holte die angebrochene Flasche Wein vom Vorabend aus dem Kühlschrank.

Sie lehnte sich an die Spüle und trank gierig. Es war ein harter Tag gewesen und das Härteste daran war, dass sie sich keinem ihrer Kollegen hatte anvertrauen können. Niemandem hatte sie etwas sagen können von Mainl und Weil und Alexander und ihrer eigenen Verwicklung in den Fall, und das Schweigen war ihr mit jeder Nachricht, die sie im Fließbandtempo hatte schreiben müssen, schwerer gefallen.

»Konzern *Mainl* weist Vorwürfe zurück«

»Oppositionsführer fordert Kanzler zur Klärung auf«

»Vier Tote bei Brand in Altersheim«

»Weil spurlos verschwunden«

»Lauer nennt *Linse*-Enthüllung Fälschungen«

Besonders schlimm war, dass Felix Mücke unnachgiebig gewesen und sie am Morgen gleich als Erstes gezwungen hatte, alle Meldungen im Fall Weil zu recherchieren, zu schreiben, zusammenzufassen. »Das machst du.«

»Und wenn ich nicht will?«

»Warum solltest du nicht wollen? Du machst das trotzdem. Hast du nicht morgen frei?«

»Ja und?«

»Dann kannst du machen, was du willst. Heute aber schreibst du diese Story.«

So war sie widerwillig an die Arbeit gegangen, hatte Weil nur halbherzig hinterhertelefoniert. Constanze gönnte ihm die Verschnaufpause. Sie überlegte kurz, ob sie ihn nicht allein deshalb aufstöbern müsse, um ihn von den neuen Einzelheiten zu unterrichten. Doch rasch verwarf sie die Idee. Das lag nicht mehr in ihrer Hand. Die Geschichte war ihr längst entglitten.

Nur eine Information gehörte ihr noch ganz allein, und die würde sie nicht preisgeben. Niemals würde sie verraten, dass sie die Papiere von Kurt Schaller erhalten hatte. Das schwor sie sich. In allen Farben malte sie sich aus, wie man sie bedrängen würde. Sie aber würde widerstehen, ihn schützen.

Aber dafür würde Schaller bezahlen. Von Minute zu Minute wuchs ihr Verlangen, ihn zur Rede zu stellen: »Wo hattest du diese Mitschnitte her? Warum hast du sie mir gegeben? Alles gefälscht! Wolltest du mich fertig machen? Warum nur? Warum?« Sie würde die Wahrheit schon aus ihm herausbekommen.

Und dann? Was, wenn er sie mit voller Absicht auf die falsche Fährte geschickt hatte? Würde sie damit fertig werden? Das Weinglas noch immer in der Hand, ging sie die paar Schritte zum Fenster, blickte hinaus, und in ihrem Innern wuchs die Unruhe. Was ging wirklich vor? Und was war mit Peter Weil? Ob es ihm gut ging? War sie schuld, wenn ihm etwas zustieß? Wenn sie nur Alexander nichts gesagt hätte! Aber hätte sie es allein besser gemacht? Auf diese Frage fand sie keine Antwort.

Unvermittelt sprangen ihre Gedanken weiter, und ein Schmunzeln machte sich auf ihren Lippen breit. Alexander steckte jetzt selbst in Schwierigkeiten! Er war es, der in dem Loch hockte, das Schaller für sie geschaufelt hatte! Ob er schon bereute, ihr die Story gestohlen zu haben …? Bestimmt musste er in diesem Moment einige unangenehme Fragen beantworten. Sie hatte Lauers Auftritt im Fernsehen verfolgt. Er war so überzeugt gewesen.

»… sind sicher, dass es Fälschungen sind.«

Aber wenn Alexander jetzt in Schwierigkeiten steckte, war sie daran nicht mit schuld? Er hatte ihr schließlich vertraut! So versank Constanze immer tiefer in ihren Gedanken, und als es kurz darauf an der Tür klingelte, öffnete sie mechanisch.

Alexander nahm zwei Stufen auf einmal. Als er sie erreicht hatte, rückte er die Brille gerade, fuhr sich unwirsch durch den braunen Haarschopf und schlug die Tür hinter sich zu. Das bunte Glas schepperte in dem Holzrahmen. Ärgerlich packte er Constanze an den Armen und schüttelte sie. »Jetzt hör mir mal gut zu! Entweder du sagst mir sofort, von wem du diese Papiere hattest oder … oder … Oder ich vergesse mich!«

Constanze war viel zu überrascht, um zu schreien. Befremdet betrachtete sie erst sein Gesicht, dann seine Hände und runzelte die Stirn. Es war wie ein Film, der vor ihren Augen in Zeitlupentempo ablief, als gehe es sie alles gar nichts an. Und während sie sich noch wunderte über das, was mit ihr geschah, lösten sich alle Selbstzweifel in dem Zorn auf, der langsam in ihr hochkochte.

Nach Sekunden, die ihr endlos vorkamen, löste sie seine Hände bestimmt von ihrer Haut und sagte mit ruhiger, tiefer Stimme: »Lass mich sofort los!«

Verblüfft über diese neue, selbstsichere Constanze gehorchte Alexander und ließ sie los.

»Sehr schön. Und jetzt hör du mir gut zu.« Constanzes Augen funkelten so wild, wie er das noch nie bei einer Frau gesehen hatte, und eine beklemmende Lust breitete sich in ihm aus.

»Ich bin dir überhaupt keine Rechenschaft schuldig! Und schon gar nicht muss ich dir irgendetwas sagen, nachdem du mich betrogen und belogen hast!«

»Ich? Dich? Belogen und betrogen? Du siehst übrigens wunderbar aus, wenn du wütend bist!« Er breitete seine Arme aus und machte einen Schritt auf sie zu.

»Untersteh dich. Bleib, wo du bist!«, fauchte Constanze und wich zurück.

»Okay, okay!« Er hielt seine Hände in die Höhe wie ein Fußballer, der eben erst den Gegenspieler gefoult hatte. »Aber immerhin habe ich dir blind vertraut! Und jetzt habe ich die Scheiße am Hals ... Hast du überhaupt eine Ahnung, was da draußen los ist? Hast du Nachrichten gesehen?«

»Ich habe heute genauso gearbeitet wie du«, antwortete sie kühl.

»Dann weißt du ja, dass Lauer verbreitet, deine Papiere wären plumpe Fälschungen ...«

»Moment mal! Habe ich dich richtig verstanden? Jetzt sind es auf einmal wieder meine Papiere? Jetzt auf einmal? Ja? Meine?«

Alexander hob die Brauen. Sie hatte natürlich Recht. Er hatte sie über den Tisch gezogen. Schnell versuchte er es auf andere Weise. »Woher hat der Lauer eigentlich die Kopie? Etwa von dir? Steckst du mit dem auch unter einer Decke?« Es war ein Bluff. Eigentlich wusste er genau, wie absurd es war. Doch dann bemerkte er, dass sie zusammenzuckte, und es dämmerte ihm, dass er Recht hatte. »Du hast sie ihm also wirklich gegeben«, stieß er verwundert aus. »Erst gibst du sie mir und dann ihm! Ich fasse es nicht! Willst du mich fertig machen oder was?«

»Ich? Dich? Fertig machen? Das wird ja immer schöner!« Constanze schnaubte. »Du klaust mir eine Geschichte, suhlst dich im größten Erfolg deines Lebens, und wenn's eng wird, kommst du zu mir und jammerst? Zu mir? Dem Agenturhäschen? Dem man nicht mal eine gemeinsame Recherche zutraut?« Sie marschierte entschlossen in die Küche, doch Alexander hatte nicht die Absicht, sich geschlagen zu geben. Er trabte hinter ihr her und lehnte sich an den Türrahmen. »Sagst du mir nun, wo du die Mitschnitte her hast oder nicht? War es einer vom Geheimdienst. Du brauchst nur zu nicken ...«

»Tja. Das möchtest du gerne wissen. Nicht wahr?«, höhnte Constanze und starrte wieder aus dem Fenster. »Und wenn ich es nicht sage? Was machst du dann?« Sie kannte sich selbst nicht mehr. Da war der Mann, für dessen Zärtlichkeiten sie noch vor ein paar Tagen alles gegeben hätte. Und das Merkwürdigste war – es war ihr vollkommen egal! Sie empfand nichts. Es tat nicht einmal weh!

»Wenn du jetzt nicht redest, wird mir nichts anderes übrig bleiben, als mit meinem Chefredakteur zu sprechen, und die nächste Ausgabe wird weder dir noch der INA gefallen ...«

Constanze lachte laut auf. »Mach doch! Warum hast du mich nicht schon in dieser Ausgabe erwähnt?«

Alexander sah sie fassungslos an. Er hatte sie unterschätzt. Constanze ließ sich nicht einschüchtern. Offenbar wusste sie, dass er den Mund halten musste. Wie sollte er das auch seinem Schwiegervater beibringen? Er hatte das Geld längst eingesteckt. Mutlos sank er auf den nächstbesten Küchenstuhl. »Und warum hilfst du mir nicht?«

Da wäre Constanze beinahe schwach geworden. Unwillkürlich machte sie ein paar Schritte auf ihn zu, und es hätte nicht mehr viel gefehlt, da hätte sie ihm in aller Freundschaft den guten Rat gegeben, sich so schnell wie möglich aus dieser Affäre zu ziehen. Gerade rechtzeitig aber erinnerte sie sich an Alexanders Skrupellosigkeit, sein gebrochenes Versprechen. Abrupt wandte sie sich ab. »Vielleicht wäre das alles nicht passiert, wenn wir zusammen recherchiert hätten. Vielleicht hätten wir dann rechtzeitig gemerkt, dass da etwas nicht in Ordnung ist.«

»Ach, tu doch nicht so scheinheilig. Meinst du, ich hätte nicht recherchiert?«, stieß Alexander aus. »Und wen wir alles gefragt haben! Wir hatten sogar eine Bestätigung. Vom Geheimdienst!«

»Und wie kommt dann der Lauer dazu zu sagen, dass das eine Fälschung ist?«

»Nun ja, es war eher eine indirekte Bestätigung«, räumte Alexander ein.

»Dann war sie aber verdammt indirekt!« Constanze musste lächeln.

Da stand Alexander auf, ging langsam um den Tisch herum, stellte sich dicht vor sie. »Hätte ich denen gleich alles sagen sollen? Damit sie sofort dementieren? Das hatten wir schon mal. Und pikanterweise auch bei diesem Mainl. Damals war es ein anonymer Hinweis ... Ich habe dir das nicht gesagt. Aber jetzt ist es wohl auch egal. Der Geheimdienst hat es damals einfach abgestritten, und wir haben nie wieder etwas davon gehört.«

»Und wenn sie dieses eine Mal Recht gehabt hätten mit ihrem Dementi?«

»Die sind sich ziemlich sicher. Oder?« Alexander sprach so leise, dass Constanze Schwierigkeiten hatte, ihn zu verstehen. »Sind es wirklich Fälschungen?«

»Tja. So sieht es im Moment wohl aus. Aber als ich sie dir gab, wusste ich das nicht. Wirklich. Das musst du mir glauben!« Constanze wandte sich ab. Sie konnte es kaum noch ertragen, weiter zu schweigen. Und trotzdem, sie würde Schaller nicht verraten. Nicht heute und morgen auch nicht. Zumal er nicht da war. Er war im Krieg. Vielleicht kam er nie wieder. Dann ginge das Geheimnis mit ihm ins Grab. Sie erschauderte.

Alexander beobachtete ihren Rücken, erkannte das leise Zittern und grinste in sich hinein. Gleich war sie reif. Sie brauchte nur noch einen kleinen Schubs. »Sag es mir!« Seine Arme umschlangen sie. Zärtlich lehnte er sein Gesicht an ihre Schulter. »Hilf mir! Die Redaktion verlangt … Ich muss … Ich habe Probleme. Echte Probleme. Also sag es mir! Bitte!« Und als sie schwieg, setzte er nach. »Ich brauche dich!«

Das gab Constanze den Rest. Wütend machte sie sich von ihm los. »Ich hätte dich auch gebraucht«, stieß sie aus. »Mach, dass du rauskommst!«

Sie starrten sich an, und einige Sekunden lang sagte keiner ein Wort. Dann schob Constanze ihn zur Seite und ließ ihn einfach stehen. Als sie ihr Zimmer erreicht hatte, schloss sie hinter sich ab.

Er ging ihr nach. In hilflosem Zorn rüttelte er an der Tür. »Mach auf! Los! Ich kann das nicht leiden, wenn sich einer einschließt!«

»Ach, hau doch ab!«, zischte sie von innen. »Zieh Leine! Mach, dass du wegkommst! Bevor Richard dich hier erwischt!«

»Wie? Richard ist wieder da?« Verblüfft ließ Alexander von der Klinke ab und lehnte sich mit dem Rücken an die verschlossene Tür. Eine drückende Vorahnung befiel ihn. Was hatte es zu bedeuten, dass *Der Merker* ausgerechnet jetzt einen Reporter zurück nach Bonn holte, der ihm schon einmal um eine Nasenlänge voraus gewesen war und den Skandal um Neuser, an der *Linse* vorbei, aufgerollt hatte?

In dem Moment klingelte Constanzes Telefon. Alexander horchte auf, überlegte kurz, ob er gehen oder lauschen sollte. Schließlich siegte die Neugierde. Er legte sein Ohr an die Tür und strengte sich an. Verstand ein paar Wortfetzen. Dann einen ganzen Satz. Und war elektrisiert.

»... Und wo bist du jetzt? Du ... das ganze Land ... alle ... nach dir!«

Einen Moment lang war es still. Dann hörte er wieder ihre Stimme. »Ich weiß. Ich habe es im Fernsehen gesehen. Es war furchtbar ... Nein. Ich war nicht in Berlin. Anna war da, ja. ... Ja, ich bin auch froh drüber ... Wenn ich kann ... Nein. Ich sage es niemandem. Kannst dich auf mich verlassen ... Ich weiß jetzt auch, dass es nicht stimmt ... Ja ... Das erkläre ich dir ein anderes Mal. Ja. Wenn wir mehr Zeit haben. Was hast du gesagt? ... Das ist ja wunderbar! ... Und wer ist das? ... Hmmm ... Ja, natürlich musst du hin. ... Ja, das würde ich dir raten. ... Wo? Hmmm ... Das ist nicht so einfach ...«

Ausgerechnet jetzt wurde Constanzes Stimme schwächer. Sosehr sich Alexander anstrengte, er konnte kaum etwas verstehen. Er hielt sich ein Ohr zu und konzentrierte sich ganz auf die Geräusche hinter der Tür.

»Warum gehst du nicht ins Ku ... Ja, sehr familiär. ... Ja, die Adresse kann ich dir geben. Das Hotel ist gleich bei mir um die Ecke … Natürlich drück ich dir die Daumen. Wann fliegst du? Okay. Melde dich, wenn du was weißt.«

So leise es ging, löste sich Alexander von der Tür, schlich aus der Wohnung und gab sich auf der Treppe alle Mühe, jedes Geräusch zu vermeiden. Eine Viertelstunde später langte er im Büro an.

»Ich glaube, ich weiß, wo Weil ist!«, japste er aufgeregt.

»Na klasse. Und wo?« Der Büroleiter sah interessiert von seinen Papieren auf.

»In Berlin.«

»Berlin ist groß.«

»In einem Hotel. Kann ich fahren?«

»Fliegen geht schneller.«

»Ja, ja, meine ich doch«, gab Alexander genervt zurück.

»Von mir aus. Aber wenn Sie in Berlin sind, fahren Sie bitte erst in die Redaktion. Ich fordere in der Zwischenzeit einen Fotografen an.«

»Danke.« Erleichtert buchte Alexander einen Platz im letzten Flug nach Berlin.

»Sie haben Glück. Wir hatten nur noch einen Sitzplatz.«

Er musste sich beeilen. Schnell fuhr er nach Hause und packte. Zu guter Letzt warf er einen Block, mehrere Stifte, sein Diktiergerät und einen Satz frischer Batterien hinterher, bestellte das Taxi und erreichte den Flughafen erst, als sein Name schon ausgerufen wurde.

»Passagier Hof. Bitte begeben Sie sich zu Ausgang drei.«

Glücklicherweise hatte man ihm einen Platz in der letzten Reihe zugewiesen. So konnte er im Vorbeigehen alle anderen Fluggäste ausgiebig mustern. Er schlängelte sich an den Sitzen entlang und sah in jedes Gesicht. Doch Peter Weil entdeckte er nicht.

Enttäuscht ließ er sich an seinem Fensterplatz nieder, schnallte sich an und fragte sich unruhig, ob er vielleicht etwas missverstanden hat, am Ende wieder auf eine von Constanzes Finten hereingefallen war, als plötzlich ganz vorne Unruhe aufkam. Jemand bestieg in letzter Minute das Flugzeug.

Er sprang auf und wollte nachsehen, doch eine Stewardess drückte ihn von hinten sanft, aber bestimmt in den Sitz zurück. »Tut mir Leid. Ich muss Sie bitten, sitzen zu bleiben und sich anzuschnallen. Wir starten in wenigen Minuten.«

Alexander gab nach.

Der Flug war unruhig, und der Kapitän ein vorsichtiger Mann. Er sprach von heftigen Turbulenzen, einem schweren Gewitter, führte Sicherheitsgründe an und bat alle Fluggäste um Verständnis für seine Bitte, auf den Plätzen zu bleiben.

Alexander hörte nicht darauf. Er musste einfach wissen, wer zugestiegen war.

Fast wäre es ihm gelungen. Doch im letzten Moment erwischte die Stewardess ihn. »So bleiben Sie doch sitzen! Sie haben doch gehört, was der Kapitän gesagt hat.«

Nach der Landung probierte er es mit Unhöflichkeit. Rüde schob er sich an seinen Mitreisenden vorbei, stolperte über Handgepäck, drängelte sich vor. Er schaffte nur fünf Reihen. Schließlich war er unter den Letzten, die die Maschine verließen. Langsam schlenderte er dem Ausgang zu. Wenn Peter Weil wirklich an Bord gewesen war, dann war er längst weg.

Das Taxi brachte Alexander zur Zentrale. In der Inlandsredaktion wurde er bereits erwartet. »Tag. Ich bin der Fotograf. Mein Name ist Schaller. Du weißt, wo wir hin müssen?«

Alexander zuckte beim vertraulichen *Du* zusammen. Er kannte den Kollegen nur dem Namen nach, hatte aber noch nie mit ihm zusammengearbeitet, und es war eigentlich nicht seine Art, Fremde sofort mit Vertraulichkeiten zu überschütten. Misstrauisch musterte er das sonnengegerbte Gesicht des anderen und stellte ein wenig überrascht fest, dass er den Mann sympathisch fand. »Ja, ich weiß, wo wir hinmüssen. So ziemlich jedenfalls. Lass mich noch schnell was nachsehen. Dann fahren wir.« Er würde sich an das *Du* schon noch gewöhnen.

Dann bat er die Sekretärin um Telefonbücher, suchte Constanzes Adresse heraus, ermittelte auf dem Stadtplan an der Wand, dass sie in Schöneberg wohnte, verglich die Lage aller Hotels, deren Namen mit *Ku* anfing, mit dieser Information, und es dauerte keine zehn Minuten, bis er das *Kunsthotel* ausgemacht hatte, das gleich um die Ecke von Constanzes Wohnung lag.

Er kritzelte die Adresse auf einen Notizblock, riss den Zettel ab und zeigte ihn dem Fotografen. »Da fahren wir hin.«

»Aha. Und? Was ist da los?«

»Offenbar ist der Weil da untergeschlüpft. Du kennst die Geschichte?«

»Ich war bis gestern noch auf dem Balkan.«

»Aha. Und wieso bist du zurück? Da war doch bestimmt mehr los als hier.«

»Habe ich auch gedacht. Aber tote Hose. Es gab nix. Ist ja ganz schön für die Leute da unten. Aber nicht für mich. Also bin ich zurück.«

»Und du weißt, worum es geht?«

Kurt nickte. »Ich denke schon. Ich habe deine Geschichte zufällig im Flugzeug gelesen. Das ist ja ein ganz schöner Hammer.« Alexander freute sich über das Lob und sah dem Fotografen zu, wie der sich bedächtig ein paar Filme einsteckte und seine Ausrüstung überprüfte.

Schaller fand Alexander reichlich aufgeblasen und hoffte, sich nicht verraten zu haben. Denn er war mächtig erschrocken gewesen, als er am Vortag den Artikel in der *Linse* gelesen hatte. Wie waren *Die Linse* und dieser Alexander daran gekommen? Und warum hatte Constanze nicht selbst geschrieben?

Gleich nach seiner Ankunft war er zur Redaktion gefahren. »Falls ihr in der Sache noch mal Bilder braucht, könnt ihr mich rufen? Ich würde das gerne machen.« Glücklicherweise hatte man keinen Grund gehabt, ihm diese Bitte abzuschlagen.

20. Kapitel

Die Hotelhalle hinter der verglasten Eingangstür war menschenleer. Forsch schlug Alexander auf die runde Klingel, die auf einem gewaltigen Küstertisch neben dem Fenster stand und sah sich um. Die Decken waren hoch und der Stuck bröckelte. Es roch moderig nach Staub und altmodischer Scheuerseife. Der Läufer, der den abgetretenen Marmor nur mühsam bedeckte, war höchst fadenscheinig und die ledernen Sessel neben der gewundenen Treppe schon etwas durchgesessen.

Doch trotzdem verströmte das Haus einen gediegenen Hauch modernen Charmes. An den weiß getünchten Wänden hingen schwarz-weiße, in Stahl und Eisen gefasste Werke aus Klecksen, Karos und Streifen, und die Dekorationen bestanden fast ausschließlich aus chromblitzenden, wenn auch abgenutzten Designerstücken. Sogar die Aschenbecher und Zuckerdosen, die aufgereiht auf einem makellos sauberen Glastisch auf Gäste warteten, waren eindeutig in einer Kunstschmiede gefertigt.

Während Alexander sich umblickte, öffnete sich unter der Treppe eine Tür und eine elegant gekleidete, dunkelhaarige Frau trat ihnen entgegen. »Was kann ich für Sie tun?«

»Guten Tag. Wir haben nur eine Frage. Wohnt ein Herr Weil bei Ihnen?«, ergriff Alexander das Wort. »Ich … äh … wir hätten ihn gerne gesprochen.«

Die Frau musterte die beiden Männer. »Aha. Sie haben also nur eine Frage.« Sie nickte, nahm Platz und schenkte den beiden einen skeptischen Blick, bevor sie, mehr zu sich selbst, murmelte: »Vielleicht wohnt ein Herr Weil bei uns. Das muss ich erst klären. Einen Moment bitte.«

Sie griff zum Telefon und bedeckte ihre Finger dabei so geschickt, dass Alexander die Nummer nicht abzulesen vermochte. Nach einer Weile nuschelte sie in die Muschel: »Rezeption, guten Tag. Ja. Hier sind zwei Herren, die einen Herrn Weil sprechen wollen. Können Sie mir sagen, ob ein Herr Weil bei uns abgestiegen ist? … Wie bitte? Ja. Zwei. Einen Moment.« Sie legte eine Hand auf die Muschel und wandte sich an Alexander: »Ihre Namen bitte?«

»Ich bin Alexander Hof vom Nachrichtenmagazin *Die Linse*«, antwortete er stolz und so laut, dass Weil, den er am anderen Ende der Leitung vermutete, es hören konnte. »Und das hier ist mein Fotograf.« Schaller runzelte verärgert die Stirn, sagte aber nichts.

»Ein Herr Hof und sein Fotograf«, wiederholte die Frau und kniff die Augen zusammen, als könne sie so die Antwort besser verstehen. Plötzlich hielt sie den Hörer etwas vom Ohr ab, schüttelte ihn, rief »Hallo, hallo« in die Muschel und legte schließlich achselzuckend auf. »Die Leitung ist tot. Es tut mir Leid. Ich fürchte, ich kann Ihnen nicht helfen.«

»Ja, wohnt er denn nun hier?«, bohrte Alexander nach und sein Herz klopfte. Wenn die Sache schief ging, konnte er nur hoffen, dass die Redaktion zu ihm stehen würde. Sicher war er nicht.

»Ich weiß es nicht.« Die Frau streichelte bedächtig ihr Kinn. Die Unentschlossenheit stand ihr ins Gesicht geschrieben. Da hatte sie schon mal richtige Journalisten im Haus, nicht diese Hanswürste von den Berliner Anzeigenblättchen und sollte sie sofort wieder wegschicken? Nur weil sich ein Gast so schwierig benahm?

Es war ihr größter Traum, den alten Kasten in nicht allzu ferner Zukunft zu einem Geheimtipp zu machen, vorbehalten den Berühmten und Mächtigen, die schon bald, da war sie sicher, nach Berlin strömen würden. Und sie hoffte darauf, inmitten des großstädtischen Andrangs eine Zuflucht für die Stars zu werden, modern und doch mütterlich. Dazu aber brauchte sie zunächst die Presse. Gute Presse.

Sie hatte die ersten zehn Zimmer mit viel Liebe zum Detail und modernem Design ausgestattet, an der stellenweise baufälligen Substanz einiges getan und zuletzt eine Neuerung eingeführt, über deren weiteres Schicksal sie bereits den ganzen Tag grübelte. Denn ein Amerikaner hatte sich vor einigen Wochen nach dem Duschen und blind vor Seifenschaum in der sperrangelweit offen stehenden Schranktür verrannt und sogleich getobt und mit einer millionenschweren Schadensersatzklage gedroht. Obgleich sie wusste, dass es damit in Deutschland nicht so einfach sein würde, hatte sie umgehend Türschließer einbauen lassen. Nun klappten die geräumigen, begehbaren Schränke in allen Zimmern automatisch zu und ärgerten die europäischen Gäste, die mit normalen Türen kein Problem hatten, wohl aber mit solchen, die das kleinste Zögern beim Ankleiden übel nahmen und ihnen in den Rücken schlugen. Erst vorhin hatte sie den endgültigen Entschluss gefasst: Ab morgen würde der Mechanismus vorsorglich und je nach Nationalität des Gastes eingesetzt oder außer Gefecht gesetzt.

Das allerdings war eine Lappalie im Vergleich zu dem gewesen, was sie jetzt zu entscheiden hatte. Denn sie war sich wohl bewusst, dass absolute Verschwiegenheit ein jedes Haus auszeichnete, erst recht eines, wie sie es sich erträumte. Sie hatte schließlich in den besten europäischen Hotels gelernt, bevor sie dieses heruntergekommene Objekt übernommen und zu dem gemacht hatte, was es zu werden versprach. Nein, was Verschwiegenheit und Diskretion bedeuteten, musste ihr wahrlich niemand sagen.

Eigentlich. Wenn diese Verlockung nur nicht so groß wäre! Das konnte der Anfang sein, der Anfang von etwas Großem. Die *Linse* konnte ihr Türöffner sein. Sie durfte nur nichts falsch machen.

»Meine Herren«, sagte sie und lächelte freundlich. »Ich führe ein gastliches Haus. Von mir aus können Sie warten. Vielleicht begegnen Sie ja diesem Herrn Weil. Aber mehr sage ich nicht…« Bei diesen Worten blitzten ihre Augen. »Darf ich Ihnen etwas bringen lassen? Einen Kaffee vielleicht?«

»Ach ja«, seufzte Schaller erleichtert, ließ die schwere Tasche von der Schulter gleiten und sah sich um. »Da hinten?« Er zeigte auf die Sitzgruppe.

Alexander zuckte mit den Achseln. »Von mir aus.«

Die nächsten Stunden vergingen ereignislos. Es kamen zwei Amerikaner, erkennbar an ihren karierten Hosen, eine junge Frau hüpfte die Treppe hinunter und ein älterer Herr verlangte die Rechnung. Die Hotelbesitzerin war mal hier, mal da, klapperte hinten in ihrem Verschlag auf einer Computertastatur, beantwortete das Telefon, ein alter Kellner huschte mal mit vollem, mal mit leerem Tablett an ihnen vorbei und brachte, als es immer später wurde und die beiden Journalisten noch immer dasaßen und warteten, belegte Brote.

Irgendwann setzte sich die Wirtin zu ihnen und fragte leutselig: »Ist das für Sie nicht furchtbar langweilig?«

»Solange es sinnvoll ist.« Alexander hob die Augenbrauen und wartete auf ihre Reaktion. Doch er bekam keine Antwort, und seine Unsicherheit wuchs mit jeder Minute. Bald würde er in der Redaktion Bescheid sagen müssen, spätestens morgen früh. Vorhin, als die Frau ihn aufgefordert hatte, auf Weil zu warten, war er noch sicher gewesen, dass der Mann wirklich hier abgestiegen war. Aber was, wenn er sich irrte? In Constanze? In seinem Gehör? Wenn sie die ganze Zeit im falschen Hotel saßen? Und man ihn nur hinhielt?

Hilfe suchend blickte er hinüber zu Kurt Schaller. Doch der lag ausgestreckt in seinem Sessel, fingerte gelangweilt an den Kameras und tat, als ginge ihn das Ganze nichts an. »Mir ist egal, wie lange wir hier sitzen. Ich werde pro Tag bezahlt. Gott sei Dank«, grunzte er, als er Alexanders Blick bemerkte. Er hatte versucht, den Journalisten auszuhorchen. Doch der hatte nichts gesagt und da hatte Kurt Schaller aufgegeben. Er war müde und die Lust an Versteckspielen war ihm vergangen. Die Tage auf dem Balkan hatten ihn, auch wenn es kein neues Blutbad gegeben hatte, mitgenommen wie stets und er brauchte seine Ruhe. Außerdem spürte er Alexanders Unsicherheit, ahnte, dass sie ihre Zeit verschwendeten und amüsierte sich im Stillen, hoffte, dass sie schon bald gehen würden.

Alexander seinerseits vermutete, dass Schaller nicht mehr lange mitmachen würde. Gäbe aber der Fotograf auf, würde ihn das in arge Erklärungsnot bringen. So überwand er seinen Widerwillen, umgarnte die Hotelfrau mit allem Charme, der ihm zu dieser späten Stunde zur Verfügung stand, und nach einer Stunde sprang die Frau endlich über ihren Schatten. »Wollen Sie wirklich noch warten? Der kommt heute bestimmt nicht mehr runter.«

»Also ist er hier?«

Sie zwinkerte ihnen listig zu. »Ich dachte, das wüssten Sie? Sonst hätten Sie doch kaum so lange hier gesessen!«

»Natürlich wussten wir das. Wollte mich nur mal vergewissern ...«

»Ist das nicht dieser bestechliche Abgeordnete, der angeblich verschwunden ist?«, fragte sie und senkte verschwörerisch die Stimme.

Als Alexander nickte, sah sie auf die Uhr und schürzte die Lippen.

»Der kommt heute Abend nicht mehr runter. Das ist meine ehrliche Einschätzung. Vorhin hat er eine Flasche Whiskey bestellt. Und zwei Gläser.«

»Aber es war niemand bei ihm?« Alexander fiel es schwer, seine Aufregung zu verbergen. Eine Flasche Whiskey und zwei Gläser, notierte er im Geist.

Da erhob sich die Wirtin aus dem tiefen Sessel, strich ihren Rock glatt und schaute von einem zum anderen. »Es war niemand bei ihm. Aber ich habe nichts gesagt. Haben wir uns verstanden?«

»Klar. Wir können doch weiter hier warten?«

»Hier? In der Halle?«

»Ja, warum nicht?«

»Nun ja ... Der Nachtportier müsste eigentlich längst hier sein. Möchte wissen, wo der wieder bleibt!«

»Natürlich mieten wir ein Zimmer«, schaltete sich Schaller ein, schenkte Alexander einen überlegenen Blick und zückte das Portemonnaie.

Ein Lächeln machte sich auf dem Gesicht der Wirtin breit. Sie blieben! Sie nahmen ein Zimmer! Vielleicht schrieben sie auch ein paar freundliche Zeilen über sie. Und über ihr Haus. Energisch ging sie zur Rezeption, holte ein großes, dickes Buch aus der Versenkung und betrachtete es mit einer Ausdauer, als sehe sie es zum ersten Mal.

Kurt stellte sich hinter sie und versuchte aus alter Gewohnheit, ein paar Einträge zu entziffern, während sie mit ihren Fingern die Zeilen entlanghuschte. »Mmm. Vielleicht wäre Ihnen Zimmer zehn recht?«

»Wo wohnt denn Herr Weil?«, fragte Alexander dreist.

Die Wirtin aber suchte weiter unbewegt die Einträge durch.

»Ist das ein Doppelzimmer?«, hakte Schaller ein und schaute ihr nun mit unverschämter Offenheit über die Schulter.

»Ja. Das ist ein Doppelzimmer. Im zweiten Stock. Es ist das größte. Mit einem guten Blick. Aber es hat nur ein großes Bett.« Sie sah fragend von einem zum anderen.

»Groß genug für zwei?«, mischte sich Alexander misstrauisch ein.

»Selbstverständlich.«

»Aber das ist doch wunderbar, oder?«, rief Schaller aus und wandte sich an den Kollegen. »Willst du zuerst oder soll ich?«

Wie hatten sie ihn nur so schnell gefunden? Der Anruf der Frau an der Rezeption vorhin hatte Peter Weil vollkommen aus der Bahn geworfen. Er war so aufgeregt gewesen, dass er aufgelegt hatte, ohne darüber nachzudenken, und nun saß er auf dem Bett, starrte das Telefon an und wusste nicht weiter. Wo kamen diese Journalisten her? Und vor allem: Wie hatten sie ihn so schnell gefunden?

Hoffentlich hielt die Frau Wort. Diskretion, hatte sie gesagt, als er die Anmeldung ausgefüllt hatte, sei Ehrensache.

Vielleicht verschwanden die bald. Mongol hatte Recht gehabt. Geschmeiß, hatte er die Journalisten oft genannt, wenn sie unter sich gewesen waren. Damals hatte er nur mild gelächelt und das Thema gewechselt. Heute begriff er, wie Mongol sich gefühlt haben musste. Warum verstand man manche Dinge erst, wenn sie einen selbst betrafen?

Nervös stand Weil auf und ging im Zimmer auf und ab. Dieser Mann, auf den er wartete – wie wollte er ihn bei sich nennen? Anonymus? Der Geheimnisvolle? Der Informant? Sein Retter?

Wie auch immer, dieser Mann durfte den Journalisten auf keinen Fall in die Arme laufen. Auf gar keinen Fall.

Aufgeregt fuhr sich Peter Weil mit beiden Händen durch den dichten Haarschopf. Wie sollte er das verhindern? Saßen sie unten? Wussten sie, dass er hier abgestiegen war? Oder vermuteten sie es nur? Würden sie warten? Oder weggehen?

Am liebsten hätte er selbst nachgesehen, ob sie noch da waren. Ausgerechnet dieser Hof von der *Linse*! Wie gern er es denen gezeigt hätte! »Wie kommen Sie dazu, so etwas über mich zu schreiben? Sie … Sie Schwein!«

Unmöglich.

Er konnte nicht mal hinunterschleichen. Das durfte er nicht riskieren. Erst musste er wissen, was dieser Unbekannte ihm zu sagen hatte.

Außerdem – die ließen sich von einem wie ihm bestimmt nicht einschüchtern. Würden ihn wieder bedrängen. Fragen über Fragen.

Sind Sie bei Herbert Mainl mitgeflogen?
Ja, ja, ja.
Haben Sie sich bestechen lassen?
Nein, nein, nein.
Wurde der Auftrag für die *Operation Fledermaus* nur erteilt, weil Sie …
Natürlich nicht.
Aber wer würde das glauben? Wer würde ihm überhaupt noch glauben? Jemals?
Werden Sie Ihr Mandat niederlegen?
Musste er? Er wollte doch Finanzminister werden. Und nun das … so kurz vor dem Ziel!
Sie würden Fotos machen. Würden alles aufnehmen. Vielleicht waren die vom Fernsehen längst da!
Der Gedanke machte ihm Angst. Kalter Schweiß lief ihm über die Brust. Er merkte, dass er zitterte. Er zog sich den Mantel über, wickelte sich darin ein und es entfuhr ihm ein verzweifeltes »Hat denn das niemals ein Ende?«
Doch niemand hörte ihn. Er war allein. Er sah sich um. In diesem Hotelzimmer war alles anders. Das Bett war aus schwarzem Eisen geschmiedet, die Türen und Schränke grellgelb und rot, die Wände abwechselnd grell grün und blau getüncht und die Möbel von so erstaunlicher Form, dass er als Erstes jedes einzelne Stück auf seine Tauglichkeit überprüft hatte. So war die Minibar in einer Riesenorange aus Plastik versteckt. Es gab keine Sessel, nur rote und gelbe Sitzkissen. Der Fernseher baumelte zwischen den Fenstern an einer gewagten Seilkonstruktion. Er stand auf, rüttelte ein wenig an dem Apparat, und erst als er sich von der Sicherheit des Gestänges überzeugt hatte, schaltete er die Spätnachrichten ein.
Der Sprecher begann mit dem Bericht über ein Erdbeben in der Türkei, das am Abend mehrere Großstädte des Landes heimgesucht hatte.

Peter Weil atmete auf. Langsam wurde ihm wieder warm, und er ließ den Mantel von den Schultern zu Boden gleiten. Er starrte mit einer solchen Erleichterung auf die schrecklichen Bilder, dass ihm nicht einmal auffiel, wie wenig Mitleid er für die Opfer empfand. Es war einfach wunderbar. Eine Naturkatastrophe hatte ihn erlöst.

Doch die Freude war von kurzer Dauer. An zweiter Stelle bereits brachten sie die Nachricht seines Verschwindens. »Ein Fraktionssprecher wollte keine Angaben über den geheimen Aufenthaltsort des Abgeordneten machen …«

Das Fernsehen wusste also doch noch nichts. Bedächtig setzte sich Peter Weil auf und es gelang ihm zu seiner eigenen Verwunderung, den Rest der Sendung einigermaßen gefasst zu verfolgen. Er wagte es sogar, sich auf dem seltsamen Sitzkissen zurückzulehnen. Also wusste niemand, wo er war. Und gleich würde dieser Mann kommen, der ihm helfen wollte.

Es war ein kurzes Gespräch gewesen. Er hatte die angegebene Nummer angerufen und das *Kunsthotel* als Treffpunkt genannt.

»Ich weiß noch nicht, wann ich kommen kann«, hatte der andere gesagt. »Aber Sie sind in jedem Fall alleine!«

Das war eine eindeutige Anordnung gewesen. Bei der Erinnerung lief es Peter wieder kalt den Rücken herunter. In was war er nur hineingeraten? Dieser Mann schien genau zu wissen, was er wollte. Wusste er selbst das auch? Peter Weil schloss die Augen und stöhnte.

Hatte er sich richtig verhalten? Hatte er sich zu eilfertig auf das gefährliche Spiel eingelassen? »Ja natürlich bin ich alleine. Sie können sich darauf verlassen«, hatte er versprochen.

Was, wenn die Journalisten doch unten warteten? Was würde der Fremde tun?

»Ich melde mich wieder bei Ihnen. Warten Sie auf mich.«

Wenn er den Mann nur erreichen, einen neuen Treffpunkt ausmachen könnte! Wieder erfasste ihn die Unruhe. Er sprang auf, zog aus der Hosentasche den Zettel mit der Telefonnummer.

Diesmal fiel es ihm auf. Es war eine Gaststätte. »Ja?« Die Frau gackerte und im Hintergrund erschallte lautes Gelächter. »Hallo! Ist da wer? Nun sag doch was! Oder komm rüber!«, rief sie übermütig in den Hörer.

»Äh …«, stotterte Peter und wusste auf einmal nicht mehr, was er sagen sollte.

»Hallo?«

»Ist … die *Fledermaus* noch da?«, brachte er schließlich mühsam heraus.

»He! Hier will einer 'ne Fledermaus sprechen!«, schrie die Frau und im Hintergrund schwoll die Heiterkeit wieder an. »Seit wann gibt es bei uns Fledermäuse?«

Peter Weil knallte den Hörer auf und atmete schwer. So würde er den Mann nicht erreichen. Erschöpft ließ er sich auf das Bett fallen. Was sollte er nun tun?

Eine Weile lag er reglos da, bis er bemerkte, wie durstig er war. Mühsam rappelte er sich auf, öffnete die Minibar und betrachtete die kleinen Fläschchen. Nein. Das war nichts.

Wieder griff er nach dem Telefon. Diesmal wählte er die Nummer vom Zimmerservice. »Kann ich bitte eine Flasche Whiskey haben?«

»Ja, selbstverständlich.«

»Single Malt.«

»Wenn ich das habe …«

»... und zwei Gläser«, unterbrach er sie. »Danke.«

Es dauerte eine halbe Stunde, bis der Kellner endlich mit dem Tablett vor der Tür stand.

»Mussten Sie den noch brennen?«, fragte er grantig und nahm die Flasche entgegen.

»Nein.« Der Mann konnte unhöfliche Gäste nicht leiden und dieser war besonders ungehobelt. »Noch was?«

»Ja. Äh. Sind diese beiden Journalisten noch da?«

»Welche Journalisten?« Dem würde er überhaupt nichts sagen.

»Ach nichts, schon gut«, winkte Peter Weil ab und wartete ungeduldig, dass er endlich verschwand. Sie waren weg!, dachte er erleichtert. »Wenn jemand nach mir fragt ... Ein Mann ... Später ... Egal, wie spät es ist, schicken Sie ihn bitte zu mir?«

»Egal, wer es ist?«, fragte der Kellner listig.

»Nein, natürlich nicht«, wehrte er ab. »Melden Sie ihn vorher an. Ich werde dann entscheiden.«

»Wie Sie meinen.« Er schloss die Tür hinter sich, und Peter Weil atmete auf und schlenderte mit seiner Flasche zurück zu seinem Platz vor dem Fernseher.

Die Zeit verging. Erst gönnte er sich nur einen kleinen Schluck Whiskey. Zum Aufwärmen. Dann einen größeren, weil es so gut tat. Das herbe Getränk wärmte ihn und nach dem zweiten Glas schien ihm die ganze Aufregung nicht mehr so wichtig. Gleich würde Hilfe kommen!

Die dritte Portion bemaß er äußerst großzügig. Er war sicher, dass alles gut ausgehen würde. Ja, was sollte noch schief gehen? Der Albtraum hätte bald ein Ende und alles wäre wieder wie vorher. Er würde Finanzminister, der Kanzler würde sich bei ihm entschuldigen und alles würde gut. Wie albern! Da war er doch tatsächlich vor einer Horde hektischer Leute davongelaufen, nur weil die Kameras und Mikrofone in der Hand hielten! Oh nein, das würde ihm nicht wieder passieren! Das nicht. Er würde sich stellen! Jawohl. Und dann wäre Schluss mit dieser würdelosen Hetze. Er würde den Spieß umdrehen! Ha!

Dann aber kam erneut die Frage, wie diese Journalisten ihn so schnell gefunden hatten? Es wusste nur ein einziger Mensch, wo er war. Und das war – Constanze!

»Du Luder!«, rief er aus, und es war ihm vollkommen egal, ob ihn niemand hörte.

Es fiel Weil schwer, aus dem Sitzsack hochzukommen. Er wand sich, stützte sich mit den Händen ab und nach einigen kläglichen Versuchen stand er endlich auf den Füßen. Er wankte, in seinem Kopf drehte sich alles und fast wäre er wieder rückwärts auf die Sitzgelegenheit gefallen.

Mit äußerster Konzentration setzte er vorsichtig ein Bein vor das andere. Und freute sich, als es gelang. Und da war ja auch schon das Telefon!

Er ließ sich auf das Bett fallen, griff nach dem Hörer und wollte wählen, als ihm auffiel, dass er Constanzes Nummer vergessen hatte.

Es hatte keinen Zweck. Mühsam stand er wieder auf und torkelte zu seiner Tasche. Bis er das Notizbuch aus der Aktentasche geangelt hatte, lag der restliche Inhalt verstreut auf dem Boden, direkt neben seinem Mantel, der auf geheimnisvolle Weise ebenfalls dort unten gelandet war. Was kümmerte ihn das? Siegreich hielt er seine Trophäe in die Luft, stolperte über die Akten und tippte endlich mit schweren Fingern Constanzes Nummer.

»Hallo«, antwortete sie mit schwacher Stimme und sogar Peter Weil fiel auf, dass sie schon geschlafen haben musste.

»Hallo«, lallte er. »Bist du noch wach?«

»Nein«, jammerte Constanze. Sie wollte ihre Augen nicht öffnen, wollte weiterschlafen, wieder versinken in einem Traum, der angenehm gewesen war. Auch wenn sie nicht mehr wusste, worum es gegangen war.

»Dann ist ja gut. Hör zu, du Schlampe!«

Constanze stöhnte. Wie viel Uhr war es eigentlich? Sie sah auf ihren Wecker. Wie? Erst später Abend? Wieso war es noch so früh? Wieso hatte sie schon geschlafen? Vage erinnerte sie sich daran, dass sie Alexander endlich losgeworden, mit Peter Weil gesprochen und dann auf Anna und Richard gewartet hatte. Vermutlich war sie über ihrem Buch eingeschlafen. Sie sah sich um. Draußen im Flur war es dunkel. Sie lauschte. Es drang kein Geräusch zu ihr. Ob die beiden immer noch nicht da waren? Wo trieben die sich nur herum?

»Hörst du? Ich habe gesagt, du bist eine Schlampe!«, schrie Peter Weil.

»Wovon redest du eigentlich? Was soll denn das? Kannst du mir das mal erklären?«

Da holte er tief Luft und räusperte sich umständlich. »Du hast denen einfach gesagt, wo ich bin!«

»Wem?« Constanze verstand kein Wort.

»Denen halt. Da unten war einer. Ein … ein … Dtschju ….« Es war ein furchtbar schweres Wort. Er versuchte es mehrmals. Doch es wollte nicht gelingen. Dann riss er sich zusammen, und schmetterte es mit der Verachtung, die er empfand. »Ein Dschjurnallist!«

»Ein Journalist? Wo bist du denn?« Constanze war plötzlich hellwach. Weil hörte sich an, als sei er volltrunken.

»In … Berlin … Tu doch nicht so, als wüsstest du das nicht. Du hast mich doch hier hingeschickt. Du bist doch die Einzige, die weiß, wo ich bin. Nur du weißt, in welchem gottverdammten Hotel ich bin!«, lallte er weiter. »Aber niemand lässt mich in Ruhe. Einfach niemand. Was habt ihr alle gegen mich?«

Tapfer spuckte er ihr seine ganze Verachtung entgegen: »Ich werde damit fertig. Ich bin mit denen da unten fertig geworden. Ich werde überhaupt mit allem fertig. Jawohl! Mit euch allen!«

Auf einmal war Constanze hellwach. »Peter, was ist los? Kann ich dir helfen? Was für Journalisten?« Doch sie bekam keine Antwort mehr.

21. Kapitel

Im Zeitlupentempo legte Constanze den Hörer auf die Gabel und starrte das Telefon benommen an. Verstört ließ sie das Gespräch noch einmal an sich vorüberziehen. Wort für Wort. Satz für Satz.

Peter Weil war betrunken. Daran bestand kein Zweifel. Er hatte es bis nach Berlin geschafft, so viel hatte sie verstanden. Er hatte sich offenbar auch in dem Hotel einquartiert, das sie ihm genannt hatte. Ein Journalist hatte ihn aufgespürt, und sie sollte daran schuld sein. Mist. Wie kam er nur darauf, dass sie damit zu tun hatte? Sie hatte doch mit niemandem gesprochen!

Langsam stand sie auf. Ob Anna und Richard wieder da waren? Sie hätte ihnen gerne von diesem seltsamen Anruf erzählt. Wo sie nur blieben? Den ganzen Tag waren sie unterwegs gewesen.

Langsam schlich sie hinaus, klopfte leise an die Schlafzimmertür, öffnete sie, als keine Antwort kam und lugte hinein. Das Bett war zerwühlt, aber leer. Constanze fühlte sich noch elender als zuvor.

Mühsam schleppte sie sich in die Küche. Was für ein Schlamassel! Da hatte ihr der Mann, von dem sie ein

Kind gewollt hatte, Telefonmitschnitte zugesteckt, die sich als Fälschung entpuppten. Sie aber hatte die Papiere an just den Mann weitergegeben, den sie bis vor ein paar Tagen noch äußerst aufregend gefunden hatte, und der steckte nun wie der mutmaßliche Schurke Peter Weil mittendrin in dieser Geschichte … Auf einmal ging ihr ein Licht auf. Alexander! Er musste sie belauscht haben, als sie mit Weil gesprochen hatte! Er hatte mitgehört … Was genau? Das Blut schoss ihr ins Gesicht. Was hatte sie gesagt? Konnte er wirklich erfahren haben, mit wem sie sprach? Was genau waren ihre Worte gewesen?

Verzweifelt versuchte sie sich zu erinnern, doch alles verschwamm, und sie wusste nur noch mit Bestimmtheit, dass sie den Namen des Hotels genannt hatte. Logisch. Weil hatte sie ja danach gefragt.

Alexander.

So ein Dreckskerl!

Andererseits – war es nicht durchaus verständlich, dass er die eigene Haut retten wollte? Musste? Natürlich musste Alexander Peter Weil stellen! Auf einmal verstand sie ihn.

Dann fiel ihr wieder Peter Weil ein und sie stellte sich vor, wie er in dem Hotelzimmer saß, allein, verzweifelt, betrunken und auf einen geheimen Informanten wartete, während unten Alexander auf ihn lauerte. Wie nur konnte sie Weil helfen? Er war in Berlin und sie in Bonn! Wäre sie nur zu Hause! Dann wäre alles so viel leichter … Dann könnte sie Weil in ein anderes Versteck bringen.

Aber wohin?

In ihre Wohnung.

Sie erwog es kurz. Stellte sich vor, wie er bei der Nachbarin klingeln, sich den Schlüssel abholen würde …

Ausgeschlossen. Und schon der Gedanke daran, dass ausgerechnet dieser Mann in ihren Möbeln leben, in ihr Bad gehen, ihre Gläser benutzen, auf ihrem Sofa sitzen, in ihrem Bett schlafen sollte, tat ihr körperlich weh.

Sie hatte das Gefühl, ihr Alleinsein keine Sekunde länger ertragen zu können. Sie brauchte jemanden. Nur ein Gespräch. Ein freundliches Wort.

Ihr Blick fiel auf die Uhr. Wen konnte sie um diese Zeit noch stören? Wer interessierte sich überhaupt für sie? Im Geiste ging sie die Liste ihrer Freunde durch, rief sich die Namen all jener ins Gedächtnis, mit denen sie in Berlin und zuletzt hier in Bonn gefeiert, gelacht oder Informationen geteilt hatte. Aber was wusste sie wirklich von ihnen? Es waren nur Bekannte. Flüchtige Bekannte.

Mit wem hatte sie in den vergangenen Wochen überhaupt ein privates Wort gewechselt? Außer mit Anna?

Sie sprang auf, holte das Telefon aus dem Flur und wählte die Handynummer der Freundin. Sie antwortete nicht. Verdammt. Ich brauche Hilfe, dachte sie bitter. Und Peter Weil auch. Sie würde dafür sorgen, dass er die bekam. Und dann wollte sie von der ganzen Sache nichts mehr hören.

Entschlossen rief sie den einzigen Menschen an, der ihr nun noch in den Sinn kam und der, da war sie auf einmal sicher, wissen würde, was zu tun war. Auf Annas Schreibtisch fand sie seine Handynummer.

»Ja, bitte?« Lauers Stimme klang frisch, als habe er noch nicht geschlafen.

Erleichtert atmete Constanze auf, bevor sie ihren Namen nannte.

»Sie?«

Sein unverhülltes Staunen nahm Constanze fast den Mut. Doch es gab nun kein Zurück mehr. »Ja. Ich. Ich habe …« Verzweifelt kämpfte sie gegen die Tränen, die sich in ihren Augen sammelten. Verstört räusperte sie sich, bevor sie fortfuhr: »Ja … Hrmmm. Ich dachte, Sie könnten mir vielleicht … helfen.«

»Ich? Ihnen helfen? Aber gerne! Wo brennt's denn?«, fragte Lauer und eine so selbstverständliche Freundlichkeit und Wärme schwang in seiner Stimme mit, dass Constanze begann, hemmungslos zu weinen.

»He! Hallo! Frau Albrecht? Constanze? Was ist los? Wo sind Sie? So reden Sie doch! Hallo! Was ist?«

Doch sie brachte keinen Ton heraus.

»Sind Sie zu Hause?«, bohrte er alarmiert weiter.

»Ja!«, brachte sie heraus, bevor alles Weitere unter einer neuen Welle von Tränen erstickte.

»Ich komme sofort.« Froh, noch am Nachmittag von Berlin nach Bonn zurückgeflogen und die Einladung zu einem Empfang des hauptstädtischen Senders ausgeschlagen zu haben, sprang Lauer vor dem Fernseher auf. »Zehn Minuten. Okay? Bleiben Sie, wo Sie sind. Einverstanden?« Und während er sich fertig machte und die Treppe hinunterrannte, redete er weiter auf Constanze ein. »Ich bin gleich da. Aber dann machen Sie mir auf, ja? Und dann reden wir, und Sie sagen mir alles, und dann sehen wir weiter …«

Tatsächlich dauerte es nur acht Minuten, bis Diethelm Lauer vor ihrer Haustür stand und klingelte, während er weiter in sein Telefon sprach. »Ich bin jetzt da. Ich stehe unten vor der Haustür. Machen Sie mir bitte auf?«

Constanze legte den Hörer weg. Sie fühlte sich schwer und ausgelaugt. Matt drückte sie den Summer und stand so verloren in der Tür, dass Diethelm Lauer bei ihrem Anblick unwillkürlich lächeln musste. Er nahm die letzten Stufen und als er endlich neben ihr stand, musste er sich beherrschen, sie nicht sofort in die Arme zu schließen.

Behutsam schob er sie zurück in die Wohnung, schloss die Tür hinter sich und führte sie in die Küche zum nächsten Stuhl. Dann schenkte er ihnen zwei Gläser von dem Wein ein, den er im Kühlschrank fand, zog zu guter Letzt seinen Mantel aus, legte ihn über den Tisch und rückte seinen Stuhl neben Constanzes. Er ergriff ihre Hand und blickte ihr fest in die Augen. »Was immer es ist, ich bin jetzt da. Und nun erzählen Sie mir, was passiert ist.«

Normalerweise machten ihn weinende Frauen nervös. Doch sein Wunsch, Constanze zu helfen, war so stark, dass er sich alle Mühe gab, zu verstehen, was sie da von sich gab und den Schmerz zu verbergen, den sie ihm damit zufügte. Er hatte nicht gedacht, dass es so wehtun würde.

Sie trauerte um einen Fotografen aus Berlin. Hatte sich in Alexander Hof verliebt. Und sie hatte sich tatsächlich mit Peter Weil eingelassen ... Sie war also wirklich mit ihm im Bett gewesen. Er hatte es ja geahnt. Aber so genau hatte er es nicht wissen wollen.

Allein schon die Vorstellung, dass Weil gerade in Berlin versuchte, der Journalistenmeute zu entgehen, tat ihm gut. Was, wenn er ihn einfach den Kollegen überließ?

Doch sein Blick fiel auf Constanzes blondes, kurzes Haar, ihre zuckenden Schultern und die Hände, die krampfhaft das Glas umklammerten. Nein, sie hatte ihn gerufen, da konnte er sie nicht enttäuschen.

Lauer seufzte, strich Constanze über den Kopf, ohne sie etwas von seinen wahren Gefühlen für sie merken zu lassen.

»Komm«, sagte er kurz entschlossen, stand so hastig auf, dass sein Stuhl fast umgekippt wäre, klopfte ihr auf die Schulter und kümmerte sich nicht mehr um das förmliche Sie.

»Wohin?«, fragte sie und sah erstaunt auf.

»Wir müssen nach Berlin. Weil retten. Aber das mache ich nicht alleine. Musst schon mitkommen.«

»Aber wie …?« Zögernd erhob sich Constanze, angesteckt von seiner Entschlossenheit.

»Wir werden … Ach, du wirst schon sehen. Pack deine Zahnbürste ein. Hast du vielleicht auch noch eine für mich?«

Verwirrt musterte Constanze ihn. Dann ging sie ins Bad und sagte lächelnd: »Danke. Ja. Ich komme mit. Zum Glück habe ich morgen ohnehin frei.«

»Umso besser. Ich nicht.«

Als Constanze und Lauer sich auf den Weg nach Berlin machten, blinzelte Richard im dunklen Kinosaal gerade verstohlen zu Anna hinüber, und eine so überschwängliche Freude erfüllte ihn bei ihrem Anblick, wie er sie noch nie gefühlt hatte. Wie schön sie war! Ihre Nase, die Lippen, das Haar – und wunderte sich einmal mehr über sein Glück.

Es war alles so anders als vor einem knappen Jahr, als er das erste Mal von Moskau nach Bonn gekommen war. Damals hatte er niemanden gekannt, hatte nicht gewusst, wohin, und war in der Wohnung eines flüchtigen Freundes in Köln untergeschlüpft. Diesmal aber war ihm, als sei er nach langer Irrfahrt endlich nach Hause gekommen, und, besser noch, als habe die lange Trennung ihrer Beziehung nichts anhaben können.

Dessen war er sich allerdings nicht so sicher gewesen, als er am Vorabend leise die Tür aufgeschlossen und den erbitterten Streit in der Küche gehört hatte. Wie Anna wohl auf sein plötzliches Kommen reagieren würde? Doch dann hatte er sie gesehen, die Freude in ihren Augen, die Wärme. Vielleicht war es endlich vorbei mit der unterschwelligen Distanz, die Anna die ganze Zeit über zwischen ihnen aufrechterhalten hatte.

Dann waren sie endlich allein gewesen, und als er sie kurz darauf ins Schlafzimmer führte, war für Zweifel längst kein Raum mehr.

Am nächsten Morgen hatten sie verschlafen, hatten nur noch Zeit für einen flüchtigen Kuss gehabt, bevor ein jeder davongestürmt war. Anna zu Lauers Pressekonferenz nach Berlin, er selbst in seinen kleinen Verschlag im Bürogebäude des *Merkers*. An Mainls Pressestelle hatte er sich die Zähne ausgebissen, nur ein Dementi erhalten. Aber kein Interview. Nicht einmal er vom *Merker*.

Noch hatte er keinen Entschluss gefasst, wie er sich verhalten und ob er sich Lauers Diktat beugen sollte oder nicht. Die Entscheidung lag ihm schwer im Magen.

Er hatte auch noch nicht mit Anna darüber gesprochen.

»Kannst du nicht mal einen einzigen Moment an etwas anderes denken? Ich komme gerade aus Berlin. Ich bin fix und fertig …«, hatte sie gesagt, bevor sie erst essen und dann ins Kino gegangen waren.

Doch Richard schaute längst nicht mehr zur Leinwand. Viel interessanter fand er Annas Profil, und mit einem Mal war auch ihm die ganze Sache nicht mehr so wichtig. Er hatte noch zwei Tage Zeit bis zum allerletzten Redaktionsschluss. Jetzt wollte er erst einmal glücklich sein.

Auf dem Heimweg redeten sie, als müssten sie alles aufholen, was sie in den vergangenen Wochen versäumt hatten. Nur ein Thema vermieden sie beide.

Natürlich wusste Anna, was für eine wunderbare Titelstory darin steckte: Ein plastisches Bild des alten Patriarchen Mainl und darüber fett gedruckt: »Der Doppelagent – wem diente er wirklich?« Oder so ähnlich. Es würde Richard nicht leicht fallen, darauf zu verzichten. Aber musste er das überhaupt? Welches Recht hatte sie, hatte Lauer, ihm dieses Opfer abzuverlangen? Und welcher Spion durfte damit rechnen, von öffentlicher Bloßstellung verschont zu werden? Bei ihr war das damals schließlich etwas anderes gewesen, weil sie zu Unrecht verdächtigt worden war. *Sie* war keine Spionin gewesen. Wohl aber Herbert Mainl. Und dazu ein Doppelagent. Dem konnte doch niemand trauen.

Als sie in Annas Wohnung ankamen, war alles hell erleuchtet. Doch es war niemand da.

»Constanze!«, rief Anna, ging von Zimmer zu Zimmer und Unruhe beschlich sie. Wieso waren die Lichter an? Und wo war Constanze? Sie sah sich im Zimmer der Freundin um, doch sie konnte nicht erkennen, ob etwas fehlte. Der Schrank stand zwar offen, doch die Hosen, Pullover und Blusen hingen noch darin. Auch sonst schien alles unverändert. Die Handtasche fehlte, aber das war kein Wunder.

»Hast du was entdeckt?«, rief sie Richard fragend über die Schulter zu.

»Wie viele Zahnbürsten habt ihr?«

»Wie bitte?« Neugierig löschte Anna das Licht und folgte Richard ins Badezimmer. Triumphierend hielt er eine Zahnbürste in die Höhe.

»Das ist meine. Was ist damit?«

»Und das Glas, in dem früher meine stand, ist leer.«

»Klar, du warst ja nicht … Moment mal!« Sie huschte an ihm vorbei und schaute selbst nach. »Sie hat ihre

Zahnbürste mitgenommen«, stieß sie tonlos aus und lehnte sich gegen das Waschbecken. »Merkwürdig. Und hat nicht mal Bescheid gesagt.«

»Vielleicht hat sie es ja versucht.«

»Wie?« Anna schreckte aus ihren Gedanken auf.

»Na ja. Hattest du dein Handy an?«

»Äh … weiß nicht …« Anna kramte in ihrer Handtasche, zog schließlich das Telefon heraus und betrachtete es. »Tatsächlich. Ein Anruf ist drauf. Mal sehen …« Sie drückte auf den Tasten herum. »Du hast Recht. Sie hat angerufen. Aber sie hat nichts hinterlassen.«

»Hmmm.« Richard verschwand in der Küche. »Und jetzt?«

»Keine Ahnung.« Anna ging ihm hinterher. »Da stimmt was nicht. Aber ich habe keine Ahnung, was. Ich rufe sie an.« Doch sie bekam keine Antwort. »Constanze«, sprach sie auf die Mailbox. »Was ist los? Wo bist du? Hier waren alle Lichter an … äh … melde dich, ja?« Sie legte auf und sah Richard an. »Und nun?«

»Setz dich. Wir müssen reden.«

»Ja?«

»Weißt du, woher sie diese Papiere hatte?«

Anna schüttelte den Kopf. »Das hat sie nie gesagt.«

»Und du hast keine Ahnung, wo sie sein könnte?«

»Nein.«

»Ich will ehrlich mit dir sein«, hob Richard an und hielt ihr den Mund zu, bevor sie ihn unterbrechen konnte. »Ich weiß nicht, ob ich das mit dem Mainl schreiben soll oder nicht. Ja, ich weiß. Ich bin eine Enttäuschung für dich. Vermutlich …«

»Aber …«

»Unterbrich mich jetzt nicht«, fiel er ihr ins Wort und betrachtete die Tischplatte. »Ich muss das jetzt loswerden. Danach kannst du mich immer noch vierteilen. Oder verlassen. Oder was weiß ich.« Er hielt einen Moment inne und wagte nicht, Anna anzusehen. Hätte er es getan, hätte er sie lächeln sehen.

»Ich bin nicht sicher, ob Lauer diesmal richtig liegt. Ich verstehe, dass es vielleicht sogar richtig sein kann, manchmal nicht gleich alles zu schreiben. Aber das mit diesem Mainl – entschuldige, das ist einfach …«

Anna blickte ihn zärtlich an. »Ich gebe zu, genau darüber denke ich auch seit gestern Abend nach.«

»Ja?«

»Ja. Natürlich. Was dachtest du denn? Und natürlich ist mir klar, dass du nicht nur meinetwegen …«

»Aber damals wäre es ein Fehler gewesen«, unterbrach er sie heftig.

»Was nicht bedeutet, dass es heute auch ein Fehler wäre«, antwortete sie sanft.

»Nein. Weißt du eigentlich, dass du eine großartige Frau bist?«

Anna strahlte ihn an. »Das hast du mir schon lange nicht mehr gesagt.«

Da küsste er sie sanft und flüsterte heiser: »Dann wird es aber höchste Zeit.«

»Weißt du was?« Anna machte sich von ihm los, sprang auf und drehte sich mit ausgestreckten Armen im Kreis. Richard betrachtete sie verdattert und schwieg.

»Ich weiß jetzt, was wir tun werden. Nun mach nicht so ein Gesicht! Wir reden einfach morgen mit diesem Mainl! Und diesmal lassen wir uns nicht abwimmeln. Wir fahren einfach zu ihm, am besten direkt zu seiner Villa. Soweit ich weiß, wohnt er irgendwo auf dem Venusberg. Wir sagen ihm, dass er nur noch diese eine

Chance hat. Entweder, er redet mit uns. Oder wir schreiben, was wir wissen. Danach kannst du immer noch entscheiden, was du machen willst.«

Richard nickte nachdenklich. »Ja, das ist gut. Weißt du, kein Mensch beim *Merker* würde verstehen, wenn ich es nicht brächte.«

22. Kapitel

Etwa zur gleichen Zeit näherte sich Franz Frei in Berlin dem Hotel, das ihm Weil genannt hatte. Er war so gut gelaunt wie lange nicht und legte die letzten Meter beschwingt zurück, froh, dass sich alles zum Guten wenden würde.

Erst das Geld… Hochanständig, dieser Schaller. Einen Tausender nur für die Information. Dabei hatte er gar nichts erwartet. Jedenfalls nicht von Schaller. Aber dieser Weil würde blechen müssen. Schon aus Dankbarkeit.

Natürlich hatte er seiner Frau nichts von Schallers Geld verraten. Und gerade hatte er sich zur Feier des Tages sogar ein Taxi geleistet. Allerdings hatte er den Fahrer zwei Straßenecken vorher anhalten lassen. Aus Vorsicht. Alte Gewohnheit.

Wie gut, dass jetzt Bewegung in die Angelegenheit kam, dachte er. Er hatte seit dem Treffen mit dem Fotografen eine Unmenge Geld für Zeitungen ausgegeben und nie etwas entdeckt.

Bis es *Die Linse* endlich gebracht hatte. Großartig, der Artikel.

Aber dann war alles schief gelaufen. Kein Mensch hatte sich um Herbert Mainl gekümmert! Warum nur waren sie alle hinter diesem Weil her? Frei verstand die Welt nicht mehr. Würde er diese Westzeitungen überhaupt jemals verstehen? Warum brachten sie die eine Geschichte und die andere nicht? Da er aber einmal angefangen hatte, dachte er nicht daran, die Sache auf sich beruhen zu lassen. Er würde eben diesem Weil ein bisschen auf die Sprünge helfen.

Vor sich entdeckte er die Leuchtreklame des Hotels. Gleich würde er diesem Weil alles über Mainls Spionage, seinen Verrat erzählen. Ihm die Beweise liefern. Erst am Nachmittag war er hinausgefahren und hatte aus seinem Geheimversteck ein nettes kleines Papier mit einer verräterischen Unterschrift mitgebracht. Die würde Mainl ans Messer liefern.

Franz Frei zweifelte keinen Augenblick daran, dass Weil nach dem Strohhalm greifen würde. Er war von seinem Plan so überzeugt, dass er sich geradewegs den hell erleuchteten Fenstern des Hotels näherte, ohne weitere Vorsichtsmaßnahmen zu treffen. Er wollte eben die gläserne Eingangstür aufstoßen, da stutzte er. Voller Schrecken erkannte er den Mann, der direkt hinter einer Frau an der Rezeption stand und ihr über die Schulter blickte. So flink, wie es sein Alter erlaubte, zog er sich in den Schutz der Dunkelheit zurück. Atemlos lehnte er sich an die Hauswand. Hatte Schaller ihn gesehen? Er wartete einige Sekunden. Nichts geschah.

Wie ein gehetztes Tier schaute er sich um, konnte aber nichts Verdächtiges entdecken. So schlich er zu dem Lastwagen, der direkt vor dem Hotel geparkt war. Von dort aus hatte er einen guten Überblick über die strahlend helle Halle und war gleichzeitig sicher, dass ihn von drinnen niemand bemerken würde.

Er beobachtete, wie Schaller mit einem anderen Mann sprach. Nach einem kurzen Wortwechsel ging der Unbekannte nach hinten, nahm eine schwarze Reisetasche hoch und verschwand auf der Treppe.

Kurt Schaller machte es sich in der Hotelhalle gemütlich, faltete die Hände über dem Bauch und unterhielt sich in aller Ruhe mit der Frau. Als halte er Wache.

Franz Frei fragte sich panisch, woher Schaller wissen konnte, dass er hier auftauchen würde? Was war schief gelaufen? Hatte Weil ihn verraten? Aber nein. Der konnte doch gar nicht wissen, wer ihn angerufen hatte. Und er hatte hoch und heilig versprochen, niemandem etwas von ihrem Treffen zu verraten. Und wieso sollte sich ein Politiker vor sämtlichen Journalisten des Landes verbergen, um sich gleichsam die eigenen Reporter mitzubringen? Ob es ein Zufall sein konnte? Saß Weil da oben selbst in der Falle?

Vielleicht gab es ja noch eine Chance. Wenn Schaller einschlief, würde er sich an ihm vorbeischleichen können …

Franz Frei wartete eine halbe Stunde. Er fror erbärmlich. Trat von einem Bein aufs andere, rieb sich die Arme, schloss die alte Lederjacke, die eigentlich ein bisschen spannte und die seine Frau vom Trödler gekauft hatte, noch ein bisschen enger um die Brust.

Doch der Mann, der sich da in der warmen, einladenden Helligkeit im Sessel räkelte, schien nicht daran zu denken, einzuschlafen. Kein Zweifel: Dieser Fotograf würde wachsam bleiben.

Peter Weil ließ den Hörer auf die Gabel fallen und grinste. Jetzt hatte er es Constanze aber gegeben. Den Anruf würde sie so schnell nicht vergessen. Die nicht. Die Schlampe.

Zufrieden goss er sich ein neues Glas Whiskey ein aus der nur noch halb vollen Flasche. In einem Zug kippte er die hellbraune Flüssigkeit. Wie angenehm es bis in den Magen hinunterbrannte. Peter Weil seufzte. Dann wankte er zum Fenster und riss es auf. Die Luft war erfrischend. Er schloss die Augen, lehnte sich an die geöffnete Scheibe und atmete genüsslich. Doch schon bald wurde ihm kalt, und er merkte, dass ihm übel wurde.

Abrupt drehte er sich um und suchte mit hektischem Blick die Toilette. War es die Tür da vorne? Oder die hinten rechts? Wieso hatte dieses Zimmer zwei Badezimmer? Er brauchte doch nur eines! Aber – war es nicht egal, welches er nahm? Während vor seinen Augen alles verschwamm, machte er ein paar Schritte nach vorne und strauchelte. Seine Füße hatten sich verfangen, in etwas Weichem, seltsam Unnachgiebigem. Weil erkannte die Umrisse seines Mantels und versuchte, sich loszumachen, ohne das Gleichgewicht zu verlieren.

Der Kampf war aussichtslos. Im Fallen schien der Bettpfosten ihm im Zeitlupentempo entgegenzukommen. Und er versuchte im letzten Moment auszuweichen. Wie durch ein Wunder gelang es ihm, den Fuß aus dem Futter zu befreien. Doch statt Halt zu finden, geriet er auf etwas Glattes, das unter ihm wegrutschte. Hätte er geahnt, dass seine eigenen Akten ihn zu Fall brachten, er hätte vermutlich gelacht. Tatsächlich aber konnte er nur mit letzter Kraft das Gesicht wegreißen, und so kam es, dass er mit dem Hinterkopf auf den Pfosten des eisernen Bettgestells prallte.

Als er zu sich kam, fand er sich auf dem Fußboden wieder. Sein Schädel brummte und ihm war schlecht. Mit der Hand tastete er den Kopf ab und schrie auf, als er den brennenden Schmerz spürte. Seine Finger waren seltsam feucht. Doch sein verwirrtes Hirn konnte sich darauf keinen Reim machen. Mit zusammengekniffenen Augen schaute er sich um. Der Teppich, die Wände, alles hatte eine merkwürdige Farbe. Er wusste mit der Gewissheit des Betrunkenen, dass er sich sofort würde übergeben müssen. Toilette! Eine Toilette!

Auf allen vieren robbte er in die Richtung, in der er eben eine Tür gesehen hatte. Es dauerte quälend lange, und es kostete ihn viel Kraft, gegen den aufkommenden Schwindel anzukämpfen. Nach jeder Bewegung stöhnte er laut. Sein Kopf pochte immer heftiger, und seine Knie waren wund.

Endlich erreichte er die Toilette und hob sich schwankend auf die Knie. Unsicher griff er nach der Klinke und zog sich hoch. Doch kaum hatte er die Tür aufgerissen, da fiel sie ihm vor der Nase zu! Mühsam versuchte er es erneut. Und wieder knallte sie zu. Beim dritten Mal wuchtete er den Oberkörper so schnell wie möglich dazwischen und quetschte sich mit dem ganzen Körper hindurch.

Als er das geschafft hatte, hörte er das Schloss hinter sich einschnappen. Dunkelheit umgab ihn. Panisch tastete er die Wände ab. Irgendwo musste der Lichtschalter doch sein! Nichts. Hier nicht. Dort … nichts! Wenn er nur Licht hätte! Er drehte sich um, suchte nach der Klinke. Nicht einmal die war zu entdecken.

Dafür prallte sein Kopf gegen etwas Hartes. Er riss die Arme hoch und seine Hände ertasteten schmale Gegenstände, die bei der kleinsten Berührung sofort anfingen, hell zu klimpern.

Er verstand es nicht. Müde sackte er in sich zusammen und lehnte sich an eine der vielen, kalten, nackten Wände um ihn herum. Verzweifelt fragte er sich, wo er war, was geschehen war. Es drehte sich alles und dann wurde ihm schwarz vor Augen. Kalter Schweiß trat ihm aus den Poren, und er hatte Angst, furchtbare Angst, keine Luft mehr zu bekommen.

Ihn verließen die Kräfte. Er verlor die Gewalt über seinen Körper, übergab sich. Auf seinen Hosenbeinen wurde es warm und feucht. Trotzdem ließ die Kälte ihn nicht los. Er zitterte, rang nach Luft und brachte doch nur ein leises Jammern heraus. »Hilfe, warum hilft mir niemand!«

Niemand hörte ihn.

23. Kapitel

Die Flammen waren längst vergangen und Herbert Mainl fand bei dem Anblick der rot glimmenden Holzglut eine tiefe Genugtuung. Zum ersten Mal seit Tagen vermochte er, sich zu entspannen, und er war froh, dass er Friedas Widerwillen gebrochen und sie mit seiner sanften Beharrlichkeit gezwungen hatte, ihm auch an diesem Abend ein Feuer anzumachen.

Genüsslich räkelte er sich in seinem Sessel, knipste die Lampe an, die neben ihm stand und nahm ein Buch zur Hand. Doch schon bald ließ er es wieder sinken. So recht vermochte er sich nicht zu konzentrieren. Immer wieder schweiften seine Gedanken ab. Das war nicht weiter verwunderlich. Schließlich hatte er eine aufregende Zeit hinter sich. Und mehr als einmal hatte er sich gefragt, wie es weitergehen würde. Doch heute war endlich einmal ein guter Tag gewesen. Dieser Pfennigfuchser, in den er so viel Hoffnung gesetzt und der ihm in letzter Zeit lästig geworden war mit seiner Skepsis und seinem Genörgel, war gottlob von der Bildfläche verschwunden. Keiner wusste, wo er war.

Ja, es war ein guter Tag gewesen. Das hatte schon mit dem Dementi angefangen, das sein neuer Pressesprecher am Vormittag für ihn aufgesetzt hatte. Was für ein kluger junger Mann! Endlich einer, der was von seinem Fach verstand!

»… keinerlei Zuwendungen für die Erteilung des Auftrags geflossen … Verwahren uns gegen diese Kampagne der *Linse*, die mehrere tausend Arbeitsplätze in Gefahr bringt … Werden uns mit den angemessenen Mitteln zu wehren wissen …«

Dann hatte er einige Zeitungen und Sender angerufen, sich mit den Anzeigenabteilungen verbinden lassen, und das hatte gereicht. Alle hatten gekuscht. Keiner hatte es mehr gewagt, ihm aufdringliche Fragen zu stellen. Und selbst die Fernsehteams, die am Morgen vor dem Haupteingang aufmarschiert waren, hatten sich bereits am Mittag wieder zurückgezogen.

Und dabei hatte er nicht einmal lügen müssen! Schließlich hatte er, Herbert Mainl, Konzerngründer, Mäzen, Freund und Berater einer jeden Regierung dieses Landes es niemals nötig gehabt, jemanden zu bestechen! Noch dazu einen Abgeordneten! Ging es noch eine Nummer kleiner? Der alte Mann schüttelte angewidert den Kopf. Wie plump! Wie gewöhnlich! Gibst du mir, dann gebe ich dir! So etwas hätte er nie gemacht. Und so etwas würde er auch nie tun. Punkt.

Dass er sich diesem Weil seit langen Jahren freundschaftlich verbunden fühlte, war etwas völlig anderes! Warum sollte er ihn nicht einladen? Einen Mann, der die eigenen Ansichten teilte, dem man gute Ratschläge mit auf den Weg geben, dem man auch einmal einen Gefallen tun konnte … Ja, du liebe Güte! Warum denn nicht? Aber dieses feine Beziehungsgeflecht, das wirklichen Einfluss ausmachte, das würden die Einfaltspinsel nie begreifen!

Dabei – wenn die wüssten! Mainl musste grinsen. Ja wirklich. Wenn die wüssten, wer schon alles mit ihm geflogen war! Was das für einen Staub aufwirbeln würde! Mainl ertappte sich bei der Vorstellung, die gesamte Passagierliste wäre bekannt geworden. Da hätten einige ihren Hut nehmen müssen und nicht nur ein Peter Weil!

Tja, der Weil. Warum hatte der auch die *Fledermaus* einfach abschießen wollen?

Gut gelaunt erwog Mainl, ob er seinen Pressesprecher anweisen sollte, die Neuigkeiten zu verkünden, dass man dem Projekt noch eine Chance gegeben hatte, dass der Geheimdienst wieder fest dahinter stand und es nicht lange dauern würde, bis die Schwierigkeiten behoben wären! Sie hatten ihm zwei Monate eingeräumt.

Zwei Monate. Das war zwar nicht viel. Aber es würde reichen. Musste reichen.

Und wenn nicht? Umständlich zog Mainl ein Taschentuch aus der Hosentasche und schnäuzte sich. Was war eigentlich so tragisch an dem Gedanken, dass der Umzug der Regierung um ein weiteres halbes Jahr verschoben werden müsste? Oder um ein Jahr? Daran ging die Welt doch nicht zugrunde! Nach fünfzig Jahren Bonn – was machten da sechs, zwölf Monate?

Mit Wehmut überlegte Mainl, wie es wohl werden würde. Wie sich die Stadt, in der er nun seit Jahrzehnten lebte, verändern würde.

Er dachte natürlich keinen Moment daran, Bonn zu verlassen. Er gehörte hierher. Hier hatte für ihn alles angefangen. Und hier würde es auch für ihn zu Ende gehen. Die *Fledermaus* war sein letztes großes Projekt. Von nun an sollten die Jungen sehen, wie sie klarkämen, diese ehrgeizigen Manager, die ihm seit einiger Zeit immer mehr Arbeit abnahmen. Entscheidungen. Und Geld. Dann sollten sie eben das Unternehmen selbst und auch die anderen Werke über seinen Tod hinaus weiterführen. Wohlweislich hatte er eine Stiftung gegründet, die regelmäßig einen Teil der Gewinne an seine Erben, ein paar entfernte Verwandte sowie an die Schulen und seine alten Lieblingsvereine überweisen würde. Zerschlagen aber würde niemand sein Vermächtnis. Von ihm aus konnten sie sogar die Konzernzentrale nach Berlin verlegen. Das würde nichts an seinen Verfügungen ändern.

Zufrieden darüber, wie gut er sein Haus bestellt hatte, griff er in die Seitentasche seines Sessels und zog eine schmale Holzschachtel heraus. Sorgfältig wählte er eine Zigarre und drehte sie zwischen Mittelfinger und Daumen. Schließlich, als handele es sich um einen folgenreichen Beschluss, seufzte er, knipste bedächtig die Spitze ab und steckte sie an.

Unvermittelt kamen ihm wieder die Fernsehbilder von Peter Weil in den Sinn. Diese Flucht war unwürdig. So etwas konnte ihm nicht passieren.

Und wenn doch? Seine innere Stimme blieb hartnäckig.

Das wäre das Ende, antwortete er ihr. Niemand sollte ihn so würdelos sehen, geschweige denn filmen. Er hatte vorgesorgt. Er seufzte, legte die Zigarre beiseite und starrte ins Feuer. Nach einer Weile wurden seine Lider schwer, und er nickte ein.

Beim ersten Klirren schreckte er auf und wusste einen Moment lang nicht, wo er war. Verwirrt blickte er sich um. Sein Herz klopfte laut. Die Stehlampe neben seinem Sessel brannte noch immer. Auf dem Fußboden lag die Decke. Sie war ihm offenbar von den Beinen gerutscht. Wie lange hatte er hier gesessen und gedöst? Und was für ein Geräusch hatte ihn geweckt? Hatte das nicht wie zerbrechendes Glas geklungen?

Da schepperte es erneut. Erschrocken blickte der alte Mann zu dem großen Fenster, das hinaus in den Garten führte. Der schwere Vorhang bewegte sich. Mainl wagte vor Furcht nicht zu atmen. Starr vor Entsetzen umklammerte er die Armlehne.

Hinter dem Stoff nahm er die Umrisse eines sich öffnenden Fensters wahr. Der Vorhang teilte sich.

»Hilfe!«, jaulte Mainl auf. Doch er hörte selbst, wie jämmerlich das klang. Er war zu langsam, durchfuhr es ihn gequält. Er wurde alt. Warum hatte er nicht auf Frieda gehört, die ihn immer wieder gedrängt hatte, einen Wachhund anzuschaffen? Oder zumindest eine Alarmanlage. »Mir passiert schon nichts«, hatte er ihre Sorgen abgetan. Das hatte er nun davon!

»Ach! Halt die Klappe!« Eine mächtige Figur baute sich vor ihm auf, und als Mainl aufbegehrte, schubsten ihn zwei in schwarzes Leder gehüllte Hände mühelos wieder in den Sessel zurück. »Bleib sitzen!«

Da erkannte Mainl, wer vor ihm stand. Hektisch sah er sich um, suchte nach einem Halt, nach etwas, mit dem er sich verteidigen könnte.

Franz Frei folgte seinem Blick. Doch er war dem Kamin näher. Mit einer Hand griff er nach dem Schürhaken und hielt ihn drohend in die Höhe. »Ich meine es ernst. Ich habe genug von dir! Du weißt, dass ich das alles nur deinetwegen gemacht habe, oder?«

Mainl drückte sich in den Sessel und musterte sein Gegenüber. Gegen diesen Koloss hatte er keine Chance. Körperlich. Aber geistig war er ihm noch stets überlegen gewesen. Das war seine Chance, und er würde sie nutzen. Er musste den anderen zum Reden bringen. »Duzen Sie mich nicht!«, brummte er, und fügte hinzu: »Was meinen Sie? Sie sprechen in Rätseln, Mann!«

»Ich dich nicht duzen? Haben wir uns nicht immer geduzt? Warst du nicht unser Genosse? Für den Weltfrieden und so? Haben wir nicht getrunken bis zum Abwinken? Haben wir uns nicht verbrüdert und geschworen, niemals aufzugeben im Kampf für den Sozialismus? He, Genosse! Sag! Das warst doch du?«

Mainl schwieg.

Da zog Franz Frei den ledernen Hocker neben dem Kamin heran, ließ sich darauf fallen und betrachtete Mainl mit dem höhnischen Blick des Siegers. »Du hast verloren. Das ist dir doch wohl klar!«

Mainl zuckte mit den Schultern. Nach kurzem Schweigen sagte er: »Ich verstehe noch immer nicht …«

»Du verstehst sogar sehr gut!«, schrie Frei so laut, dass Mainl zusammenzuckte. »Ich habe nicht vergessen, was du getan hast!«

»Und? Was habe ich getan?«

»Du hast uns bestohlen, das weißt du doch, oder?«

»Ich?« Mainl schlug das Herz bis zum Hals.

»Ja, du.« Frei stellte den Schürhaken beiseite, sicher, dass er ihn nicht mehr brauchen würde. »Ich habe dir vertraut. So sehr, dass ich dir eine unserer größten sozialistischen Errungenschaften anvertraut habe. Erinnerst du dich? Ja? Ist auch egal. Gleich wirst du dich erinnern.«

Mainl überlegte kurz. Dann kam ihm eine Idee, und er nahm die Herausforderung an. »Und Sie? Sie haben mich verraten!« Sie hatten ihm von dem Prozess gegen seinen ehemaligen Führungsoffizier berichtet und davon, dass dieser ihn gleich bei einer der ersten Vernehmungen verpfiffen hatte. Aber sie hatten ihn beruhigt. Sie hätten die Sache im Griff. Ganz wohl war Herbert Mainl seitdem allerdings nicht gewesen. Denn er wusste genau, dass das, was er getan hatte, zu Missverständnissen einlud. »Gleich zu Anfang der Vernehmungen! Macht man das?«

»Ja … Äh, aber wer … Woher …?«, stammelte Frei.

Mit Vergnügen beobachtete Mainl, wie der andere sich wand. Doch er freute sich zu früh. Denn Freis Augen zogen sich zu schmalen Schlitzen zusammen, und er stierte den alten Mann hasserfüllt an. Er hatte doch nicht die ganze Nacht auf der Autobahn verbracht, um sich jetzt einschüchtern zu lassen! Nicht umsonst hatte er gestern Abend auf dem Bürgersteig gefroren und diesen Fotografen in der warmen Hotelhalle gesehen und erkannt, dass seine Stunde gekommen war. Er hatte sich davongeschlichen, war mit der U-Bahn in seine Stammkneipe gefahren und hatte sich von einem der alten Genossen ein Auto geliehen. »Ich muss nach Bonn. Es ist wichtig. Für unsere Sache.«

»Klar, nimm meins. Aber morgen Abend bist du wieder da, verstanden?«

Es war eine lange und beschwerliche Fahrt gewesen, sechs Stunden auf übervollen Autobahnen. Er war an den endlosen Lastwagenkolonnen vorbeigebrettert und hatte auch in dem grässlichen Gewitter, das bei Braunschweig niedergegangen war, keine Rücksicht genommen. Jetzt aber, wo er Mainl endlich gegenüberstand, würde er es aus ihm herauspressen. Wütend sprang er auf, beugte sich über den alten Mann und sah ihm aus nächster Nähe in die Augen. »Das war ja wohl der letzte Beweis für deinen Verrat! Woher wüsstest du sonst davon?«

Mainl schnaubte. Doch er sagte nichts.

»Und jetzt sollst du dafür bezahlen. Los, steh auf!«

Überrascht blickte der Unternehmer ihn an. Frei war es offenbar ernst. Was hatte er vor? Wollte er ihn erschlagen? »Mensch … Mann … machen Sie sich nicht unglücklich«, stotterte er.

»Das lass mal hübsch meine Sorge sein! Los, steh auf und setz dich an deinen verdammten Schreibtisch!«

Mainl zitterte. Doch dass er zum Schreibtisch gehen, also etwas tun sollte, erleichterte ihn enorm. Sein Rücken war steif vom langen Sitzen, und es kostete ihn beträchtliche Mühe, sich zu erheben und die paar Schritte zurückzulegen.

»Los! Setz dich!«, schnauzte Frei, rückte ihm den Stuhl zurecht und stellte sich dahinter. »Wo ist Papier? Hier. Gut. Schreib. Ich will ein komplettes Geständnis. Ich will, dass du alles aufschreibst. Alles, verstehst du? Du kannst mit der Verpflichtungserklärung anfangen. Das Datum steht hier.« Mit diesen Worten zog Frei ein Blatt aus der Tasche und legte es vor Mainl auf den Tisch. »Hier, siehst du … Schreib!«

Da nahm der alte Mann seinen goldenen Füllfederhalter in die Hand. Langsam dämmerte ihm, worauf der andere hinaus wollte.

»Ich, Herbert Mainl, verpflichtete mich am 30. Juni 1975 offiziell zur Mitarbeit beim Ministerium für Staatssicherheit …!«

24. Kapitel

Es war noch dunkel, als Richard aufwachte. Leise schlich er in die Küche, um Anna nicht zu wecken, sah auf die Uhr und schüttelte sich. Sechs Uhr! Warum war er nur so nervös?

Er überlegte kurz, ob er sich wieder hinlegen sollte. Doch er spürte, dass er nicht mehr würde einschlafen können und setzte Kaffee auf, fütterte den Kater, holte die Zeitung von unten und deckte den Frühstückstisch.

Anna erwachte von dem Klappern. Müde und mit zerzaustem Haar erschien sie in der Küche. »Was ist denn mit dir los?«, stöhnte sie. »Komm wieder ins Bett!« Mit halb geschlossenen Augen tapste sie herum und kuschelte sich schließlich an ihn. »Los, komm! Es sind noch Stunden bis zum Aufstehen!«

Richard nahm sie in den Arm, widerstand aber der Versuchung, sich von ihr zurück ins Bett ziehen zu lassen. »Tut mir Leid. Ich kann nicht. Ich weiß nicht, warum. Ich bin furchtbar unruhig.«

Anna ließ von ihm ab, hockte sich hin und gähnte. »Was von Constanze gehört?«, fragte sie schließlich träge.

»Ich seh mal nach, ob sie wieder da ist.« Richard schlich den Flur entlang und klopfte leise an Constanzes Tür. Als niemand antwortete, drückte er sacht die Klinke und steckte den Kopf durch den Spalt. »Hier ist sie nicht!«, rief er.

»Merkwürdig.« Anna schüttelte den Kopf und überlegte, ob sie die Freundin auf dem Handy anrufen sollte. Nein, das war albern. Schließlich konnte Constanze tun, was sie wollte und wenn sie es vorzog, die Nacht in einem anderen Bett zu verbringen, ging sie das nichts an. »Na ja, sie ist erwachsen«, murmelte sie und suchte auf dem Tisch nach ihrer Lieblingsmarmelade.

Richard setzte sich zu ihr. »Hast du das gestern ernst gemeint?«

»Was?«

»Dass wir uns Mainl vornehmen wollen …«

»Ja, klar«, erwiderte Anna mit vollem Mund. »Wenn wir uns beeilen, bin ich vielleicht noch vor der Frühkonferenz zurück im Büro.«

»Moment mal. Du willst doch nicht um diese Zeit …«

»Warum nicht?«

»Aber doch nicht so früh!«

»Und was sollen wir bis dahin machen? Du hast uns heute Morgen geweckt, nicht ich. Schon vergessen?«

Richard grinste. »Also schön. Wir können ja mal bei ihm vorbeifahren. Das Terrain sondieren. Vielleicht lädt er uns zum Frühstück ein …«

»Du träumst wohl!«

»Dann passen wir ihn eben ab, bevor er ins Büro fährt. Vielleicht …«

»Weißt du, wann der morgens losfährt?«

»Ne. Keine Ahnung.«

Anna sprang auf. »Ich beeile mich. Wenn wir überhaupt eine Chance haben, an ihn heranzukommen, dann nur, wenn er das Haus verlässt!«

Sie duschte sich rasch, zog sich an, war in zehn Minuten fertig und musste auf Richard warten, der in seinem Koffer noch nach einem frischen Hemd suchte. Nicht lange, und er war auch bereit. Bewaffnet mit Stadtplan, Notizblöcken, Stiften und einem Diktiergerät stiegen sie in sein Auto, stritten übermütig über den kürzesten Weg zu Mainls Villa und kamen, da zu so früher Stunde nur wenig Verkehr herrschte, in wenigen Minuten an.

Das Anwesen lag inmitten eines parkähnlichen Gartens. Die Büsche waren sorgfältig gestutzt, der Rasen kurz und die Beete in tadelloser Ordnung. Es war fast hell, als Richard den Wagen neben der mit rotem Kies bedeckten Zufahrt parkte. Das schwere, schmiedeeiserne Tor stand offen.

Langsam stiegen Anna und Richard aus, schlenderten den Zaun entlang und betrachteten das Haus aus allen möglichen Winkeln.

»Da! Siehst du das? Da brennt Licht!« Anna fuchtelte mit der Hand und wies auf ein Fenster im Erdgeschoss, das offen zu stehen schien. Durch einen winzigen Spalt zwischen den Vorhängen brach ein Lichtstrahl. »Wieso macht er die Gardinen nicht auf, wenn er lüften will?«, wunderte sie sich.

»Keine Ahnung.« Richard interessierte sich nicht sonderlich für Mainls Gewohnheiten und schaute sich um. »Sieh mal, ein Berliner Auto.«

»Na und?« Anna zuckte mit den Schultern und wandte ihre Aufmerksamkeit wieder der Villa zu. »Gibt es. Selbst in Bonn.«

»Soll ich mal läuten?« Richard baute sich vor dem Namensschild und der Klingel auf.

»Quatsch! Lass das bleiben! Um diese Zeit! Der schmeißt uns hochkant raus!«, antwortete Anna, griff nach seiner Hand und zog ihn beiseite. »Besser, wir warten hier draußen. Uns hetzt doch keiner! Wir haben alle Zeit der Welt! Außer uns ist niemand da! Und ehrlich gesagt kann ich mir nicht vorstellen, dass die lieben Kollegen heute auf dieselbe Idee kommen wie wir.«

»Dein Wort in Gottes Ohr!«

In Berlin hatte Alexander etwa um dieselbe Zeit das Gefühl, jeden noch so winzigen Klecks an den Wänden der Hotelhalle genauer zu kennen, als ihm lieb war. Seit vier Stunden hielt er nun schon Wache, um zu verhindern, dass Peter Weil sich unbemerkt aus dem Haus schlich.

Es war ihm schwergefallen, mitten in der Nacht aufzustehen und seine Schicht anzutreten. Als er dann auch noch entdecken musste, dass Schaller friedlich im Sessel lag, eine Decke über den Beinen, und dabei so laut schnarchte, dass selbst der Nachtportier grinste, war er mit seiner Geduld am Ende. Ungehalten schüttelte er den Fotografen an den Schultern. »He, Kurt, wach auf! Schläfst du schon lange?«

Fragend blickte er den Portier an.

»Keine Ahnung«, sagte der. »Eine ganze Weile schon.«

»Und? Ist jemand vorbeigekommen?«

»Wer denn?«, erkundigte sich der Mann scheinheilig. Die Wirtin hatte ihn über die Journalisten und ihre Absichten ins Bild gesetzt. »Wir geben natürlich über unsere Gäste keine Auskunft«, hatte sie gesagt. »Aber auch die beiden sind unsere Gäste. Sie verstehen?« Er hatte wissend gelächelt und irgendwann in der Nacht dafür gesorgt, dass der Mann mit den vielen Kameras gut schlafen konnte.

»So ein großer Mann mit braunem lockigen Haar, warten Sie …«

Und während Kurt sich laut gähnend reckte und die Decke von den Knien warf, kramte Alexander in seinen Unterlagen, zog ein Foto von Weil heraus und hielt es dem Portier hin. »Der hier. Haben Sie den gesehen?«

Der Nachtportier schüttelte den Kopf. »Nein. Das wüsste ich.«

»Na, sehr gut. Kurt, hast noch mal Glück gehabt. Eigentlich hast du's nicht verdient, aber von mir aus kannst du hoch ins Bett gehen. Ich bin dran.«

»Danke«, brummte der Fotograf. »Jetzt nicht mehr. Jetzt bin ich hellwach!«

»Du kannst wirklich gehen. Ich übernehme und wecke dich, wenn was ist.«

Daraufhin legte sich Kurt Schaller tatsächlich eine Stunde ins Bett. Doch er fand keine Ruhe und beschloss, dass er Alexander ebenso gut Gesellschaft leisten konnte. Sie sprachen nicht viel. Im Morgengrauen gestanden sie sich erschöpft ein, dass sie nichts erreicht hatten.

»Wie soll's jetzt weitergehen?«, wollte Schaller wissen.

»Keine Ahnung. Irgendwann muss er ja runterkommen.«

»Irgendwann ist mir zu spät. Dann bin ich weg.«

»Komm, lass mich nicht im Stich«, bettelte Alexander. Er konnte nicht aufgeben. Nicht in der Lage, in der er steckte.

Er war verzweifelt. Noch zwei, drei Stunden und die Zentrale würde Ergebnisse von ihm erwarten, und wenn er dann immer noch hier herumlungerte …

»Rufen Sie doch einfach mal bei Herrn Weil durch«, bat er den Nachtportier. Er glaubte nicht daran. Aber versuchen wollte er es zumindest.

»Aber Zimmer fünf schläft doch noch«, sagte der alte Mann entrüstet. »So früh rufe ich niemanden an.«

Triumphierend blinzelte Alexander dem Fotografen zu.

»Was sollte das?«, zischte Schaller.

»Komm mal mit an die frische Luft. Ich muss mit dir reden.« Die beiden traten hinaus. Die Kälte war erfrischend. Schweigend genossen sie die paar Sekunden in stillem Einverständnis.

»Was hältst du davon ...«, hob Alexander an.

»Gar nichts«, wehrte Kurt unwirsch ab. »So was macht man nicht.«

»Aber wenn ihm etwas zugestoßen ist! Wir sitzen jetzt seit gestern Abend da und nichts hat sich gerührt!«

»Was soll ihm denn zugestoßen sein?«

»Was weiß ich ...« Alexander hatte selbst keine Antwort.

»Jetzt denk mal nach! Kein Mensch war bei ihm ...«

»Doch. Er hat Whiskey bestellt.«

»Ja, und?«

»Weiß nicht.« Alexander zuckte die Achseln und rieb sich die Arme. »Ich habe nur so ein Gefühl. Ich kann ja alleine hochgehen ...«

»Das wirst du wohl müssen.«

»Dann gib mir eine Kamera.« Er griff nach dem Apparat, der vor Kurts Brust baumelte.

»Pfoten weg!« Kurt klopfte auf Alexanders gierige Hand. »Fass meine Kameras nicht an!«

»Aber du musst mir helfen! Ich muss diese Story einfach haben ... Wie lange sollen wir denn noch hier warten? Einen Tag? Zwei Tage? Ich will es jetzt wissen. Ich werde nur anklopfen. Höflich fragen, ob alles in Ordnung ist ...«

»Und ihn im Bett fotografieren.«

»Warum nicht?« Ein Grinsen huschte über Alexanders Gesicht.

»Ohne mich.«

»Okay. In Ordnung. Ich zwinge dich zu nichts.« Er streckte die Hand aus.

Kurt Schaller zögerte. Was war schon dabei, an die Tür zu klopfen? Wurde er alt? Hatte er nicht mehr den Biss, der zu diesem Job gehörte? Der Gedanke deprimierte ihn und er gab nach. »Also gut. Die Kamera kannst du haben. Aber sei vorsichtig …«

»Stellst du mir alles ein?«

Kurt stöhnte, ging voraus in die stickige Wärme der Hotelhalle und kramte einen älteren Apparat aus der Tasche. »Besser, du nimmst diesen hier. Von nichts eine Ahnung, aber fotografieren wollen!«, stieß er aus, hielt sich das Gerät vor die Nase und drehte daran herum. »Wie soll ich die Kamera denn richtig einstellen, wenn ich nicht weiß, wie viel Licht du da oben hast!«

»Komm doch einfach mit!«

Kurt schüttelte den Kopf, reichte Alexander den Apparat, drückte ihm routinemäßig noch zwei Filme in die Hand und beobachtete, wie der Journalist auf der Treppe verschwand. Schaller hatte kein gutes Gefühl bei der Sache, aber er wusste, er würde Alexander nicht hindern können. Also setzte er sich wieder in seinen Sessel und wartete.

Alexander fand Weils Zimmer sofort. Es lag am Ende des Gangs. Er legte das Ohr an die Tür. Drinnen schien alles ruhig zu sein.

In dem Moment kam jemand die Treppe herunter. Hastig sah Alexander sich nach einem Versteck um, drückte sich in die dunkelste Ecke und atmete erleichtert auf, als die Wirtin, ohne ihn zu bemerken, ihren

Weg nach unten fortsetzte. Hoffentlich hielt Schaller den Mund, dachte Alexander. Er lauschte erneut an Weils Zimmertür, doch noch immer vernahm er keinen Laut.

Er klopfte. Erst leise, dann lauter. Doch nichts rührte sich. Seine Unruhe nahm zu. Konnte Weil entkommen sein? Aufgeregt pochte er wieder an das Holz, lauter diesmal. Und als sich wieder nichts rührte, drückte er die Klinke herunter. Doch die Tür war fest verschlossen. Mutlos blickte Alexander sich um. Er wollte sich schon geschlagen geben, als ihm eine Idee kam. Ob jemand im Nebenzimmer war? Ob er vielleicht von dort …

Spontan klopfte er an die Tür von Zimmer Nummer vier. Auch dort bekam er keine Antwort. Vorsichtig drückte er die Klinke. Sie gab nach. Behutsam steckte er den Kopf in den Raum. Er war offenbar unbewohnt. Alles war leer, es herrschte peinliche Ordnung.

Alexander schlüpfte hinein, schob rasch den Riegel von innen vor und atmete auf. Hier würde ihn so schnell niemand entdecken. Er suchte nach einer Zwischentür, prüfte das Badezimmer, fand jedoch keinen Durchgang. Er wollte eben aufgeben, als sein Blick auf das Fenster fiel. Er öffnete es, lehnte sich hinaus und erkannte seine Chance. Denn Weils Fenster stand weit offen. Außerdem gab es einen breiten Mauervorsprung, auf dem er hinüberbalancieren konnte.

Behände setzte er sich auf die Fensterbank, schwang die Beine hinaus, suchte und fand Halt, schob sich Schritt für Schritt weiter, zwang sich, die Mauer anzusehen und vermied jeden Blick hinunter auf die Straße. Auf halber Strecke wäre er am liebsten umgekehrt, denn ihm kam die Idee, ein Passant oder Bewohner des Hauses gegenüber könne ihn entdecken. Er hörte schon die Sirenen von Polizei und Feuerwehr und fragte sich, ob sie ein Sprungtuch ausbreiten oder ihn als Einbrecher festnehmen würden.

Er hielt einen Moment inne. Doch um ihn herum blieb alles ruhig. In der Ferne vernahm er den Lärm des ersten morgendlichen Berufsverkehrs, das Zischen eines Müllautos und ein paar Hunde, die bellten.

Er musste sich beeilen. Mit schnelleren Schritten schob er sich zum Fenstersims, klammerte sich fest, zog sich hinauf, ließ sich ins Zimmer rollen und war so erleichtert, dass er kurz vergaß, wo er war. Es dauerte einige Sekunden, bis er die auf dem Fußboden verstreuten Akten erblickte. Langsam richtete er sich auf, klopfte sein Hemd ab und sah sich um.

Die Tagesdecke auf dem Bett war zerwühlt. Und doch war offensichtlich, dass niemand dort geschlafen hatte. Langsam ging Alexander durch das Zimmer, betrachtete interessiert den Mantel, der zerknautscht vor dem Bett lag.

Was war das? Er ging in die Knie und berührte den braunen Fleck auf dem Teppich mit dem Zeigefinger. Er war noch leicht feucht. Auf einmal war ihm klar, was passiert sein musste. Es musste ein Kampf stattgefunden haben.

Unschlüssig erhob sich Alexander, und Schallers Kamera schlug vor seinen Bauch. Er stellte den Apparat sorgfältig ein, versuchte, sich an jede von Schallers Anweisungen zu erinnern und knipste wie entfesselt, was er vor die Linse bekam. Er beugte sich über die Dokumente und konnte der Versuchung nicht widerstehen, sie so zu drehen, dass besseres Licht darauf fiel. Als das getan und der erste Film verschossen war, lud er nach und nahm den Blutfleck ins Visier, entdeckte einen Notizblock auf dem Bett, knipste ihn, nahm ihn schließlich in die Hand und blätterte darin, als könne irgendeine Eintragung das Geschehen erklären.

Er entdeckte die Seite mit Constanzes Namen und Telefonnummer. Auch davon machte er rasch ein Foto, bevor er weiterblätterte und auf eine weitere Notiz stieß, die ihm zu denken gab.

»Unbekannter – 030/65342894 – hoffentlich weiß der was«

Alexanders Hände fingen an zu zittern. Er war einer großen Sache auf der Spur, und das Herz klopfte ihm bis zum Hals. Er rückte die Seite zurecht, machte ein Bild, zog ein Taschentuch aus der Hose und wischte den Block so gründlich ab, wie er es in Kriminalfilmen oft gesehen hatte. Zum Schluss legte er ihn exakt an die Stelle, an der Weil ihn hatte fallen lassen und hoffte inständig, dass er seine Abdrücke wirklich getilgt hatte.

Als Alexander sich eine halbe Stunde später im Zimmer umblickte, hatte er das befriedigende Gefühl, alles festgehalten zu haben, was es zu sehen gab. In der Redaktion würde zwar um diese Zeit noch niemand sein. Doch Schaller konnte schon mit der Entwicklung der Filme anfangen.

Zufrieden wollte Alexander wieder zum Fenster hinaussteigen, als sein Blick an der Badezimmertür hängen blieb. Wenn er einmal hier war, konnte er genauso gut dort noch nachsehen, überlegte er und wunderte sich wenige Sekunden später, dass Weils Rasierzeug und Seife unberührt neben dem Waschbecken lagen. Wie passte das alles zusammen? Die Geschichte wurde immer merkwürdiger! Der Mann war verschwunden, ohne irgendetwas mitzunehmen. Seine Tasche stand halb geöffnet neben dem Bett. Hatte er einen Koffer dabeigehabt?

Alexander ging zum Schrank und wunderte sich, dass er nicht früher darauf gekommen war. Er drückte die

Klinke herunter und riss die Tür auf. Weils Oberkörper prallte leblos auf den Boden. Das Haar war verschmiert und die Wunde am Hinterkopf verklebt. Die Hose war nass und auf einmal erfüllte ein erbärmlicher Gestank nach Urin, Kot und Schweiß den Raum. Warum war ihm der Geruch nicht früher aufgefallen?

Das Fenster hatte die ganze Zeit offen gestanden!

Später würde er von journalistischem Reflex sprechen. Tatsächlich dachte er nicht darüber nach, was er tat. Er folgte nur seinem Instinkt. Und der sagte ihm, dass dieser Mann tot war und dass er eben auf eine der besten Storys der Nachkriegszeit gestoßen war. So hob er die Kamera an die Augen und drückte zweimal ab. Dann spulte der Film zurück, und er wusste, dass es vorbei war. Er konnte nichts mehr ausrichten. Er öffnete die Tür, und es war ihm auf einmal gleichgültig, wie viele Spuren er hinterließ. Er musste hier raus. Auf dem direkten Weg. Noch einmal würde er nicht an einer Fassade klettern. Eine Leiche war genug.

25. Kapitel

Bis Braunschweig fuhren sie wortlos durch die Nacht. Nur ab und zu blickte Lauer verstohlen zur Seite, um für einige Sekunden Constanzes regloses Profil zu betrachten.

Constanze schwieg beharrlich. Im Innern aber war sie aufgewühlt, versuchte ebenso verzweifelt wie vergeblich, Ordnung in ihre Gefühle zu bringen und zu verstehen, was eigentlich vor sich ging.

Am schmerzlichsten war es, der Wahrheit über Kurt Schaller ins Auge zu blicken. Er hatte sie hereingelegt. Aber es gab noch so viele andere Fragen. Wie gut war Richards Moskauer Quelle? War dieser Frisch nicht immerhin ein Überläufer? Einer, den man früher gehenkt hätte? Und bei so jemandem recherchierten moderne Journalisten? Bauten darauf eine Theorie auf, die aus gewieften Politikern und bauernschlauen Unternehmern arme Unschuldslämmer machte?

Und sie selbst? Rief den Regierungssprecher um Hilfe, ließ sich von ihm nach Berlin fahren, weil dort ein Reporter, den sie bis vor kurzem noch angehimmelt hatte, ebenjenen ausgebufften Politiker belagerte! Wie tief war sie gesunken? Sie verzog sich in die äußerste rechte Ecke des Autos und presste ihre Schulter an die kalte Scheibe, als könne sie so Abstand schaffen zwischen sich und Lauer.

Flüchtig sah sie zu ihm hinüber, wie er dasaß, beide Hände am Lenkrad, das Gesicht angespannt, die Lippen fest aufeinander gepresst, und plötzlich schämte sie sich auch. Eine Welle der Dankbarkeit durchflutete sie. Wann war zum letzten Mal ein Mann mitten in der Nacht für sie nach Berlin gefahren?

Um ihr zu helfen!

Warum wollte er ihr eigentlich helfen? Vermutlich ging es ihm um Weil. Oder was lag ihm wirklich an ihr? Und wieso wollte sie das überhaupt wissen?

Constanze rieb sich die Schläfen und kämpfte gegen aufkommende Kopfschmerzen an. Da fühlte sie Lauers warme Hand auf ihrem Haar. Ohne den Blick von der Straße zu wenden, streichelte er sie behutsam.

Es war eine so zaghafte, schüchterne Geste, dass Constanze nicht wagte, sich zu rühren. Sie schloss die Augen, und eine Ruhe durchströmte sie, wie sie sie seit Ewigkeiten nicht mehr empfunden hatte. Und als Lauer seine Hand wieder zurück auf das Lenkrad legte und, als sei nichts geschehen, weiter über die Autobahn brauste, spürte sie einen kleinen enttäuschten Stich in der Magengegend.

Vorsichtig schielte sie zu ihm hinüber. Täuschte sie sich oder hatte er abgenommen? Eigentlich sah er noch ganz gut aus. Zum ersten Mal empfand sie so etwas wie Neugier, ihn kennen zu lernen. »Warum bist du eigentlich sofort gekommen, als ich dich angerufen habe?«

»Das weißt du nicht?« Lauers Stimme klang auf einmal viel tiefer als zuvor und seltsam verletzt. »Weißt du das wirklich nicht?«

Wieder dieses Kribbeln in der Magengrube. Constanze verstand sich selbst nicht mehr. Verabscheute sie den Mann nicht von Grund auf? Ihn, der auf der anderen Seite saß? Der alle gewohnheitsmäßig belog? Und doch ertappte sie sich dabei, dass sie Entschuldigungen für ihn suchte. Vielleicht sagte er ja manchmal die Wahrheit. Vielleicht war etwas dran. Anna wiederholte ja auch beharrlich, Lauer sei nicht wie die anderen.

»Also du weißt es nicht«, stellte Lauer tonlos fest.

Constanze räusperte sich verlegen und schüttelte den Kopf. »Ich … ich bin dir jedenfalls …«, stotterte sie leise.

»Schade.«

Die nächsten fünfzig Kilometer schwiegen sie, und diesmal waren es andere, noch verwirrendere Gedanken, die in Constanzes Kopf herumschwirrten. Wieso war sie so leicht zu beeindrucken? Brauchte nur ein Mann die Hand nach ihr auszustrecken? War sie schon so verzweifelt? Aber nein, das war es ja nicht. Er war wirklich nett. Und er klang so enttäuscht … Dabei hatte er viel für sie getan. Nur für sie. Das allein zählte. Oder etwa nicht?

Sie verglich die Männer, die ihr Leben in den vergangenen Monaten so gründlich durcheinander gebracht hatten, und das Ergebnis war niederschmetternd.

Hatte Kurt Schaller auch nur einmal die Hand für sie gerührt? Doch ja. Er hatte ihr diese elenden Mitschnitte gegeben. Warum hatte er sie nicht für sich behalten?

Und Weil? Hatte der nicht die Leidenschaft ausgekostet, und ihr erst danach erklärt, dass er verheiratet war?

Alexander? Hatte er sie nicht am offensichtlichsten ausgenutzt?

Und nun Lauer – was wusste sie eigentlich von ihm? Außer, dass er ständig bei Anna auftauchte? Und jetzt neben ihr saß und mitten in der Nacht nach Berlin fuhr. Oh nein. So schnell würde sie sich nicht in eine weitere Affäre stürzen. Wie satt hatte sie das alles!

Constanze schloss die Augen, lehnte sich an die Nackenstütze und zu ihrer eigenen Überraschung gelang es ihr, sich zu entspannen. Sie wusste endlich, was sie wollte. Gar nichts. Sie wollte nur noch ihre Ruhe. Diese Sache musste in Ordnung gebracht werden. Sie würde Alexander einfach ablenken, um Weil die Möglichkeit zu geben, aus dem Hotel zu verschwinden. Das war sie ihm schuldig.

Und dann würde sie die ganze Sache vergessen. Sie würde darauf bestehen, wieder nach Berlin versetzt zu werden. Und dann würde sie ihr altes Leben aufnehmen. An ihrem gewohnten Schreibtisch im Büro sitzen, in ihrer geliebten Wohnung leben und alle Männer einfach für eine Weile aus dem Programm streichen.

Was war eigentlich so schlimm daran, alleine zu leben?

Da spürte sie es wieder. Eine ganz zarte Berührung. Lauer strich ihr einmal kurz über die Wange. Es fühlte sich ungeheuer zaghaft an. Seltsamerweise war es auch nicht unangenehm. Es tat ihr gut. Sie atmete tief durch. Vielleicht machte sie sich einfach zu viele Gedanken.

»Hat Anna dir eigentlich erzählt, wie wir uns kennen gelernt haben?«

Constanze öffnete die Augen und sah ihn erstaunt an. So viele Worte hatte er die ganze Fahrt über nicht gesagt.

»Nur vage«, antwortete sie. »Ihr habt beide beim *Merker* gearbeitet.«

»Ja. Auch. Ich hatte damals ganz schönen Mist gebaut. Ein Mensch hatte sich umgebracht. Zwar nicht direkt wegen mir. Aber ich hätte es vielleicht verhindern können. Habe ich mir jedenfalls lange vorgeworfen … Nun ja.« Lauer legte eine Pause ein, bevor er weitersprach. »Außerdem ist ein Kanzler zurückgetreten, weil ich ihn dazu gebracht habe, zu lügen. Ich habe einen Innenminister der Homosexualität bezichtigt, obwohl er die ganze Zeit ein Verhältnis mit einer verheirateten Frau hatte und nur aus Anstand geschwiegen hat.«

»Klingt nicht nett.«

»War es auch nicht.«

»Und warum erzählst du mir das?«

»Weil ich möchte …« Lauer atmete tief ein, bevor er weitersprach. »Egal, was in den nächsten Stunden passiert … Ich will, dass du weißt, dass wir alle Fehler machen. Ich auch. Und wer sagt, ihm sei noch nichts passiert, der lügt. Jedenfalls, wenn er Journalist ist.«

»Glaubst du, der Weil tut sich was an?«, fragte Constanze und ihre Stimme zitterte.

»Das weiß ich nicht.« Lauer dachte einen Moment nach. »Nein. Eher nicht. Er ist nicht der Typ. Aber wer weiß … Weißt du, was dieser Alexander vorhat? Er hat einiges zu verlieren …«

»Ja. Das hat er wohl.«

»Verrätst du mir jetzt, woher du das Dossier hattest?«

Constanze seufzte. Vielleicht war es besser so. »Von Schaller«, begann sie zögernd. »Ich habe es von dem Fotografen Kurt Schaller.«

Lauer atmete erleichtert auf. Endlich hatte sie es ihm gesagt. Vielleicht fing sie langsam an, ihm zu vertrauen. »Und woher hatte der das?«, hakte er nach.

Sie sagte ihm, was sie wusste, doch es half nicht viel weiter. »Ob der Weil jemals Minister wird …«, murmelte er nach einer Weile. »Etwas bleibt immer hängen.«

»Und ich Idiot habe ihn in dieses Hotel geschickt«, wieder füllten sich ihre Augen mit Tränen.

Lauer blickte kurz zu ihr und lächelte. Zügig fuhr er weiter. Sie würden bald da sein.

»Und du? Wen magst du?«

Da schniefte Constanze. »Niemanden«, stieß sie aus.

»Mich auch nicht?« Es klang wie ein Scherz. Doch als sie ihm ins Gesicht blickte, erkannte sie, dass es alles andere war als ein Scherz.

»Na ja. Du sitzt immerhin auf der anderen Seite des Tisches«, erwiderte sie zaghaft und trocknete sich die Tränen.

Lauer nickte und räusperte sich. »Das ist mein Job. Aber das hier mache ich nicht, weil ich Regierungssprecher bin. Das kannst du mir glauben.«

Constanze lächelte. »Das habe ich mir fast gedacht.«

Es dämmerte, als sie sich auf der Avus in den dichten Berliner Verkehr einreihten. Vor dem Hohenzollerndamm gerieten sie in einen Stau, und Constanze wurde ungeduldig. Sie konnte es kaum noch erwarten, bat Lauer, die Autobahn an der nächsten Ausfahrt zu verlassen und führte ihn auf Schleichwegen durch baumbestandene Alleen und schmale Straßen, vorbei an prächtigen alten Häusern, die sich zwischen allerlei Bausünden des Wiederaufbaus versteckten, doch auch so dauerte es mehr als eine halbe Stunde, bis sie am *Kunsthotel* anlangten. Mit einer Behändigkeit, die Constanze ihm nach der langen Fahrt nicht zugetraut hatte, sprang Lauer aus dem Auto, umrundete es, half ihr heraus, fasste sie unter den Arm und führte sie in die Halle.

Sie erkannte Schaller sofort. Er saß in einem Ledersessel und wartete.

»Kurt!«, schrie sie. »Was machst du denn hier?« Sie lief zu der Sitzecke und baute sich vor dem Fotografen auf, der sie überrascht anblinzelte. »Los, sag schon! Was machst du hier? Was für ein mieses Spiel spielst du eigentlich?«

Lauer steckte die Hände in die Hosentaschen und schlenderte langsam heran. »Kurt? Ist das dein Kurt Schaller? Ich denke, der ist im Krieg!«

»Tja. Das habe ich auch gedacht! Darf ich vorstellen? Kurt Schaller, Diethelm Lauer, Regierungssprecher. Also los, sag schon, wo ist Alexander. Und was ist mit Weil?«

Schaller zuckte die Achseln und sah sie müde an. »Warum hast du die Story bloß diesem Idioten gegeben?«

»Und warum hast du sie mir gegeben?«, erwiderte sie empört und wartete seine Antwort nicht ab. »Jetzt sag endlich, was mit dem Weil ist! Und wo ist Alexander!«

»Wo soll der schon sein? Oben natürlich. In Weils Zimmer, nehme ich an. Die reden miteinander. Dein Freund ist schon eine ganze Weile oben.«

»Das ist nicht mein Freund!«, schnaubte Constanze und wandte sich der Treppe zu. »Welches Zimmer?«

In dem Moment kam Alexander ihr entgegen, immer zwei Stufen auf einmal. »Los Schaller, auf, auf, es gibt Arbeit!«, rief er, bevor er Constanze und Lauer erkannte. »Huch, wen haben wir denn hier? Der Herr Staatssekretär!« Er blieb verblüfft auf der untersten Stufe stehen. »Passt eigentlich gut, dass ihr da seid. Ich muss nämlich so schnell wie möglich in die Redaktion. Die Nummer von der Polizei kennt ihr ja! Der Weil ist tot. Und so wie er da liegt, habe ich ihn gefunden. Das könnt ihr der Polizei gerne sagen. Ich melde mich dann später dort!«

Mit Schwung warf er Schaller die Kamera zu, die er in der Hand hielt. »Los, nimm deine Brocken und komm! Ich habe Spitzenfotos. Das ist der Hit!« Er stürmte zur Rezeption und bat die Wirtin, die den Nachtportier inzwischen nach Hause geschickt und die Ereignisse mit einigem Staunen verfolgt hatte, eine Taxe zu rufen. Er legte ein paar Scheine auf den Tisch: »Das wird ja wohl für das Zimmer reichen. Bewahren Sie bitte mein Gepäck auf, ich hole es später. Danke.«

Lauer fing sich als Erster. »Du bleibst hier«, herrschte er Constanze an und stürmte die Treppe hinauf. »Bleib genau da, wo du bist!«, rief er noch einmal, bevor er um die Ecke verschwand. Constanze blickte ihm verstört hinterher und tat, was er verlangte.

Kaum war Alexanders Taxi abgefahren, kam Lauer zurück. Nun aber schien er nicht mehr in Eile zu sein. Sein leerer Blick entsetzte Constanze.

»Was ist los?«, fragte sie aufgeregt. »Sag schon, was ist passiert?«

»Ich glaube, Peter Weil ist tatsächlich tot.«

»Hat Alexander …?«

»Du hast doch gehört, was er gesagt hat …«

Sie wollte an Lauer vorbeistürmen, doch er hielt sie auf. »Das willst du nicht sehen.«

»Kann ich etwas tun?«

»Nein. Ich habe die Polizei verständigt. Und den Rettungswagen.«

Constanze ergriff seine Hand und zwang ihn, sich in einen der Ledersessel zu setzen. Sie selbst hockte sich zu ihm auf die Lehne und war sich der Vertraulichkeit der Geste kaum bewusst. »Ist er wirklich tot? Bist du sicher?«

»Ich habe ihn nicht untersucht, wenn du das meinst. Aber ja ... doch ... Ich denke schon.«

»Wie ist es nur passiert? Hat er sich umgebracht? Oder hat ...«, stotterte sie.

Lauer hielt ihre Hand und drückte sie fest. »Ich weiß es nicht. Das werden andere herausfinden müssen. Bleibst du hier, bei mir? Bis die Polizei kommt?«

Selten hatte etwas die junge Frau so erstaunt wie diese Frage. »Ja, was dachtest du denn?«

Erst als er mit den Polizisten nach oben ging, begann sie, die Meldung in ihr Handy zu diktieren.

26. Kapitel

Mainls Hand zitterte so stark, dass er nicht schreiben konnte. Er drehte seinen Kopf und versuchte, seinem Widersacher in die Augen zu sehen. Der aber entzog sich diesem Blick, richtete sich auf und begann, vor Mainls Schreibtisch auf und ab zu marschieren. »Ich meine es ernst. Du wirst alles aufschreiben, was du getan hast. Du wirst haarklein erklären, wen du verraten hast. Was du jahrelang verraten hast. Ich diktiere dir schon. Dass du uns, der Stasi, viele heitere Geschichten über jeden gottverdammten Politiker erzählt hast. Du wirst schreiben, dass du unsere Aufträge ausgeführt hast und gezielt Informationen für uns beschafft hast, über den Kanzler, das Kabinett …«

»Aber das habe ich doch gar nicht …!«, warf Mainl verzweifelt ein.

»Ach nein? Das habe ich mir beinahe schon gedacht, du Verräter. Hast uns die ganze Zeit an der Nase herumgeführt, was?« Doch dann fuhr er ungerührt fort. »Tja. So ein Pech aber auch. Für dich. Denn weißt du was?« Frei beugte sich zu ihm und starrte Mainl an. »Das macht mich umso wütender!« Er hieb mit der

Faust auf den Tisch, richtete sich auf und nahm sogleich seine Wanderung wieder auf. »Und du wirst niemanden finden, der dir dann noch glauben wird! Was ist Wahrheit, was Fälschung? Ist das nicht längst egal? Wen interessiert das? Niemanden, ich sag es dir: Niemanden! Selbst *Die Linse* ist auf mein kleines Spielchen hereingefallen. Obwohl… Eigentlich hatte ich das alles ein wenig anders geplant… Aber das ist ja jetzt egal.«

Mainl hörte ihm längst nicht mehr zu. Er kämpfte gegen die Panik an, die in ihm aufstieg. Frei hatte Recht. Es war in der Tat gleichgültig, wie es wirklich gewesen war. Wenn in der Zeitung stand, dass er Spion der DDR gewesen war, dann war das so. Für die Menschen. Seine Kunden. Er war am Ende.

Wie sollte er jemals erklären, dass es irgendwie stimmte. Aber auch nicht ganz. Dass er nur so getan hatte. Dass er sein Land niemals verraten hatte! Ganz im Gegenteil. Er hatte doch mit dem Geheimdienst zusammengearbeitet! Und der Geheimdienst hatte immer wieder neue Aufträge für ihn gehabt. Neue Bitten, neue Vorschläge, was er drüben anbringen sollte. Und hatte er jemals abgelehnt? Nein, nie.

»… ich habe übrigens noch viel, viel mehr Akten über dich und deinesgleichen versteckt, als du auch nur ahnst! Und ich kann euch jederzeit hochgehen lassen! Und glaub nicht…«, schwadronierte Frei weiter.

Mainl schreckte unmerklich zusammen.

Vielleicht war es ganz richtig so. Warum die Regierung in noch größere Schwierigkeiten bringen? Das war es nicht wert. Er würde schweigen. Der Gedanke tat gut und beflügelte ihn für einen kurzen Moment. Doch das Hochgefühl schwand so schnell, wie es gekommen war. Wer würde ihm noch helfen? Es fiel ihm niemand ein, sosehr er sich auch anstrengte.

Sie würden ihn einfach fallen lassen!

Genau das würde passieren. Erbarmungslos.

»Und ich Idiot habe mir Vorwürfe gemacht. Habe gedacht, ich hätte dich ins Gefängnis gebracht! Das muss man sich nur vorstellen! Dabei war es ja nicht weiter schlimm für dich, nicht wahr?« Frei grinste böse. »Kannst du dir das vorstellen, wie das ist, so im Gefängnis? Für jemanden wie mich, der sich immer bemüht hat, alles richtig zu machen? Ich im Gefängnis? Obwohl ich nur meinem Staat gedient habe. Ja, schau mich nicht so an! Ich habe nur meinem Staat gedient!«

»Ich auch«, grummelte Mainl müde.

»Pff«, zischte Frei unwillig. »Fragt sich nur, welchem. Ich habe mir da wenigstens nichts vorzuwerfen.«

»Du hast immer noch nichts kapiert«, warf Mainl leise ein.

Frei stutzte. Doch er fing sich rasch wieder. »Und ob! Ich hatte auch viel Zeit dazu. Und währenddessen ließ es sich der gnädige Herr gut gehen und scheffelte munter weiter Kohle!«

Mainls Blick fiel auf das Foto Juttas, und er merkte, dass ihn die Erinnerung nicht mehr schmerzte. Was hatte der Arzt gesagt, damals, als sie die Frau operiert hatten? Es war ein junger Arzt gewesen. Er hatte ihn ablenken wollen von dem traurigen Anblick unter dem Laken und sich in langatmigen Erklärungen ergangen über den Eingriff und neue Gefahren, auf die er sich nun würde gefasst machen müssen.

»Wir haben getan, was wir konnten. Es geht ihr nicht gut, wissen Sie. Und wir können keine Garantie übernehmen.«

Und dann hatte der Arzt etwas über die künstliche Beatmung gefaselt und darüber, wie sie es geschafft hätten, während der Operation die Lunge solange ruhig zu stellen mit dem alten Gift der südamerikanischen Indianer.

Aber er hatte nicht zugehört. Wie er auch jetzt nicht zuhörte. Nur die beiden Worte waren ihm im Gedächtnis geblieben. Ein Lächeln huschte über Mainls Gesicht. *Freundlicher Tod.*

»... dabei habe ich dir vertraut. Ich Idiot! Habe mich mit dir getroffen, weil ich nicht ahnte, wie gefährlich du warst. Habe dir unseren wichtigsten Auftrag übermittelt, weil ich glaubte, du meintest es ernst mit unserer Sache, dem Sieg des Sozialismus! Wie konnte ich dir nur einfach alles geben? Im Vertrauen ... Weißt du überhaupt, was du uns da gestohlen hast? Das gehört uns!«

Ein *freundlicher Tod.* Wie hatte Mainl sich das für Jutta gewünscht. Und doch hatte er versagt. War nicht bei ihr gewesen, als es zu Ende gegangen war. Sie hatten ihn nicht gerufen. Erst viel zu spät war die Nachricht gekommen. Er hatte ihr nicht einmal mehr die Hand halten können. Kurz entschlossen hatte er sich das Medikament besorgt. Ihm sollte es nicht so gehen. Wie leicht es gewesen war, sich ins Schwesternzimmer zu schleichen und zwei Ampullen aus dem Kühlschrank zu nehmen ...

»... wir waren es, die herausgefunden haben, wie man Teppichböden schalldicht isoliert. Wie man Tapeten so präpariert, dass sie keinen Ton durchlassen! Wir, wir, wir!«, ereiferte sich Frei, der nicht mehr zu bremsen war.

Mainl aber hörte nicht zu. Er dachte darüber nach, wie er seine zitternden Hände zur Ruhe bringen könnte. Er atmete tief durch, fasste dann behutsam an die rechte Tür seines Schreibtisches, hinter der sich ein winziger Kühlschrank verbarg. Es gab dort Platz für etwas mehr als zwei, drei Flaschen. Er hatte ihn einbauen lassen, da er es leid gewesen war, für jedes Glas Saft in die Küche zu gehen oder Frieda darum bitten zu müssen. Vorsichtig zog er am Griff und hielt die Luft an. Hatte Frei das leise Geräusch gehört, mit dem sich die Tür geöffnet hatte?

Nein, der andere lief weiter auf und ab und beachtete Mainl nicht. »… du hast versprochen, das Patent für uns zu testen. Und ich habe dir vertraut! Wir alle haben dir vertraut! Und dann so zu tun, als hätten es deine Ingenieure erfunden! Aber jetzt ist die Zeit gekommen. Jetzt wird abgerechnet, das sage ich dir!«

Ohne den Oberkörper zu bewegen, fingerte Mainl eine Ampulle und eine kleine Spritze aus dem schmalen Fach in der Kühlschranktür. Vor Anspannung biss er sich auf die Zunge. Erleichtert schob er Spritze und Ampulle auf seinen Schoss und schloss das Kühlfach so unauffällig, wie er es geöffnet hatte.

»… hättest wissen müssen, dass man die Firma nicht betrügt. Wir vergessen nicht. Und niemand entkommt uns!« Frei berauschte sich an seiner Rede. Er hatte zu lange auf eine Gelegenheit zur Rache warten müssen. Nichts konnte ihn aufhalten.

Vorsichtig drückte Mainl die Spritze aus ihrer Plastikhülle, bohrte die Nadel in die Ampulle, zog das Medikament auf, setzte die scharfe Spitze an seinen Oberschenkel und hoffte, dass sie den Stoff seiner Hose leicht durchdringen würde.

Doch bevor es so weit war, blickte Herbert Mainl noch einmal auf. Wie durch einen Schleier nahm er wahr, dass Frei weiter vor ihm auf und ab lief und sich ereiferte. So ein Esel, dachte Mainl und war sofort wieder in Gedanken bei seinem Entschluss. War es richtig, was er tat? Gab es einen anderen Ausweg? Ein Lächeln huschte über das Gesicht. Nein. Es war richtig. Er hätte es längst tun sollen. Es gab keinen Grund mehr, zu bleiben.

Und er bohrte die Nadel tief genug in sein Gewebe und injizierte sich den Inhalt der Spritze in den Oberschenkel. Er war überrascht, wie weh es tat. Damit hatte er nicht gerechnet. Vor Schmerz verzog er das Gesicht und schalt sich im gleichen Moment dafür. Frei durfte nichts merken.

»… und deshalb wirst du alles aufschreiben. Wort für Wort. Wirst jedem guten Deutschen erklären, was für ein Schwein du bist. Dass du die Werktätigen um ihre größte Errungenschaft betrogen hast.«

Da bemerkte Frei auf einmal das Röcheln Mainls und erschrak. Was war mit ihm? Das klang ja fast, als ersticke er! Beunruhigt betrachtete er seinen Gegner. Das Gesicht, eben noch sorgenvoll zerfurcht, war nun vollkommen entspannt, wirkte fast jugendlich. Die Augen blickten ihn arglos und freundlich an.

Verärgert vergaß Frei seinen Schreck. Der Anfall würde schon vorübergehen. »Los, jetzt nimm endlich den Füller und schreib: Das Patent für schalldichte Teppichböden und Tapeten stahl ich dem Ministerium für Staatssicherheit, dessen Agent ich war. Als solcher hatte ich gelobt, die Serienfertigung für die Regierung der Deutschen Demokratischen Republik vorzubereiten. Ich verpflichtete mich, das Rohmaterial wie Teppichgarn, metallisches Garn und Maschinen zu liefern, und vereinbarte, im Austausch dafür angebliche politische Häftlinge in den Westen zu bringen, die als Kundschafter der Hauptverwaltung Aufklärung in die Bundesrepublik Deutschland eingeschleust werden sollten …«

Mainls Körper sackte immer tiefer. Sein Kopf fiel vornüber. Da eilte Frei um den Schreibtisch herum und rüttelte Mainl an der Schulter. »He, was soll das?«

Doch es war zu spät.

Verstört starrte Frei den alten Widersacher an. Was war nur geschehen? Er hatte Mainl nicht einmal angerührt! Ob es der Schock gewesen war? Ein Anfall? Hatte es so schlecht um ihn gestanden? Was sollte er nun tun? Er rüttelte noch einmal an dem leblosen Körper. Vergeblich.

Entgeistert schaute er sich um. Er musste sofort verschwinden. Aber dann war alles umsonst gewesen! Und Mainl hatte keine einzige Zeile geschrieben! War ihm wieder entkommen!

Nein!, schrie es in ihm. Nicht schon wieder!

Kopflos durchsuchte er alle Gegenstände auf Mainls Schreibtischplatte, riss die Schubladen auf, drehte dann, wie er es in Krimis gesehen hatte, sämtliche Bilder um, die an den Wänden hingen, und stieß tatsächlich hinter dem Sofa auf einen kleinen Safe, der mit einem Schlüssel zu öffnen war. Beherzt fasste er dem Toten in die Taschen, zog einen großen Schlüsselbund hervor und öffnete mit zitternden Händen den Safe. Mit einem Blick erkannte er den alten Ordner, zerrte ihn heraus und schob ihn sich unter den Arm.

Da hörte er langsame Schritte auf der Treppe. Rasch verschloss er den Safe wieder, lief zum Fenster und kletterte, ohne einen letzten Blick zu wagen, hinaus.

Ampulle und Spritze aber waren unter den gewaltigen Schreibtisch gerollt. Er hatte sie in seiner Hast nicht bemerkt.

27. Kapitel

Aufgeregt stieß Anna Richard an. »Sieh mal, da klettert einer aus dem Fenster!«

Sie duckten sich und beobachteten gespannt, wie sich ein dicker alter Mann durch das Fenster wand und im Rosenbeet landete.

»Die armen Rosen!«, kicherte Anna.

»Sei leise!«, zischte Richard.

Anna hätte am liebsten die passende Antwort gegeben, doch ein Blick in sein angespanntes Gesicht genügte, sie zum Schweigen zu bringen. Vor dem Haus rappelte sich der Fremde hastig auf.

»Der hat etwas unter dem Arm«, flüsterte Richard. »Kannst du erkennen, was?«

In dem Moment hörten sie den Schrei. Grell und durchdringend. Anna zitterte: »Was sollen wir jetzt tun?«

Doch Richard ließ den Fremden nicht aus den Augen. Der Mann mit dem Ordner unter dem Arm schien über diesen Schrei keineswegs so überrascht zu sein wie Anna und er. Richard kam das mehr als verdächtig vor. Hatten sie einen Einbrecher überrascht?

»Ich werde den Kerl aufhalten. Geh du zur Tür, klingel und frag, ob du helfen kannst, okay?« Er zog Anna mit sich, während er gebückt hinter dem Auto in Deckung ging.

Anna ließ sich willig führen. Sie war leichenblass. Als Richard sie ansah, erschrak er. »Alles in Ordnung?«

Anna presste die Lippen fest aufeinander und nickte. »Ich rufe erst die Polizei. Ja?«

»Sieh erst mal nach, was passiert ist, dann kannst du das immer noch tun. Du, es geht los …« Mit den Worten erhob er sich und folgte dem Mann, der eben durch das eiserne Tor auf den Gehweg getreten war, sich kurz umschaute und dann gemächlich davonschlendern wollte.

Frei bemerkte Richard erst spät. Panik überkam ihn. Er war bemerkt worden. Und dort im Haus lag eine Leiche. Er hatte nichts damit zu tun. Aber wer würde ihm glauben? Was sollte er tun? Versuchen, zu Fuß zu entkommen? Franz Frei konnte keinen klaren Gedanken fassen. Verwirrt sah er zwischen dem Auto, dem Schlüssel, den er bereits in der Hand hielt und seinem Verfolger hin und her, der immer näher kam. Er konnte sich nicht entscheiden. Als sich Richard ihm bis auf wenige Meter genähert hatte, schüttelte Frei die Lähmung ab und fing an zu laufen. Er rannte die Straße hinunter, so schnell wie es sein Körperbau und das Alter zuließen.

Schon nach der nächsten Straßenecke war er außer Atem. Die Lungen schmerzten von der kühlen, klaren Luft, als stächen ihn tausend Nadeln. Schnaufend blieb er stehen, lehnte sich an eine Hauswand, schloss die Augen und ergab sich seinem Schicksal.

»Was wollten Sie in Mainls Villa?« Frei hörte die Stimme, als käme sie von weither. Und doch wusste er, dass es der große blonde Mann war, der sich nun keuchend näherte. Langsam öffnete Franz Frei die Augen und betrachtete das Gesicht vor ihm.

»Was wollen Sie von mir?«, japste er atemlos.

»Mich interessiert nur, warum Sie gerade aus dem Fenster von Herbert Mainls Villa geklettert sind. Haben Sie das da geklaut?« Richard zeigte auf den Aktenordner, den Frei noch immer fest unter den Arm geklemmt hatte.

Erschrocken erkannte Frei, dass nun wirklich alles verloren war. Ängstlich schüttelte er den Kopf und drückte seinen Schatz fester an sich. »Oh nein«, stieß er aus. »Das gehört mir. Und das nimmt mir niemand mehr weg! Nicht der Mainl und Sie erst recht nicht.«

Verstört blickte er sich um. Am liebsten wäre er weggerannt, doch er wusste, dass es zwecklos war. Er war einfach nicht in Form. Ihm stand das Bild von Mainls grauem, fahlem, seltsam entspannt wirkenden Gesicht vor Augen. Die Erinnerung war zu viel. Er sackte in sich zusammen, ließ sich an der Hauswand herabsinken und schluchzte, auf dem Gehweg sitzend, hemmungslos. »Ich habe damit nichts zu tun.«

»Womit haben Sie nichts zu tun?«, brummte Richard. »Jetzt stehen Sie erst mal auf.« Er half Frei auf die Füße, reichte ihm die Packung Papiertaschentücher, die er zufällig in seiner Manteltasche fand, und als Frei sich ein wenig beruhigt hatte, stellte er sich vor. »Richard Lachmann. Nachrichtenmagazin *Merker.*«

Frei war so erstaunt und erleichtert, dass er es nicht mit der Polizei zu tun hatte, dass er jede Vorsicht fallen ließ. Es sprudelte nur so aus ihm heraus, und er erzählte Richard seine Geschichte, berichtete, während sie langsam zurückwanderten, mit Stolz von seinen Jahren bei der Stasi, von der Rekrutierung Mainls, von dem glänzenden Material, das dieser so viele Jahre an Ostberlin geliefert hatte und zu guter Letzt auch von dem Patent der brillanten Stasi-Techniker, denen allein die Rohstoffe gefehlt hätten, um die eigene Amtsleitung von dem technischen Durchbruch zu überzeugen.

»Diese angeblich schalldichten Teppiche sind eine Stasi-Erfindung?« Richard konnte sein Erstaunen nicht verhehlen.

»Ja sicher! Der Mainl sollte uns nur helfen. Mit Material. Und technischem Know-how für die Serienfertigung. Dass er unser Eigentum nach der Wende auf eigene Rechnung an die Bundesregierung verkauft hat, habe ich auch erst vor kurzem aus der Zeitung erfahren.«

»Und von seinen Geschäften mit Abgeordneten ...«

»Ja. Von denen auch.«

»Es lohnt sich eben doch, Zeitungen zu lesen«, warf Richard ein und grinste, bevor er Frei weiter aushorchte. »Und was wollten Sie heute Morgen von Mainl?«

»Dass er es zugibt. Er sollte es aufschreiben. Damit ich es beweisen kann. Ich wollte endlich was in der Hand haben. Wissen Sie, ich saß jahrelang im Gefängnis, während er ...«

»Und? Hat er? Unterschrieben, meine ich«, unterbrach ihn Richard. Dann bemerkte er die Polizeiwagen, die mit Blaulicht vor Mainls Villa eintrafen. »Was ist denn da los?« Er beschleunigte seinen Schritt.

In dem Moment fuhr ein Leichenwagen an ihnen vorbei. Richard beobachtete, wie Anna mit verweintem Gesicht aus der Haustür trat, begleitet von einer Beamtin, die sie mit einer Hand unter dem Ellbogen stützte.

»Damit habe ich nichts zu tun!«, stieß Frei aus, doch Richard zerrte ihn unbarmherzig hinter sich her. »Das kann jeder sagen. Ich will jetzt endlich wissen, was hier los ist. Anna!«, rief er.

Als Anna ihn erkannte, huschte ein Lächeln über ihr Gesicht. »Hast du den Mörder?«

»Ich bin kein Mörder!«, rief Frei und versuchte, sich aus Richards Griff zu lösen. Doch der packte umso fester zu. »Lust auf ein neues Rennen? Hast doch eh keine Chance!«, schrie er Frei an, bevor er sich hilfesuchend umsah. »Hallo, Frau Polizistin! Können Sie oder Ihre Kollegen mir den nicht mal abnehmen? Der ist eben aus dem Fenster da drüben geklettert. Ich bin ihm hinterhergelaufen …«

Da flüsterte Frei ihm ins Ohr: »Nehmen Sie den Ordner! Bitte!« Und seine Stimme klang so eindringlich, dass Richard aufhorchte.

»Bitte!«, flehte Frei wieder, und es stand so viel Verzweiflung in seinem Gesicht, dass Richard ohne recht zu wissen, was er tat, die Hand ausstreckte, die Akte ergriff und sich unter den Arm klemmte.

Drei Polizisten kamen ihm bereits entgegen und packten Frei. »Danke«, sagte Richard, schenkte Frei noch einen skeptischen Blick, bevor er sich Anna zuwandte und so tat, als sei es das Natürlichste der Welt, mit einem vergilbten Aktenordner unter dem Arm herumzulaufen. »Was war los, da drin?«, fragte er.

»Mainl … Er ist … ist …«

»Tot?«

Anna nickte. »Ich habe so lange geklingelt, bis die Haushälterin aufgemacht hat. Sie hat ihn mir gezeigt. Er saß da am Schreibtisch … Er sah … ich weiß nicht, irgendwie …. Es war furchtbar …« Sie begann zu weinen und Richard war so beschäftigt, sie zu trösten, dass er nicht mitbekam, wie Frei in den Fond eines Polizeiwagens geschoben wurde.

Als Anna sich wieder beruhigt hatte, kam einer der uniformierten Beamten auf sie zu.

»Kann ich Sie kurz sprechen?«

»Sicher«, antwortete Richard und legte Anna fürsorglich den Arm um die Schulter.

»Sie sagten, dieser Herr ist aus dem Fenster da drüben …?«

»Ja«, antwortete Richard. »Wir haben es beide beobachtet, nicht wahr, Anna?«

Sie nickte.

»Dann darf ich Sie beide bitten mitzukommen. Wir müssen da noch einiges klären.«

Zwei Stunden später traten Anna und Richard aus der Polizeiwache hinaus ins Freie. Es war bitterkalt, doch die Sonne strahlte. Es versprach ein herrlicher Frühlingstag zu werden.

»Der arme Mainl«, sagte Anna.

»Also, ich weiß nicht. Ob der wirklich so arm war?« Richard schob seine Hand in Annas und drückte sie fest.

»Gefühlloser Klotz!«

»Jetzt sei nicht ungerecht! Ich meine doch nur …«

»Ob dieser Frei ihn wirklich ermordet hat?«, überlegte Anna laut. »Was meinst du?«

»Keine Ahnung. Er hat gesagt, nein. Er hat mir überhaupt eine ganze Menge erzählt …« Während sie auf das Taxi warteten, das der Polizist am Ausgang ihnen gerufen hatte, gab Richard der Freundin einen kurzen Überblick über das, was Frei ihm berichtet hatte.

»Seltsam. Der Ordner ist mir überhaupt nicht aufgefallen.«

»Den Bullen Gott sei Dank auch nicht.«

»Und wo ist er jetzt?«

»Ich bin noch mal kurz zum Auto gegangen, erinnerst du dich, bevor wir mitgefahren sind.«

»Hm. Stimmt. Und du hast den Bullen sonst alles erzählt?«

»In groben Zügen, ja. Klar.«

»Und? Wie geht es jetzt weiter?«

»Ich fahre ins Büro.«

»Ich komme mit.«

»Wohin?«

»Na, hast du gedacht, du könntest die Geschichte ohne mich machen?«

»Solltest du nicht erst mal Mainls Tod melden? Ich schenk dir das. Exklusiv! Du hast ihn schließlich gefunden …«

»Hab ich nicht. Das war die Haushälterin.«

»Die wird die Meldung kaum machen.« Richard grinste.

»Das ist nicht komisch. Weißt du, der Anblick hat mich mitgenommen!«

Da nahm Richard sie in den Arm und drückte sie fest an sich. »Ich weiß«, sagte er. Und nach einem kurzen Schweigen fügte er leise hinzu: »Weißt du eigentlich, wie sehr ich dich liebe?«

Anna lächelte, erwiderte aber nichts. Statt einer Antwort schmiegte sie sich an seine Schulter, verbarg ihr Gesicht in seiner Jacke und wünschte sich, es könnte immer so bleiben.

Kurz darauf fuhr das Taxi vor. »Haben Sie es schon gehört?«, überfiel sie der Fahrer gleich als Erstes. »Dieser Weil ist tot, der Abgeordnete, den sie gesucht haben.«

»Wie? Der auch?«, entfuhr es Anna.

Fürsorglich ergriff Richard ihre Hand, bevor er sich wieder dem Taxifahrer zuwandte. »Was ist passiert?«

»Keine Ahnung«, antwortete der gleichgültig. »Kam nur vorhin in den Nachrichten. Einer von dieser Zeitung, der *Linse*, hat ihn wohl gefunden heute Morgen in einem Hotel. In Berlin, glaube ich. Mausetot. Keiner weiß, ob ermordet oder Selbstmord … Tragisch, nicht? Ich kann mich erinnern, dass ich den sogar schon mal gefahren habe …«

Panzetti fiel aus allen Wolken, als Anna ihm von ihrem morgendlichen Abenteuer berichtete. »Damit will ich wirklich nichts zu tun haben. Ich meine, wir, das *Echo*«, wehrte er ab. »Wir finden keine Leichen! Wir sind doch nicht so ein Schmierblatt wie die *Linse*!«, stieß er voller Abscheu aus und schaltete das Radio ein.

Doch was sie hörten, raubte ihnen beiden den Atem. »Entgegen ersten Meldungen ist der stellvertretende Fraktionsvorsitzende Peter Weil noch am Leben. Regierungssprecher Diethelm Lauer gab am Vormittag in Berlin bekannt, Weil sei auf der Intensivstation eines Krankenhauses. Nach Auskunft der Ärzte sind seine Verletzungen zwar ernst, aber nicht lebensbedrohlich. Zuvor hatte das Nachrichtenmagazin *Linse* gemeldet, ein Reporter habe Weil tot in einem Berliner Hotelzimmer aufgefunden. Das Blatt kündigte bereits eine Sondernummer mit Exklusivfotos an.«

Anna prustete los. »Wer hat sich das denn geleistet?«

Panzetti zuckte mit den Achseln. »Alexander Hof. Angeblich. Sagt die Buschtrommel. Aber Ihnen ist ja wohl klar, dass wir unter den Umständen heute auf keinen Fall eine weitere Leiche finden. Ja? Das überlassen wir lieber der Polizei.«

Anna nickte. Sie ging in ihr Büro und suchte Constanzes Handynummer heraus. Die Freundin antwortete beim ersten Klingeln.

»Wo bist du?«, fragte Anna statt einer Begrüßung.

»Im Berliner Büro. Ich schreibe gerade die Weil-Geschichte, ist das nicht alles furchtbar?«

»Was machst du denn in Berlin?«

»Erzähle ich dir, wenn ich zurück bin. Und sonst? Gibt's bei dir was Neues?«

»Ja. Halt dich fest. Der Mainl ist tot.«

»Wie bitte?

»Mainl ist tot. Und ich schenke dir die Geschichte. Wenn du sie in den nächsten fünf Minuten bringst!«

»Vergiss es. Der Weil war heute Morgen auch auf unserem Draht schon tot. Bis Lauer die Konkurrenz erreichte und brühwarm das Dementi verkündete. Peinlich, peinlich!«

»Aber ich denke, der Hof hat den gefunden! Was hast du denn damit zu tun?«

»Ich war auch in dem Hotel!«

»Scheiße! Trotzdem. Der Mainl ist tot, tot, tot.«

Constanze lachte. »Das wollen wir auch hoffen. Noch einen Lazarus, und ich werde Putzfrau!«

28. Kapitel

Diethelm Lauer legte erschöpft die Beine auf Matczynskis Schreibtisch. Eine bleierne Müdigkeit bemächtigte sich seiner. Nur mühsam gelang es ihm, sich zu entspannen. Am liebsten hätte er geschlafen. Doch sobald er die Augen schloss, stiegen die Bilder wieder in ihm hoch, der grauenvolle Anblick von Weil, wie er da gelegen hatte, mit dem Oberkörper aus dem Wandschrank ragend, die Füße im eigenen Erbrochenen. Wie das gestunken hatte! Gut, dass Constanze das erspart geblieben war.

Constanze. Lauers Herz hüpfte, und er wunderte sich sehr über sich. Jedes Mal, wenn er an sie dachte, ging es ihm so. Was sie wohl gerade tat? Schade, dass sie schon fort war, als die Formalitäten erledigt gewesen waren und die Polizei abgezogen war. Da hatte diese Wirtin ihm mit einem wissenden Blick den Zettel gegeben. »Fahre in die Redaktion. Danke. Für alles.«

Sie hatte sich bedankt. Constanze. Er mochte den Namen. Er klang so weiblich. Charmant. Ein warmes Gefühl stieg in ihm hoch. Er dachte an die lange Autofahrt und fand, dass sie sich eigentlich recht gut zusammengerauft hatten.

Doch dann hielt ihn eine andere Frage wach. Ob es Constanzes Meldung gewesen war, die er vorhin dementiert hatte? Nein, der designierte Finanzminister Peter Weil ist nicht tot.

Der Gedanke beunruhigte ihn. Warum nur hatte er in dieser Stadt noch immer kein eigenes Büro? Wann wurden sie endlich fertig? Es war zu ärgerlich! Dann hätte er die Agenturmeldungen wenigstens selbst lesen können. Und hätte es gewusst. Schließlich kannte er ihr Kürzel. CA.

So aber war er auf die kargen Angaben seines Bonner Büros angewiesen. Die Internationale Nachrichtenagentur INA habe zunächst als Einzige den Bericht der *Linse* übernommen und gemeldet, dass Weil tot sei, hatte ihm seine Sekretärin mitgeteilt.

Auf einmal fiel es Lauer wie Schuppen von den Augen. Natürlich hatte Constanze das geschrieben! Wer sonst? Sie war ja sozusagen dabei gewesen.

Und er hatte es dementieren müssen. Jetzt war sie ihm bestimmt wieder böse! Enttäuscht dachte er, dass er nun wirklich nichts dafür konnte! Er selbst hatte Weil anfangs für tot gehalten. Nur zur Sicherheit hatte er einen Notarztwagen gerufen. Hatte dem Mann damit wohl das Leben gerettet… Aber davon würde Constanze nun bestimmt nichts mehr hören wollen.

Unruhig erhob sich Lauer und wanderte in Matczynskis kahlem Büro herum. Der Teppich war notdürftig herausgerissen und lag nun zusammengerollt in einer Ecke. Die Möbel standen auf blankem Estrich, Tapetenreste hingen noch immer von den Wänden.

Während sich Lauer umsah, ging hinter ihm leise die Tür auf und Matczynski kam herein, die Pfeife im Mund.

»Ja, ja, schauen Sie sich nur um. Ein Trauerspiel, nicht wahr?«, fragte er mit seiner tiefen Stimme.

Lauer fuhr zusammen.

»Tut mir Leid. Ich wollte Sie nicht erschrecken.«

»Ist schon gut«, antwortete Lauer und blinzelte. »Wie lange sieht das hier schon so aus?«

»Oh. Eine ganze Weile«, sagte Matczynski lächelnd und ging langsam hinüber zu seinem Schreibtisch. »Ich hatte einfach keine Lust mehr, immer über den Teppich zu stolpern wie der gute Butler von Miss Sophie über den Tiger. Also griff ich zur Selbsthilfe. Aber ich habe ein paar Neuigkeiten für Sie.«

»Ach ja?« Neugierig musterte Lauer ihn. »Schießen Sie los!«

Matczynski zog seinen Notizblock heraus und blätterte ein wenig darin, bevor er begann: »Tja, das Wichtigste, oder besser, das, was Sie vermutlich am spannendsten finden werden, ist wohl dies: Zwei Beamte haben heute früh mit Kurt Schaller gesprochen. In seinem Studio. War wohl todmüde …«

»Kein Wunder, nach der Nacht!«, warf Lauer ein.

»Ja, vermutlich«, sagte Matczynski und fuhr ungerührt fort. »Er hat, wie Sie dies schon vermutet haben, zugegeben, gewisse Unterlagen an Frau Constanze Albrecht weitergegeben zu haben. Er hat sich offenbar gewundert, dass wir es wussten, hat sich dann aber nicht lange geziert.«

»Und? Wer war seine Quelle?«

»Ein ehemaliger Stasi-Offizier namens Franz Frei. Vorbestraft. Mainls Führungsoffizier bei der Stasi!«

»Oh«, stieß Lauer aus.

»Ja. Das habe ich auch gesagt. Der Mann hat eine Laube, draußen in Groß-Glienicke, wo heute Morgen schon einiges gefunden wurde. Vor allem Dokumente. Und eine Schreibmaschine. Altes Papier unseres Geheimdienstes. Außerdem der Originalmitschnitt dieses

Gesprächs zwischen Mainl und Weil. Hat die Stasi aufgenommen, und unser Freund Frei hat offenbar eine ganze Menge dazugedichtet. Aber das ist noch nicht alles. Haben Sie schon gehört, dass Mainl gestorben ist? Mord und Selbstmord möglich.«

»Mainl ist tot?« Lauer runzelte die Stirn. Es tat ihm Leid. Das konnte niemand gewollt haben.

»Es wird wohl nicht mehr lange dauern, bis es in den Nachrichten kommt. Und jetzt raten Sie mal, wer ihn gefunden hat.« Er sah Lauer erwartungsvoll an.

»Anna Martin.«

»Was?« Entsetzt starrte Lauer ihn an. »Wie kommt die denn …?«

»Keine Ahnung«, unterbrach Matczynski ihn. »Aber das ist immer noch nicht alles. Ihr Freund, dieser Richard Lachmann, Sie erinnern sich, der schleppte plötzlich einen Mann an und verdächtigte ihn als Mörder …«

»Und?«

»Jetzt raten Sie mal, wer das war.« Matczynski nahm seine Pfeife und steckte sie seelenruhig in den Mundwinkel.

»Jetzt machen Sie es nicht so spannend!«

»Das war Franz Frei!«

»Dieser Stasi-Offizier?« Lauer kam aus dem Staunen nicht heraus. »Und? Ist er der Mörder?«

»Das weiß die Bonner Polizei wohl noch nicht. Aber es sieht nicht so aus. Die haben da was gefunden, warten Sie … hier steht es … eine Spritze mit einem Betäubungsmittel … Pancuronium … Schlägt wohl auf die Lunge, wenn ich das recht verstanden habe. Der Mann ist erstickt bei lebendigem Leib. Schrecklich. Konnte sich nicht rühren. Und sah ganz friedlich aus. Dabei muss das höllisch wehgetan haben. Wirklich ein schrecklicher Tod. Nun ja.« Matczynski seufzte. »Die Spritze lag auf dem Fußboden unter dem Schreibtisch. Das allein spricht wohl noch nicht für diesen Frei. Ach ja, Anna und Lachmann haben ihn wohl dabei erwischt, wie er aus Mainls Fenster geklettert ist… Aber es gab noch eine zweite Ampulle in Mainls eigenem Kühlschrank im Schreibtisch. Vielleicht ergibt die Obduktion mehr. Frei verweigert die Aussage. Er hat am Anfang nur ein paar Mal gejammert, warten Sie …«, Matczynski blätterte in seinem Block, »Ja, hier: ›Jetzt hat er mich doch erledigt‹, soll er gesagt haben. Drei, vier Mal. Seitdem schweigt er.«

»Hmm«, sagte Lauer. »Haben Sie den Innenminister schon unterrichtet?«

»Ja. Natürlich.«

»Und? Was hält er von der Sache?«

»Er sagt, Sie sollten dringend mit diesem Lachmann reden. Vielleicht hat der Frei ihm ja was erzählt, und wenn das, was auch immer es ist, nächste Woche im *Merker* steht, könnten wir ein Problem haben.«

»Da ist was dran.« Gedankenverloren rieb sich Lauer das Kinn. Richard war ein harter Brocken. »Was ist mit Frisch in Moskau?«

»Wir haben Kontakt aufgenommen. Vielleicht stellt er sich wirklich.«

»Hmmm. Und was sage ich heute der Presse …?«

Matczynski schmunzelte. »Die sind doch für heute gut beschäftigt. Eine Leiche und ein Halbtoter, was wollen Sie mehr?«

Lauer blinzelte überrascht. So viel Gerissenheit hatte er Matczynski gar nicht zugetraut. »Kann sein. Hoffen wir, dass Sie Recht haben.«

Als sich Lauer wenig später müde auf den Weg zur *Linse* machte, hatte er eine ganze Reihe weiterer, nicht minder interessanter Gespräche geführt. Er wusste nicht, ob er sich richtig entschieden hatte. Und doch schien es keinen anderen Weg zu geben.

Als er die Eingangstür zu jenem glänzenden Neubau im Spreebogen aufschob, in dem die Zentralredaktion der *Linse* seit einigen Monaten in Erwartung eines baldigen Regierungsumzugs untergebracht war, kam ihm von weitem eine blonde Frau entgegen. »Wohin möchten Sie?«

Lauer seufzte. »Zu Herrn Schuk. Ich bin angemeldet.«

»Fünfter Stock, Zimmer 5000.«

Chefredakteur Manuel Schuk ließ ihn im Vorzimmer warten. Die Sekretärin forderte ihn auf, Platz zu nehmen, und schenkte ihm einen Kaffee ein, bevor sie sich wieder an ihre Arbeit machte. Erst nach einer guten Viertelstunde öffnete sich Schuks Tür. Der drahtige, schmale Mann mit dem kantigen, harten Gesicht näherte sich ihm mit schnellen Schritten und streckte ihm die Hand entgegen. »Herr Lauer. Kommen Sie herein. Ich habe nicht viel Zeit, aber das werden Sie ja sicher verstehen. Sie waren ja auch mal in dem Geschäft.« Er hatte schließlich eine Sondernummer zusammenzustellen – die erste seit Jahren – und wahrhaftig nicht vor, sich lange von Diethelm Lauer aufhalten zu lassen.

»Fräulein Gisela, machen Sie uns bitte noch einen Kaffee?«, bellte er über die Schulter und schloss die Tür hinter sich. »Was führt Sie nach Berlin? Es wird ja nun noch ein Weilchen dauern, bis Sie umziehen?« Dann pflanzte er sich hinter seinem Schreibtisch auf und spielte ein wenig nervös mit einem silbernen Kugelschreiber.

»Sie führen mich nach Berlin«, antwortete Lauer eine Spur zu hart, um höflich zu klingen und setzte sich.

»Ich?«, fragte Schuk erstaunt. »Wann haben wir uns

das letzte Mal gesehen? Ach ja, da ging es um die Freundin Ihres Kanzlers Anna Martin, wenn ich nicht irre? Sie baten uns um Zurückhaltung …?«

»Diesmal geht es um den ehemaligen Mann Ihrer Tochter«, unterbrach ihn Lauer unwirsch. Er hatte keine Lust mehr, sich von diesem aufgeblasenen Menschen auf dem Kopf herumtanzen zu lassen.

Schuk schluckte. »Sie meinen Alexander Hof? Was ist mit dem?«

»Wenn Sie mich fragen, hat der ziemlich in die Scheiße gelangt, um es auf Deutsch zu sagen …«

»Was ist dagegen einzuwenden? Wir sind dafür da, in die Scheiße zu langen, wie Sie sich ausdrücken«, erwiderte Schuk mit zufriedenem Lächeln, lehnte sich zurück und legte seine Füße auf den Tisch. »Und ich denke, er hat seine Sache großartig gemacht. Vor allem hat er seine Pflicht als Journalist erfüllt.«

Die beiden Männer maßen einander.

Lauer hatte Schuk noch nie gemocht. Er war clever und ließ sich nicht beeindrucken. Andererseits aber vermochte er sich durchaus in seine Lage hineinzuversetzen, sehr gut sogar. Der Mann hatte ein Blatt zu machen, Auflage zu verkaufen, so rasch wie möglich die Gunst der Exklusivität zu nutzen, und dass er keine Neigung verspürte, sich daran hindern zu lassen, war auch verständlich. Schon gar nicht von einem Regierungssprecher. Am liebsten wäre er aufgestanden und gegangen. Was würde schon passieren? Doch nur, dass *Die Linse* ein zweites Mal ungeschützt ins offene Messer lief, überlegte er. Und dass Peter Weil dabei geschlachtet würde. Er sah den Mann wieder in seinem Erbrochenen liegen.

Dieses Foto durfte niemals veröffentlicht werden. Der ganze Skandal hatte schon genug Schaden angerichtet. So war es Lauer, der die lastende Stille durchbrach. »Wissen Sie eigentlich, was Ihr Herr Hof gemacht hat?«

»Was meinen Sie?«, fragte Schuk gelangweilt.

»Wissen Sie, wie er überhaupt in Weils Hotelzimmer gekommen ist? Und wie lange er dort drin war?«

»Wenn Sie es so genau wissen wollen, müssen Sie wohl übermorgen unsere Sondernummer kaufen. Sonst noch was?«

»Ach, verraten Sie es mir doch jetzt schon. Bitte.« Lauer blickte Schuk unverwandt an.

»Also gut«, gab der Chefredakteur nach und seufzte ergeben. »Herr Hof hat an Weils Zimmertür geklopft, und als niemand aufgemacht hat, ist er in das Zimmer gegangen. Aber«, fuhr Schuk fort und holte tief Luft, »das hätten wir doch alle so gemacht. Sie und ich und jeder! Hof wusste schließlich, dass der Mann da oben war und Probleme hatte. Er hatte bereits den ganzen Abend und die Nacht unten in der Halle gewartet, und irgendwann hat er sich Sorgen gemacht ...«

»War die Tür abgeschlossen?«, unterbrach Lauer ihn knapp.

»Woher soll ich das wissen? Hören Sie, ich habe zu tun... Was wollen Sie eigentlich? Geben Sie mir eine Stellungnahme der Regierung und lassen mich meine Arbeit tun, ja?«

»Der Kellner hat ausgesagt, Weil habe gestern Abend seine Tür abgeschlossen. Von innen. Nachdem sie ihm Whiskey gebracht habe.«

Schuk starrte Lauer abwartend an.

»Sie wissen, was das bedeutet. Entweder hat Weil Ihrem Herrn Hof freiwillig die Tür geöffnet. Was ich ehrlich gesagt angesichts seines Zustandes für unmöglich halte. Oder Ihr Reporter hat sich des Einbruchs schuldig gemacht. Trifft Ersteres zu, würde das nur bedeuten, dass Weil noch fit war, als Ihr Reporter kam und nicht mehr fit, als Ihr Reporter ihn verließ … Sie können mir folgen?«

»Das ist doch blanker Unsinn!« Schuk sprang auf und tigerte in seinem Büro auf und ab. Düstere Ahnungen quälten ihn, seit er das erste Mal von Hofs Abenteuer erfahren hatte. Allerdings stand *Die Linse* im Moment nicht eben prächtig da im Kampf gegen den mächtigen *Merker* und die Aufsehen erregende Geschichte über die Verirrungen des prominenten Abgeordneten war ihm gerade recht gekommen.

Er hatte sich Zweifel nicht leisten können. Und als Hof heute früh mit dem Tod Weils und diesen saftigen Fotos gekommen war, hatte er nicht gezögert, sondern sofort beschlossen, die Sondernummer auf dem Markt zu werfen.

Dass Weil dann doch nicht tot war, war zwar bedauerlich und peinlich, und hatte sie für einige Stunden in arge Erklärungsnot gebracht. Die Agenturen, die Konkurrenz, das Fernsehen, Rundfunkstationen hatten hämisch Aufklärung verlangt, und so hatten die leitenden Redakteure, statt zu arbeiten, viel zu viel Zeit darauf verschwendet, den Ruf des Hauses zu retten.

Eigentlich machte die Tatsache, dass Weil noch lebte, keinen großen Unterschied. Sie hatten die Bilder im Hotel exklusiv, wussten, dass Weil auf einen Unbekannten gewartet hatte und dass, wer immer hinter dieser Telefonnummer steckte, die Weil notiert hatte, bestimmt auch für den kläglichen Zustand des Abgeordneten und die Verwüstung seines Hotelzimmers verantwortlich war. Und da die Polizei im Besitz der Unterlagen war, die Alexander nur fotografiert hatte – sehr gut, übrigens –, wusste diese es auch. »Alexander bringt niemanden um und das weiß die Polizei!«, gab Schuk deshalb im Brustton der Überzeugung zurück.

In dem Moment klopfte es und ein junger Redakteur steckte den Kopf durch die Tür. »Chef, kann ich Sie kurz sprechen?«

»Was gibt's denn?«

»Äh, die Telefonnummer...« Der junge Mann sah fragend zu Lauer.

Schuk kam ihm entgegen und sprach leise. »Was ist damit?«

»Das ist offenbar eine Kneipe. Wir haben jemanden erreicht. Die Putzfrau.«

»Schick sofort zwei Leute hin. Ich will alles über den Laden wissen. Wer da verkehrt, wer da in letzter Zeit gesehen wurde... Geht auch zu dem Wirt. Und findet heraus, wer da arbeitet... Und Fotos bitte, ein bisschen was Buntes, ja? Das pralle Leben, wenn ich bitten darf. Und das möglichst gestern!«

»Ja, Chef.«

»Probleme?« Lauer grinste.

»Haben Sie noch was? Oder war es das?«, fragte Schuk, stierte Lauer an und setzte sich wieder an seinen Platz.

»Seit wann veröffentlichen Sie gefälschte Geheimdossiers, die Ihnen Ihre eigenen Fotografen unterjubeln?«

»Wie bitte?« Elektrisiert schaute Schuk auf.

Lauer aber lehnte sich gelassen zurück und lächelte. »Ich habe Sie gewarnt. Sie erinnern sich?«

»Sie bluffen.«

»Oh, keineswegs! Wir haben Beweise.«

»Wer war es?«

»Das muss unter uns bleiben.«

Schuk zitterte vor Zorn, als er eine Minute später zum Telefonhörer griff. »Schicken Sie mir Alexander

Hof rauf. Sofort. Ja. Sofort. Es ist mir vollkommen egal, was er gerade macht. Und wenn er die Kaiserin von China interviewt!« Mit hochrotem Kopf wandte er sich Lauer zu. »Was Sie auch immer zu sagen haben, sagen Sie im Beisein Hofs. Dann werden wir ja sehen, was unter uns bleibt und was nicht.«

Bis Alexander endlich an die Tür klopfte, vergingen fünf lange Minuten, in denen sich die beiden Männer schweigend gegenübersaßen.

»Komm rein und nimm dir einen Stuhl«, forderte Schuk seinen ehemaligen Schwiegersohn auf. »Und dann möchte ich hören, was du zu dem zu sagen hast, was unser Herr Regierungssprecher hier erzählt. Oder darf ich sagen kolportiert?«

Alexander nickte benommen. Aufgeputscht von mindestens einem Liter Kaffee, hatte er an seiner Geschichte gefeilt und verstand nicht recht, warum er ins Allerheiligste zitiert worden war.

Lauer wandte sich an Alexander. »Wollen Sie die Geschichte erzählen oder soll ich?«

»Nein, nein«, fuhr Schuk dazwischen. »So habe ich das nicht gemeint, Herr Lauer. Wenn Sie etwas zu sagen haben, sagen Sie es.«

»Also schön«, hob Lauer an und gab Alexanders Quellen preis. Erzählte von Schaller und von Constanze und davon, wie Alexander an das Dossier gelangt war.

Alexander traute seinen Ohren nicht. Constanze ... Schaller ... Franz Frei ... Aber mit Schaller hatte er doch die ganze Nacht gewartet! Und der hatte nichts gesagt! So ein Mistkerl. Er konnte nichts anderes denken.

»Alexander, könntest du dich bitte dazu äußern?«

Der Reporter schreckte auf und fragte: »Wieso muss ich das? Ich habe meiner Quelle Schutz versprochen.«

»Nun, nun, Herr Hof«, fuhr Lauer mit grausamer Freundlichkeit fort. »Welcher Quelle haben Sie Schutz versprochen? Constanze? Da dürfen Sie sich entbunden fühlen. Sie hat es mir bestätigt. Schaller hat es ebenfalls längst eingeräumt. Und mit dem Herrn Frei ist das so eine Sache. Der sitzt in Untersuchungshaft. Aber das wissen Sie ja sicher.«

»Nein, das weiß ich nicht!«, stieß Alexander trotzig aus. »Ich kenne keinen Frei.«

Da erzählte Lauer den beiden Männern auch, was Anna und Richard am Morgen erlebt hatten. Die Geschichte war weitgehend unbekannt, da sich die meisten Journalisten aus Angst, sich ein zweites Mal an diesem Tag die Finger zu verbrennen, zurückhielten. »Es ist eindeutig erwiesen, dass Frei die angeblichen Dokumente, die Sie veröffentlicht haben, gefälscht hat.«

»Dann forderst du das Geld zurück«, sagte Schuk zu Alexander.

»Geld?« Lauer grinste schadenfroh. »Wie viel habt ihr denn gezahlt?«

»Zwanzigtausend.« Schuk blickte Alexander durchdringend an. »Das stimmt doch, oder?«

Alexander schwitzte. Was sollte er nur tun? Es auf Constanze schieben? Sagen, dass er ihr das Geld gegeben hatte? Die Wahrheit gestehen? Aber das ging auch schlecht …

»Constanze soll Geld bekommen haben? Das glaube ich nicht!«

Alexander räusperte sich und blickte hilfesuchend von einem zum anderen.

Schuk erlöste ihn mit eisiger Stimme. »Das klären wir später. Unter uns. Wie bist du eigentlich in Weils Zimmer gekommen?«

»Das habe ich doch …«

»Lauer sagt, das Zimmer sei abgeschlossen gewesen. Von innen.«

Alexander wand sich. Doch sein Widerstand war gebrochen, und so berichtete er, wie es wirklich gewesen war, rechtfertigte seinen waghalsigen Kletterakt mit der Sorge um Weil und der Bedeutung der Akten, die er dort schließlich gefunden hatte. »Peter Weil ist eine Person der Zeitgeschichte ... Und es ist doch wirklich bedeutsam, dass jemand versucht hat, ihn zu ermorden und wenn ich nicht gekommen wäre ... Wenn ich es recht bedenke, habe ich ihn sogar gerettet!«

»Aber Sie haben nicht einmal einen Arzt gerufen!«, fuhr Lauer ihn empört an.

»Ich dachte, er wäre tot! Und dann kamen Sie, und da habe ich gedacht ...«

»... Sie bräuchten nicht den Rettungswagen rufen? Was sind Sie nur für ein Mensch!«

Da wusste Schuk, dass seine heiß herbeigesehnte Sonderausgabe gestorben war. Ohne ein weiteres Wort griff er zum Telefon. »Alles absagen. Es gibt keine Sondernummer ... Ja ... nein ... Das ist mir egal. Sag der Nachrichtenabteilung Bescheid. Sie sollen mich anrufen. Wir müssen uns was einfallen lassen!«

Dann wandte er sich mit trügerischer Ruhe wieder Alexander zu: »Und du gehst jetzt an deinen Schreibtisch. In einer Stunde habe ich deinen Bericht. Lückenlos. Alles. Verstanden?«

»Hast du selbst nicht immer wieder gepredigt, dass wir ohne Ansehen der Person ...«

»Aber wir lassen uns doch nicht bei einem Einbruch erwischen! Unglaublich! Geht der durchs Fenster!«

Wütend sprang Alexander auf, stampfte davon und murmelte: »Als wäre das so wichtig!«

Als er fort war, bot Schuk Lauer die Hand. »Danke. Ich sage es nicht gerne. Aber trotzdem. Vielleicht ist es besser so.«

»Vielleicht«, erwiderte Lauer mit einem Achselzucken und wandte sich ebenfalls zum Gehen. »Ich habe noch eine Frage.«

»Ja?«

»Hätten Sie die Fotos von Weil in seiner Kotze wirklich gedruckt?«

Schuk sah ihn verständnislos an. »Ja. Sicher. Warum denn nicht? Das ist das Beste, was wir seit langem hatten!«

29. Kapitel

Constanze hüpfte von einem Bein aufs andere, versuchte, sich warm zu halten, und fror entsetzlich. Es war nicht allein die wenig frühlingshafte Temperatur, die ihr zu schaffen machte. Vor allem die nächtliche Fahrt und die vielen Stunden angestrengter Arbeit danach steckten ihr in den Knochen.

Nervös blickte sie auf ihre Armbanduhr. Es war bereits später Nachmittag und noch immer hatte niemand etwas gesagt. Klar war nur, dass Peter Weil in diesem Krankenhaus lag. Doch wie es ihm ging, war nicht herauszubringen. Am Mittag hatten die Ärzte ein liebloses Bulletin veröffentlicht: »Angesichts der Umstände ist das Befinden das Patienten stabil. Weitere Angaben können derzeit nicht gemacht werden.«

Wunderbar. Dann hatte die Klinik die Polizei geholt, und wenig später hatten gleich zehn Beamte die Journalisten vor die Einfahrt abgedrängt. Seitdem belagerten etwa fünfzig Reporter – darunter drei Fernsehteams mit Bodyguards, die den Kameras im Ernstfall den Blick freiräumen sollten – den Bürgersteig vor dem Krankenhaus, und mehrere Polizisten wachten nach wie vor darüber, dass sie brav die Einfahrt freihielten.

Constanze hasste dieses Herumlungern von ganzem Herzen. Patienten in plüschigen Hausanzügen, dicken Verbänden und qualmenden Zigaretten sowie weiß bekittelte Ärzte und Schwestern marschierten an ihnen vorbei, betrachteten sich kopfschüttelnd die Journalisten und murmelten etwas, das sich verdächtig nach »unverschämt« anhörte. »Einfach widerlich« oder »Wie die Geier!«

Die Verachtung traf Constanze ins Mark. Schließlich stand sie dort nicht freiwillig. Außerdem hatte sie keinesfalls die Absicht, eine Leiche zu fleddern oder sonst etwas Unanständiges zu tun. Allein – die Klinikleitung hatte Pressekonferenzen und ärztliche Bulletins angekündigt und sich außerstande gesehen, die Mitteilungen per Fax zu senden. »Da müssen Sie schon herkommen. Wir haben schließlich Besseres zu tun, als es jedem einzeln zu erzählen. Außerdem sind Ihre Kollegen längst da.«

So stand sie seit Stunden vor dem Krankenhaus, und es gab keine andere Möglichkeit als zu warten, bis entweder etwas Entscheidendes mit Peter Weil geschah oder aber die anderen Kollegen aufgaben. Sie konnten nur gemeinsam gehen. Oder alle zusammen auch die nächste Nacht vor der Klinik verbringen. Constanze schüttelte sich und musterte die Reporter, die genauso froren wie sie und längst die Lust am Reden verloren hatten. Am Mittag, als sie frischer gewesen waren, hatten sie hitzig debattiert über Weil und *Die Linse* und darüber, ob Alexander Hof hätte in das Hotelzimmer gehen dürfen. Zwar kannte nach wie vor keiner die genauen Umstände. Und doch war die Mehrheit der Ansicht, es stehe einem kritischen Journalismus sehr wohl an, einem Politikern sehr genau auf die Finger zu schauen.

»Aber er hatte doch nichts in Weils Zimmer zu suchen!«

Constanze wurde überstimmt. »Seitdem du in Bonn bist, machst du auch einen auf Hofberichterstattung, was?«, keifte der Reporter von der Konkurrenzagentur. »Ich sage euch, ich bin es so leid! Und ich finde es phantastisch, dass endlich mal wieder frischer Wind weht!«

Constanze schwieg verletzt.

Wenig später verbreitete sich das Gerücht, Alexander habe enthüllende Fotos von Weil geschossen, und eine Weile debattierten sie, ob es journalistisch ehrenwert sei, einen Mann in seinem Erbrochenen zu zeigen oder ob die Fotos nicht ein wenig geschönt werden sollten.

Constanze hörte zu. Doch sie beteiligte sich nicht mehr an der Diskussion. Immer öfter ertappte sie sich dabei, wie ihre Gedanken abschweiften.

Zu Lauer. Bange fragte sie sich, ob er zornig auf sie war, weil sie die Meldung von Weils Tod einfach gebracht hatte. Vorschnell, wie sie zu spät festgestellt hatte. Als kleine Wiedergutmachung hatte sie der Redaktion angeboten, sich vor das Krankenhaus zu stellen und die Geschichte selbst zu Ende zu bringen.

Nun dämmerte es bereits, und sie bereute ihre Entscheidung, hoffte auf Ablösung und wusste doch, dass die nicht eintreffen würde. Erschöpft ließ sie sich auf dem Bordstein nieder. Dort aber war es noch kälter, und sie wusste, dass sie bald wieder würde aufstehen müssen.

Auf einmal kam Bewegung auf. Zwei Kamerateams stürzten an ihr vorbei. Erstaunt sah sie ihnen nach. Doch sie konnte nichts erkennen, so sehr sie auch den Hals reckte. Um sie herum verstummten die Gespräche, und alle standen auf, gingen in die gleiche Richtung. Constanze folgte, um zu sehen, was es mit dem Tumult auf sich hatte.

Als sie Lauer entdeckte, schoss ihr das Blut ins Gesicht, und so sehr sie sich auch bemühte, gleichgültig zu bleiben, so sicher war sie, dass ihr jeder die Aufregung anmerken musste.

Sie kramte ihren Block aus der Tasche, suchte schnell einen Stift, rief laut: »Moment mal, noch nicht anfangen!«, fing seinen erstaunten Blick auf und merkte, wie ihre Hand zitterte.

»Sind Sie jetzt so weit?«, fragte Lauer mit schneidender Stimme und musterte sie kalt.

Constanze wurde blass. Er war ihr wirklich böse. Wegen der Falschmeldung. Beschämt nickte sie, murmelte ein »ja, ja«, schrieb sogleich mechanisch mit, was er sagte und begriff doch kein Wort.

»Ich darf Ihnen mitteilen, dass der Bundeskanzler erschüttert ist über die Vorgänge, die zu dem heutigen Geschehen geführt haben. Der Bundeskanzler hat in einem Telefonat, das er heute Nachmittag mit Frau Weil führte, sein tief empfundenes Mitgefühl zum Ausdruck gebracht, aber auch seine Abscheu vor den Machenschaften einiger Medien, die eine menschenverachtende Hetzjagd eröffnet haben und damit offenbar nicht nur den Bundestagsabgeordneten selbst, sondern auch die Partei wie die gesamte Regierung treffen wollen. Dabei haben einzelne Medien alle Gebote von Fairness und Sorgfalt außer Acht gelassen. Der Bundeskanzler appelliert an alle Medienvertreter, aus dem tragischen Geschehen die Konsequenz zu ziehen und nun die gebotene Zurückhaltung zu üben, damit Peter Weil in Ruhe genesen kann.

Ferner hat der Bundeskanzler Frau Weil alle erdenkliche Hilfe zugesagt. Er hält laufend Kontakt zu den Ärzten. Seine guten Wünsche sind mit Peter Weil. Der Bundeskanzler hofft, dass Peter Weil bald seine Geschäfte wieder aufnehmen kann. Vielen Dank, meine Damen und Herren. Fragen?«

Laut riefen die Journalisten durcheinander, wollten wissen, wann genau Kanzler Müller mit Frau Weil telefoniert habe und wie es dem erkrankten Abgeordneten gehe, ob Weil weiter für einen Posten im Kabinett infrage komme und ob es neue Erkenntnisse in der Affäre um die abgehörten Telefonate gebe. Einer wagte sich gar an das Thema Mainl: »Hat Herr Mainl sich umgebracht, und glauben Sie, dass Weil sich ebenfalls umbringen wollte?«

»Meine Damen und Herren, ich bitte um Verständnis, dass ich in der gegenwärtigen Situation keine weiteren Auskünfte geben kann. Und geben will. Nur dies vielleicht«, antwortete Lauer. »Ich halte es für einen eklatanten Verstoß gegen jegliche journalistische Ethik, aus Sensationsgier in fremde Hotelzimmer einzubrechen. Sollte das Magazin *Die Linse* Fotos des Herrn Weil veröffentlichen, die bei diesem Einbruch entstanden sind, so wird die Bundesregierung Beschwerde beim Presserat einlegen …«

»*Die Linse* hat die Sondernummer abgesagt!«, rief einer dazwischen.

»Umso besser«, gab Lauer mürrisch zurück und blickte forschend in die Runde. »Noch Fragen? Nein? Dann danke ich Ihnen.« Ohne Constanze anzusehen, wandte er sich ab und schritt die Einfahrt zum Krankenhaus hinauf. Constanze beobachtete, wie der Pförtner herauskam, den Daumen in die Luft reckte und Lauer daraufhin auf dem Absatz kehrtmachte, grußlos an ihr vorbeistürmte, sein Handy aus der Manteltasche zog, wählte und in ein wartendes Taxi stieg.

»Alles klar«, sagte er in den Hörer und schob kurz darauf das Gerät zurück in die Tasche. Dann knöpfte er den Mantel auf und bat den Fahrer: »Könnten Sie nur einmal um die Ecke fahren und bei der ersten Gelegenheit stehen bleiben?«

Der Mann nickte und tat, wie ihm geheißen. Als der Wagen zum Stillstand gekommen war, kramte Lauer erneut sein Handy heraus. Diesmal wählte er Constanzes Nummer. Ihr Anschluss war belegt. Natürlich, sagte er sich. Sie würde jetzt durchgeben, was er gesagt hatte. Er schaltete die automatische Wahlwiederholung ein, ließ den Apparat in den Schoß fallen und fragte sich, ob es sich überhaupt lohnte. Würde sie kommen? Oder sollte er nicht besser losfahren und sie einfach vergessen? Das wäre das Einfachste.

Doch das kam ihm feige vor. Außerdem – wenn sie erst erführe, welches Spiel er eben gespielt hatte, wäre es dann nicht erst recht aus zwischen ihnen? Er musste es ihr erklären. Ihr einen Vorsprung gewähren. Und dann konnte er nur noch hoffen …

Sein Telefon klingelte, zeigte an, dass Constanzes Leitung frei war. Hastig hob er den Hörer ans Ohr. »Hallo?«

»Ja? Albrecht, Nachrichtenagentur INA, wer ist da?«, brüllte Constanze, als könne sie ihn kaum verstehen.

»Ich bin's, Diethelm«, antwortete Lauer, ebenfalls eine Spur zu laut. »Verstehst du mich?«

Da wurde die Verbindung besser. »Du?«, fragte sie erstaunt. »Kennst du mich noch?«

»Sei nicht albern. Wenn du die Straße rechts runtergehst und dann die erste rechts abbiegst, findest du mich. In einem Taxi. Kannst du kommen?«

»Jetzt?«, fragte Constanze ungläubig. »Ich kann hier nicht weg! Was ist, wenn die Ärzte gleich ein Bulletin herausgeben, und ich bin nicht da!«

»Du hast doch einen Fotografen da!«, drängte er sie.

»Ich glaube, der kann weder lesen noch schreiben«, antwortete sie lachend.

»Dann musst du entscheiden, wer dir wichtiger ist«, antwortete Lauer, erschrocken über die eigene Kühnheit.

»Das hat doch damit nichts zu tun! Das hier ist meine Arbeit! Ich kann doch nicht …« Constanze wusste nicht, was sie davon halten sollte.

»Doch, du kannst!« Lauers Stimme klang tief und heiser. Sie sollte sich entscheiden. Natürlich hätte er ihr auch sagen können, worum es ging. Oder wenigstens, dass er ihr etwas Wichtiges zu sagen habe und dass sie das Bulletin der Ärzte vergessen konnte, das in der Tat in wenigen Minuten veröffentlicht werden würde. Doch das wollte er ihr einfach nicht sagen.

Er wollte sie.

»Du bist gut! Nach dem Reinfall heute Morgen habe ich meine erlaubte Fehlerquote weit überschritten … Es tut mir übrigens Leid, ich meine …«

»Kommst du jetzt oder nicht?«

Constanze biss sich auf die Lippen, überlegte fieberhaft, was sie tun sollte und wusste im Grunde, wie ihre Antwort ausfallen würde. Es kam Lauer vor wie eine Ewigkeit, bis sie seufzte: »Also gut. Bis gleich.«

Sie schaute sich um, und als ihr klar wurde, dass keiner der Kollegen sie beachtete, machte sie sich auf den Weg. Ihr Herz hämmerte. Warum wollte er sie sehen? Und wieso hatte sie wieder einmal nachgegeben? Wieso kam er nicht zu ihr? Nur weil so viele Kollegen da waren?

Als sie den Schlag öffnete und sich neben Lauer auf den Rücksitz fallen ließ, hatte sie sich in einen hübschen Zorn gesteigert und fauchte ihn an. »Also, was gibt es? Ich habe es eilig.«

Lauers Lächeln gefror. Er wandte sich ab und sagte tonlos: »Ich habe die Erklärung nur abgegeben, um euch alle abzulenken. Die haben Weil in der Zwischenzeit in einen Krankenwagen gebracht und fahren ihn jetzt in seinen Heimatort. Die Frau hat darauf bestanden, und wir wollten verhindern, dass er dabei gefilmt wird. Ich dachte, es würde dich interessieren.«

»Wie bitte? Ist das dein Ernst?«

»Jetzt freust du dich, dass du hergekommen bist. Nicht wahr?«

Seine Stimme klang so kalt, dass sie erschrak. Sie hatte ihn verletzt. Er hatte ihr geholfen, schon wieder. Und sie … Was hatte sie beigetragen? Eine Falschmeldung. Eine Berichtigung. Stundenlanges Herumlungern. Was war sie nur für eine dumme Gans! Mit zitternder Hand suchte sie nach dem Türgriff und wollte eben davonstürmen, als er sie mit eisernem Griff zurückhielt.

»Oh nein, diesmal rennst du mir nicht davon!« Und zum Fahrer gewandt: »Es geht los. Immer der Nase nach. Einfach um den Block, wenn Ihnen sonst nix einfällt. Aber wenn ich hinterher in einer Zeitung auch nur eine klitzekleine Andeutung darüber lese, was hier besprochen wird, dann dementiere ich das nicht nur alles, ich werde auch meinen ganzen Apparat gegen Sie in Bewegung setzen. Haben wir uns verstanden?«

»Klar, Chef. Einfach um den Block«, antwortete der Fahrer, grinste und schob sich das blonde Haar aus der Stirn. »Wird gemacht.«

Lauer stierte geradeaus. »Constanze, hör zu. Ich bin auch nur ein Mensch. Ich bin fix und fertig. Seit du dich heute Morgen aus dem Staub gemacht hast, habe ich nicht nur einiges herausgefunden, was dich interessieren wird, sondern ich musste auch den Kanzler beschwichtigen, Frau Weil und einen wild gewordenen Chefredakteur bändigen und ein paar Ärzte zur Räson bringen, damit das hier läuft und wir den Weil nach Hause bringen können, und bei alledem konnte ich fast nur an dich denken, und jetzt sitzt du hier und fauchst mich an. Das ist ein bisschen viel.« Er verstummte. Nur seine nervösen Hände, in denen er unaufhörlich das Handy drehte, verrieten ihn.

Constanze konnte kaum atmen. Hatte er eben gesagt, dass er nur an sie denken konnte? Das Blut strömte ihr ins Gesicht, und ihr Herz klopfte. Sie konnte sich doch unmöglich in diesen Mann verlieben! Er war alles, was sie nicht mochte. Er war gerade mal einen, höchstens zwei Zentimeter größer als sie. Und er hatte eine Glatze … Aber war das wichtig? Er war ein wenig dick … Aber das war sie ja auch. Und er hatte abgenommen in den vergangenen Wochen. Sie nicht. Sie kam sich albern vor. Das war es alles nicht. Er war … so sarkastisch. Ja genau. Seit sie ihn kannte, hatte er sie … Ach Quatsch. Sie hatte ihn … Die Wahrheit fiel ihr wie Schuppen von den Augen. Sie hatte ihm nie eine Chance gegeben. Und er war für sie da gewesen. Als sie ihn gebraucht hatte, war er gekommen. Ganz selbstverständlich. Wann hatte sie so etwas je erlebt? Und in all der Zeit hatte sie nur den Regierungssprecher in ihm gesehen, den Mann, der Manöver plante wie das, welches er ihr soeben gebeichtet hatte.

»Kann ich melden, dass Weil nicht mehr im Krankenhaus, sondern auf dem Weg nach Hause ist?« Es war ihr plötzlich in den Sinn gekommen. Wenn er ihr das erlaubte, meinte er es ernst, war doch nicht nur ein professioneller Wahrheitsverdreher.

»Ist das alles, was du dazu sagen kannst?« Lauers Stimme klang nur noch müde, grenzenlos enttäuscht. »Von mir aus«, seufzte er dann. »Mach doch, was du willst.«

Da lehnte sich Constanze zurück und schloss die Augen. Sie spürte die Erleichterung und war sich plötzlich seiner Nähe sehr bewusst. Warum nahm er nicht ihre Hand? Warum küsste er sie nicht? Was hielt ihn davon ab? Wie sein Mund wohl schmeckte? Neugierig malte sie sich aus, wie er sich über sie beugen …

»Was ist los? Warum telefonierst du nicht?«, fragte Lauer gequält. »Halten Sie bitte an. Ich steige aus.«

Constanze erschrak. Was sollte das? Warum wollte er jetzt fort? Ohne nachzudenken, fasste sie ihn an der Schulter, schüttelte ihn ein wenig und zwang ihn, sie anzusehen. Als sie in sein bleiches Gesicht blickte, wich sie zurück. Was hatte sie da nur wieder angestellt? Sofort wurden ihre Züge weich, und sie sagte so leise, dass er es kaum verstand: »Ich dachte, du kannst mich nicht leiden!«

»Wie bitte?«, grummelte er. »Denk dran, du musst noch eine Meldung machen.«

»Ja, stimmt, das muss ich«, sagte Constanze sanft. »Aber zuerst muss ich noch etwas ganz anderes.« Schnell hauchte sie ihm einen Kuss auf die Wange.

Erstaunt blickte er auf. »Und was sollte das jetzt?«

Sie zuckte mit den Achseln. »Das mit der Meldung war nicht so gemeint. Ich wollte … Ich wollte wissen, ob du … Es war nur …«

»Ein Test?«, half er ihr aus und musste wider Willen schmunzeln.

Constanze räusperte sich, nickte und blickte beschämt zu Boden.

Eine Weile sagte keiner von ihnen etwas. Doch ihr Schweigen war nicht mehr feindselig.

Mitten hinein platzte der Fahrer. »Was ist, soll ich nun anhalten oder weiterfahren?«

»Fahren Sie weiter«, antwortete Constanze hastig, noch bevor Lauer reagieren konnte.

Prüfend musterte Lauer sie. Ihre Augen trafen sich, und endlich gab es kein Zurück mehr. Sie versank in seinem gütigen, klugen und sehnsüchtigen Blick.

Es gelang Diethelm Lauer nur mühsam, sich loszureißen. »Halten Sie bitte an«, murmelte er, ergriff mit einer neuen, ungewohnten Geste Constanzes Hand und drückte sie fest, bevor er um die Quittung bat und bezahlte.

Auf der Straße legte er den Arm um sie, und sie schlenderten weiter, ohne dass Constanze auch nur einen Schimmer hatte, wo sie waren oder wo sie hingingen. Aber es war ihr auch egal. Sie war endlich angekommen.

Es war weit nach Mitternacht, als sie mit dem Auto in Bonn eintrafen. In der Wohnung brannte Licht. Anna und Richard saßen in Morgenmäntel gehüllt in der Küche.

Es war gekommen, wie Anna befürchtet hatte: Der Anblick von Mainls Leiche ließ sie nicht mehr los. Er war der erste Tote, den sie gesehen hatte. In der Hektik des Tages hatte sie kaum einen Gedanken daran verschwendet. Doch als sie versucht hatte, einzuschlafen, waren die grausamen Bilder auf sie eingestürzt und sie war Richard mehr als dankbar, dass er verständnisvoll zugehört, sie getröstet hatte. Als sie immer noch nicht hatte schlafen können, hatten sie in der Küche eine Flasche Wein geöffnet.

Anna staunte nicht schlecht, Constanze in Lauers Begleitung zu sehen. Doch sie verkniff sich jede Frage. Die Gesichter der beiden sprachen für sich.

»Puh«, grüßte Constanze. »Kann ich einen Schluck haben? Möchtest du auch?«, fragte sie Lauer.

»Ja, bitte.« Er setzte sich und war Constanze dankbar für den Aufschub. Er wusste nicht recht, ob er bleiben sollte, durfte, wollte. Er war aus der Übung, nach all den Jahren als Junggeselle.

Auf der Fahrt hatten sie sich eine Weile angeregt und mit einer neuen, vertrauten Offenheit unterhalten. Doch sie waren zu müde und zu schüchtern gewesen für Zärtlichkeiten, und auf halber Strecke war Constanze eingeschlafen. Als sie eine Stunde später aufgewacht war, hatte er sie gebeten, das Steuer zu übernehmen und hatte selbst ein wenig geschlafen. Nun waren sie beide angeschlagen und eigentlich, das war ihm schmerzlich bewusst, viel zu müde füreinander.

Und doch graute ihm davor, in dieser Nacht allein in seine einsame Wohnung zurückzukehren. Er brauchte sie, wusste, dass er ohne sie kein Auge zumachen, nur an sie denken würde.

Constanze wiederum war so verunsichert, dass sie Anna und Richard verfluchte und hoffte, die beiden würden bald verschwinden. Doch sie machten keinerlei Anstalten und erzählten angeregt von ihrem Tag.

Lauer aber konnte nicht mehr folgen. Ihm wurde klar, dass es etwas Schlimmeres gab, als ohne Constanze ins Bett zu gehen, und das war, an diesem Abend gar nicht schlafen zu gehen. Seufzend stand er auf und murmelte: »Leute, es tut mir Leid, aber ich kann nicht mehr! Ich gehe.«

»Du willst doch jetzt nicht noch fahren?« Constanze sprang auf und war sich Annas Neugierde mehr als bewusst. Irgendwann wird sie es ja doch erfahren, dachte Constanze trotzig und hielt Lauer am Arm fest. »Das kommt überhaupt nicht infrage. Du bleibst heute hier. Komm mit.«

Epilog

Am nächsten Morgen wurde Lauer von seinem Handy geweckt. Ächzend zog er den Arm unter Constanzes Kopf hervor und setzte sich auf. Was Matczynski ihm zu sagen hatte, war allerdings so wichtig, dass er dem Beamten die Störung verzieh.

Später, beim Frühstück, erzählte er Richard und Anna die Neuigkeiten. Constanze saß dabei und grinste zufrieden.

»Und wisst ihr, was das Schönste ist?« Lauer blickte in die Runde. Das letzte Detail, das ihm selbst eben erst zu Ohren gekommen war, hatte er sich bis zum Schluss aufgehoben. »Der Mainl dachte doch, er hätte ein Super-Patent in der Tasche!«

»Ja und?«, fragten die drei wie aus einem Mund.

»Er ist geleimt worden! Als Frisch damals überlief und verriet, dass Mainl ein Doppelspiel spielte, wussten die Stasi-Techniker, dass ihre Erfindung längst nicht ausgereift war. Und dass sie es mit ihren Mitteln wohl auch nicht schaffen würden. Und da wurde ein weiteres Doppelspiel geboren: Sie schönten die Werte, änderten ein paar Daten, damit es auch garantiert nicht klappte, übergaben die ganze Sache dem eifrigen Offizier Frei, der natürlich keine Ahnung hatte und beauftragten ihn, es Mainl unter dem Siegel der Verschwiegenheit weiterzugeben als ihre größte Erfindung …«

»Wenn das stimmt, dann haben wir uns ja fast zehn Jahre nach ihrem Untergang noch mit ihrem Schrott beschäftigt!«, stieß Richard aus.

»Ein später Sieg. Ja. So sieht es aus.«

»Woher weißt du das?«, fragte Anna skeptisch.

»Matczynski. Hat mich vorhin angerufen. Sie haben ein bisschen in Freis Umfeld recherchiert. Und einer, ein alter General im Pflegeheim, hat geredet.«

Richard gluckste. »Das wird eine saubere Geschichte!«

Lauer drückte Constanze einen Kuss auf den Mund. »Macht, was ihr wollt. Nur lasst den Mainl da raus. Der hat viel riskiert. Für uns alle.«

»Und viel dabei gewonnen«, konterte Richard.

»Am Ende hat er verloren.«

Betreten schwiegen sie.

Nach langem Hin und Her entschieden sie, Richard den Vortritt zu lassen. Hatte er doch die entscheidenden Informationen herbeigeschafft, aus Moskau und von Frei. Außerdem bot *Der Merker* die beste Plattform für eine Titelgeschichte dieser Tragweite.

Richard wunderte sich, wie reibungslos ihm *Der Merker* zehn Seiten zugestand. Er machte sich an die Arbeit und nutzte seine Chance, leuchtete die Hintergründe des Skandals aus, schrieb über Mongol und die alte Schuld der Stasi sowie über Frei und dessen Intrige. Genüsslich verbreitete er sich über die Fehler der Kollegen von der *Linse*, streifte nur beiläufig Weils Zustand und überging gekonnt die Zwischenstation, die Freis Fälschung bei Constanze eingelegt hatte.

Zugute kam Richard zudem seine Entscheidung, dem Innenminister den Aktenordner zu überlassen, den Frei ihm kurz vor der Festnahme zugesteckt hatte. Zur Belohnung versorgte Lauer ihn mit weiteren Details, und so gelang Richard eine fast vollständige Rekonstruktion der Ereignisse.

Der Name Mainl aber kam nur nebenbei vor. *Der Merker* schrieb, der alte Unternehmer sei von Frei in die Irre geführt worden. Mehr nicht.

An dem Tag, an dem der Artikel erschien, flogen Anna und Constanze zusammen nach Berlin. In einer Cocktailbar in der Nähe der Baustelle, die einmal das Pressehaus werden wollte, sprachen sie sich Mut zu. »Wirst sehen. Unser Tag wird kommen.«

»Er hat es verdient. Richard hat es verdient«, murmelte Anna und nahm einen großen Schluck Wein. So ging es stundenlang, und als sie endlich in Constanzes Wohnung torkelten, waren sie nicht nur betrunken, sondern auch mit dem Schicksal versöhnt.

Nicht zuletzt Richards Artikel brachte *Die Linse* in schweres Fahrwasser. Chefredakteur Manuel Schuk warf seinen Bonner Korrespondenten Alexander Hof hinaus und machte dies, was äußerst ungewöhnlich war, in einer Pressemitteilung und einem Leitartikel öffentlich bekannt.

Die Auflage der *Linse* sank und das Blatt verlor so sehr an Ansehen, dass es sich zunehmend auf schöne, bunte Bilder junger, nackter Frauen verstieg und bald kaum noch als ernsthafte Konkurrenz des *Merkers* wahrgenommen wurde.

Frei wurde kurz nach Erscheinen von Richards Artikel aus der Untersuchungshaft entlassen. Der Mordverdacht konnte nicht aufrechterhalten werden, und die Staatsanwaltschaft ermittelte nur noch wegen Hausfriedensbruchs. Frei kehrte nach Berlin zurück. Es schien, als sei mit Mainl auch seine Hoffnung gestorben. Nach einigen Monaten erhielt er einen Strafbefehl. Seine Frau murrte und zahlte, doch bald darauf erlitt er einen Herzinfarkt und starb.

Richards Enthüllungen hatten weitreichendere Folgen.

Viereck wies den Geheimdienst an, alle Arbeiten an Mainls Teil des *Fledermaus*-Projekts einzustellen. Das Finanzministerium trat in Verhandlungen mit der neuen Führung des *Mainl*-Konzerns. Die fünf jungen Manager, die mehr als froh waren, endlich das Ruder in die Hand nehmen zu können, machten sich daran, alle Erinnerungen an den letzten Coup des Gründers zu tilgen und gingen auf die Bedingungen der Beamten ein. Der Staat sparte Millionenbeträge, und der Konzern ließ innerhalb weniger Wochen die beste Qualität herkömmlicher Teppiche verlegen und Tapeten verkleben.

So kam es, dass die Regierung im Herbst umzog – fast termingerecht. Nur wenige Monate nach Mainls Begräbnis machten sich die ersten mit Akten beladenen Lastwagen auf den Weg.

Die Beerdigung des alten Unternehmers hatte so etwas wie eine Zäsur dargestellt: Die Staatsspitze hatte sich versammelt. Innenminister Viereck blieb es vorbehalten, eine kurze Trauerrede zu halten, in der er Mainls Anteil am wirtschaftlichen Wiederaufbau lobte.

Anna verfolgte die Zeremonie. Panzetti hatte ihr den Kommentar übertragen. Sie quälte sich damit und schrieb schließlich, was alle schrieben: Dass mit Mainls Dahinscheiden (von Selbstmord war nirgends die Rede) eine Ära zu Ende gegangen sei und dass man nun allgemein bereit sei für die Übersiedlung an die Spree. »Mit Mainl ist ein Urgestein der Bonner Republik gestorben.« Widerwillig gab sie den Text ab und hoffte, dass niemand ihn lesen werde.

An diesem Abend kam sie erschöpft nach Hause. Richard war schon da. Als er sie sah, erschrak er und steckte sie ins Bett. Später brachte er ihr Tee und geschmierte Brote, und vor Dankbarkeit hätte Anna am liebsten geweint.

Als sie in dieser Nacht aufwachte und seinen Körper spürte und seinen Atem hörte, beugte sie sich zu ihm, betrachtete sein Gesicht und hauchte ihm einen Kuss auf die Nase. Auf einmal konnte sie es kaum fassen, dass er tatsächlich bei ihr war.

»Ich liebe dich«, flüsterte sie ihm ins Ohr.

Ein Lächeln huschte über seine Lippen. Anna erschrak. Schlief er gar nicht? Richard aber atmete ruhig weiter, als sei nichts geschehen. Mit einer Mischung aus Erleichterung und Enttäuschung ließ sie ihren Kopf zurück auf ihr Kissen fallen. Nun würde sie es ihm noch einmal sagen müssen.

Später.

Es wurde Sommer und unerträglich heiß. Anna freute sich auf Berlin. Allerdings war ihr neuerdings oft übel, und sie ahnte, was mit ihr geschah. Doch sie unternahm nichts.

Es war Lauer, der als Erster bemerkte, dass etwas nicht stimmte. Eines Nachmittags nach der Regierungspressekonferenz stellte er Anna zur Rede.

»Was soll ich Richard nur sagen? Der will es bestimmt nicht!«

»Woher weißt du das? Du musst es ihm sagen. Er hat ein Recht darauf, es zu erfahren!«

Da endlich gab sie sich einen Ruck. Am selben Abend noch gestand sie Richard unter Tränen, dass sie schwanger sei. Sie wagte kaum, ihn anzusehen. Richard aber war begeistert und wirbelte sie überschwänglich herum. Da fielen alle Zweifel von ihr ab. Stürmisch umarmte sie ihn und es sprudelte nur so aus ihr heraus. »Ich liebe dich. Ich liebe dich so.«

Als Constanze von dem Baby hörte, freute sie sich. Für Anna. Aber sie war auch ein wenig neidisch. Zu gerne hätte sie selbst ein Kind gehabt. Aber sie sagte nichts. Doch es war nicht nur Annas Schwangerschaft, die ihr zu schaffen machte. Es war vor allem Alexander Hof. Ausgerechnet sie musste ihn einarbeiten. Denn die INA hatte ihn nach seinem Rausschmiss bei der *Linse* eingestellt. »Lass mal, das ist ein guter Mann«, hatte Felix Mücke lachend gesagt, als sie sich bei ihm beklagt hatte. »Wenn er es begriffen hat, kannst du zurück in dein geliebtes Berlin!«

Es kostete Constanze viel Kraft, Alexander in ihrer Nähe zu ertragen. Sie verstand nicht mehr, was sie einmal an ihm gereizt hatte. Sie fühlte nichts mehr für ihn. Auch Schaller, der in einen neuen Krieg aufgebrochen war und sie kurz vor seiner Abreise noch einmal besucht hatte, war ihr gleichgültig geworden.

Nur die Meldung, dass Peter Weil sein Abgeordnetenmandat niedergelegt hatte, bewegte sie tief. Sie rief ihn an. Doch er vermochte kaum zu sprechen. »Meiner Frau geht es nicht gut«, stammelte er. »Und ich habe immer so Kopfschmerzen.« Seine Frau nahm ihm den Hörer aus der Hand. »Hören Sie! Lassen Sie uns in Ruhe. Er ist krank. Und ich auch. Wir wollen keine Presse. Nie wieder.«

Am Abend sprach Constanze mit Lauer darüber.

»Ich kann sie verstehen!«, sagte er. »Beide.« Er servierte ihr das Steak, das er gebrutzelt hatte, küsste sie sanft auf die Stirn. Constanze fühlte sich von Tag zu Tag wohler mit ihm, und als sie tatsächlich nach Berlin zurückzog, machte sie in ihrer Wohnung Platz im Schrank und stellte ihm eine Zahnbürste bereit. Das Zusammenleben war ihnen selbstverständlich geworden. Als hätten sie beide auf nichts anderes gewartet.

Als sie im November zum ersten Mal gemeinsam zum Bundespresseball gingen, war der Rummel gewaltig. Fotografen drängten sich um sie, und es war Constanze so unangenehm, dass sie sich am liebsten verkrochen hätte. Doch Lauer hielt ihre Hand ganz fest und flüsterte: »Ich liebe dich. Nicht vergessen, ja?«